STEPHEN KING
DOLORES CLAIBORNE

STEPHEN KING

돌로레스 클레이본

DOLORES CLAIBORNE

DOLORES CLAIBORNE
by Stephen King

Copyright © Stephen King 1993
All rights reserved.

Korean translation edition is published by arrangement with
Stephen King c/o The Lotts Agency, Ltd. through Danny Hong Agency.

Korean Translation Copyright © Minumin 2003, 2014, 2015, 2025

이 책의 한국어판 저작권은 대니홍 에이전시를 통해
The Lotts Agency, Ltd.와 독점 계약한 ㈜민음인에 있습니다.

저작권법에 의해 한국 내에서 보호를 받는 저작물이므로 무단 전재와 무단 복제를 금합니다.

내 어머니, 루스 필스버리 킹을 위하여

여자는 무엇을 원하는가?
― 지그문트 프로이트

존중. 그게 나한테
어떤 의미인지 생각해 봐.
― 아레사 프랭클린

차례

서문 11

돌로레스 클레이본 15

스크랩북 373

서문

메인주 북서부(레이크 디스트릭트라고 알려진 지역)의 다크 스코어라고 불리는 아름다운 호수 옆에 작은 마을 샤벗이 초승달처럼 펼쳐져 있다. 다크 스코어는 뉴잉글랜드에서 가장 깊은 호수 중 하나로, 어떤 곳에서는 수심이 100미터를 훌쩍 넘는다. 이 마을 사람들 중에는 이 호수가 깊이를 알 수 없을 정도로 깊다고 주장하는 사람들도 있다. 그러니 대개 그런 얘기는 맥주를 몇 잔 들이켠 후에 나오는 소리다.(샤벗에서는 여섯 잔이 겨우 몇 잔으로 치부된다.)

지도에 자그마한 점으로 표시되어 있는 북서쪽의 샤벗에서부터 좀 더 커다란 점으로 표시된 뱅고어 시를 지나 남동쪽까지 직선을 그어 보면, 그 끝에서 지도에서 가장 작은 점과 만나게 된다. 바 하버에서 약 26킬로미터 떨어진 대서양 위에 멀리 자리 잡고 있는 자그마한 초록색 점이 바로 그것이다. 이 작은 초록색 점은 리틀톨 섬으로, 1990년의 인구 조사 결과에 의하면 204명의 주민이 이곳에 살고 있다. 1960년의 인구 조사에서는 이곳의 주민이 527명으로 사상 최대를 기록했는데 말이다.

정확히 225킬로미터 떨어져 있는 이 두 개의 작은 마을은 마치 아무런 특징이 없는 책 버팀대의 한 쌍처럼 뉴잉글랜드에서 가장 큰 주의 해안과 섬을 하나로 묶어 주고 있다. 이 둘 사이에는 아무런 공통점이 없다. 사실 두 마을 중 어디에서도 상대 마을에 대해 알고 있는 주민을 찾기가 아주 어려울 정도이다.

그러나 미국이(그리고 전 세계가) 한 암살범의 총탄에 의해 완전히 변해 버리기 전의 마지막 여름인 1963년 여름, 샤벗과 리틀톨은 놀라운 천체 현상 때문에 하나가 되었다. 2016년 이전에 뉴잉글랜드 북부에서 볼 수 있는 최후의 개기 일식이 일어났던 것이다.

메인주 서쪽 끝의 샤벗과 동쪽 끝의 리틀톨 섬은 모두 이 개기 일식이 지나가는 길목에 포함되어 있었다. 그리고 습기가 많고 공기가 가라앉아 있던 그날, 개기 일식의 길목에 있던 마을과 도시들 중 절반 이상이 낮게 깔린 구름 때문에 그 놀라운 천체 현상을 볼 수 없었는데도, 샤벗과 리틀톨은 개기 일식을 완벽하게 관찰할 수 있는 조건을 갖추고 있었다. 샤벗에서 개기 일식이 시작된 것은 오후 4시 29분이었고, 리틀톨에서는 4시 34분이었다. 개기 일식이 메인주를 가로지르는 데 걸린 시간은 대략 3분이었다. 샤벗에서는 햇빛이 전혀 비치지 않는 암흑의 시간이 5시 39분부터 5시 41분까지 지속되었고, 리틀톨에서는 5시 42분부터 거의 5시 43분이 다 되어 갈 무렵까지 지속되었다. 완전한 암흑이 지속된 시간은 정확히 말해 59초였다.

이 기묘한 어둠이 파도처럼 메인주를 가로지르는 동안 별들이 나타나 한낮의 하늘을 가득 채웠고, 새들은 보금자리로 돌아갔으며, 박쥐들은 굴뚝 위를 정처 없이 빙빙 돌았다. 소들은 풀을 뜯어 먹던 들판에 드러누워 잠이 들었다. 태양은 하늘에서 불타는 요정의 고리처럼 변했고, 이 비정상적인 어둠 안에 속한 세상은 모든 움직임을 멈추고 숨을 죽였다. 귀뚜라미들이 노래를 부르기 시작했고, 한 번도 만난 적이 없는 두 사람이 서로의 존재를 감지하고는 태양의 열기를 따라가는 꽃들처럼 서로를 향해 고개를 돌렸다.

두 사람 중 하나는 제시 마후트라는 이름의 소녀였다. 그녀는 메인주 서쪽 끝의 샤벗에 살았다. 또 한 사람은 세 아이의 어머니로 돌로레스 세인트 조지라는 이름을 갖고 있었다. 그녀는 메인주 동쪽 끝의 리틀톨 섬에 있었다.

두 사람 모두 한낮에 올빼미가 울어 대는 소리를 들었다. 두 사람 모두 깊은 공포의 계곡 속에 누워 있었다. 두 사람 모두 그 악몽의 계곡에 대해 자기들이 입을 여는 일은 없을 거라고 생각했다. 두 사람 모두 어둠이 자기들에게 꼭 맞는다고 느꼈고, 신에게 감사를 드렸다.

제시 마후트는 나중에 제럴드 벌링게임이라는 남자와 결혼했고, 그녀의 이야기는 『제럴드의 게임』이라는 작품에 실렸다. 돌로레스 세인트 조지는 결혼 전 이름인 돌로레스 클레이본으로 되돌아갔으며, 이 책에서 자신의 이야기를 들려줄 것이다. 두 작품은 일식의 길목에 있었던 두 여자의 이야기이며, 그들이 어둠 속에서 어떻게 빠져나왔는지에 관한 이야기이다.

스티븐 킹

돌로레스 클레이본

뭐라고, 앤디 비셋?

'자네가 나한테 설명해 준 권리들을 이해'하느냐고?

나 참! 남자들은 가끔 정말 멍청하단 말이야.

응? 아냐, 아무 소리도 안 했어. 자네나 잔소리 그만두고 내 말 좀 들어 봐. 아무래도 밤새도록 내 얘기를 들어야 할 것 같으니까 익숙해지는 게 좋을 거야. 자네가 나한테 읽어 준 내용이야 당연히 이해하고 있지! 내가 저 아래 가게에서 자네랑 만난 뒤로 머리를 어디다 빼놓고 온 줄 알아? 혹시 자네가 잊어버렸을까 봐 하는 얘 긴데, 내가 자네를 만난 건 월요일 오후였어. 자네가 그 오래된 빵을 사는 걸 보고 자네 마누라가 난리를 칠 거라고 내가 그랬잖아. 옛날 속담에도 싼 게 비지떡이라는 얘기가 있지. 그때 내 말이 맞았지, 그렇지?

내 권리가 뭔지 나도 다 알아, 앤디. 우리 어머니는 바보를 자식으로 키운 적이 없는 사람이야. 난 내 책임도 알고 있어.

내 말이 법정에서 내게 불리하게 사용될 수 있다고 했나? 하여간 세상에는 언제나 놀랄 일투성이구먼! 그 능글맞은 웃음 좀 지우는 게 좋을 거야, 프랭크 프루. 지금은 멋들어진 경찰관 나리신지 몰라도, 자네가 지금처럼 멍청하게 웃는 표정으로 축 처진 기저귀를 차고 뛰어다니는 모습을 본 게 바로 얼마 전이니까. 내 충고 하나 해 주지. 나처럼 늙은 여자를 상대할 때는 그 웃음을 좀 참는 게 좋을 거야. 백화점 카탈로그에 나오는 속옷 광고보다 자네의 표정을 읽기가 더 쉽다고.

좋아, 허튼소리는 그만하지. 본론으로 들어가는 게 좋겠어. 내가 지금부터 자네들 세 사람한테 엄청 많은 얘기를 해 줄 텐데, 법정에서 나한테 불리하게 사용될 수 있는 게 그중에 엄청 많을 거야. 지금에 와서 누가 그걸 그렇게 사용하고 싶어 한다면 말이지. 웃기는 건, 이 섬 사람들이 이미 그 얘기를 대부분 알고 있다는 거야. 나로 말하자면 뭐 거의 엿이나 먹으라는 기분이고. 왜 닐리 로비쇼 노인네가 술만 먹으면 만날 이런 소리를 했잖아. 하긴 그 노인네를 아는 사람을 아무나 붙들고 물어보면 알겠지만, 그 노인네는 취하지 않은 적이 드물었지.

하지만 내가 엿 먹을까 봐 신경 쓰는 게 하나 있기는 해. 그래서 내가 자진해서 이리로 온 거고. 난 그 베라 도너번 여편네를 죽이지 않았어. 자네들이 지금 무슨 생각을 하고 있든, 난 자네들이 그 사실을 믿게 만들 거야. 난 그 망할 놈의 계단에서 그 여편네를 밀어 버리지 않았다고. 다른 일로 날 가둘 생각이라면 그건 좋아. 하지만 난 그 여편네가 죽은 것하고 아무 상관이 없어. 내 얘기가 끝나고 나면 자네도 그렇게 믿게 될 거야, 앤디. 자네는 항상 착한 아이였지. 남자아이치고는 말이야. 그러니까, 내 말은 자네가 공정한 사람이라는 얘기야. 게다가 이제는 버젓한 남자가 됐어. 하지만 너무 으스대지는 말라고. 자네도 다른 남자들하고 똑같이 자랐으니까. 빨래를 해 주고, 콧물을 닦아 주고, 자네가 잘못된 쪽을 향하고 있을 때 돌려세워 줄 여자가 항상 옆에 있었다는 얘기야.

얘기를 시작하기 전에 하나만 더 말해 두지. 난 자네를 알아, 앤디. 프랭크 자네도 당연히 알지. 그런데 녹음기를 든 저 아가씨는 누구지?

아이고, 앤디, 저 아가씨가 속기사라는 것쯤은 나도 알아! 우리 어머니가 바보 자식을 키운 적이 없다고 조금 아까 말했잖아. 돌아오는 11월에 내가 예순여섯 살이 되는지는 몰라도, 내 머리는 지금도 멀쩡하게 잘 돌아가고 있어. 녹음기하고 속기 용지를 든 여자가 속기사라는 것쯤은 나도 안단 말이야. 내가 이래 봬도 법정 드라마란 드라마는 다 챙겨서 보는 사람이야. 하다못해 저 「LA 법정」까지도 본다고. 그런데 그 연속극에는 어째 등장할 때마다 15분 이상 옷을 입고 있는 사람이 하나도 없는 것 같더구먼.

아가씨, 이름이 뭐유?

아이고…… 그럼 어디 출신이지?

아, 작작 좀 해, 앤디! 자네 오늘 밤에 이것 말고 할 일 없나? 해변으로 가서 허가증도 없이 조개를 캐는 작자들을 잡을 생각 아니었어? 아마 그편이 훨씬 더 신날걸. 자네 심장이 견딜 수 없을 정도로 말이야. 안 그래? 흥!

그래. 이제 좀 낫군. 아가씨는 케네벙크에서 온 낸시 배니스터라고? 난 바로 여기 리틀톨 섬 출신인 돌로레스 클레이본이우. 내가 아까 시골 장에서 수다 떠는 것처럼 얘기를 많이 할 거라고 했지? 그게 조금도 거짓말이 아니라는 걸 아가씨도 알게 될 거유. 그러니까 내 목소리가 잘 안 들리거나 말이 너무 빠르면 그렇다고 말을 해요. 내 앞에서 수줍어할 필요는 없우. 아가씨가 내 말을 죄다 적어 주었으면 하니까. 지금 하는 얘기부터 말이유. 29년 전, 지금 여기 있는 비셋 서장이 초등학교 1학년 코흘리개일 때, 난 내 남편 조 세인트 조지를 죽였우.

어째 이 자리에 있는 사람들이 날 미워하는 것 같은데, 앤디. 그 망할 놈의 올가미에 날 잡아 넣었으니 그만 가 봐도 되잖아. 어쨌든 자네가 왜 그렇게 놀라는지 모르겠구먼. 내가 조를 죽였다는 건 자네도 알잖아. 리틀톨에 그걸 모르는 사람이 어디 있다고. 저 건너편의 존스포트 사람들 중에도 그걸 아는 사람이 절반은 될걸. 아무도 그걸 증명하지 못했을 뿐이지. 저 멍청한 베라 여편네만 아니면, 그 여편네가 항상 하던 대로 고약한 장난만 치지 않았어도, 내가 여기 와서 프랭크 프루와 케네벙크에서 온 낸시 배니스터 앞에서 그 사실을 인정하지는 않았을 거야.

뭐, 그 여편네도 이젠 절대 장난을 칠 수 없겠지, 안 그래? 적어도 그건 다행이야.

그 녹음기를 이쪽으로 좀 가까이 옮겨 주겠우, 낸시? 일을 하려면 제대로 해야지. 그러고 나면 난 감옥에 가겠지만. 저 일본 사람들이 쪼그만 물건 하나는 정말 기막히게 만들어 낸다니까. 그래, 정말……. 하지만 저 쪼그만 물건 안에서 돌아가는 테이프 땜에 내가 평생 동안 여자 교도소에 갇힐 수도 있다는 걸 아가씨도 아는 모양인데, 그래도 난 어쩔 수 없우. 하늘에 대고 맹세컨대, 내 옛날부터 언젠가 베라 도너번 때문에 망할 줄 알았지. 그 여편네를 처음 봤을 때부터 그럴 것 같더라니. 결국 그 여편네가 나한테 무슨 짓을 했는지 한번 보시구려. 그 망할 놈의 할망구가 나한테 무슨 짓을 했는지 보라고. 이번엔 그 여편네가 날 아주 망쳐 놨어. 하지만 부자들이라는 게 원래 그렇지. 다른 사람을 밟아 죽일 수 없으면, 상냥한 척 입을 맞추면서 아주 골로 보내 버리는 족속들이니까.
뭐?
이런 젠장! 이제 얘기할 거야, 앤디. 잠시라도 날 좀 가만히 내버려두면 어디가 덧나나! 얘기를 뒤에서부터 할지, 앞에서부터 할지 한참 생각하는 중인데…… 뭐 마실 거나 좀 갖다 주면 안 될까? 안 되겠지?
아이고, 기피 같은 건 갖다 버려! 주전자를 통째로 들고 가서 자네 장난감한테나 안겨 주라고. 만약 자네가 나한테 서랍 속에 놔둔 짐빔*을 한 입도 안 내놓는 그런 싸구려 인간이라면 그냥 물이나 한잔 갖다 줘. 난 전혀…….
무슨 소리야? 내가 그걸 어떻게 아느냐니? 나 참, 앤디 비셋, 모르는 사람이 봤으면 자네가 바로 어제 과자 상자 속에서 아장아장

---
* 미국 위스키 중 한 상표명.

걸어 나온 줄 알았겠네. 이 섬 사람들이 내가 남편을 죽였다는 얘기만 하는 줄 아나? 하이고, 그건 이미 옛날 옛적 일이야. 하지만 자네, 자네에 대해서는 그래도 아직 얘깃거리가 남아 있지.

아 고마워, 프랭크. 자네도 항상 아주 착한 아이였지. 자네 어머니가 코딱지 후비는 그 버릇을 싹 낫게 할 때까지는 교회에서 자네 얼굴을 바라보기가 좀 힘들긴 했지만 말이야. 허참, 가끔은 자네 손가락이 콧속으로 하도 깊숙이 들어가 있어서 그게 뇌까지 후벼 파내지 않는 게 신기할 정도였다니까. 아니 도대체 왜 얼굴을 붉히는 거야? 애들치고 가끔 그 낡은 펌프에서 연두색 황금덩이를 파내지 않는 애도 있나? 자네는 적어도 교회에서는 손을 바지 속에 넣고 헤벌쭉하지 않을 만큼 분별력이 있었으니까. 어떤 남자애들은 결코…….

알았어, 앤디, 알았다고. 이제 얘기할 거야. 젠장, 뭐가 그렇게 불안해서 저렇게 안달을 하는 건지.

자네, 그거 아나? 난 중간을 택할 거야. 얘기를 앞에서부터 하거나 뒤에서부터 하는 대신에 중간에서 시작해 양쪽으로 나아갈 거라고. 그게 맘에 안 들면, 앤디 비셋, 자네가 빌어먹을 놈이라고 욕하는 놈들 명단에 그 얘기를 적어서 목사님한테 보내.

나하고 조한테는 애가 셋이었는데, 조가 죽던 1963년 여름에 셀리나는 열다섯, 조 주니어는 열셋, 막내 피트는 겨우 아홉 살이었어. 조는 나한테 오줌 쌀 요강 하나, 요강을 던질 창문 하나 남겨주지 않았지…….

이 말은 아가씨가 좀 고쳐야겠우, 낸시. 그렇지? 나는 성질도 더

럽고 입은 더 더러운 할망구니까. 하지만 더러운 인생을 살다 보면 대개 이렇게 된다우.

자, 내가 어디까지 얘기했더라? 내가 벌써 그걸 깜박하지는 않았을 텐데.

아, 그래. 고맙수, 아가씨.

조가 나한테 남겨 준 건 이스트헤드 옆의 다 쓰러져 가는 작은 집하고 7500평 남짓한 땅이었지. 정신없이 엉켜 있는 나무딸기 덤불하고 땅을 개간한 후에 다시 자라나는 쓰레기 같은 나무들이 그 땅을 대부분 차지하고 있었어. 또 뭐가 있었지? 가만 보자. 움직이지도 않는 트럭 세 대. 픽업트럭 두 대하고 펄프 나르는 트럭 한 대였지. 나무 4코드,* 식품점 청구서, 철물점 청구서, 석유 회사에서 날아온 청구서, 장례비 청구서……. 그뿐인 줄 알아? 그 인간이 땅속에 들어간 지 일주일도 안 돼서 저 요강 단지 같은 해리 두세트가 젠장맞을 차용 증서를 갖고 나타났지. 야구 내기에서 조가 20달러를 빚졌다는 거야!

그 인간은 그런 걸 죄다 나한테 떠넘겼어. 그 인간이 나한테 망할 보험금이라도 남겨 준 줄 알아? 천만에! ……하긴 뭐 나중에 보니 사실은 그게 더 잘된 일인 것 같기도 했지만. 내 얘기가 다 끝나기 전에 아무래도 다시 말을 하게 되겠지만, 지금 내 말은 조 세인트 조지가 절대 제대로 된 남자가 아니었다, 이 말씀이야. 그 인간은 내 목에 매달린 망할 놈의 맷돌이었어. 아니 사실은 맷돌보다 더 나빴지. 맷돌은 술에 취해서 맥주 냄새를 풀풀 풍기며 집에 와

---

* 목재나 장작의 용적 단위로 4코드는 14.5입방미터.

서 새벽 1시에 마누라한테 그걸 하자고 달려들지는 않으니까 말이야. 내가 그 개자식을 죽인 건 이런 것 때문이 아니었지만, 이런 얘기부터 시작하는 것도 괜찮은 것 같네.

섬은 누굴 죽이기에 좋은 곳이 아니야. 그건 내가 확실히 알지. 항상 누군가가 주위에 있어서 내가 절대 남에게 들키고 싶지 않은 일을 할 때 내 일에 코를 들이박고 싶어 안달하는 것 같거든. 그래서 내가 그때 그 일을 저지른 거야. 그 얘기도 조금 있으면 나올 거야. 지금은 그냥 베라 도너번의 남편이 볼티모어 외곽에서 자동차 사고로 죽은 지 한 3년 후에 내가 그 짓을 저질렀다고만 해 두지. 도너번네는 리틀톨에서 여름을 보내지 않을 때는 볼티모어에서 살았거든. 그때만 해도 베라는 나사가 제대로 단단히 죄어진 사람이었어.

술독에 빠져 있던 조가 사라지고 돈 들어올 구멍이 없으니까 정말 살아갈 일이 막막하더구먼. 아이들을 주렁주렁 매달고 혼자 살아가야 하는 여자만큼 살기가 팍팍한 사람은 온 세상에 하나도 없을 거다, 그런 생각이 들 정도였으니까. 내가 뭍으로 넘어가서 존스포트에서 식품점 매대를 보거나 식당 여급이 되는 게 더 나을 것 같다는 생각을 하고 있을 때, 마침 그 멍청한 여편네가 1년 내내 이 섬에서 살아야겠다고 갑작스레 결정을 내렸어. 다들 그 여자 나사가 하나 빠진 모양이라고 생각했지만 난 별로 놀라지 않았지. 어쨌든 그 여편네가 이쪽에 와 있는 시간은 이미 아주 많았으니까 말이야.

그때 그 여편네 집에서 일하던 친구, 이름은 기억이 안 나는데 내가 누굴 말하는지 알지, 앤디? 불알이 항아리만큼 크다는 게 훤히 드러나도록 항상 바지를 꽉 조이게 입던 그 멍청한 외국 놈 말이야. 그놈이 날 불러내더니 마님(그놈은 항상 그 여편네를 그렇게 불렀어. 마님이라고. 나 참, 멍청한 놈 같으니.)이 나더러 하루 종일 일하는 가정부로 와 줄 수 있냐고 물어보라고 했다는 거야. 뭐, 나는 1950년부터 여름마다 그 집에서 그런 일을 했으니까 그 여편네가 다른 사람보다 나를 먼저 부른 건 당연한 일이지. 하지만 그때는 드디어 내 기도에 응답이 왔구나 싶었어. 나는 즉석에서 하겠다고 대답했지. 그리고 그때부터 바로 어제 오전까지 그 집에서 일을 한 거야. 그 여편네가 계단에서 굴러떨어져 텅텅 빈 대가리를 바닥에 박을 때까지.

그 여편네 남편이 뭐 하는 사람이었느냐고, 앤디? 비행기를 만들었을걸, 그렇지?

아, 젠장, 그런 얘기를 듣기는 들었던 것 같아. 하지만 이 섬 사람들이 하는 얘기가 어떤 건지 알잖아. 내가 확실히 아는 거라고는 그 집 사람들이 부자였다는 것, 엄청난 부자였다는 것, 그리고 남편이 죽었을 때 그 여편네가 그걸 다 가졌다는 것뿐이야. 물론 정부(政府)가 가져간 것만 빼고. 하지만 정부가 실제로 가져간 건 원래 가져가야 하는 몫에 비하면 새 발의 피일걸. 마이클 도너번은 바늘로 찔러도 피 한 방울 안 나올 만큼 빈틈없는 사람이었어. 거기다 또 얼마나 교활했는지. 베라도, 지난 10년 동안 그 여편네 꼬락서니를 본 사람이라면 안 믿겠지만, 그 여편네도 남편 못지않게 교활했어……. 죽을 때까지 그랬다고. 자기가 침대에 누워서 조용하고 깨끗하게 심장 발작으로 죽지 않고 조금이라도 다른 방법으로 죽는다면 내가 얼마나 곤란해질지 그 여편네가 알고 있었는지 궁금해. 난 거의 하루 종일 이스트헤드 옆의 우리 집에서 그 낡아 빠진 계단에 앉아 그걸 생각해 봤어……. 그 밖에도 오만가지 생각을 다 했지만. 처음에는 막판의 베라 도너번보다는 오트밀이 차라리 더 똑똑할 거라고 생각했는데, 내가 진공청소기로 그 여편네를 속였을 때 그 여편네가 했던 짓이 기억나서 다시 생각해 보니 어쩌면…… 그래, 어쩌면…….

뭐, 지금은 상관없는 얘기지. 지금 중요한 건, 내가 열심히 퍼덕거려서 프라이팬을 벗어난 줄 알았는데 사실은 불 속으로 떨어졌다는 거야. 내 엉덩이가 더 타 버리기 전에 여기서 벗어날 수 있다면 얼마나 좋을까. 지금이라도 벗어날 수 있다면 말이지만.

난 원래 베라 도너번의 가정부였지만 결국은 사람들이 하는 말로 '돈 받는 말동무' 비슷한 게 됐어. 그 차이가 뭔지 알아내는 건 금방이었지. 베라의 가정부일 때는 일주일에 닷새 동안, 하루 여덟 시간씩 굽실거려야 했는데, 돈 받는 말동무가 되었을 때에는 하루 종일 굽실거려야 했어.

그 여편네는 1968년 여름에 처음으로 풍을 맞았어. 시카고에서 열린 민주당 전국 대회를 TV로 보다가 그랬지. 그냥 사소한 발작이었기 때문에 그 여편네는 그게 허버트 험프리 때문이라고 탓하곤 했어. "저 혼자만 즐거워하는 그 머저리를 너무 자주 봐서 망할 놈의 혈관이 터져 버린 모양이야. 그런 일이 일어날 줄 알았어야 하는데. 험프리가 아니더라도 어쩌면 닉슨 때문에라도 이렇게 됐을지 몰라." 이랬지.

1975년의 발작은 더 컸어. 그때는 탓할 정치가도 없었지. 프레노 박사가 그 여편네한테 술 담배를 끊는 게 좋을 거라고 말했지만, 괜히 입만 아팠지. 지 멋대로 사는 안하무인 베라 도너번 같은 여자가 칩 프레노 같은 평범한 시골 의사 말을 들을 리가 있나. "내가 그자보다 오래 살 거야. 그리고 그자의 묘석 위에 앉아서 스카치와 소다수를 마실 거야." 이게 그 여편네 입버릇이었으니까.

한동안은 그 여편네가 정말로 그렇게 할 수 있을 것 같았지. 의사는 계속 잔소리를 해 대는데, 그 여편네는 어느 집 개가 짖느냐는 식이었어. 그러다가 1981년에 처음으로 엄청난 발작이 있었고, 바로 다음 해에 그 집에서 일하던 그 멍청한 외국 놈이 육지에서 교통사고로 죽었어. 그래서 내가 그 여편네 집으로 아예 살러 들어간 거야. 1982년 10월에.

내가 꼭 그래야 했냐고? 모르겠어. 아마 아니었겠지. 해티 맥리오드 말마따나 나도 사회복지 혜택이라는 걸 받을 수가 있었으니까. 많은 돈은 아니었지만 그때는 우리 애들이 집을 떠난 지도 한참 됐을 때였거든. 막내 피트는 아예 이 세상을 떠나 버렸지. 불쌍한 것. 어쨌든 그 돈 외에 어찌어찌 저축해 둔 돈도 조금 있었어. 섬에서 사는 데는 돈이 많이 들지 않으니까. 지금은 옛날 같지 않지만, 그래도 육지에서 사는 것보다 엄청나게 싸. 그러니까 굳이 베라네 집으로 들어갈 필요는 없었던 것 같아, 그래.

하지만 그때쯤 그 여편네하고 나는 이미 서로에게 익숙해져 있었어. 남자한테는 설명하기가 힘든데, 종이하고 펜하고 녹음기를 들고 있는 저기 저 낸시 아가씨는 이해할 거야. 하지만 저 아가씨는 여기서 말을 하면 안 되는 사람이지? 우리가 서로에게 익숙해졌다는 건, 늙은 박쥐 두 마리가 전혀 친하지도 않으면서 같은 동굴에서 나란히 거꾸로 매달려 있는 데 익숙해진 거 같았다고나 할까. 게다가 내가 그 집으로 들어갔다고 해서 크게 변한 것도 없었어. 제일 큰 변화라고 해 봤자 내가 일요일에 입는 제일 좋은 옷을 실내복 옆에 걸어 두게 된 것 정도? 1982년 가을 무렵에는 내가 이미 매일같이 그 집에서 하루 종일 있었고, 밤에도 거기 있는 경우가 많았거든. 월급이 조금 많아지기는 했지만, 그렇다고 무슨 캐딜락을 살 수 있을 만큼 오른 것도 아니고. 내 말이 무슨 뜻인지 알겠어? 쳇!

내가 그 집으로 들어간 건 아마 아무도 없었기 때문인 것 같아. 뭐, 뉴욕에 그 여편네의 사업을 관리해 주는 사람이 있기는 있었어. 그린부시라는 남자였는데, 그자가 리틀톨까지 찾아오려고 하질 않았기 때문에 베라는 나한테 하듯이 그자한테 소리를 질러 대지 못했지. 내가 빨래를 널고 있으면 그 여편네가 침실 창문에 서서 침대보를 널 때는 빨래집게를 네 개가 아니라 여섯 개를 써야 한다고 소리를 질러 대고 그랬거든. 그런데 그 그린부시라는 남자가 나처럼 아예 손님방으로 살러 들어와서 그 여편네 기저귀도 갈아 주고 살찐 엉덩이에 묻은 똥도 닦아 주고 그러려고 하겠어? 게다가 그자가 그렇게 하더라도 그 여편네는 그자가 도자기로 만든 돼지 인형에서 푼돈을 훔쳐가고 있다면서 감옥에 처넣어 버리고 말겠다고 난리를 칠 사람이야. 그자가 그런 걸 참아 낼 리가 없지.

그린부시의 일은 돈을 관리하는 것이고, 그 여편네의 똥을 닦아 주면서 그 여편네가 침대보며 먼지 덩어리며 그 망할 놈의 도자기 돼지 인형을 가지고 난리를 쳐 대는 걸 들어 주는 건 내 일이었어.

사실 뭐 그런 일 좀 하면 어때? 그게 무슨 메달이나 훈장을 받을 일도 아니고 말이야. 내가 지금까지 살면서 닦아 낸 똥만 해도 엄청나고, 똥 같은 소리는 그보다 더 많이 들었어.(뭐니 뭐니 해도 조 세인트 조지하고 16년 동안이나 결혼 생활을 했으니까.) 그래도 그런 것 때문에 내 등이 휜 적은 없어. 결국 내가 그 여편네 옆에 있었던 건 그 여편네 곁에 아무도 없었기 때문일 거야. 나랑 있든지 아니면 양로원으로 가야 하는 처지였으니까. 그 집 자식들은 한 번도 어미를 만나러 온 적이 없었어. 그걸 생각하면 그 여편네도 안됐지. 뭐 그 집 자식들이 지들 어미를 열심히 돌봐야 한다고 생각한 건 아냐. 괜한 오해하지 말라고. 하지만 옛날에 뭣 때문에 어미하고 싸웠는지는 몰라도 그 자식들이 왜 어미랑 화해를 못 하는지, 가끔 와서 어미하고 주말을 같이 보내든지, 하다못해 하루라도 같이 있어 주지 못하는 이유가 뭔지 나로서는 정말 모르겠더라 이 말이야. 베라가 못된 여편네인 건 사실이야. 그건 틀림없지. 하지만 어쨌든지 놈들 엄마잖아. 게다가 그때는 그 여편네도 이미 노인이었다고. 물론 지금은 내가 그때 모르던 걸 많이 알고 있지만, 그래도…….

뭐?

그래, 그 얘긴 사실이야. 우리 손자 녀석들이 항상 하는 말처럼, 내 말이 거짓말이라면 난 곧 죽을 거야. 내 말을 못 믿겠으면 그 그린부시라는 작자한테 전화를 해 보면 되잖아. 그 얘기가 새어 나가면서(새어 나갈 거야. 항상 그러니까.) 뱅고어 《데일리 뉴스》에 아름다운 미담이 어쩌고저쩌고 하는 식의 질척거리는 기사가 실리겠지. 진짜 뉴스가 뭔지 내가 말해 줄까? 아름답고 근사한 건 하나도 없어. 이건 젠장 맞을 악몽이라고. 여기서 어떤 결론이 나든, 사람들은 내가 그 여편네를 꼬드겨서 그런 짓을 하게 만들고는 죽였다고들 할 거야. 틀림없어. 앤디, 자네도 알잖아. 사람들이 마음 내키는 대로 못된 상상을 하는 걸 막을 수 있는 힘은 하늘에도 없고 땅에도 없어.

하지만 어쨌든, 그런 건 다 빌어먹을 얘기야. 난 그 여편네한테 아무것도 강요한 적 없고, 그 여편네가 나를 사랑해서 그런 짓을 한 것도 아냐. 사랑은커녕 날 좋아해서 그런 것도 아니라고. 내 생각에는 아마도 자기가 나한테 빚을 졌다는 생각 때문에 그런 것 같아. 워낙 유별난 사람이었으니 자기가 나한테 신세를 많이 졌다고 생각했을지도 모르지. 그렇다고 그런 걸 입 밖에 낼 사람도 아니고. 그 여편네 딴에는 나한테 고마워서 그런 짓을 한 건지도 몰라……. 자기 똥 기저귀를 갈아 줘서 고맙다는 게 아니라, 밤에 방 구석에서 전선줄이 튀어나오고 침대 밑에서 먼지 덩어리가 튀어나올 때 옆에 있어 줘서 고맙다고 말이야.

자네는 이게 무슨 소린지 모르겠지, 나도 알아. 하지만 곧 이해하게 될 거야. 자네가 저 문을 열고 이 방에서 나가기 전에 모든 걸 이해하게 될 거야. 반드시 그렇게 될 거야.

그 여편네가 못되게 구는 데에는 세 가지 종류가 있었어. 그보다 더 여러 가지로 못되게 구는 여자들도 봤지만, 휠체어나 침대에서 꼼짝 못 하고 있어야 하는 노망 난 할망구치고 그 정도면 괜찮은 편이야. 그런 여편네한테 세 가지 종류뿐이라면 정말 좋은 편이라고.

첫 번째는 그 여편네가 자기도 어떻게 할 수 없어서 못되게 구는 경우야. 빨래집게 얘기 기억하지? 침대보를 널 때 네 개가 아니라 여섯 개를 써야 한다는 얘기 말이야. 아이고, 그것 말고도 그런 게 얼마나 수두룩했는데.

안하무인 베라 도너번네 집에서 일하려면 꼭 정해진 대로만 해야 하는 일들이 있었어. 그중에 하나라도 잊어버리면 큰일 나지. 그 여편네는 일을 어떤 식으로 해야 하는지 미리 얘기해 주는데, 절대로 그걸 어기면 안 돼. 한 번이라도 뭔가를 잊어버리면 그 여편네가 욕을 퍼부어 대지. 두 번 잊어버리면 월급이 깎여. 세 번 잊어버리면, 그걸로 끝이야. 곧장 내쫓긴다고. 무슨 변명을 해도 소용없어. 그게 베라가 정한 규칙이었는데, 나는 괜찮았어. 지키기 힘들다는 생각은 했지만, 공평한 것 같더라고. 빵을 오븐에서 꺼낸 다음 어떤 선반에 올려놓아야 하며, 가난뱅이 아일랜드인처럼 빵을 식힌답시고 부엌 창틀에 놓으면 절대로 안 된다는 얘기를 두 번이나 듣고도 잊어버리는 사람이라면 귀가 닳도록 얘길 해 줘도 아마 소용없을걸.

세 번 실수하면 그걸로 끝이다, 이게 규칙이야. 예외는 절대로 없었지. 그래서 내가 그 집에서 일하는 동안 사람들이 수도 없이 바뀐 거야. 옛날에 내가 도너번네 집에서 일하는 건 회전문으로 들어가는 거나 마찬가지라는 얘길 한두 번 들은 게 아냐. 한 번, 두 번까지는 돌 수 있지. 어떤 사람들은 열 번이나 열두 번쯤 돌기도 하지만 결국은 항상 길거리로 뱉어져 나온다는 거야. 그래서 나도 처음에 그 집으로 일하러 갈 때는, 그러니까 그게 1949년인데, 용이 사는 동굴로 들어가는 심정이었어. 하지만 베라가 사람들 얘기처럼 그 정도는 아냐. 귀를 계속 열어 두고 있으면 안 쫓겨나고 배길 수 있었는데 뭐. 나는 그랬어. 그 멍청한 외국 놈도 그랬고. 하지만 항상 조심해야 돼. 베라는 눈치도 아주 빠르고, 이 섬에서 여름을 보내는 사람들 중에서도 이 섬 일을 제일 잘 알고 있었거든……. 게다가 아주 못되게 굴 때도 있었으니까. 옛날에, 그러니까 그 여편네 신세가 그렇게 골치 아파지기 전에도 가끔 아주 못되게 굴 때가 있었어. 그게 무슨 취미라도 되는지 원.

내가 처음 간 날 그 여편네 하는 말이, "여긴 웬일이야? 집에서 갓난아기나 돌보면서 낭군님을 위해 근사한 저녁 식사를 만들고 있어야 하는 것 아냐?" 이러기에 내가 그랬지.

"컬럼 부인이 하루에 네 시간씩 셀리나를 봐주고 있어요. 저는 시간제가 아니면 일할 수 없어요."

그랬더니 그 여편네가 "시간제면 충분해. 여기 사람들이 신문이라고 부르는 그 한심한 물건에 낸 광고에 쓴 것처럼." 아주 이렇게 되받아치더라고. 자기가 녹록지 않은 사람이라는 걸 나한테 그냥 보여 준 거야. 그리고 나중에는 그 세 치 혓바닥으로 나를 아주 얼마나 쿡쿡 쑤셔 댔는지. 내 기억에 그날 베라는 뜨개질을 하고 있었어. 그 여편네 뜨개질 솜씨는 번개야 번개. 하루 만에 양말 한 켤레를 짜는 건 일도 아니니까. 겨우 10시에나 뜨개질을 시작해도 그래. 근데 그렇게 뜨개질을 하려면 자기가 그걸 하고 싶다는 기분이 되어야 한다고 하더군.

내가 그 여편네한테 "광고에 정말로 그렇게 나와 있었죠, 사모님." 이랬어.

그랬더니 베라가 뜨개질감을 내려놓으면서 "내 이름은 사모님이 아냐." 이러는 거야.

"베라 도너번이야. 우리 집에서 일하게 되면 날 도너번 마님이라고 부르도록 해. 적어도 우리가 호칭을 바꿀 수 있을 만큼 서로를 잘 알게 될 때까지는. 난 당신을 돌로레스라고 부르기로 하지. 다 알아들었어?"

"예, 도너번 마님."

"좋아, 시작이 좋군. 이제 내 질문에 대답해 봐. 당신도 집에서 살림을 해야 할 텐데 여긴 왜 온 거지, 돌로레스?"

"크리스마스 때 쓸 가욋돈을 좀 벌려고요." 난 그 집으로 가면서 그 여자가 이런 걸 물어보면 이렇게 말해야겠다고 미리 생각을 해 뒀거든. "그때까지 일하는 게 괜찮으면, 그리고 이 집에서 일하는 게 마음에 들면 조금 더 있을 수도 있을 거예요."

"이 집에서 일하는 게 당신 마음에 들면 그렇단 말이지."

그 여편네가 내 말을 나한테 그대로 되돌려주더니 뭐 저런 멍청한 말이 다 있나, 그런 표정을 짓더라고. 저 위대한 베라 도너번의 집에서 일하는 걸 싫어할 사람이 어디 있나, 그거였겠지. 근데 그 여편네가 내 말을 또 되풀이하는 거야.

"크리스마스 때 쓸 돈이라." 그러고 또 나를 뚫어져라 쏘아보면서 잠깐 가만히 있다가 똑같은 말을 또 했어. 훨씬 더 비꼬는 투로.
"쿠리이이스마스 때 쓸 돈이라!"

사실은 당신 집에 먹을 게 거의 없고 남편이라는 작자하고도 이미 문제가 있어서 당신이 일하러 왔다는 것쯤 다 짐작하고 있다, 이거지. 내가 얼굴이 빨개져서 눈을 내리까는 걸 보면서 자기 짐작이 맞았다는 걸 확인하고 싶었던 거야. 그래서 나는 얼굴을 붉히지도 않고 눈을 내리깔지도 않았어. 그때만 해도 내 나이가 겨우 스물두 살이라 하마터면 그럴 뻔했지만 말이야. 우리 집에 이미 문제가 있다는 사실도 절대 인정 안 했지. 아무한테도. 아무리 야생마 같은 인간이라도 나한테서 그런 소리를 들을 수는 없었을걸. 크리스마스 때 쓸 돈이라는 말은 베라도 쉽게 받아들일 수 있는 얘기였어. 그렇게 비꼬는 것처럼 얘기하긴 했어도 말이야. 내가 만약 사실을 인정했어도 그해 여름에 우리 집 사정이 조금 빡빡하다는 정도로만 얘기했을 거야. 내가 그날 용의 소굴에 들어가는 심정으로 그 여편네를 만나러 간 진짜 이유가 뭔지, 난 몇 년이 지나서야 겨우 그걸 인정할 수 있었지. 난 그때 조가 일주일 내내 술 마시느라고 쓴 돈, 육지에 있는 퍼지 술집에서 금요일 밤에 포커를 치다 잃은 돈을 어떻게 해서든 메워야 했어. 그때만 해도 나는 남자가 여자를 사랑하는 마음, 여자가 남자를 사랑하는 마음이 야단법석을 떨며 술을 마시는 걸 좋아하는 마음보다 더 강하다고 믿었지. 우유병 맨 위에 크림이 떠오르는 것처럼 결국은 그 사랑이 위로 올라올 거라고. 그런데 그 뒤로 10년간 그게 아니라는 걸 배웠어. 세상을 살다 보면 가끔 그런 한심한 일들을 배우게 되는 법이잖아,

안 그래?

"뭐, 서로를 시험한다는 기분으로 한번 해 보지, 돌로레스 세인트 조지……. 당신이 일을 제대로 하더라도 1, 2년 안에 또 임신을 하게 될 것 같기는 하지만. 만약 그렇게 된다면 그게 마지막인 줄 알아." 베라가 이러더군.

사실 난 그때 임신 2개월이었거든. 하지만 아무리 야생마 같은 사람이라도 나한테서 그 소리 역시 들을 수 없었을걸. 그 일을 하면서 받게 될 주급 10달러가 필요했으니까. 결국 그 돈을 벌 수 있게 됐지만. 그 돈은 1센트 동전 하나까지 전부 다 내 피땀이야. 그 해 여름에 나는 꽁지가 빠지게 일했어. 노동절* 때 베라가 그러더군. 자기들이 볼티모어로 돌아간 뒤에도 계속 일하고 싶냐고. 그렇게 큰 집은 원래 1년 내내 누가 관리를 해 줘야 하잖아. 나는 좋다고 했지.

그러고 조 주니어가 태어나기 한 달 전까지 계속 일을 했어. 그리고 그놈이 젖을 떼기도 전에 다시 일을 시작했지. 여름에는 알린 칼럼에게 그놈을 맡겼고. 베라는 집 안에서 애가 울어 대는 걸 가만둘 사람이 아니니까. 그럼, 그렇고말고. 하지만 그 여편네가 남편하고 같이 떠나 버리면 나는 조 주니어하고 셀리나를 다 데리고 일하러 갔어. 셀리나는 대개 혼자 내버려둬도 괜찮았어. 세 살도 안 됐는데 별로 그 애를 걱정할 필요가 없었거든. 조 주니어는 매일 수레에 태워 끌고 다니면서 일을 했어. 걔가 처음으로 걸음마를 한 곳도 그 집 부부가 쓰는 침실이야. 물론 베라는 전혀 모르는 일

---

* 9월의 첫째 월요일.

이지.

 내가 애를 낳고 나서 일주일인가 됐는데 그 여편네가 전화를 했어.(베라한테 애 낳았다는 얘기를 알리지 말까 했는데, 설사 그 여편네가 내가 애 낳은 기념으로 뭔가 화려한 선물을 기대하는 줄 알더라도 그건 그 여자 문제지 내 문제가 아니다, 그렇게 생각하기로 했어.) 아들을 낳은 걸 축하한다고 하더라고. 그러고는 내가 이미 짐작했던 얘기를 하는 거야. 나를 위해 내 자리를 비워 놓겠다고. 아마 그 여편네는 내가 우쭐해하기를 바랐을 거야. 사실 우쭐했지. 베라 같은 여자한테 그건 최고의 찬사였으니까. 그해 12월에 그 여편네가 보내 준 보너스 25달러보다 그게 더 기분이 좋더라고.

 베라가 까다로운 사람이기는 했어도 남한테 억울한 짓은 안 했어. 자기 집 안에서는 자기가 항상 대장이었고. 하긴 뭐, 어쨌든 그 여자 남편이 그 집에 오는 건 열흘에 한 번 꼴밖에 안 됐으니까. 여름에도…… 여름에는 원래 부부가 거기서 계속 살기로 했는데도. 하지만 뭐 남편이 있어도 대장이 누군지 금방 보여. 그 남자도 회사에 가면 자기가 무슨 소리를 할 때마다 오줌을 줄줄 싸 대는 중역들이 이삼백 명이나 있는지 몰라도, 리틀톨 섬에서는 베라가 대장이었어. 베라가 깨끗한 카펫에 흙 묻히지 말고 빨리 신발을 벗으라고 하면 남편도 함부로 하지 못했으니까.

 게다가 아까 베라가 일을 할 때 꼭 자기가 정한 대로만 해야 된다고 고집을 부렸다고 얘기했지? 아이고, 징글징글해! 그 여편네가 그런 걸 어디서 배웠는지는 몰라도, 아주 거기 꼭 붙들려서 무슨 죄수처럼 살았던 건 내가 봐도 분명해. 사람들이 자기가 정한 방식대로 일을 하지 않으면 그 여편네는 머리나 배가 아프다더군. 그 여편네가 거의 온종일 온갖 일들을 시시콜콜 확인하고 다니는 걸 보면서, 저러지 말고 자기가 직접 살림을 하면 저 여편네 마음도 편할 텐데, 그런 생각을 많이 했어.

욕조를 닦을 때는 항상 스픽&스팬 상표의 수세미를 써야 한다는 것도 규칙이야. 레스토일이나 탑잡이나 미스터 클린 표는 안 돼. 항상 스픽&스팬을 써야 한다고. 다른 수세미로 욕조를 닦다가 그 여편네한테 걸리면 신의 가호를 바라는 수밖에.

다리미질을 할 때는 남방이나 블라우스 깃에 풀을 먹일 때 특별한 분무기를 써야 돼. 풀을 뿌리기 전에 깃 위에다 거즈도 덮어야 하고. 내가 아는 한 그 망할 놈의 거즈가 하는 일이라고는 아무것도 없어. 내가 그 집에서 다린 남방이며 블라우스가 적어도 1만 벌은 됐을 텐데, 그 여편네가 세탁실에 들어왔다가 깃에 그 거즈를 깔지 않고 다리미질 하는 걸 보는 날에는, 아니 깃이 다림질 판 끝에 걸쳐져 있는 것만 봐도, 또 신의 가호를 빌어야지 뭐.

부엌에서 뭘 튀길 때 깜박 잊고 환풍기를 안 켜도 신의 가호를 빌어야 하고.

차고에 있는 쓰레기통은 또 어떻고? 쓰레기통이 모두 여섯 개였는데, 소니 퀴스트 사에서 매주 한 번씩 사람이 나와서 쓰레기를 치워 가거든. 그런데 그 직원이 떠나는 순간, 가정부든 하녀든 아무나 가까이 있던 사람이 1초도 꾸물거리지 말고 쓰레기통을 차고 안으로 다시 갖다놔야 돼. 그것도 그냥 적당히 구석 자리에 끌어다 놓는다고 되는 일이 아냐. 차고 동쪽 벽에 두 개씩 줄을 맞춰서 세

위 놓고, 그 위에다가는 뚜껑을 거꾸로 뒤집어서 덮어 놓아야 한다고. 딱 그런 식으로 세워 놓는 걸 깜박했다가는 또 하느님을 찾아야지.

그뿐이야? 현관 깔개에도 또 법칙이 있어요. 깔개가 전부 세 장인데, 정문에 하나, 뜰로 통하는 문에 하나, 뒷문에 하나. 그런데 뒷문 깔개 바로 위에는 '일꾼들 입구'라는 거만한 간판이 달려 있었어. 작년에 내가 도저히 더 이상 참을 수가 없어서 그걸 내려 버렸지만 말이야. 내가 할 일은, 일주일에 한 번씩 그 깔개들을 가져다가 뒤뜰 끝에, 아냐, 수영장에서 한 40미터 떨어진 데라고 해야겠네. 어쨌든 거기 있는 커다란 바위 위에 너는 거야. 그 위에 깔개를 넣고 빗자루로 탁탁 쳐서 먼지를 터는 거지. 정말로 먼지가 풀풀 날리도록 그 짓을 했다니까. 그때 꾸물거렸다간 그 여편네한테 들키기 십상이지. 내가 깔개를 털 때마다 항상 그 여편네가 감시한 건 아니지만 그래도 감시한 적이 많았어. 남편의 쌍안경을 들고 뜰에 서서 보는 거야. 그렇게 먼지를 털어서 깔개를 다시 제자리에 갖다놓을 때에는 또 'WELCOME'이라는 글자의 방향을 제대로 맞춰야 돼. 그러니까, 문을 향해 걸어오는 사람이 그 글자를 읽을 수 있게 놔야 한다는 얘기야. 현관에 깔개를 거꾸로 놨다면 또 하느님께 빌어야지 뭐.

이런 것들이 한 네 다스는 됐을 거야. 옛날에 내가 낮에만 오는 파출부로 처음 일을 시작했을 때는 저 아래 가게에서 베라 도너번을 욕하는 사람이 엄청 많았어. 도너번네 부부는 손님들을 자주 불렀기 땜에 50년대 내내 집에서 일해 주는 사람을 많이 썼는데 그 집에서 시간제 하녀로 일하다가 어떤 규칙 하나를 연달아 세 번 잊어버리는 바람에 쫓겨난 어린 여자애가 제일 큰 소리로 욕을 해 댔어. 그 애는 베라 도너번이 이랬다더라, 저랬다더라 이러면서 험담을 하고 싶어 하는 사람만 보면 아무나 붙들고 그 여편네가 비열하고 입도 더러운 늙은 박쥐라는 둥, 미친년처럼 제정신이 아니라는 둥 열심히 떠들어 댔지. 뭐, 그 여편네가 미쳤을 수도 있고, 아닐 수도 있어. 하지만 한 가지는 확실해. 규칙만 제대로 기억한다면 그 여편네가 화를 안 낸다, 그거. 내 생각에는 말이야, 테레비 연속극에서 누가 누구하고 연애하는 사이인지 죄다 기억할 수 있는 사람이라면 욕조를 닦을 때 스픽&스팬을 써야 한다는 거나 현관 깔개 방향을 제대로 맞춰 놓아야 한다는 것쯤 얼마든지 기억할 수 있어.

　인제 침대보 얘길 해 볼까? 이걸 조금이라도 잘못했다가는, 아이고, 빨랫줄에 널 때 하나라도 틀리면 큰일 나. 양쪽 끝을 정확하게 맞춰야 한다고. 또 침대보 하나마다 빨래집게 여섯 개를 써야 되지. 네 개는 절대 안 돼. 항상 여섯 개. 만약 침대보를 흙 속에서 질질 끌고 다녔다면, 규칙을 세 번 어길 때까지 기다릴 필요도 없어. 빨랫줄은 옆 뜰에 있었는데, 거긴 그 여편네 침실 창문 바로 아래야. 그 여편네는 항상 그 창문으로 아래를 보면서 나한테 소리를 질러 댔지. "빨래집게 여섯 개야, 돌로레스! 내 말 들어, 당장! 여섯 개라고, 네 개가 아냐! 내가 지금 숫자를 세고 있어. 내가 나이를 먹었어도 눈은 옛날하고 똑같아!" 그 여편네는…….

　뭐라고, 아가씨?

어이구 정말, 앤디. 아가씨한테 왜 그래? 하나도 이상한 질문이 아니구먼. 남자들은 머리가 나빠서 그런 걸 물어보지도 못하는 주제에.

내가 대답해 줄게요, 메인주 케네벙크에서 온 낸시 배니스터 아가씨. 그래요, 그 여편네는 건조기를 갖고 있었다우. 아주 크고 좋은 놈으로. 하지만 일기예보에서 닷새 동안 계속 비가 올 거라고 말하지 않는 한 그 안에 침대보를 넣는 건 절대 안 되는 일이었지. "품위 있는 사람의 침대에 깔 수 있는 건 야외에서 말린 침대보밖에 없어. 그래야 좋은 냄새가 나니까. 침대보가 바람에 펄럭이면서 바람을 조금 붙잡아 품게 되고, 그 냄새 때문에 좋은 꿈을 꾸게 되는 거야."

그 여편네가 뭐 이런저런 일을 갖고 말도 안 되는 소리를 늘어놓은 적이 많지만 침대보에서 신선한 공기 냄새가 나는 게 좋다는 얘기는 헛소리가 아니지. 이건 그 여편네 말이 전적으로 옳아. 건조기에 돌린 침대보하고 기분 좋은 남풍에 말린 침대보의 냄새가 다르다는 건 누구나 알 수 있으니까. 하지만 겨울날 아침이면 기온이 영하 12도나 되고 동쪽 대서양에서 축축한 바람이 세게 불어오는 날이 많았지. 날씨가 그런 날이면 나는 이러쿵저러쿵 안 하고 침대보에서 좋은 냄새가 나게 하는 걸 깨끗이 포기해 버렸어. 아이고, 추운 날 침대보를 너는 건 아주 고문이야. 그게 어떤 건지 실제로 안 해 본 사람은 절대 몰라. 일단 한 번 해 본 사람은 평생 못 잊어.

처음에 빨래 바구니를 빨랫줄까지 가져갈 때는 빨래에서 김이 모락모락 올라와. 그때 침대보를 집어 들면 따뜻하지. 그럼 어떤 사람들은 "헤, 뭐 그리 어렵지도 않구먼." 이러는데, 그런 일을 한 번도 안 해 본 사람이나 하는 소리지. 침대보 하나를 가장자리를 가지런히 맞춰 널고 빨래집게 여섯 개를 다 꽂을 때쯤이면, 바구니는 벌써 식어서 김이 안 나. 침대보는 아직 축축한데 차갑게 식어 있는 거야. 게다가 내 손가락도 젖어서 얼마나 시린지. 그래도 참고 하나하나 침대보를 널다 보면 손가락이 빨개지고 점점 감각이 없어져. 어깨도 아프고. 게다가 손으로 그 망할 놈의 침대보를 가지런히 깨끗하게 정리하는 동안 빨래집게를 입으로 물고 있어야 하니까 입에서도 쥐가 나. 그래도 제일 견디기 힘든 건 바로 손가락이 시린 거야. 차라리 아예 감각이 없어지면 괜찮지. 제발 그랬으면 좋겠다고 오히려 속으로 빌 정도니까. 근데 손가락이 그냥 빨갛게 변하기만 하고 감각은 그대로 남는 거야. 그래도 계속 침대보를 널다 보면 나중에는 엷은 자주색으로 변해. 백합꽃 중에 가장자리가 그런 색인 게 있잖아, 왜. 빨래를 다 널 때쯤이면 손이 그냥 쇳덩이 같아. 근데 그것보다 더 싫은 건, 텅 빈 빨래 바구니를 들고 겨우 안으로 들어가서 따뜻한 공기를 좀 쐬었다 싶으면 손이 어떻게 되는지 이미 내가 뻔히 알고 있다는 거야. 처음에는 손가락이 근질거리다가 나중에는 관절이 욱신거리지. 그런데 그 욱신거리는 데가 너무 안쪽 깊은 데라서 욱신거리는 게 아니라 꼭 손가락이 아우성을 치는 것 같아. 자네도 알 수 있게 설명을 해 주면 좋겠는데, 뭐라고 설명할 수가 없네, 앤디. 저기 낸시 배니스터 아가씨는 표정을 보니 그게 어떤 건지 아는 모양인데. 그래 봤자 다 아는 건 아니겠지만. 겨울에 뭍에서 빨래를 너는 것하고 섬에서 빨래를 너는 건 천지 차이거든. 손가락이 다시 따뜻해지기 시작하면 그 안에 꼭 벌집이 들어가 앉은 것 같아. 그래서 로션 같은 걸로 손가락을 문지르면서 가려운 게 없어지기를 기다리지. 손에다가 로션을 바르든 싸구려 술을 바르든 별 상관이 없다는 걸 알면서도 말이야. 2월 말쯤이면 손가락 피부가 얼마나 심하게 쩍쩍 갈라지는지 주먹을 꽉 쥘 때마다 살이 벌어져서 피가 흘러. 가끔은 빨래를 다 널고 안으로 들어와서 몸이 녹은 다음에도, 아니 나중에 집에서 자다가도 그때 손이 아팠던 게 기억나서 눈물을 쏟으면서 한밤중에 벌떡 일어날 때도 있어. 왜, 내가 그냥 아무렇게나 하는 소리 같아? 웃고 싶으면 웃어. 어이구, 얼마나 징글징글한지. 내가 우는 소리가 내 귀에 들릴 정도야. 애들이 엄마를 잃어버리고 징징대는 것같이. 그게 얼마나 저 속 깊은 곳에서부터 우러나오는 소린지, 나는 그냥 그대로 누워서 가만히 듣기만 해. 내일도 또 빨래를 널러 밖에 나가야 되는구나, 그러면서. 무슨 일이 일어나도 빨래는 널어야 하니까. 남자들은 이런 여자들 일 따위 알지도 못하고 알고 싶어 하지도 않지.

내가 그렇게 온갖 고생을 하는 동안, 그러니까 손에서 감각이 없어지고, 손가락이 시퍼렇게 얼고, 어깨가 욱신거리고, 코에서 콧물이 나와 입술에 시계추처럼 얼어붙는 와중에 베라는 자기 침실 창가에서 나를 내다보고 있는 거야. 이마를 잔뜩 찡그리고, 입술을 꼭 다물고, 양손을 막 문지르면서. 그 표정이 얼마나 심각한지, 꼭 한겨울 찬바람 속에서 침대보를 너는 걸 보는 게 아니라 병원에서 무슨 복잡한 수술을 보는 사람 같아. 그 여편네도 어떻게든 참아

보려고, 날 올가미에 잡아넣지 않으려고 애쓰는 거지. 하지만 조금 있으면 더 이상 참지를 못하고 창문을 획 열어젖히는 거야. 그러고는 몸을 바깥으로 내밀고 차가운 바람에 머리카락을 휘날리면서 "빨래집게 여섯 개야! 잊지 말고 여섯 개를 써! 내 좋은 침대보가 바람에 날려 저 구석까지 날아가면 안 돼! 내 말 들어, 당장! 그러는 게 좋을걸. 내가 지켜보고 있으니까. 난 숫자도 세고 있다고!" 이러면서 아주 난리를 쳐요.

3월이 다 될 때쯤이면, 그 멍청한 외국 놈하고 같이 부엌에서 땔 장작을 팰 때 썼던(그나마 그놈이 죽을 때까지는 둘이 같이 장작을 팼는데, 그다음에는 그 일을 나 혼자 다 했어. 어이구, 복도 지지리 없는 년.) 도끼를 가져다가 그 잔소리꾼 여편네의 눈 사이에 박아 넣는 꿈을 다 꿀 정도야. 내가 실제로 그런 짓을 하는 모습이 눈에 선하게 떠오를 때도 있고. 그 여편네 때문에 아주 미쳐 버린 거지. 하지만 그 여편네도 속으로는 자기 고함 소리를 나만큼이나 싫어했어. 옛날에는 몰랐는데, 생각해 보면 나도 처음부터 그걸 알고 있었던 것 같아.

이게 그 여편네 못된 짓 중 첫 번째야. 자기도 어쩔 수 없이 그러는 거. 이건 사실 나보다 그 여편네한테 더 안 좋았어. 심한 심장 발작을 일으킨 다음에는 특히나 더. 그때는 밖에다 널어야 하는 빨래가 옛날보다 한참 적었는데도, 그 여편네가 난리를 치는 건 어째 하나도 안 변하더군. 집 안에 있는 방들도 거의 다 잠겨 있고, 손님 방 침대에 깔아 놨던 침대보도 비닐봉지에 넣어서 옷장 안에 넣어 놨는데도.

그 여편네가 제일 속상해했던 건, 1985년 무렵에 이미 더 이상 사람들을 깜짝깜짝 놀랠 수 없게 되었다는 거야. 나한테 의지하지 않으면 혼자 힘으로는 움직일 수가 없었거든. 내가 그 여편네를 휠체어에다 앉혀 주지 않으면 하루 종일 침대에서 꼼짝을 못 해. 그 여편네가 살이 많이 찐 건 알지? 60킬로그램이던 몸무게가 60대 초반에 85킬로그램이 됐다고. 그것도 거의 다 누런 비계 덩어리로만. 그 왜, 노인들 중에 그런 사람들 있잖아. 그 여편네 팔이며 다리며 엉덩이는, 꼭 막대기에다가 빵 반죽을 걸어 놓은 것처럼 살이 축축 늘어져 가지고, 아이고. 늙어 가면서 삐쩍 마르는 사람도 있는데 베라 도너번은 왜 그렇게 살이 쪘나 몰라. 프레노 박사 말로는 그 여편네 콩팥이 나빠서 그랬다는데, 내 생각에도 그런 것 같아. 근데 나는 그 여편네가 순전히 날 못살게 굴려고 그렇게 살이 찐 게 아닌가 하는 생각을 한 게 한두 번이 아냐.

그것도 살만 쪘으면 다행이게? 눈도 반쯤은 멀어 버렸어. 심장 발작 때문에. 그나마 어떤 때는 앞이 아예 안 보일 때도 있었어. 그 여편네 말로는 왼쪽 눈이 희미하게 보이고 오른쪽 눈은 무지하게 잘 보이는 날도 있지만, 대개는 두꺼운 회색 커튼이 눈앞에 있는 것 같다고 그래. 그놈의 눈 때문에 그 여편네가 미친년처럼 날뛴 거 자네도 이해하겠지? 뭐든지 항상 자기 눈으로 직접 봐야 직성이 풀리는 사람이 그렇게 됐으니. 그것 때문에 그 여편네가 몇 번 울기도 했지. 그런 여편네가 운다는 건, 보통 일이 아냐……. 나이가 들어서 제대로 일어서지도 못하게 됐어도 웬만해서는 울지 않는 고집 센 아기같이 버티던 사람이었는데.

뭐라고, 프랭크?

노망난 것 아니냐고?

나도 확실히는 몰라. 진짜야. 노망은 아니었던 것 같기도 한데, 설사 그게 노망이었어도 그 여편네가 보통 늙은이들하고 똑같이 노망난 건 아냐. 틀림없어. 혹시 그 여편네가 노망난 거면 판사가 그 여편네 유언장을 휴지 쪼가리 취급할까 봐 그러는 게 아냐. 판사가 그 유언장으로 똥구멍을 닦든 말든 나하고는 상관없어. 난 그저 그 여편네가 나를 처박아 놓은 이 망할 놈의 수렁에서 빠져나가고 싶을 뿐이니까. 그래도 이 얘기는 꼭 해야겠어. 그 여편네가 2층에서 꼼짝 못 하고 있을 때 아무래도 머리가 텅 빈 건 아니었다는 거. 마지막으로 숨이 떨어지는 순간에도 머리가 텅 빈 건 아니었을 거야. 뭐, 가끔 정신이 오락가락할 수는 있었겠지. 하지만 머리가 완전히 비어 버리지는 않았어.

내가 이런 얘기를 하는 건, 가끔 그 여편네가 옛날처럼 아주 또렷또렷해질 때가 있었기 때문에 그래. 대개 앞이 좀 보이는 날이 그랬지. 그런 날이면 침대에서 그 여편네를 일으켜 앉힐 때 나를 조금 도와주기도 했고, 심지어 내가 곡식 자루처럼 나르지 않아도 자기가 직접 몇 걸음을 걸어서 휠체어까지 가기도 했어. 나는 침대보를 갈 때 그 여편네를 휠체어에 앉혀 놓곤 했는데, 그런 날이면 그 여편네도 창가로 가고 싶어서 휠체어에 앉고 싶어 했어. 그 왜, 자기 집 옆 뜰하고 멀리 항구까지 바라다 보이는 창문 말이야. 한번은 밤이나 낮이나 침대에 누워서 천장하고 벽만 보면서 살다 보면 완전히 미쳐 버릴 거라고, 그런 소리를 하더군. 내 생각에도 그럴 것 같아.

그래, 그 여편네가 정신이 오락가락하는 날도 있었던 건 사실이야. 그런 날이면 그 여편네는 나도 못 알아봤으니까. 그뿐이야? 그런 날은 자기가 누군지도 몰라. 꼭 닻이 풀린 배 같아. 그 여편네가 진짜 바다가 아니라 시간 속을 헤매고 있다는 것만 다를 뿐이지. 아침에는 지금이 1947년이라고 했다가 오후가 되면 1974년이라고 하는 식이야. 하지만 상태가 좋은 날도 있기는 했어. 뭐, 시간이 갈수록 좋은 날이 점점 줄어들고, 계속 소소한 심장 발작이 일어나기는 했지만. 그 왜, 늙은이들이 쇼크라고 부르는 것 있잖아. 그 여편네도 그런 걸 겪었어. 그 여편네가 상태가 좋은 날은 대개 내가 고생하는 날이지. 내가 그냥 내버려두면 옛날처럼 온갖 못된 짓을 해댔거든.

그럴 때 그 여편네가 얼마나 비열해지는지. 그게 그 여편네가 두 번째로 못된 짓을 하는 거야. 그 여편네는 마음만 내키면 꼭 고양이 몸에 붙은 먼지처럼 비열해질 수 있었어. 기저귀를 차고 고무 팬티를 입고 거의 하루 종일 침대에서 꼼짝 못 하고 있으면서도 정말 사람 속을 뒤집어 놓는다니까. 청소하는 날 그 여편네가 방을 그냥 정신없이 어질러 놓는 거, 그것만 봐도 알지. 그 여편네가 청소할 때마다 그런 건 아냐. 하지만 내 하늘에 대고 맹세하는데, 그 여편네가 목요일만 되면 방을 어지럽힌 적이 그렇게 많은데, 그걸 전부 다 그냥 우연이다, 그럴 수는 없어.

도너번네 집에서 목요일은 청소하는 날이었지. 집은 또 얼마나 큰지. 자네들이 그 안에서 실제로 돌아다녀 보기 전에는 얼마나 큰지 실감할 수가 없을걸. 그런데 그 큰 집에 문이 잠긴 곳이 태반이야. 수건으로 머리를 깨끗하게 묶은 여자애들이 대여섯 명씩 있던 시절에는 집 안 구석구석을 반짝거리게 닦고, 창문도 청소하고, 천장 구석에서 거미줄도 걷어 냈지만 그건 벌써 20년도 더 된 일이지. 나는 가끔 그 어둠침침한 방들을 돌아다니면서 덮개로 싸 놓은 가구들을 가만히 보곤 했어. 그러면서 50년대에 이 집이 어땠는지 생각해 보는 거야. 여름에 파티가 열리던 시절. 잔디밭에는 항상 색색가지 일본식 등이 밝혀져 있던 게 얼마나 눈에 선한지! 웃기는 건, 그런 생각을 하다 보면 몸이 오싹해진다는 거야. 밝은 색깔들은 결국 인생에서 사라져 버리게 마련이니까. 알아? 결국은 모든 게 항상 회색으로 변해 버려. 여러 번 빨아서 색이 바랜 옷처럼.

지난 4년 동안 그 집에서 열려 있던 곳은 부엌하고 중앙 거실하고 식당, 그리고 수영장하고 안뜰을 향해 나 있는 일광욕실, 2층의 침실 네 개였어. 그 여편네 침실 하나, 내 것 하나, 그리고 손님방 두 개, 그렇게였지. 손님방에는 겨울에 별로 난방을 안 했지만, 혹시라도 그 여편네 자식들이 잠시 다니러 올지도 모르니까 항상 깨끗하게 해 두는 거야.

그 마지막 몇 년 동안에도 청소하는 날에는 항상 마을에서 여자애 두 명이 나를 도와주러 왔어. 그 집에서는 일하는 사람들이 항상 자주 바뀌었지만, 1990년인가 그때부터는 쇼나 윈드햄하고 프랭크 동생 수지가 항상 왔지. 그 애들 없이 나 혼자서는 그 청소를 다 할 수가 없었을 거야. 그래도 내가 직접 하는 일이 많았기 때문에, 목요일 오후 4시에 여자애들이 집에 갈 때가 되면 나는 쓰러지기 일보 직전이었어. 할 일은 아직 산더미인데. 다림질도 마저 해야 하고, 금요일 날 장 볼 것도 적어 놓아야 하고, 그 여편네가 항상 깨작거리기는 해도 어쨌든 저녁 식사도 만들어야 하고……. 사람들 말마따나 성질 나쁜 인간은 쉴 틈도 없어.

그런데 꼭 그때가 되면 그 여편네가 못된 성질을 부리는 거야. 그러니 그 뒤치다꺼리까지 해야지.

그 여편네는 대개 규칙적으로 볼일을 보는 편이었어. 내가 세 시간마다 환자용 변기를 몸 밑에 밀어 넣어 주면 그 여편네가 쉬를 하는 거야. 대개 정오가 지난 후에 오줌을 쌀 때는 변기에 큰 것도 같이 들어 있는 편이지.

근데 목요일 날은 안 그래.

목요일마다 항상 그런 건 아니지만, 그 여편네가 목요일 날 정신이 맑아지면, 아이고 고생 좀 하겠구나, 그래……. 그런 날은 저녁 때 등이 아파서 십중팔구 한밤중까지 잠도 못 자겠구나, 그냥 그렇게 생각을 해 버려야 돼. 나중에는 진통제를 먹어도 소용이 없더라고. 난 원래 말처럼 건강한 체질이야. 지금도 그렇고. 그래도 예순다섯이나 되니까 나이는 못 속이겠더군. 이젠 옛날처럼 홀홀 털고 일어날 수가 없어.

그 여편네는 보통 아침 6시에 변기 절반쯤 오줌을 싸는데, 목요일에는 그냥 찔끔찔끔이야. 9시에도 또 찔끔찔끔. 그리고 낮 12시에는 원래 오줌하고 똥을 같이 싸던 사람이 아예 아무것도 안 싸기 일쑤야. 그걸 보면 고생문이 열렸다는 예감이 오지. 수요일 낮부터 그 여편네가 똥을 안 싸면, 그건 아주 된통 걸린 거야.

억지로 웃음 참는 거 다 보인다, 앤디. 괜찮아. 참을 수 없으면 그냥 웃어 버려. 그때는 그게 절대 웃을 일이 아니었지만 지금은 다 끝난 일이니까. 그리고 지금 자네 생각이 맞아. 그 할망구가 똥을 저축해 놓은 거라고 생각하는 거지? 나중에 이자를 받으려고 몇 주일씩 똥을 쌓아 놓는다고……. 문제는 그렇게 저축해 놓은 똥을 죄다 받아 내야 하는 게 바로 나라는 거야. 내가 원하든 원치 않든 그걸 받아 내는 수밖에.

목요일 오후가 되면 나는 2층을 오르락내리락하느라고 정신이 없어. 그 여편네가 똥을 싸기 전에 때를 잘 맞춰야 되니까. 가끔은 뛰어다닌 보람이 있을 때도 있지. 근데 그 여편네는 눈이야 어찌 됐든, 귀 하나는 멀쩡했어. 그리고 그 여편네는 내가 마을에서 온 여자애들한테 거실에 있는 오버슨 양탄자를 청소하라고 청소기를 맡기는 법이 없다는 것도 알아. 그래서 거실에서 청소기 돌아가는 소리가 들리면 자기 몸속의 그 똥 공장을 돌리기 시작하는 거야. 그동안 저축해 놓은 똥에 아주 이자까지 붙어서 나오기 시작하는 거지.

근데 그 여편네를 골탕 먹일 방법이 하나 생각났어. 내가 거실에서 청소기를 돌리겠다고 여자애들한테 소리를 지르는 거야. 그 애들이 바로 옆의 식당에 있어도 무조건 소리를 질러. 청소기도 진짜로 켜고. 그러고는 그냥 청소기를 켜 둔 채로 계단 발치에 가서 한 발을 올리고 한 손으로 난간머리를 잡는 거야. 출발 신호를 기다리면서 웅크리고 있는 달리기 선수인 양.

한 번인가 두 번인가는 내가 너무 일찍 올라갔어. 그래서 아무 소용이 없었지. 총소리가 울리기도 전에 뛰쳐나가서 탈락한 달리기 선수 꼴이 된 거야. 그 여편네가 도저히 그만둘 수 없을 정도로 공장 속도를 올려놓은 다음에 올라가야 하는데. 그렇다고 공장 스위치가 아주 나가 버릴 때까지 기다려도 안 돼. 그러면 그 큰 바지에다가 똥을 왕창 싸 버리니까. 똥을 못 싸게 막아 주는 바지를 입혀 놨는데도 그래. 나중에는 내 솜씨가 아주 끝내줬어. 자네도 내 입장이라면 그렇게 됐을걸. 시간을 잘못 맞췄다가는 85킬로그램이나 나가는 할망구를 이리저리 돌려 가며 씻겨야 하니. 꼭 화약 대신에 똥이 가득 든 수류탄을 다루는 것 같더라고.
　내가 2층으로 올라가 보면 그 여편네는 그 병원 침대 같은 침대에 누워서 얼굴이 시뻘게져 있어. 입은 그냥 완전히 비뚤어져 있고, 팔꿈치는 매트리스 속으로 점점 파고 들어가는데, 양 주먹을 꽉 쥐고서 "으으응! 으으으으응! 으으으으으으응!" 이렇게 소리를 질러 대는 거야. 내가 얘기 하나 해 줄까? 그 여편네는 파리 잡는 끈끈이를 두어 개 천장에 매달아 주고 백화점 카탈로그를 무릎에 놓아 주기만 하면 어디 갔다 집에 온 사람처럼 아주 조용해져.
　아이고, 낸시, 그렇게 입안을 잘근잘근 씹으면 어떡해. 똥을 참으면서 고생하느니 똥을 싸 버리고 창피를 당하는 편이 낫다고들 하잖아. 그리고 뭐, 지금 생각하면 재밌기도 했으니까. 똥 싸는 게 항상 그렇지 뭐. 애들한테 한번 물어봐. 이젠 다 끝난 일이라 그런지 나도 재미있다는 생각이 다 드네. 웃기지? 내가 지금 비록 이렇게 웃기지도 않은 처지가 돼 있지만, 어쨌든 목요일에 베라 도너번이 싸 놓은 똥 덩어리 뒤치다꺼리를 해야 하는 시절은 다 끝났다 이 거야.

그 여편네는 내가 들어오는 소리를 듣고는…… 화를 냈냐고? 아이고, 꿀 먹으려다가 벌통 속에 발 한쪽이 걸린 곰이 그럴까.

"2층에는 왜 올라온 거야?"

그 여편네는 뭔가 나쁜 짓을 하다가 들키면 항상 이렇게 잘난 척하면서 얘기를 했어. 자기가 그 뭐냐, 바산지 홀리 오큰지 하는 여자 대학에 지금도 다니고 있는 줄 아는지 원.

"오늘은 청소하는 날이야, 돌로레스! 가서 네 일이나 하라고! 난 널 부른 적도 없고, 네가 필요하지도 않아!"

그런다고 겁먹을 내가 아니지.

"내가 보기엔 내가 꼭 필요한 것 같은데요. 그 엉덩이가 있는 방향에서 나는 냄새가 향수는 아니잖아요."

내가 이러면서 침대보하고 담요를 벗겨 내려고 하면, 가끔 그 여편네가 내 손을 후려치려고 할 때도 있었어. 그러고는 날 얼마나 노려보는지 몰라. 빨리 방에서 나가라는 거지. 안 나가면 아주 돌로 만들어 버린다, 그러고 엄포를 놓는 거야. 학교 안 간다고 떼쓰는 애들처럼 입은 댓 발이나 나와 가지고는. 그래 봤자 나한테는 소용없지. 퍼트리샤 클레이본의 딸인 나 돌로레스한테는 그런 게 안 통한단 말씀이야. 나는 한 3초 만에 후닥닥 침대보를 벗겨 내고는 그 여편네가 내 손을 후려치든 말든 팬티를 내리고 기저귀 테이프를 잡아뗐어. 다 해 봤자 5초도 안 걸려. 그러면 그 여편네는 대개 내 손을 후려치려고 한두 번 애쓰다가 그만뒀어. 그 여편네가 나한테 꼼짝없이 걸렸다는 건 자기나 나나 다 아는 일이니까. 그 여편네의 똥 공장은 하도 낡아서 일단 한번 돌아가기 시작하면 아주 끝장을 보기 전에는 멈추질 않아요. 근데 내가 환자용 변기를 싹 밀어 넣어 주고 이번에는 거실에서 정말로 청소기를 돌리려고 아래층으로 갈라치면 그 여편네가 아주 부두의 깡패들처럼 욕을 해 대는 거야. 하이고, 바사 대학에 다녔다는 여자가 어떻게 그런 욕을 다 아는지! 그 순간에는 자기가 졌다는 걸 본인도 아니까 그러는 거야. 남한테 지는 걸 아주 싫어하는 사람이거든. 베라는 남한테 지는 걸 세상에서 제일 싫어했어. 그렇게 노망이 났는데도 그건 여전하데.

어쨌든 한동안 그런 식으로 세월이 흘렀기 때문에 나는 베라한테 그냥 한두 번만 이긴 게 아니라 아주 완전하게 이긴 줄 알았어. 그게 아니라는 걸 그때 알았어야 하는데.

다시 청소하는 날이 돌아왔을 때야. 지금부터 한 1년 반 전인가. 나는 그날도 2층으로 달려가서 그 여편네가 똥을 못 싸게 하려고 만반의 준비를 했지. 그 무렵에는 그게 재미있다는 생각까지 들 정도였어. 말하자면 그렇다는 얘기야. 옛날에 내가 그 여편네한테 졌을 때는 뒤치다꺼리를 하느라고 시간이 엄청 많이 들었는데 이제는 그럴 필요가 없어졌으니까. 그래도 그 여편네가 나한테 혼나지 않고 넘어갈 수만 있다면 똥으로 아주 태풍을 일으킬 계획을 짜고 있다는 건 이미 짐작하고 있었지. 그 여편네 하는 짓을 보고 내가 낌새를 맡은 거야. 그 밖에도 의심 가는 일이 더 있었고. 우선, 그 여편네가 정신이 반짝한 게 하루가 아니라 벌써 일주일째였어. 월요일 날에는 옛날처럼 혼자서 카드 게임을 할 수 있게 의자 팔걸이에 판을 걸쳐 달라고 할 정도였으니까. 게다가 그 여편네 창자가 무슨 건조 마법에라도 걸렸는지 그 전 주말부터 변기에 아무것도 안 나오는 거야. 그러니 목요일에 그 여편네가 그동안 저축해 놓은 똥뿐만 아니라 아예 묵은 똥까지 나한테 다 쏟아 낼 작정이라는 걸 눈치챘지.

그날 정오에 변기를 꺼내 봤는데 아주 바싹 말라 있기에 내가 그 여편네한테 이랬어. "더 열심히 애를 써야 할 것 같지 않아요, 베라?"

그랬더니 그 여편네가 흐리멍덩한 파란 눈으로 마리아의 어린 양처럼 순진무구하게 나를 쳐다보면서 이러는 거야. "오, 돌로레스. 난 벌써 최선을 다해 봤어. 아플 정도로 애를 써 봤다고. 변비에 걸린 것 같아."

그래서 내가 곧장 맞장구를 쳤어. "내 생각에도 그런 것 같네요. 그게 금방 깨끗하게 쏟아져 나오지 않으면, 아무래도 마님한테 변비약 한 상자를 전부 먹여야겠어요. 그러면 약이 안에서 폭탄처럼 터져서 똥이 묽어질 테니."

"아니, 아마 시간이 흐르면 저절로 해결될 거야." 그 여편네가 이러면서 모처럼 씩 웃는 거야. 물론 그때 이미 그 여편네 이빨은 남은 게 하나도 없었지. 게다가 의자에 앉아 있을 때가 아니면 아래쪽 틀니를 낄 수가 없었어. 혹시라도 기침을 하다가 그게 목구멍으로 딸려 가서 숨이 막힐 수도 있으니까. 그래서 그 여편네가 그렇게 씩 웃는 게 꼭 나무줄기가 썩어서 옹이구멍이 벌어진 것 같더라고. "내가 어떤 사람인지 알잖아, 돌로레스. 난 자연이 알아서 해결해 주도록 내버려두는 걸 좋아한다고."

"그럼요, 알고말고요." 내가 몸을 돌리면서 이렇게 중얼거렸더니 그 여편네가 "뭐라고 했지?" 이러는 거야. 아이고, 그 목소리가 얼마나 다정하던지.

"그냥 여기 서서 마님이 똥을 쌀 때까지 기다릴 수는 없다고 했어요. 일을 해야 되니까. 오늘은 청소하는 날이잖아요."

"어머, 그래?" 아침에 눈을 뜨자마자 다 알고 있었으면서 전혀 몰랐다는 듯이 시치미를 떼는 꼴하고는. "그럼 어서 가 봐, 돌로레스. 뭐가 나올 것 같으면 부를게."

그래, 어련하시겠어. 일이 터지고 나서 5분 뒤에나 날 부르겠지. 속으로는 이런 생각을 하면서도 아무 말 안 하고 그냥 아래층으로 내려갔어.

그리고 부엌 벽장에서 청소기를 가져다가 거실에서 전기만 꽂아 놓고, 곧장 청소기를 돌리지는 않고 먼저 몇 분 동안 먼지를 털었어. 이제는 나도 아주 익숙해져 있었으니까 무슨 일이 터지면 거의 본능적으로 알 수 있었거든. 그래서 때가 됐다는 육감이 오기를 기다린 거야.

얼마나 지났는지 때가 됐다는 생각이 들어서 수지하고 쇼나한테 거실에서 청소기를 돌리겠다고 소리를 질렀지. 내 소리가 얼마나 컸는지 2층의 여왕마마 말고도 마을 사람들 중 절반은 그 소리를 들었을 거야. 나는 청소기를 켜 놓고 계단 발치로 갔는데, 그날은 거기서 오래 안 기다렸어. 겨우 삼사십 초 됐나. 아무래도 그 여편네가 금방이라도 일을 칠 것 같아서 한꺼번에 계단을 두 칸씩 건너뛰면서 2층으로 올라갔지. 그랬는데 어땠는지 알아?

아무것도 없었어!

아무……것도…… 없었다고.

다만 한 가지.

그 여편네가 날 보는 표정. 아주 차분하고 다정하기 이를 데 없는 그 표정.

"뭐 잊어버린 게 있어, 돌로레스?" 그 목소리가 또 얼마나 정답던지.

"아유, 5년 전에 이 일을 그만둬야 하는 건데 그걸 그만 잊어버렸네요. 이제 그만해요, 베라."

"뭘 그만하라는 거야?" 속눈썹을 깜박거리는 것 같은 표정으로 이렇게 묻는데…… 네가 무슨 얘기를 하는 건지 정말로 영문을 모르겠다, 그런 표정 있잖아 왜.

"우리 비긴 걸로 하자고요. 솔직하게 말해 봐요. 변기가 필요해요, 안 필요해요?"

"필요 없다고 했잖아!" 아이고, 그 목소리가 얼마나 솔직하고 착하던지. 그러고는 그 여편네가 그냥 나를 보면서 씩 웃는 거야. 말은 한마디도 안 했어. 그럴 필요도 없었고. 할 말이 얼굴에 다 씌어 있었는데 뭐. 내가 이겼지, 돌로레스, 완전히 이겼어, 이렇게.

하지만 내가 그냥 물러날 사람이 아니지. 그 여편네가 자기 똥대포를 믿고 있다는 걸 내가 모를 리가 있나. 내가 변기를 놔 주기 전에 그 여편네가 먼저 사고를 치기 시작하면 내가 죽어라 고생하게 되리라는 것도 다 알겠더라고. 그래서 아래층으로 내려가서 청소기 옆에 서서 5분을 기다렸다가 다시 뛰어 올라갔어. 그때는 그 여편네도 안 웃더군. 옆으로 누워서 쌕쌕 자고 있었거든. 근데, 세상에 알고 보니 그게 아냐. 정말로 자는 줄 알았는데, 그게 내가 아주 홀라당 속아 넘어간 거야. 왜 그런 말 있지? '내가 한 번 속으면 날 속인 놈이 나쁜 놈이고, 두 번 속으면 속은 내가 잘못이다.'

나는 또 아래층으로 내려가서 이번에는 정말로 청소기로 거실을 청소했어. 청소를 끝내고 나서 청소기를 벽장에 넣고 다시 그 여편네를 보러 갔지. 완전히 깨서 침대에 앉아 있는데. 이불은 휙 젖혀져 있고, 고무 팬티는 흐물흐물한 무릎까지 내려와 있고, 기저귀는 풀어지고……. 침대가 엉망이더냐고? 아이고, 말도 마! 사방이 온통 똥 천진데, 그 여편네 몸도 똥투성이, 양탄자, 휠체어, 벽에도 똥, 하다못해 커튼에도 똥이 묻어 있더라고. 아무래도 그 여편네가 똥을 한 움큼 집어서 커튼에 던진 것 같아. 무슨 웅덩이에서 물장난을 치면서 서로 진흙을 던지고 노는 애들도 아니고.

내 얼마나 화가 나던지! 침이라도 칵 뱉어 주고 싶은 게…….

"세상에, 베라! 이 더러운 년!" 내가 아주 이렇게 소리를 질러 댔어. 난 절대 그 여편네를 죽이지 않았지만, 앤디, 혹시라도 죽일 작정이었다면 바로 그날 죽였을 거야. 엉망이 된 방에서 똥 냄새가 풀풀 나는 걸 보니까 정말 얼마나 죽여 버리고 싶던지. 이건 거짓말할 필요도 없어. 근데 그 여편네는 정신이 오락가락해 가지고 얼빠진 얼굴로 날 그냥 빤히 보기만 하는 거야……. 그래도 내 눈에는 그 눈 속에서 악마가 춤추는 게 보였어. 그걸 보고 누가 속임수에 넘어갔는지 분명히 알았지. 휴우, 두 번 속았으니 속은 내가 잘못이지.

근데 그 여편네는 "누구지? 브렌다? 소들이 또 도망친 거야?" 이러는 거야, 글쎄.

"1955년부터 근방 5킬로미터 이내에 소라곤 한 마리도 없었잖아요!" 내가 이렇게 고함을 지르면서 쑥쑥 방을 가로질렀는데, 그게 잘못이었어. 한쪽 발로 똥을 밟는 바람에 하마터면 그대로 미끄러져서 벌러덩 쓰러질 뻔했거든. 내가 거기서 진짜로 넘어졌으면 아마 정말로 그 여편네를 죽여 버렸을 거야. 참으려야 참을 수가 없었을걸. 그때는 진짜 지옥에 가서 지옥불이라도 가져오라면 가져올 수 있을 것 같았어.

"내가 안 그래애앴어!" 그 여편네가 아주 불쌍한 할망구 흉내를 내려고 애쓰면서 이러더군. 사실 뭐, 그 여편네가 정말로 불쌍한 할망구이기는 하지. "내가 안 그래애앴다고! 앞은 안 보이고, 속이 너무 안 좋아. 아무래도 내가 일을 낼 것 같아. 너야, 돌로레스?"

"그럼 누구겠어, 이 늙은 박쥐야!" 나는 계속해서 목청껏 소리를 질러 댔어. "그냥 당신을 죽여 버리는 건데!"

아마 그때 수지 프루하고 쇼나 윈드햄이 계단 발치에 서서 엿듣고 있었던 모양이야. 자네도 이미 그 애들하고 얘기를 해 봤겠지. 그 애들이 나를 교수대까지 거의 절반쯤 끌어다 놨을 거고. 뭐 굳이 얘기 안 해도 돼, 앤디. 벌써 다 훤히 보이니까. 자네 얼굴에 다 씌어 있어.

베라는 자기가 불쌍한 할망구 흉내를 내도 내가 안 속는다는 걸 알았나 봐. 옛날이라면 몰라도 이제는 내 안 속지. 그러니까 그 여편네가 정신이 나간 척하는 걸 관두고 이번에는 일부러 펄펄 뛰면서 화를 내더라고. 어떻게든 거기서 빠져나가겠다는 수작이지. 아마 날 보고 좀 겁이 났던 모양이야. 지금 생각해 보면 그때는 나도 내가 어떻게 될 것 같아서 겁이 날 정도였으니까. 아이고 앤디, 자네도 그 방을 봤어야 하는데! 지옥에서 내오는 밥상이 그런 꼴일까.

근데 그 여편네가 말이야, "너도 이럴 거야! 언젠가는 너도 진짜 이럴 거라고, 이 못생기고 못된 할망구야! 너 옛날에 네 남편을 죽인 것처럼 언젠가는 나도 죽일 거지!" 이러면서 아주 맞고함을 질러 대더라고.

"천만에. 그렇게는 안 해. 언젠가 네년을 죽일 때가 되면, 그땐 사고처럼 위장하지도 않을 거야. 네년을 그냥 창 밖으로 밀어 버릴 거라고. 그러면 이 세상에서 냄새나는 년이 하나 줄어들겠지."

나는 그 여편네 허리 어림을 움켜쥐고 슈퍼우먼처럼 들어 올렸어. 그래서 그런지 그날 밤부터 허리가 아프기 시작하는데, 다음 날 아침에는 걷지도 못하겠더라고. 얼마나 아픈지. 마치아스에 있는 척추 지압사한테 치료를 받고 조금 낫기는 했는데 그래도 그날 이후로 허리가 영 예전 같지 않아. 근데 그 순간에는 아무 느낌도 없었어. 그냥 막무가내로 그 여편네를 침대에서 끌어냈지. 있는 대로 화가 난 계집애가 인형을 패대기칠 때처럼. 그랬더니 그 여편네가 와들와들 떨기 시작하는 거야. 그 여편네가 정말로 겁에 질린 꼴을 보니까 그제야 화가 좀 가라앉더군. 하지만 말이지, 그 여편네가 그렇게 겁먹은 꼴을 보면서 내심 기쁘지 않았다면 그건 더러운 거짓말이야.

"아아아아! 아아아아, 이러지 마! 날 창가로 끌고 가지 마! 날 내던지지 마! 네가 그러고도 무사할 줄 알아! 날 내려놔! 아프단 말이야, 돌로레스! 아아아아, 날 내려놔아아아아!"

그 여편네가 이러면서 비명을 질러 댔지.

"아, 시끄러워." 내가 이러면서 그 여편네를 휠체어에다가 쾅 하고 내려놨어. 그 여편네 이빨이 덜덜덜 흔들릴 정도로……. 뭐, 이빨이 하나도 없어서 흔들릴 것도 없었지만. "네년이 무슨 짓을 저질러 놨는지 한번 봐. 앞이 안 보인다고 둘러댈 생각은 하지도 마. 보이는 거 나도 다 아니까. 자, 봐!"

"미안해, 돌로레스." 그 여편네가 이러면서 엉엉 울기 시작하는데, 그 와중에도 그 여편네 눈 속에서 비열한 빛줄기 같은 게 너울거리는 게 보이더라고. 배 위에서 무릎을 꿇고 뱃전을 넘겨다보면 맑은 물속에 물고기가 있는 게 보이잖아, 왜. 내 눈에는 그런 물고기처럼 그게 훤히 보였어. "미안해. 이런 일을 저지를 생각은 없었어. 그냥 널 도와주고 싶었을 뿐이야." 이건 그 여편네가 침대에 똥을 싸서 문질러 놓고는 항상 하는 말이었지……. 그 여편네가 손가락에다가 똥을 묻혀서 그림까지 그려 댄 건 그날이 처음이었지만. '그냥 널 도와주고 싶었을 뿐이야, 돌로레스.'라니. 말도 안 되는 소리.

"거기 앉아서 입 다물어. 저 창문까지 끌려가서 저 아래 돌투성이 정원으로 떨어지고 싶지 않으면 내 말 들어." 내가 이랬는데, 그때 계단 발치에 서 있던 여자애들은 틀림없이 우리가 하는 얘기를 한마디도 안 빼고 열심히 듣고 있었겠지. 하지만 그때는 너무 화가 나서 제정신이 아니었기 때문에 그런 걸 생각할 겨를이 없었어.

그 여편네는 아주 바보가 된 건 아닌지 내 말대로 입을 다물었어. 근데 그 흡족해하는 표정이라니. 왜 아니겠어? 자기가 바라던 대로 됐는데. 이번에는 그 여편네가 전쟁에서 이긴 거야. 그뿐이야? 전쟁이 끝난 게 절대 아니라는 걸 아주 확실하게 못박아 두기까지 했으니. 나는 방을 청소하기 시작했어. 원래대로 돌려놓는 데 두 시간은 족히 걸렸을 거야. 일이 다 끝날 때쯤 되니까 내 등이 「아베 마리아」 노래를 부르고 있더라고.

아까 침대보 얘기했지? 그 꼴이 어땠는지. 자네 표정을 보니 조금은 이해하는 모양이네. 하지만 그 여편네가 방을 얼마나 엉망으로 만들어 놨는지는 그렇게 쉽게 이해 못 할걸. 내가 또 똥을 보면 가만히 못 있는 성격이에요. 똥을 닦으면서 평생을 보내서 그런지 똥이 눈에 띄면 절대 가만히 있질 못해. 물론 똥에서 꽃향기가 나는 건 아니지. 게다가 콧물이나 침이나 밖으로 흘러내린 피처럼 똥에도 병균이 있으니까 조심해야 돼. 하지만 똥은 닦아 낼 수 있어. 애를 키워 본 사람이라면 똥이 쉽게 지워진다는 걸 알 거야. 그러니까 사실 똥은 그리 큰 문제가 아니었어.

문제는, 그 여편네가 너무 비열했다는 거, 너무 교활했다는 거, 그거였던 것 같아. 가만히 때를 기다리다가 기회가 생기니까 그냥 최고로 일을 저질러 버린 거야. 그것도 아주 순식간에. 내가 자기를 오랫동안 내버려둘 리가 없다는 것을 아니까. 이게 무슨 소린지 알겠어? 그 여편네가 그 고약한 짓을 일부러 저질렀다는 얘기야. 그 여편네가 흐리멍덩한 머리로 온 힘을 다해 미리 계획을 짰다는 애기라고. 청소를 하는 동안 바로 그것 때문에 속이 얼마나 상했는지 몰라. 침대보를 벗겨 낼 때도, 매트리스며 침대보며 베갯잇이며 온통 똥투성이가 된 것들을 세탁실로 내려 보낼 때도, 마룻바닥이나 벽이나 창틀을 닦을 때도, 커튼을 내리고 새걸 달 때도, 그 여편네 침대를 다시 정리할 때도, 이를 악물고 등이 아픈 걸 참으면서 그 여편네를 씻겨서 새 잠옷을 입히고 의자에서 일으켜 다시 침대에 눕힐 때도(그동안 그 여편네는 눈곱만큼도 날 안 도와주고 내 품에서 그냥 늘어져 있었어. 꼭 죽은 사람처럼 얼마나 무거웠는지. 그날은 그 여편네도 정신을 조금 차리고 있었기 땜에 마음만 먹으면 얼마든지 날 도와줄 수 있었는데도 그랬다니까.), 마룻바닥을 물로 닦을 때도, 그놈의 휠체어를 씻을 때도(사실 그때쯤에는 휠체어에 묻은 똥이 다 말라붙어 있어서 박박 솔질을 해 가지고 겨우 떼어 냈어.), 그동안 내내 마음이 무겁고 어두웠어. 그 여편네도 그걸 알고 있었지.

그 여편네가 그걸 알고 기뻐했단 말이야.

난 그날 밤 집으로 가서 진통제를 몇 알 먹었어. 등이 아파서. 그리고 침대로 가서 공처럼 쪼그리고 누웠어. 그러면 등이 더 아픈데도. 그러고는 울고 또 울었지. 어떻게 해도 눈물이 멈추질 않는 거야. 정말이지, 적어도 옛날에 조하고 살던 시절 이후로 그렇게 앞이 깜깜했던 적이 없었어. 조하고 살았던 건 아주 먼 옛날 일인데.

이게 그 여편네가 못되게 구는 두 번째 방법이야. 비열해지는 거.

뭐라고, 프랭크? 그 여편네가 그런 짓을 또 했냐고?

그걸 말이라고 해? 바로 다음 주에 또 저질렀지. 그다음 주에도. 그래도 두 번 다 처음만큼 심각하지는 않았어. 그 여편네가 그렇게 한꺼번에 이자를 내놓지 않는 법을 배웠기 때문이기도 하지만, 대개는 내가 미리 대비를 하고 있었기 때문이지. 하지만 두 번째로 그 일이 있은 후에 나는 또 침대에 누워서 울었어. 그렇게 울고 있는데 막막한 기분이 내 등줄기를 따라 죽 내려가는 게 느껴지는 거야. 그래서 아, 정말 그만둬야겠다······. 그러면 그 여편네가 어떻게 될지, 누가 그 여편네 뒤치다꺼리를 해 줄지 알 수 없었지만, 그 순간에는 에라 모르겠다 엿이나 먹어라, 그런 심정이었어. 나야 뭐 그 여편네가 똥투성이 침대에 누워 굶어 죽어도 그만이었으니까.

어쨌든 그날은 그렇게 울다가 잠이 들었어. 그만둔다는 생각을 하니까 그 여편네가 결국 나한테 이긴 것 같아서 너무 속이 상한 거야. 근데 자고 일어났더니 또 기분이 말짱해. 사람들은 머리도 잠을 자는 줄 아는데, 사실 머리는 잠을 안 자는 것 같아. 사람이 잠을 자는 동안에도 머리는 계속 생각을 하는 거야. 근데 가끔 보면 사람이 정신을 차리고 머릿속으로 생각나는 일들을 처리할 때보다 그편이 더 나은 것 같아. 허드렛일을 할 때나, 점심으로 뭘 먹을지 테레비에서 무슨 프로를 볼지, 뭐 그런 걸 생각할 때보다는 그편이 낫잖아. 그래, 머리는 잠을 안 자는 게 틀림없어. 왜냐하면 내가 아침에 기분이 말짱했던 게, 잠에서 깨고 나니 그 여편네가 날 어떻게 속여 넘겼는지 훤히 알 것 같아서 그랬던 거거든. 그동안 그 여편네를 과소평가하고 있었기 때문에 내가 좀 더 일찍 알아차리지 못했던 거야. 아유, 그 여편네가 가끔 진짜 교활해진다는 걸 알면서도 그랬다니까. 어쨌든 일단 그 여편네가 무슨 술수를 썼는지 알고 나니까 어떻게 맞서야 하는지도 알겠더라고.

근데 목요일에 오는 여자애들 중 하나한테 거실에서 청소기 돌리는 일을 맡겨야 한다는 게 마음에 걸렸어. 그것도 쇼나 윈드햄이 그 일을 하면 어떨지 생각하다 보니까, 옛날 우리 할아버지 말처럼 몸이 버들버들 떨리더라고. 걔가 어떤 앤지 알잖아, 앤디. 물론 그 집 식구들이 다 그렇기는 하지만, 그래도 걔를 당할 사람은 아무도 없지. 그 애가 물건 옆을 지나갈 때면 그 애 몸에서 돌기 같은 게 쑥 나와서 물건들을 죄다 쓰러뜨리는 것 같으니 원. 뭐, 그게 다 그 애 잘못이 아니라 혈통 때문이긴 하지만, 나는 쇼나가 거실 안을 이리저리 돌아다니는 걸 생각만 해도 참을 수가 없었어. 베라가 잔치 때 쓰는 유리그릇이며 보석들이 마치 쓰러뜨려 달라는 듯이 거실에 가득 차 있으니.

그래도 베라한테 맞서서 어떻게든 하기는 해야지. 두 번 속았으니 속은 내가 잘못이잖아. 그나마 수지가 있어서 그 애한테 의지할 수 있다는 게 다행이었어. 그 애라고 해서 발레리나처럼 발끝으로 걸어 다니는 건 아니지만, 다음 해에 오버슨 양탄자를 진공청소기로 청소한 게 바로 그 애야. 그때 그 애는 아무것도 깨뜨리지 않았다고. 그 애는 좋은 여자야, 프랭크. 그 애가 결혼한다고 했을 때 얼마나 기뻤는지 몰라. 신랑감이 멀리서 온 사람이라도 상관없지 뭐. 그 애들 잘 있나? 뭐 들은 얘기 없어?

뭐, 상관없지. 괜찮아. 그 애가 잘돼서 기쁘기만 하구먼. 벌써 애가 들어선 건 아니겠지? 요즘 사람들은 꼭 애가 생길 무렵이 돼서야……

그래, 앤디, 얘기한다고, 얘기해! 내가 지금 얘기하고 있는 게 내 인생이라는 걸 좀 기억해 주면 어디가 덧나? 내 빌어먹을 인생이라고! 저기 있는 저 낡은 자네 의자에 주저앉아서 책상에 다리 올리고 힘 좀 풀어. 그런 식으로 계속 밀어붙이다가는 자네 몸속에서 뭐가 찢어져도 찢어질 테니.

어쨌든, 프랭크, 그 애한테 내 안부나 좀 전해 줘. 그 애가 1991년 여름에 정말로 돌로레스 클레이본의 목숨을 구했다는 얘기도 해 주고. 목요일 날 똥 폭풍이 몰아치던 일이며 내가 그걸 어떻게 멈췄는지 그 애한테 자세히 얘기해 줘도 돼. 난 그 애들한테 정확히 무슨 일이 벌어지고 있는지 절대 말해 주지 않았거든. 그 애들은 내가 여왕마마랑 힘겨루기를 하고 있다는 것밖에 몰랐어. 지금 생각해 보니 부끄러워서 그 애들한테 자세한 얘기를 안 했던 것 같아. 나도 베라처럼 지는 걸 좋아하지 않는 모양이야.

어쨌든, 청소기 돌아가는 소리가 바로 열쇠였어, 알아? 내가 그날 아침에 일어나서 깨달은 게 바로 그거라고. 그 여편네 귀는 말짱했다고 아까 얘기했지? 그러니까 그 여편네는 청소기 소리를 듣고 내가 정말로 청소를 하는지, 아니면 계단 발치에 서서 달릴 준비를 하고 있는지 알아차린 거야. 청소기를 한 자리에 가만히 놔두면 한 가지 소리밖에 안 나. 그냥 윙 하는 소리. 하지만 청소기로 양탄자를 청소할 때는 소리가 두 개야. 위아래로도 파도처럼 소리가 오르락내리락하고. 청소기를 밀 때는 횡 하는 소리가 나고, 청소기를 잡아당길 때는 윙 하는 소리가 나. 횡—윙, 횡—윙, 횡—윙, 이런 식이란 말이야.

자네 둘, 그렇게 머리만 긁적거리지 말고 낸시를 봐. 저 아가씨는 살짝 웃고 있잖아. 자네들 얼굴을 보니 잠깐이라도 청소기를 돌려 본 사람이 누군지 알겠구먼. 그게 그렇게 중요한 것 같으면, 앤디, 자네가 한번 직접 해 보지그래. 바로 그런 소리를 듣게 될 테니. 뭐, 마리아가 집에 들어와서 자네가 청소기로 거실 양탄자를 청소하는 걸 보면 그냥 그 자리에서 쓰러져 버리겠지만 말이야.

그날 아침 나는 그 여편네가 이제 더 이상 청소기 돌아가는 소리가 언제 시작되는지 신경 쓰지 않는다는 걸 알았어. 그걸로는 소용이 없다는 걸 이미 깨달은 거지. 그 여편네는 청소기로 실제로 청소를 하고 있을 때처럼 소리가 오르락내리락하는지 그걸 들은 거야. 그 휘위윙 소리가 들리기 시작한 다음에 그 더러운 장난을 치려고.

난 이 새로운 아이디어를 시험해 보고 싶어서 미칠 지경이었어. 근데 당장 시험해 볼 수가 없는 거야. 바로 그 무렵에 그 여편네가 또 정신이 나가 있었거든. 그래서 상당히 오랫동안 그냥 변기에 볼일을 보거나, 어쩔 수 없을 때 기저귀에 조금 오줌을 싸는 정도였어. 이번에야말로 저 여편네가 정신을 못 차리는 게 아닌가 슬슬 걱정이 되더라고. 그 여편네가 정신이 오락가락할 때 돌보기가 훨씬 쉬운데 이게 뭔 소린가 싶지? 근데 그렇게 좋은 아이디어가 있으면 원래 시험을 해 보고 싶은 법이야. 그리고 말이야, 사실 내가 그 여편네의 목을 그냥 졸라 버리고 싶다는 생각만 한 게 아니라 좀 다른 감정도 있었거든. 그 여편네를 안 지 40년이나 됐는데 그런 감정이 없는 게 오히려 이상하지. 그 여편네가 한번은 나한테 모포를 떠 준 적도 있다고. 그 여편네가 완전히 망가져 버리기 한참 전에 떠 준 거지만 지금도 내 침대에 그 모포가 깔려 있어. 2월에 바람이 아주 흉악하게 부는 날에도 밤에 그 모포 덕분에 좀 따뜻해.

그건 그렇고, 내가 새로운 아이디어를 생각해 낸 지 한 달인가, 한 달 반쯤 후에 그 여편네가 다시 정신을 차리기 시작했어. 자기 침실에 있는 작은 테레비로 「제퍼디」*를 보면서 거기 나온 사람들이 미국과 스페인의 전쟁 때 대통령이 누구였는지 못 알아맞히거나, 「바람과 함께 사라지다」에서 멜라니 역을 한 배우가 누군지 못 알아맞히면 그 사람들을 아주 정신없이 씹어 대는 거야. 자기 자식들이 노동절이 되기 전에 찾아올지도 모른다고 자랑을 해 대는 것도 옛날이랑 똑같았고. 물론 나더러 자기를 의자에 앉혀 달라고 졸라 대기도 했지. 내가 침대보를 널 때 빨래집게를 네 개가 아니라 여섯 개를 쓰는지 감시하려고.

그러다가 어느 목요일에 내가 그 여편네 밑에 넣어 줬던 변기를 정오에 꺼냈는데 그게 보송보송 말라 있는 데다가, 자동차 파는 인간들이 번지르르하게 늘어놓는 말처럼 알맹이가 하나도 없는 거야. 그 텅 빈 변기를 보니 속으로 얼마나 좋던지. 그래, 이제 해보자, 이 교활한 늙은 여우야. 어디 두고 보자. 나는 아래층으로 내려가서 수지 프루를 거실로 불렀어.

"오늘은 네가 여기를 청소기로 청소해 줘야겠다, 수지."

"그러죠, 클레이본 부인."

---
* 미국의 텔레비전 퀴즈 프로그램.

두 아이 모두 나를 그렇게 불렀어, 앤디. 아니, 이 섬 사람들 대부분이 날 그렇게 부르지. 교회든 어디에서든 내가 날 그렇게 불러 달라고 한 적이 없는데도 사람들이 날 그렇게 부르데. 내가 이 파란만장한 인생을 살면서 언젠가 클레이본이라는 남자하고 결혼한 적이 있는 줄 아는 모양이야……. 아니면 대부분의 사람들이 조를 기억하지 못한다고, 내가 그냥 그렇게 생각해 버리고 싶은 건지도 모르고. 그래 봤자 그 인간을 기억하는 사람들이 아직 많을 테지만 뭐 그런 건 별로 중요한 게 아니지. 난 그냥 내가 생각하고 싶은 대로 생각해 버리면 되니까. 어쨌든 그 개자식하고 결혼했던 사람이 바로 난데 뭐.

"전 상관없어요. 그런데 왜 그렇게 소곤거리세요?" 수지가 그렇게 그렇게 물었어.

"그건 신경 쓰지 말고 그냥 목소리나 줄여. 그리고 여기 있는 걸 뭐든 깨뜨리면 절대 안 된다, 수전 에마 프루. 절대 안 돼."

이랬더니 그 애 얼굴이 소방차처럼 새빨개지는 거야. 그거 좀 웃기데.

"제 중간 이름이 에마라는 걸 어떻게 아셨어요?"

"넌 몰라도 돼. 나처럼 리틀톨에서 오래 산 사람은 모르는 게 없는 법이야. 넌 저 가구하고 하느님 같은 마님의 잔치용 유리병들 옆을 지날 때 팔꿈치나 조심해서 놀리면 돼. 특히 뒷걸음질을 칠 때 조심해. 그러면 걱정할 일 하나 없을 테니까."

"특별히 조심할게요."

나는 그 애 대신 청소기 스위치를 올려 주고 복도로 나가서 양손을 입에 대고 소리 질렀어. "수지! 쇼나! 지금부터 거실에서 청소기를 돌릴 거야!"

물론 수지는 바로 거실 안에 서 있었지. 얼굴에 그냥 물음표가 가득 차 있더구먼. 나는 그 애한테 나한테 신경 쓰지 말고 일이나 계속하라고 손짓했어.

그리고 계단 발치까지 발끝으로 살금살금 걸어가서는 내가 항상 서던 자리에 섰어. 웃기는 소린 줄은 알지만, 내가 열두 살 때 아버지를 따라 처음 사냥에 나갔을 때 이후로 그렇게 흥분해 보긴 처음이야. 심장이 막 벌렁거리다 못해 가슴하고 목에 납작하게 붙어 버린 것 같은 게 아주 똑같아. 그 집 거실에는 비싼 유리그릇 말고 귀한 골동품도 수십 점이나 있었어. 그런데 그 귀한 물건들 속에서 미친 사람처럼 이리저리 휘돌아다니고 있는 수지 프루 생각은 눈곱만큼도 안 나는 거야. 못 믿겠지?

나는 거기서 더 이상 참을 수 없을 때까지 참고 기다렸어. 한 1분 30초쯤 됐나. 그러고는 냅다 달려갔지. 내가 방으로 뛰어 들어가니까 그 여편네가 글쎄 얼굴이 시뻘게져서는 눈을 쪼끄맣게 뜨고 주먹을 꽉 쥐고 "으웅! 으으웅! 으으으으웅!" 이러고 있다가 침실 문이 쾅 하고 열리는 소리를 듣고는 그냥 급하게 눈을 번쩍 뜨는 거야. 아이고, 그때 사진기가 있었으면 좋았을걸. 돈 주고도 못 볼 광경이었는데.

"돌로레스, 당장 나가!" 여편네가 새된 소리로 비명을 질렀지. "난 지금 낮잠을 자려던 참이야. 자네가 잔뜩 독이 올라서는 20분마다 이렇게 황소처럼 들이닥치면 잠을 잘 수가 없잖아!"

"뭐, 나가 보죠. 하지만 먼저 이 엉덩이 판을 마님 몸 밑에 넣어 줘야겠네요. 냄새를 보니 누가 조금만 놀래 주면 그 변비가 그냥 해결되겠어요."

여편네는 내 손을 후려치면서 뭐라고 욕을 해 댔어. 원래 그 여편네가 맘만 내키면 그냥 사납게 욕을 해 대거든. 그런데 누구 다른 사람한테 당했다 싶을 때마다 욕을 하고 싶어지는 모양이야. 그래도 나는 그 여편네가 욕을 하든 말든 내버려두고 그 여편네 밑에다가 변기를 그냥 쓱 밀어 넣었어. 그랬더니, 남들이 흔히 하는 얘기처럼, 일이 아주 잘 풀리더구먼. 여편네가 볼일을 다 본 다음에 나는 그 여편네를 바라보고, 그 여편네는 나를 바라봤어. 우리 둘 다 아무 말도 할 필요가 없었지. 우리는 옛날부터 서로를 그렇게 잘 아는 사이였다, 이 말씀이야.

난 그냥 얼굴 표정으로 그 여편네한테 이렇게 말했어. 자 봐, 이 고약한 할망구야. 내가 또 당신을 이겼지? 어때?

그 여편네도 표정으로 대답했지. 꼭 그런 것도 아냐. 하지만 괜찮아. 당신이 이겼다고 해서 앞으로도 계속 승리자가 될 거라는 뜻은 아니니까 말이야.

모르는 소리. 그 뒤로 난 계속 그 여편네를 이겼어. 그때는 정말 그랬다고. 여편네가 그 뒤로 몇 번 더 방을 난장판으로 만들어 놓기는 했지만, 아까 얘기했던 것 같은 일은 다시는 없었어. 커튼에까지 똥이 묻을 정도로 엄청난 일은 없었다 이 말이야. 그때 그 여편네가 만세를 부른 게 마지막이었던 거지. 그때 이후로는 여편네 정신이 맑아지는 시간이 점점 줄어들었고, 그나마 제정신이 돌아와도 잠깐뿐이었어. 덕분에 쿡쿡 쑤시는 내 등짝이 조금 편해졌지만 슬프기도 하더군. 그 여편네가 골칫덩이이긴 해도 난 그 여편네한테 익숙해져 있었으니까. 내 말이 무슨 뜻인지 자네들이 알란가 모르겠네.

물 한 잔 더 마실 수 있을까, 프랭크?

고마워. 말을 하다 보면 목이 마른단 말씀이야. 그리고 말야 앤디, 자네 책상 속에 넣어 둔 그 짐빔 양반을 꺼내서 신선한 공기를 쐬게 해 주는 게 어떨까? 아무한테도 말 안 할게.

안 된다고? 그렇지, 내 자네 같은 인간이 그럴 줄 알았어.

자, 어디까지 얘기했더라?

아, 알았다. 그 여편네가 어떤 사람인지 얘기하던 참이었지. 그래, 그 여편네가 못되게 구는 방법 중에 세 번째가 제일 심했어. 그 여편네는 평생 동안 살던 곳이랑 평생 친하게 지내던 사람들한테서 멀리 떨어져서 섬에 있는 2층 방 침대에 누워 죽는 것밖에 달리 할 일이 없는 불쌍한 할망구가 됐기 때문에 그렇게 못된 년이 된 거야. 그것만으로도 한심한 일인데, 설상가상으로 정신마저 오락가락하고 있었으니……. 여편네도 자기가 금방 개울 속으로 미끄러질 것 같은 동강 난 강둑 같다는 걸 속으로는 알고 있었어.

그 여편네는 외로웠던 거야, 알겠어? 근데 난 그걸 몰랐어. 여편네가 왜 애당초 자기 평생을 내던져 버리고 이 섬으로 왔는지 까맣게 몰랐다고. 적어도 어제까지는 그랬어. 그것뿐만이 아냐. 그 여편네는 겁을 내고 있었어. 그건 나도 아주 잘 이해할 수 있었지. 그런데도 그 여편네 힘이 얼마나 무시무시하게 센지 죽어 가면서도 마지막까지 왕관을 안 놓으려고 하는 여왕 같았어. 하느님이 직접 내려와서 손가락을 하나하나 풀어내야 할 것 같다는 생각이 다 들더라니까.

그 여편네가 좋은 날도 있고, 나쁜 날도 있었다는 얘기는 이미 했지? 내가 발작이라고 말하는 건 항상 그 중간에 일어났어. 여편네가 며칠 동안 반짝하다가 일이 주일 동안 흐리멍덩하게 바뀔 때, 아니면 한두 주 동안 흐리멍덩하게 있다가 다시 반짝 정신을 차리기 시작할 때. 이렇게 상태가 변할 때는 여편네가 어디 먼 데 가 있는 것 같았어……. 그 여편네도 속으로는 그걸 알고 있었지. 그 여편네가 환상을 보는 게 바로 그런 때야.

그게 죄다 환상이었다면 얼마나 좋을까. 지금은 옛날처럼 딱 부러지게 얘길 못 하겠어. 어쩌면 자네들한테 그 얘기를 해 줄 수도 있고, 안 할 수도 있어. 그 얘기를 할 때가 됐을 때 그냥 내 기분에 따라 얘기를 하든지 말든지 할 거야.

아마 환상이 꼭 일요일 오후나 한밤중에만 나타난 건 아니었을 거야. 그런 시간에는 집이 하도 조용해서 여편네가 비명을 지르기 시작하면 아주 오금이 저리니까 그럴 때 나타난 환상이 제일 기억에 남아 있는 거 같아. 푹푹 찌는 한여름에 얼음물을 한 동이 뒤집어쓴 것 같으니까. 여편네가 비명을 지를 때마다 이러다 내가 심장이 멈추지 싶었어. 그럴 때 여편네 방으로 들어가 보면 저거 저러다가 저 여편네가 죽는 거 아닌가 싶어. 근데 그 여편네가 그렇게 무서워하는 게 뭐냐면 도대체가 말도 안 되는 것들이야. 그러니까 이게 뭔 소리냐면, 그 여편네가 겁에 질린 것도 알고, 뭐가 그렇게 무서운지도 잘 알겠는데 그게 왜 무서운지 그 이유를 영 모르겠더 란 말이야.

"전선줄이야!" 내가 침실로 들어가면 가끔 그 여편네가 이렇게 비명을 질러. 침대에서 아주 몸을 잔뜩 웅크리고 양손을 젖통 사이 에서 꼭 쥐고 있는 거야. 그 별 볼 일 없는 쭈글쭈글한 입술은 위로 돌돌 말려서 파들거리고, 얼굴은 유령처럼 하얗게 질려서 눈물을 흘리고 있더라고. 눈가에 있는 쭈글쭈글한 주름을 따라 눈물이 줄 줄 흘러내리는데, 그 여편네는 "전선줄이야, 돌로레스. 저 전선줄 을 막아!" 이러면서 항상 같은 곳을 가리켰어……. 방 반대편 구석 에 있는 굽도리 판자.

물론 거긴 아무것도 없지. 그 여편네 눈에만 뭐가 보이는 거니 까. 그 여편네 눈에는 벽에서 전선줄이 잔뜩 튀어나와 가지고 바닥 을 긁으면서 자기 침대로 다가오는 게 보이는 모양이야. 이건 그냥 내가 짐작한 거지만서도. 어쨌든 그럴 때 나는 아래층으로 달려가 서 부엌에서 고기 써는 칼을 가지고 와서는 그 구석에 주저앉았어. 여편네가 전선줄이 이미 침대까지 상당히 와 있는 것처럼 굴면 침 대 쪽으로 더 다가가서 앉기도 하고. 그러고는 전선줄을 자르는 시 늉을 하는 거야. 정말로 그랬다니까. 좋은 단풍나무로 만든 바닥이 라 흠이 생기지 않게 살짝살짝 칼을 내리쳤다고. 여편네가 울음을 그칠 때까지.

그 여편네가 울음을 그치면 내가 가서 내 앞치마나 그 여편네가 항상 베개 밑에 박아 두는 클리넥스로 눈물을 닦아 주고 뽀뽀도 해 주면서 살살 달래는 거야. "자, 자, 이제 다 없어졌어요. 내가 그

성가신 전선줄을 하나하나 죄다 끊어 버렸다고요. 마님이 직접 보세요."

그 여편네는 방을 살펴보고(하지만 이럴 때 그 여편네는 사실상 앞이 보이지 않는 거나 마찬가지였어.) 대개는 조금 더 운 다음에 나를 껴안으면서 "고마워, 돌로레스. 이번에야말로 저것들한테 틀림없이 잡히는 줄 알았어." 이래.

어떤 때는 나를 브렌다라고 부르면서 나한테 고맙다고 해. 도너번네가 볼티모어에서 살 때 그 집에서 일하던 가정부 이름이 브렌다거든. 어떤 때는 또 나를 클라리스라고 불러요. 클라리스는 그 여편네 언닌데 1958년에 죽었어.

어떤 날은 내가 비명 소리를 듣고 가 보면 그 여편네가 베개 속에 뱀이 있다고 고래고래 소리를 지르면서 침대 밖으로 반쯤 비어져 나와 있어. 해에다가 돋보기를 들이댄 것처럼 창문에 해가 크게 비친다면서 자기가 타 죽을 거라고 난리 치며 담요를 뒤집어쓰고 있을 때도 있고. 심할 때는 자기 머리카락이 벌써 지글거린다면서 아무리 아니라고 해도 말을 안 들어. 바깥 날씨가 비 오는 날이든, 주정뱅이 머릿속처럼 안개가 자욱한 날이든 상관이 없어. 자기가 햇빛에 산 채로 타 버릴 거라고 여편네가 하도 철석같이 믿고 있으니까 나는 할 수 없이 집 안의 블라인드란 블라인드를 전부 내리고 여편네가 울음을 그칠 때까지 안아 줬지. 어떤 때는 울음소리가 잦아든 다음에도 계속 안고 있기도 하고. 못된 애들한테 못된 장난을 당한 강아지처럼 그 여편네가 부들부들 떠니까. 여편네는 나더러 자기 몸에 혹시 물집 잡힌 데가 없는지 한번 보라는 얘기를 몇 번씩이나 했어. 그럼 나는 물집 같은 건 없다고 몇 번씩이나 대답하고. 그런 얘기가 몇 번 오가다 보면 그 여편네가 스르르 잠이 들어. 뭐, 어떤 때는 아무리 해도 잠이 안 들 때도 있었지만. 그럴 때는 그냥 멍하니 넋을 잃은 표정으로 거기 있지도 않은 사람들한테 뭐라고 그렇게 중얼거려. 어떤 때는 그 여편네가 불란서 말로 중얼거리는데, 이게 또 엉터리가 아니에요. 그 여편네나 남편이나 파리를 아주 좋아해서 기회가 있을 때마다 파리에 갔거든. 애들하고 같이 갈 때도 있고, 자기들끼리만 갈 때도 있었는데, 그 여편네는 기분이 좋을 때면 파리 얘기를 하곤 했어. 카페니, 나이트클럽이니, 화랑이니, 센강에 떠 있는 배니……. 나도 그런 얘기가 좋더라고. 그 여편네가 말솜씨가 아주 좋거든. 정말 그랬다니까. 베라가 뭘 열심히 얘길 하면 그게 금방 눈에 보일 것처럼 생생해.

근데 제일 나쁜 건, 그러니까 그 여편네가 제일 무서워하는 건 바로 먼지 덩어리였어. 이게 무슨 소린지 알지? 침대 밑이나 문 뒤쪽이나 구석을 보면 먼지가 공처럼 쪼끄맣게 뭉쳐 있잖아 왜. 푹 찌르면 우유 같은 진이 나오는 나무 꼬투리처럼 생긴 거. 그 여편네는 이걸 정말 무서워했어. 그 여편네가 차마 먼지 덩어리라는 말을 못 하고 있을 때도 나는 대번에 알아차렸지. 대개는 내가 달래면 조용해지는데, 그 여편네가 그 유령 똥을(그 여편네는 먼지 덩어리가 정말로 유령 똥이라고 생각했거든.) 왜 그렇게 무서워했는지는 나도 몰라. 짐작 가는 게 하나 있기는 하지만. 나도 그걸 꿈에서 깨달은 건데, 웃지 마.

다행인 건, 해가 몸을 태운다느니 방구석에서 전선이 튀어나온

다니 하는 것만큼 먼지 덩어리가 자주 나타나지는 않았어. 하지만 그 여편네가 먼지 덩어리를 무서워하기 시작하면, 아이고 이거 고생 좀 하겠구나 싶었지. 나는 한밤중에 내 방에서 문을 닫고 한참 잠을 자다가도 그 여편네가 질러 대는 비명만 듣고 그게 먼지 덩어리 때문이라는 걸 금방 알았어. 그 여편네가 다른 것에 정신이 팔려 있을 때도……

뭐라고, 아가씨?

아, 내가 그랬우?

아니, 그 쪼끄맣고 귀여운 녹음기를 더 가까이 가져올 필요는 없우. 내가 소리를 좀 크게 내는 게 좋겠다면 그렇게 하지 뭐. 원래 내가 목소리가 큰 편이거든. 아마 나만큼 목소리가 큰 사람은 본 적이 없을 게요. 옛날에 조는 내가 집 안에서 말을 할 때마다 솜으로 귀를 틀어막았으면 좋겠다고 할 정도였으니까. 하지만 그 여편네가 먼지 덩어리를 무서워하는 걸 보면 나도 소름이 끼쳤다우. 아까 내 목소리가 작아졌다면, 그건 아마 지금도 그 얘기 때문에 소름이 끼쳐서 그랬던 게지. 그 여편네가 죽어 버린 지금도 소름이 끼쳐. 어떤 때는 내가 그 여편네한테 왜 그렇게 먼지 덩어리를 무서워하냐고 야단을 치기도 했다우. "도대체 왜 그런 바보 같은 생각을 해요, 베라?" 이러면서. 근데 그게 바보 같은 생각이 아닌 거야. 적어도 베라한테는 말이지. 그 여편네가 결국 저것 때문에 죽을 것 같다는 생각을 한 게 한두 번이 아니라우. 그 여편네가 그 빌어먹을 먼지 덩어리 때문에 겁에 질린 나머지 숨이 끊어질 것 같아서. 지금 생각해 보니, 그게 그렇게 얼토당토않은 생각도 아니었던 것 같아.

후, 아까 내가 하던 얘기나 계속해 볼까. 그 여편네가 다른 것에 정신이 팔려 있을 때도, 그러니까 베갯잇 속에 뱀이 있다거나 해가 자기 몸을 태운다거나 방에서 전선줄이 나온다면서 무서워할 때도 비명을 지르긴 했어. 그런데 먼지 덩어리가 나오면 아주 찢어지는 소리로 비명을 질러 대는 거야. 것도 대개는 말도 못 하고 그냥 소리만 질러 댔지. 그 여편네가 얼마나 오랫동안 찢어지게 비명을 질러 대는지 그걸 듣다 보면 아주 가슴속에 얼음 덩어리가 들어앉은 것 같아.

내가 방으로 달려가 보면 그 여편네가 꼭 마녀 같은 꼬락서니로 앉아 있어. 손으로 자기 머리칼을 쥐어뜯거나 손톱으로 얼굴을 할퀴어 대니까. 눈은 반숙한 달걀처럼 커다래져 갖고 그냥 방구석만 노려보는 거야.

어떤 때는 그 여편네가 "먼지 덩어리야, 돌로레스! 오, 하느님, 먼지 덩어리라고!" 이래. 그나마 그 소리도 못 하고 그저 비명만 지르면서 꺽꺽댈 때도 있고. 그러면서 손으로 찰싹 소리가 날 정도로 눈을 가렸다가 떼는 거야. 차마 방구석을 볼 수도 없고, 그렇다고 안 보고 있자니 도저히 참을 수가 없는 모양이야. 그러고는 다시 손톱으로 얼굴을 할퀴기 시작하는데, 내가 항상 손톱을 짧게 깎아 두는데도 여편네가 그렇게 얼굴을 할퀴는 바람에 피가 난 적이 많아. 그럴 때마다 저렇게 늙고 뚱뚱한 여편네가 이렇게 무서워하는데 심장이 어떻게 견디는지 모르겠다 싶더라고.

한번은 그 여편네가 침대에서 떨어져 가지고 한쪽 다리가 뒤틀려서 몸 밑에 깔린 채 쓰러져 있었던 적이 있어. 내가 얼마나 놀랬던지 그냥 정신이 달아나는 것 같더라고. 정신없이 안으로 뛰어 들어가 보니 여편네가 바닥에 쓰러진 채 주먹으로 바닥을 후려치고 있는 거야. 지붕이 들썩거릴 정도로 소리를 질러 대는 떼쟁이 애처럼. 내가 그렇게 오랫동안 그 여편네 집에서 일하면서도 한밤중에 프레노 박사를 부른 건 그때뿐이야. 박사는 콜리 바이올렛의 쾌속선을 타고 존스포트에서 달려왔지. 내가 박사를 부른 건 아무래도 그 여편네 다리가 부러진 것 같아서 그런 건데, 몸 밑에서 다리가 뒤틀려 있는 모양으로 봐서 틀림없이 부러졌다 싶었거든. 게다가 그 충격 땜에 여편네가 금방 숨이 넘어갈 것 같은 거야. 근데 다리가 멀쩡하데. 그게 어떻게 안 부러진 건지는 모르지만, 어쨌든 프레노 말이 다리를 그냥 접질렸을 뿐이래. 그 난리를 친 다음 날 여편네 정신이 다시 돌아왔어. 간밤에 있었던 일은 전혀 기억도 못하고. 내가 그 여편네가 어느 정도 정신이 멀쩡할 때 먼지 덩어리에 대해 두어 번 물어본 적이 있어. 그랬더니 그 여편네가 미친 사람 보듯이 나를 쳐다보는 거야. 내 말을 도통 알아듣지 못하더라고.

그런 일을 몇 번 겪고 나니 요령이 생겼지. 그 여편네가 찢어지는 소리로 비명을 지르는 소리가 들리자마자 침대에서 일어나 방을 나가는 거야. 내 침실하고 여편네 침실 사이에는 문이 두 개밖에 없는데, 그게 침대보를 넣어 두는 벽장문이거든. 그 여편네가 먼지 덩어리 땜에 처음 비명을 질러 댄 후로 나는 빗자루하고 쓰레받기를 항상 복도에 준비해 놨지. 그래서 그 빗자루를 집어 들고 방으로 뛰어 들어가는 거야. 우편 열차를 멈추려고 깃발을 흔들어 대는 사람처럼 빗자루를 막 흔들고 소리를 질러 대면서.(그 여편네 귀에 내 말이 들어가게 하려면 소리를 지르는 방법밖에 없었거든.)

"내가 잡을게요, 베라! 내가 잡는다고요! 그 망할 놈의 전화나 꼭 잡고 있어요!"

그러고는 그 여편네가 노려보고 있는 구석을 빗자루로 쓸고, 아예 확실하게 다른 구석까지 마저 쓰는 거야. 그렇게만 해도 그 여편네가 조용해질 때가 있어. 하지만 침대 밑에 먼지 덩어리가 더 있다고 소리를 질러 댈 때가 더 많았지. 그래서 나는 네 발로 엎드려서 침대 밑도 빗자루로 쓰는 시늉을 했어. 한번은 그 멍청하고 불쌍한 할망구가 겁에 질린 주제에 자기도 침대 밑을 직접 보겠다고 몸을 기울이다가 하마터면 내 위로 곧장 떨어질 뻔한 적도 있어. 그대로 떨어졌으면 난 아마 파리처럼 납작하게 눌려서 죽었을 거야. 세상에 그런 코미디가 어디 있어!

나는 그 여편네가 무섭다고 하는 곳을 모조리 빗자루로 쓴 다음에 텅 빈 쓰레받기를 보여 주면서 "자, 보여요? 내가 그 못된 놈들을 죄다 잡았잖아요." 이랬어.

그 여편네는 온몸을 부들부들 떨면서 먼저 쓰레받기를 들여다보고 그다음에는 날 올려다봤지. 눈에는 눈물이 그렁그렁해서 눈동자가 꼭 개울물 속의 바위처럼 헤엄을 치고 있더라고. 그렇게 날 보면서 쪼끄만 소리로 이러는 거야. "오, 돌로레스, 놈들이 너무 회색이야! 너무 고약해! 그놈들을 가져가. 제발 가져가!"

나는 빗자루하고 텅 빈 쓰레받기를 내 방문 밖에 다시 갖다 놨지. 그래야 필요할 때 금방 쓸 수 있으니까. 그러고는 다시 그 여편네 침실로 가서 있는 힘을 다해 달랬어. 그러면서 내가 스스로를 달랜 거기도 하고. 나는 달래 줄 필요가 없는 사람인 것 같아? 한밤중에 잠에서 깨고 보니 오래된 박물관에 혼자 있다고 한번 생각해 봐. 밖에서는 바람이 비명을 지르고 안에서는 미친 할망구가 비명을 지르고. 그럴 때는 심장이 기관차처럼 벌렁거리는 통에 숨도 제대로 못 쉬어……. 하지만 그 여편네한테 그런 모습을 보일 수는 없었지. 그랬다간 여편네가 내 말을 안 믿을 거 아냐. 그럼 어떡해?

그렇게 한바탕 난리를 치르고 난 후에는 대개 그 여편네 머리를 빗겨 줬어. 그러면 그 여편네가 제일 빨리 얌전해지는 것 같더라고. 여편네는 처음에는 끙끙거리면서 우는데, 어떤 때는 나를 안고 내 배에다 얼굴을 묻을 때도 있어. 먼지 덩어리 때문에 그렇게 발작을 일으킨 후에는 그 여편네 뺨이랑 이마가 항상 뜨거웠던 게 기억나. 눈물 때문에 내 잠옷이 흥건히 젖었던 것도 기억나고. 불쌍한 할망구 같으니! 그 나이에 정체도 모르는 악마에게 쫓기는 심정이 어떤 건지는 자네나 나나 알 수 없겠지.

어떤 때는 30분이나 머리를 빗겨 줘도 소용이 없어. 그저 내 뒤쪽의 방구석만 멍하니 보면서 계속 히끅히끅 훌쩍거리는 거야. 침대 밑의 어둠을 손으로 찰싹 때리는 시늉을 하고는 잽싸게 손을 빼내기도 하고. 침대 밑에 뭐가 있어서 오래 있다가는 물릴 것 같은지. 그러다 보니 나조차도 한두 번 침대 밑에서 뭔가 움직이는 것 같다는 생각이 다 들더라고. 그때 소리를 안 지르려고 얼마나 입을 꾹 다물었던지. 물론 내가 본 건 그 여편네 손 그림자였지. 나도 그건 알았어. 그런데도 그 정도였으니, 여편네 때문에 내가 어떻게 됐는지 알겠지? 아이고, 나까지도 그럴 지경이었으니. 난 원래 목소리만 큰 게 아니라 말도 안 되는 얘기를 잘 안 믿는 사람인데.

 내가 무슨 짓을 해도 그렇게 소용이 없을 때는 아예 여편네 침대에 같이 누웠어. 여편네는 살금살금 팔을 뻗어서 내 옆구리를 꽉 잡고는 늙어 쪼그라든 내 가슴에 머리를 댔지. 나는 여편네를 끌어안고 그 여편네가 스르르 잠이 들 때까지 계속 그대로 있다가 여편네가 잠이 들면 안 깨게 천천히 살살 침대에서 빠져나와서 내 방으로 돌아가. 물론 내가 그렇게 하지 않은 적도 몇 번 있기는 하지. 그럴 때는, 그 여편네의 신음 때문에 한밤중에 잠에서 깼을 때면 항상 그런 건데, 그 여편네랑 그냥 같이 잠이 들어 버렸어.

 내가 먼지 덩어리 꿈을 꾼 것도 그런 날이었어. 근데 그 꿈속에서는 내가 내가 아니라 그 여편네가 된 거야. 병원 침대 같은 침대에서 혼자 힘으로는 꼼짝도 못 하고, 몸도 너무 뚱뚱해서 혼자 뒤척이기도 힘들고, 오줌보가 감염돼서 보지 안쪽 깊은 데가 화끈거리는 게…… 그놈의 오줌보 염증은 좀처럼 낫질 않았어. 그 여편네가 항상 옷을 적시는 데다가 이렇다 할 면역력도 없으니. 현관 앞 깔개에는 사람들 발에 묻어 오는 벌레나 세균이 잔뜩 있지. 그저 방향만 맞게 놔두면 그만이었으니까.

 나는 방구석을 봤어. 그랬더니 먼지로 만든 사람 머리 같은 게 보이는 거야. 눈동자는 완전히 위로 올라가 있고, 벌어진 입에는 길고 뾰족한 먼지 이빨이 가득 차 있는데, 그놈이 침대를 향해 다가와. 속도는 느렸지만. 근데 그놈이 옆을 보려고 빙그르 돌았을 때 그놈하고 눈이 마주쳤는데, 글쎄 그 얼굴이 마이클 도너번인 거야. 베라의 남편 말이야. 근데 그 얼굴이 한 번 더 빙글 돌고 나니까 이번엔 또 내 남편 얼굴이야. 조 세인트 조지가 비열하게 웃으면서 긴 먼지 이빨을 딱딱거리고 있더라고. 그놈이 세 번째로 돌았을 때는 내가 모르는 얼굴이었어. 하지만 녀석은 살아 있었어. 배도 고팠고. 그놈은 그렇게 돌며 굴러서 내가 있는 곳까지 올 작정이었어. 날 잡아먹으려고.

내가 얼마나 깜짝 놀라서 깼는지 하마터면 침대에서 떨어질 뻔했어. 깨 보니 이른 아침이야. 해가 이제 막 떠서 마룻바닥에 줄무늬를 그리고 있더라고. 베라는 계속 자고 있었는데, 그 여편네가 내 팔에다가 온통 침을 흘려 놨는데도 처음에는 그걸 닦아 낼 힘도 없었어. 온몸이 그냥 땀으로 범벅이 돼서 그대로 누운 채 벌벌 떨기만 했지. 그러면서 속으로 꿈은 그냥 꿈이고, 모든 게 다 정상이라는 말을 혼자 계속 중얼거렸어. 그 왜, 사람들이 진짜 무서운 악몽을 꾸고 나면 대개 그러잖아. 그런데 잠깐이지만 침대 밑에 크고 텅 빈 눈에다가 긴 먼지투성이 이빨이 돋은 그 먼지 대가리가 있는 게 보였어. 악몽이 그 정도로 지독했던 거야. 다시 보니까 사라지고 없기는 했지만서도……. 바닥이랑 방구석이 여느 때처럼 그냥 깨끗하더라고. 하지만 그날 이후로는 혹시 그 여편네가 나한테 그 꿈을 보낸 게 아닌가, 그 여편네가 비명 지를 때 보는 걸 내가 조금 본 게 아닌가, 그런 생각을 항상해. 어쩌면 그 여편네가 무서워하는 게 나한테도 조금 옮아서 아예 내 것이 돼 버린 건지도 모르지. 그런 일이 실제로도 일어날 수 있을까? 아니면 식품점에서 파는 싸구려 신문들이 그냥 헛소리를 하는 건가? 모르겠어……. 하지만 그 꿈 땜에 내가 혼이 달아날 정도로 놀랐던 건 확실해.

뭐, 그건 그냥 잊어버려. 그 여편네가 일요일 오후하고 한밤중에 그 잘난 머리가 떨어져 나가도록 비명을 질러 대는 게 못되게 구는 세 번째 방법이라고만 해 두자고. 하지만 그래도 그건 정말, 정말 슬픈 일이었어. 그 여편네가 하는 못된 짓은 그 바닥을 들여다보면 항상 슬퍼. 그렇다고 내가 가끔 물레에 실패를 돌리듯이 그 여편네 머리를 획 돌려 버리고 싶다는 생각을 안 한 건 아니지만. 나 같은 입장이라면, 그 잔 다르크인지 뭔지 하는 여자만 빼고 다들 똑같은 생각을 했을걸. 내가 그날 그 여편네를 죽여 버리겠다고 고래고래 소리 지르는 걸 수지와 쇼나가 들었다면…… 다른 사람들이 들었다면…… 우리가 서로에게 악다구니를 써 대는 걸 들었다면…… 뭐, 그 여편네가 결국 쓰러진 걸 보고 내가 치마를 걷어 올리고 그 여편네 무덤 위에서 춤을 추겠구나, 그런 생각을 했겠지. 자네, 어제하고 오늘 그 사람들한테서 무슨 얘기를 들었지, 그치, 앤디? 대답할 필요 없어. 자네 얼굴에 다 씌어 있으니까. 자네 얼굴은 무슨 광고판 같네그래. 게다가 사람들이 수다 떠는 걸 얼마나 좋아하는지 나도 다 안다고. 나하고 베라가 어쨌느니 저쨌느니, 나하고 조가 어쨌느니 저쨌느니, 다들 얼마나 쑥덕거렸는지. 그 인간이 죽기 전에도 그렇게들 떠들어 대더니, 그 인간이 죽은 다음에는 더 떠들어 대더군. 이런 벽지에서는 사람이 갑작스레 죽는 사건만큼 재미있는 게 없지. 자네는 그거 모르지?

그래, 결국 이렇게 조 얘기가 나오네.

계속 가슴을 졸이고 있었는데, 거짓말을 해 봤자 소용없겠지. 내가 그 인간을 죽였다고 이미 말했으니까, 그건 그냥 넘어가. 그래도 힘든 얘기가 아직 남아 있으니까. 어떻게…… 왜…… 언제 그 일이 벌어진 건지.

오늘 조 생각을 아주 많이 했어, 앤디. 사실 말이지, 베라보다 그 인간 생각을 더 많이 했다고. 우선 애당초 내가 왜 그 인간하고 결혼했는지 기억해 보려고 애썼지. 처음에는 기억이 잘 안 나데. 그러다 조금 지나니까 좀 무섭다는 생각이 드는 거야. 베갯잇 안에 뱀이 들어 있다고 난리를 치던 베라처럼. 그러다가 문제가 뭔지 알았어. 내가 그 인간하고 사랑했던 기억을 찾으려고 했다는 거. 베라가 6월에 고용했다가 자기가 정한 규칙을 못 지켰다고 여름이 절반도 가기 전에 해고해 버린 멍청한 계집애들 같은 짓을 한 거지. 그 인간하고 사랑했던 기억을 찾으려고 하다니. 1945년 무렵에 아주 조금이지만 그런 게 있기는 있었지. 내가 열여덟이고 그 인간이 열아홉일 때, 그때는 세상이 온통 새로웠으니까.

내가 오늘 궁둥이가 꽁꽁 얼도록 거기 계단에 앉아서 사랑했던 기억을 찾으려고 애쓰다가 결국 뭘 생각해 냈는지 알아? 그 인간 이마가 예뻤다는 거, 그게 다야. 우리가 같이 고등학교를 다니고 있을 때, 그러니까 그때가 2차 세계 대전 중이야. 그때 나는 자습실에서 그 인간하고 가까이 앉아 있었지. 그때 그 이마가 어땠는지 생각이 나더라고. 여드름 하나 없이 얼마나 매끈했는지 몰라. 뺨하고 턱에는 여드름이 조금 있었고, 코에도 까만 여드름이 잘 생기는 편이었는데 이마는 어떻게 그리 크림처럼 매끈했는지. 그 이마를 만져 보고 싶었던 기억이 나……. 아니 솔직히 말해서, 그걸 만져 보는 게 꿈이었어. 그게 눈으로 보는 것만큼 매끈한지 알고 싶어서. 그 사람이 나더러 이삼 학년 무도회에 같이 가자고 하기에 좋다고 했지. 그 덕분에 그 이마를 만져 볼 수 있었는데, 눈으로 보는 것처럼 매끈하더라고. 그 이마에서부터 머리카락이 멋지게 곡선을 그리면서 뒤로 흘러내렸어. 나는 새모셋 주점의 무도장에서 악단이 「달빛 칵테일」을 연주하는 동안 어둠 속에서 그 머리카락하고 매끄러운 이마를 어루만졌지……. 다 무너져 가는 망할 놈의 계단에 몇 시간이나 앉아서 벌벌 떨다 보니까 적어도 그런 기억 정도는 떠오르데. 그러니까 어쨌든 뭔가 있었다는 건 알겠지? 물론, 몇 주 지나기도 전에 나는 이마뿐만 아니라 다른 데도 많이 만지게 됐어. 그게 바로 내 실수였지만.

우리 한 가지는 똑바로 해 두자고. 7교시에 자습실로 햇빛이 비스듬히 들어올 때 그 인간 이마가 마음에 들었다는 이유만으로, 순전히 그것 때문에 내가 그 늙은 술독하고 한창 좋은 시절을 보냈다는 얘기가 아냐. 진짜 아냐. 내 얘기는, 내가 오늘 기억해 낼 수 있었던 사랑 얘기가 그것뿐이었다는 거야. 그래서 기분이 엿 같아. 오늘 이스트헤드 옆의 그 계단에 앉아서 옛날 일들을 생각해 봤는데……. 아이고, 그거 정말 더럽게 힘들데. 내가 나 자신을 싸게 팔아넘겼는지도 모른다, 아마 나 같은 사람이 얻을 수 있는 건 그런 싸구려밖에 없을 거라는 생각 때문에 그런 짓을 한 것 같다, 그런 생각을 한 건 오늘이 처음이야. 내가 조 세인트 조지보다 훨씬 더 나를 사랑해 주는 사람하고 살 자격이 있다는 생각을 감히 한 것도 틀림없이 오늘이 처음이야. 조는 누구든 남을 사랑할 줄 모르는 인간이었어. 그저 지 몸이나 사랑했을까. 자네는 나같이 입이 더러운 할망구가 사랑을 믿을 거라고는 생각 안 하지. 근데 말이지, 사실 내가 믿는 거라고는 그것뿐이야.

하지만 내가 그 인간하고 결혼한 건 사랑하고는 상관없어. 그건 분명히 해 두자고. 내가 죽음이 우리를 갈라 놓을 때까지 이러쿵저러쿵하겠노라고 혼인 서약을 했을 때 내 뱃속에는 생긴 지 6주 된 여자애가 들어 있었어. 내가 결혼한 이유 중에서 그나마 제일 멋진 게 바로 그거야……. 슬프지만 그게 사실인 걸 어떡해. 나머지 이유는 전부 흔해 빠진 멍청한 거였어. 근데 지금까지 살아 보니, 멍청한 이유로 결혼하면 결혼 생활도 멍청해져.

난 그때 어머니하고 싸우는 게 아주 지긋지긋했어.

아버지한테 야단맞는 것도 지긋지긋했고.

게다가 친구들은 전부 결혼해서 자기 집을 갖고 있었지. 나도 그 애들처럼 어른이 되고 싶었어. 멍청한 어린 계집애 노릇이 지겨워서.

그 인간이 나를 원한다고 하기에 난 그 말을 믿었어.

그 인간이 나를 사랑한다고 하기에 그 말도 믿었어……. 그 인간이 그런 말을 하고서 나는 어떠냐고 하기에 나도 똑같다고 했지. 그렇게 말하는 게 예의인 줄 알고.

그렇게 말하지 않으면 내 앞날이 어떻게 될지 너무 무서웠어. 어디로 가야 하는지, 무엇을 해야 하는지, 누가 내 아기를 돌봐줄지…….

그걸 글로 쓰면 진짜 멍청해 보일 거야, 낸시. 그런데 제일 웃기는 건 나랑 같이 학교에 다녔던 여자들 십여 명이 똑같은 이유로 결혼을 하고서 지금까지도 남편이랑 살고 있다는 거야. 대부분 그저 간신히 버티고 있는 거지. 영감쟁이보다 오래 살아서 영감을 땅에 묻고 맥주 냄새 섞인 영감의 방귀 냄새를 침대보에서 영원히 털어내겠다, 그런 희망을 안고 버티는 거야.

1952년이 됐을 때 나는 이미 그 인간의 이마 따위 잊어버리고 있었어. 그리고 1956년에는 이마 말고 다른 부분들도 나한테 별로 소용이 없었지. 내가 그 인간을 증오하기 시작한 건 케네디가 아이크한테서 정부를 이어받은 그 무렵이었던 것 같아. 하지만 그 인간을 죽여야겠다는 생각을 한 건 나중 일이야. 나는 다른 건 몰라도 애들한테는 아버지가 필요하니까 그냥 그 인간하고 살아야겠다고 생각했거든. 웃기지? 하지만 그게 사실이야. 진짜 사실이라고. 맹세해. 그것 말고 내가 맹세할 수 있는 게 하나 더 있는데, 만약 하느님이 나한테 한 번 더 기회를 주더라도 난 다시 그 인간을 죽일 거다, 그거야. 영원히 지옥 불에 떨어져 저주를 받더라도……. 뭐 지금도 십중팔구 그렇게 되겠지만.

이곳에 온 지 얼마 안 되는 사람들을 빼면, 리틀톨 사람들은 전부 내가 그 인간을 죽였다는 걸 알고 있을 거야. 자기들이 그 이유까지 안다고 생각하는 사람들도 많을 거고. 그 인간이 나한테 손찌검을 해서 죽인 줄 아니까. 하지만 그 인간이 구렁텅이에 빠진 건 손찌검 때문이 아냐. 이 섬 사람들이 그 당시 무슨 생각을 했는지는 모르겠지만, 죽기 전에 마지막 3년 동안 그 인간은 날 한 번도 안 때렸어. 1960년 말인가 1961년 초에 내가 그 멍청한 병을 싹 고쳐 버렸거든.

그때까지 그 인간이 나를 많이 팬 건 맞아. 아니라고 해 봤자 소용없지. 내가 그걸 참고 견딘 것도 틀림없는 사실이고. 그 인간은 우리가 결혼하고 두 번째 날 밤부터 나를 패기 시작했어. 우리는 주말을 보내러 보스턴으로 가서(그게 우리 신혼여행이었어.) 파커 하우스에 묵었는데, 그동안 거의 밖으로 나간 적이 없어. 아주 시골 쥐 부부 그대로였다고. 길을 잃을까 봐 겁이 나서 안 나간 거야. 조는 호텔로 돌아오는 길을 잃어버리고서 우리 식구들이 준 25달러를 택시비로 쓰는 건 미친 짓이니까 절대 그런 짓을 할 수 없다고 했어. 아이고, 멍청한 인간! 물론, 나도 그랬지만……. 하지만 조는 나하고는 다르게 천성적으로 항상 남을 의심했어.(내가 그런 사람이 아니라는 게 얼마나 다행인지 몰라.) 온 세상 사람들이 전부 자기한테 더러운 짓을 하려고 난리가 났다는 거야. 진짜야. 그 인간이 술에 취한 걸 보면서, 잘 때도 한쪽 눈을 뜨는 게 싫어서 그러지 않으려고 술을 먹었나 보다, 그런 생각을 한 게 한두 번이 아냐.

어쨌든 그런 건 중요한 게 아니고, 아까 하던 얘기로 돌아가서, 우리는 토요일 밤에 식당으로 내려가서 밥 잘 먹고 다시 방으로 올라왔어. 복도를 걸을 때 조가 자꾸 오른쪽으로 휘청거리던 게 지금도 기억나. 오후에 맥주를 아홉 잔인가 열 잔인가 마신 데다가 저녁을 먹으면서 네다섯 잔을 더 먹었거든. 방에 들어온 다음에 그 인간이 제자리에 선 채로 하도 오랫동안 나를 보기에 내가 뭐 마음에 안 드는 거라도 있냐고 물었지.

"아니. 하지만 아까 식당에서 어떤 남자가 네 치마 속을 올려다보는 걸 봤어, 돌로레스. 눈이 용수철에 매달린 것처럼 툭 튀어나와 있었다고. 그 작자가 널 보고 있다는 거 너도 알고 있었지, 안 그래?"

나는 게리 쿠퍼가 리타 헤이워스하고 같이 구석 자리에 앉아 있었어도 아마 몰랐을 거라고 말할 뻔했어. 하지만 그런 말을 하면 뭐 하나 싶었지. 조가 술을 마셨을 때는 말싸움을 해 봤자 소용없어. 내가 진짜로 눈에 콩깍지가 씌어서 그 인간하고 결혼한 건 아니라고. 지금 와서 그때 눈에 콩깍지가 씌어서 그랬다고 자네한테 웃기는 소리를 할 생각도 없고.

"어떤 남자가 그렇게 내 치마 속을 쳐다보고 있었다면, 당신이 가서 눈 감으라고 하지 그랬어, 조?" 내가 이렇게 말하긴 했는데, 이건 그냥 농담이었어. 저 인간 화를 좀 가라앉혀야겠다 싶어서 그런 소리를 했던 것 같기도 하고. 지금은 내가 왜 그런 소리를 했는지 잘 기억이 안 나지만. 근데 조가 그걸 농담으로 받아들이질 않은 거야. 그건 내가 확실히 기억해. 조는 원래 농담이 안 통하는 사람이었어. 사실, 그 인간한테는 유머 감각이라는 게 눈곱만큼도 없었다고 해야 될 거야. 그 인간하고 막 결혼했을 때는 나도 그걸 몰랐어. 그때 나는 유머 감각이 코나 귀 같은 거라서, 다른 사람들보다 유머 감각이 좀 나은 사람이 있는 건 사실이지만 그래도 다들 유머 감각을 갖고 있는 줄 알았거든.

어쨌든, 그 인간이 나를 자기 무릎 위로 확 쓰러뜨리더니 신발로 두들겨 패는 거야. "앞으로 네가 무슨 색 속옷을 입었는지 알 수 있는 사람은 나밖에 없어, 돌로레스. 알아들어? 나밖에 없다고."
 난 그게 무슨 사랑의 장난쯤 되나 보다 했어. 그 인간이 나 듣기 좋으라고 일부러 질투하는 척한다고 말이야. 내가 어찌 그리 멍청했을꼬. 그게 질투였던 건 맞는데 사랑하고는 전혀 상관이 없어. 개가 자기 뼈다귀를 발로 감싸고 누구든 가까이 오는 사람한테 으르렁대는 거, 그거랑 비슷했지. 그때는 그걸 몰라서 그냥 참고 견뎠어. 그리고 나중에 안 다음에도 참고 견뎠어. 결혼 생활이라는 게 원래 그런 거려니, 남자가 마누라를 가끔 때리는 것도 다 결혼 생활의 일부려니 그런 거지. 그게 좋은 일은 아니지만, 화장실 청소도 결혼 생활 중에서 그렇게 좋은 부분은 아니니까. 어쨌든 여자들은 대부분 웨딩드레스를 싸서 다락에 넣는 순간부터 평생 동안 화장실 청소를 하잖아. 안 그래, 낸시?
 우리 아버지도 가끔 엄마한테 손찌검을 했어. 아마 그래서 나도 그게 별일 아닌 줄 알았던 것 같아. 그냥 참고 견뎌야 하는 일이다, 그렇게 생각한 거지. 내가 우리 아버지를 얼마나 좋아했는데. 아버지하고 엄마도 진짜 금슬이 좋았고. 그런데도 아버지는 털끝만큼이라도 거슬리는 게 있으면 손찌검을 해 댔다고.
 언젠가 한번은, 그때 내가, 그래 아홉 살이었어. 아버지가 웨스트엔드에 있는 조지 리처즈의 밭에서 건초를 만들다가 돌아왔는데 엄마가 저녁 식사를 안 만들어 놓은 거야. 엄마가 왜 그랬는지 지금은 기억이 안 나는데, 아버지가 돌아왔을 때 벌어진 일은 지금도 생생해. 아버지는 그때 작업복만 입고 있었는데(일할 때 신는 부츠하고 양말에는 이런저런 부스러기들이 가득 차서 현관 앞에서 벗어 버렸거든.), 얼굴하고 어깨가 벌겋게 달아올라 있었지. 머리카락은 땀에 젖어서 관자놀이에 붙어 있고, 구불구불 주름이 난 이마 한가운데에는 건초 조각 하나가 붙어 있었어. 그러니까, 더위와 피곤에 지쳐서 금방이라도 화를 버럭 낼 것 같은 모습이었단 얘기야.

아버지가 부엌으로 들어와서는 식탁에 꽃을 꽂아 놓은 유리병 밖에 없는 걸 보고 어머니한테 이랬어. "내 저녁밥 어디 있어, 멍청아?" 그러고는 엄마가 뭐라고 말을 하려고 하는데도 다짜고짜 엄마 얼굴에 손을 갖다 대더니 엄마를 구석으로 확 밀어 버렸어. 난 부엌 문간에 서서 그걸 다 봤지. 아버지가 고개를 푹 숙이고 나 있는 쪽으로 왔어. 머리카락이 꼭 눈 속에 매달려 있는 것처럼 보였어. 하루 종일 일을 하고 나서 지쳐 가지고 도시락 통을 들고 그런 모습으로 집으로 걸어가는 남자를 볼 때마다 지금도 아버지가 생각나. 어쨌든 그때 나는 조금 무서웠어. 아버지가 나도 밀어 버릴 것 같아서 비켜서고 싶은데 다리가 얼마나 무거운지 꼼짝도 안 하는 거야. 하지만 아버지는 나를 밀어 버리는 대신 그 크고, 따뜻하고, 단단한 손으로 나를 붙잡아서 옆으로 옮겨 놓고는 다시 밖으로 나가 버렸어. 그리고 양손을 무릎에 놓고 장작 패는 대 위에 앉았어. 자기 손을 들여다보는 것처럼 고개를 푹 숙인 채. 처음에는 닭들이 아버지한테 겁을 먹고 도망가더니 조금 있으니까 다시 와서 아버지 신발 주위에서 신나게 땅을 쪼아 대는 거야. 난 아버지가 닭들을 발로 차서 깃털이 허공에 날리고 난리가 날 줄 알았는데 그냥 가만히 내버려두더라고.

한참 후에 엄마가 있는 쪽을 봤더니 엄마는 아직도 구석에 앉아서 얼굴에 행주를 대고 울고 있었어. 팔로 자기 몸을 끌어안는 것처럼 감싸고 있더라고. 지금도 그 모습이 제일 생생해. 엄마의 그 팔. 그게 왜 지금도 그렇게 잊히질 않는지 이유를 모르겠어. 어쨌든 나도 엄마한테 가서 엄마를 끌어안았지. 허리께에 내 팔이 닿으니까 엄마도 나를 같이 안아 줬어. 그러고는 행주로 눈가를 닦더니 나더러 다시 밖에 가서 아버지한테 차가운 레모네이드를 마실 건지 맥주를 마실 건지 물어보라고 했어.

"맥주가 두 병밖에 없다고 분명히 말해야 돼. 맥주를 더 마시고 싶으면 가게에 갔다 오든지, 아니면 아예 시작도 하지 말라고 말이야."

내가 밖으로 가서 아버지한테 말을 전했더니 아버지는 맥주는 싫고 레모네이드가 딱이라고 했어. 그래서 내가 레모네이드를 가지러 달려갔는데, 엄마는 아버지 저녁 식사를 만들고 있었어. 아까 울어서 그런지 얼굴이 조금 부었는데도 콧노래를 흥얼거리고 있더라고. 그리고 그날 밤에 엄마, 아버지가 쓰는 침대 용수철이 얼마나 들썩거리던지. 뭐 그날 말고도 그런 날이 많았지만. 엄마 아버지는 그 일을 갖고 더 이상 왈가왈부하지 않았고, 아무 일도 없었어. 그때는 그런 걸 가정 바로잡기라고들 했어. 그게 남자가 해야 하는 일 중의 하나라는 거야. 내가 나중에 그때 일을 생각해 봐도 엄마가 조금 혼날 짓을 했으니까 그랬지 안 그랬으면 아버지가 절대 그런 짓을 안 했을 거다, 그런 생각밖에 안 들었어.

아버지가 엄마를 혼내는 걸 본 건 그때 말고도 몇 번 되지만, 그때 일이 제일 생생해. 난 아버지가 엄마를 주먹으로 때리는 걸 한 번도 못 봤어. 근데 조는 가끔 날 주먹으로 때렸다고. 하지만 아버지가 젖은 캔버스 천으로 엄마 다리를 세게 문질러 댄 적은 한 번 있는데, 아이고 그건 진짜 아팠을 거야. 오후 내내 엄마 다리에 빨간 자국이 남아 있었으니까.

지금은 그런 걸 가정 바로잡기라고 하는 사람이 없지. 그 말이 아주 싹 없어져 버린 것 같지, 아마. 그걸 생각하면 내가 속이 다 시원해. 내가 어렸을 때는 여자하고 애들이 올바른 길에서 벗어났을 때 다시 올바른 길로 몰아넣는 게 바로 남자가 할 일이라고들 했어. 어렸을 때 그런 얘기를 들었다고 해서 내가 그걸 옳은 일이라고 생각했다는 얘기는 아냐. 난 그렇게 쉽게 잘못된 길로 빠지는 사람이 아니라고. 남자가 여자한테 손을 대는 건 잘못을 바로잡는 것하고 아무 상관이 없다는 걸 난 옛날부터 알고 있었는데 뭘……. 그러면서도 조가 그렇게 오랫동안 나한테 그런 짓을 하는 걸 그냥 둔 거야. 옛날하고 똑같이. 살림을 하고, 여름을 지내러 오는 사람들의 별장을 청소하고, 애들 키우고, 조가 이웃들하고 문제를 일으킬 때마다 그걸 해결하고 하느라고 너무 지쳐서 생각해 볼 여유가 별로 없어서 그랬던 것 같아.

조하고의 결혼 생활은…… 에이, 망할 놈의 세상! 도대체 결혼 생활이라는 게 어떤 거야? 후, 아마 제각각이겠지. 하지만 겉으로 보이는 모습하고 속이 똑같은 결혼 생활은 하나도 없어. 그건 분명해. 겉으로 보이는 결혼 생활하고 집 안에서 실제로 벌어지는 일은 기껏해야 그저 비슷한 정도지. 어떤 때는 끔찍하고, 어떤 때는 웃기지만, 결혼 생활도 대개는 사람이 살면서 겪는 다른 일들하고 비슷해. 끔찍한 거하고 웃긴 게 한꺼번에 존재한다, 이 말씀이야.

사람들은 조가 알코올중독자라서 술에 취하면 나를 곧잘 두들겨 팬 줄 알아. 십중팔구 애들도 팬 줄 알걸. 그래서 내가 어느 날 도저히 참을 수가 없어서 그 인간을 보내 버렸다, 그렇게 생각하는 거지. 조가 술을 마신 건 사실이야. 그 인간이 가끔 AA* 모임에 갈려고 존스포트에 간 것도 사실이고. 하지만 말이지 조 정도가 알코올중독자라면 나도 알코올중독이게. 그 인간은 한 네다섯 달에 한 번씩 술을 먹고 사고를 쳤어. 릭 티보도나 스티비 브룩스처럼 쓰레기 같은 작자들하고 같이 사고를 치는 거야. 진짜 알코올중독자는 바로 그 인간들이야. 조는 밤에 집에 돌아와서는 그냥 한두 번 술을 홀짝거린 게 다였어. 그게 다였다고. 술을 한 병 사면 그 술을 두고두고 아껴 먹는 편이었거든. 근데 내가 아는 진짜 중독자들은 술을 오래 아껴 먹을 생각 같은 건 아예 하지도 않아. 짐빔이든, 올드 듀크든, 솜으로 걸러 낸 부동액이든 그냥 무조건 먹어 치우는 거야. 진짜 주정뱅이가 생각하는 건 딱 두 가지뿐이야. 손에 들고 있는 술병을 끝장 내는 거하고, 아직 어딘가에 숨어 있는 술병을 찾아내는 거.

그래, 조는 알코올중독자가 아니었어. 하지만 사람들이 자기를 중독자로 생각하든 말든 내가 알 게 뭐냐는 식이었지. 그게 일자리를 얻는 데 도움이 됐거든. 특히 여름에. 내가 보기에는 말이야, '알코올중독자 자주 치료 협회'에 대한 사람들의 생각이 그동안 많이 바뀐 것 같아. 일단 사람들이 옛날보다 훨씬 더 많이 그 모임 얘

---

* Alcoholics Anonymous, 알코올중독자 자주 치료 협회.

기를 하거든. 근데 안 바뀐 것도 하나 있어. 스스로 문제를 해결해 보려고 노력하고 있다고 주장하는 사람을 보면 사람들이 도우려고 한다는 거. 조가 1년 내내 술을 마시지 않으면, 아니 최소한 술을 마시더라도 술 마셨다는 얘기를 하지 않으면, 사람들은 존스포트에서 그 인간을 위해 잔치를 열어 줬어. 그 인간한테 케이크하고 메달을 줬다니까. 진짜야. 그래서 그 인간은 여름 별장 사람들한테 일자리를 구하러 갈 때 자기가 원래 알코올중독이었는데 지금 회복하는 중이라는 얘기를 제일 먼저 했어. "그래서 저를 안 쓰셔도 섭섭한 생각은 안 하겠습니다요. 하지만 어떻게든 술을 털어내야죠. 저는 벌써 1년 넘게 AA 모임에 다니고 있는데 그 사람들 말이 정직하게 세상을 살고 싶어하는 사람은 술을 안 마시고는 못 배긴다고 하더구먼요." 여름 별장 사람들한테 이렇게 말하는 거야. 그러고는 AA 참석 1주년을 기념하는 금메달을 꺼내 보여 주지. 한 달 동안 일을 못 해서 변변찮은 파이밖에 못 먹은 사람 같은 표정으로. 조가 옛날에는 겨우 하루를 일하고 나서 술 먹고 싶은 마음에 에라 모르겠다는 심정으로 농땡이를 치고 하느님까지 잊어버렸다는 얘기를 할 때 진짜로 울음을 터뜨린 사람도 한두 명은 있었을 거야, 아마…… 그 인간은 15분마다 술 먹고 싶은 생각이 든다고 했지. 사람들은 대개 완전히 속아 넘어가서 그 인간을 받아들였어. 원래 주려고 했던 돈보다 시간당 15센트 정도를 더 준 사람도 있었을걸. 어쩌면 1달러씩이나 더 준 사람도 있는지 모르고. 그런 술수도 노동절이 지난 다음에는 들통났을 것 같지? 근데 매일같이 그 인간을 보면서 그 인간이 원래 어떤 인간인지 다 아는 사람들이 수두룩한 이 섬에서도 그 방법이 아주 기적처럼 통했어.

사실 조는 대개 정신이 아주 말짱할 때 나를 때렸어. 꼭지가 돌도록 술을 마신 날은 나를 거들떠보지도 않았다고. 그러다가 1960년인가 1961년 어느 날 밤에 그 인간이 찰리 디스펜지에리를 도와서 물에 있던 배를 끌어내고 돌아온 적이 있었어. 그 인간이 콜라를 꺼내려고 냉장고 위로 몸을 구부렸는데 반바지 뒤쪽이 쭉 찢어진 게 내 눈에 들어온 거야. 난 웃었지. 어쩔 수가 없었어. 그 인간은 아무 말도 안 했지만, 내가 양배추 삶던 걸 보려고 불가로 갔을 때(그날 밤 저녁 식사는 끓여야 되는 음식이었어. 어제 일처럼 똑똑히 기억해.), 그 인간이 나무 상자에서 돌처럼 단단한 단풍나무 조각을 꺼내서는 내 등허리를 후려친 거야. 아이고, 얼마나 아프던지. 자네들도 콩팥 있는 데를 맞아 본 적이 있으면 알 거야. 콩팥이 아주 작고, 뜨겁고, 무거워진 것 같지. 원래 있던 자리에서 터져 나와서 양동이 속에 납을 떨어뜨렸을 때처럼 푹 가라앉아 버릴 것 같아.

나는 절룩거리면서 탁자까지 간신히 걸어가서 의자에 앉았어. 그 의자가 조금만 멀리 있었어도 아마 그냥 바닥에 쓰러져 버렸을 거야. 난 그냥 거기 앉아서 아픈 게 좀 가시기를 기다렸어. 애들이 무서워할까 봐 울음을 터뜨리지는 않았는데, 그래도 눈물이 뺨을 타고 흘러내리는 건 어떻게 해 볼 수가 없더라고. 너무 아파서 눈물이 나는 건데 그걸 무슨 수로 참아.

"다시는 날 비웃지 마, 이년아." 조가 이러면서 날 때린 장작개비를 나무 상자 속에 다시 던져 넣고는 자리에 앉아서 《아메리칸》을 읽기 시작했어. "그러면 안 된다는 걸 벌써 10년 전에 깨달았어야지." 이러면서.

한 20분이 지나니까 간신히 의자에서 일어날 수가 있겠더라고. 그래도 야채하고 고기를 끓이고 있던 불을 줄일 수가 없어서 결국 셀리나를 불렀어. 내가 앉아 있던 데서 풍로까지 겨우 네 걸음밖에 안 되는데 그걸 갈 수가 없는 거야.

"엄마가 하면 안 돼? 지금 조이랑 만화 보고 있단 말이야."

셀리나가 이러기에 내가 "난 지금 좀 쉬고 있어." 그랬지.

근데 조가 얼굴도 안 보이게 신문을 들고 읽으면서 "그래, 맞다. 네 엄마는 입을 너무 놀려서 아주 녹초가 됐거든." 이러는 거야. 그러고는 웃어 대는데, 바로 그거였어. 바로 그 웃음. 저 인간이 다시는 날 못 때리게 해야겠다고 결심한 게 바로 그때야. 날 때리면 반드시 엄청난 대가를 치르게 해 줘야겠다고 마음을 아주 독하게 먹었지.

우리는 여느 때하고 똑같이 저녁을 먹고, 역시 여느 때하고 똑같이 테레비를 봤어. 나하고 큰 아이들은 소파에 앉았고, 막내 피트는 커다란 안락의자에서 지 아버지 무릎에 앉고. 피트가 여느 때처럼 7시 30분쯤에 거기서 스르르 잠이 든 걸 보고 조가 그 애를 침대로 데려가서 눕혔어. 그리고 내가 한 시간 후에 조 주니어를 재웠고, 셀리나는 9시에 제 방으로 갔지. 나는 대개 10시경에 자는데, 조는 한밤중까지 앉아서 꾸벅꾸벅 졸면서 쪼끄만 테레비도 보고, 신문에서 처음 읽을 때 놓친 부분도 읽고, 콧구멍도 후비고 그랬어. 이제 알겠지, 프랭크, 자네는 암것도 아냐. 어른이 돼서도 그 버릇을 못 고치는 사람들이 있는데 뭘.

그날 밤 나는 평소 때처럼 방으로 자러 가지 않고 조하고 같이 깨어 있었어. 등이 아픈 건 조금 덜했어. 어쨌든 내가 마음먹은 일을 하기에는 지장이 없을 정도였으니까. 어쩌면 내가 조금 긴장했는지도 모르겠는데 잘 기억이 안 나. 나는 그 인간이 스르르 잠이 들기를 기다리고 있었지. 마침내 때가 됐어.

나는 부엌으로 가서 식탁에서 작은 크림 그릇을 가져왔어. 내가 원래 그걸 가져올 생각이었던 건 아냐. 조 주니어가 식탁을 치우는 날인데 그 애가 깜박 잊어먹고 그걸 냉장고에 안 넣는 바람에 그게 거기 있어서 가져온 것뿐이지. 걔는 항상 깜박깜박 잘 잊어 먹거든. 크림 그릇을 치우는 것도 잊어 먹고, 버터 그릇에 뚜껑 닫는 것도 잊어 먹고, 밤새 빵이 딱딱해지지 말라고 빵 포장지를 접어 두는 것도 잊어 먹고. 요새 그 애가 테레비 뉴스에 나와서 뭐라고 말을 할 때나 인터뷰하는 걸 볼 때면 그 생각이 제일 많이 나……. 메인주 상원의 다수당 지도자가 열한 살 때 부엌 식탁 하나도 제대로 못 치우는 사람이었다는 걸 알면 민주당 사람들이 뭐라고 할지. 그래도 얼마나 대견해. 그러니까 자네들도 행여나 다른 생각은 품지 말라고. 그 애가 빌어먹을 민주당원이라도 난 그 애가 대견하니까.

어쨌든, 그 애가 그날 밤에 그걸 잊어버린 게 나한테는 오히려 안성맞춤이었어. 작지만 무겁고, 내 손에 딱 맞았거든. 나는 나무 상자 있는 데로 가서 바로 그 위 선반에서 손잡이가 짧은 도끼도 꺼냈어. 그러고는 그 인간이 꾸벅꾸벅 졸고 있는 거실로 다시 갔지. 그리고 크림 그릇을 오른손으로 단단히 쥐고 빙빙 돌리면서 아래로 그냥 휘둘러서 그 인간의 얼굴을 후려쳤어. 그릇이 아주 산산조각 났지.

내가 그렇게 후려치니까 그 인간이 아주 팔팔하게 벌떡 일어나 앉더라고, 앤디. 자네도 그때 그 인간이 지른 소리를 들었어야 하는데. 소리가 컸냐고? 세상에나, 세상에나! 정원 문에 몸이 낀 황소 같다니까. 그 인간은 눈이 휘둥그레져서 벌써 피가 흐르고 있는 자기 귀에 손을 착 갖다 댔지. 뺨에는 엉긴 크림 덩어리가 쬐끄만 점처럼 붙어 있고, 그 인간 말로는 구레나룻이라는 뻐죽뻐죽한 털에도 크림이 묻어 있었어.

"알겠어, 조? 난 이제 피곤하지 않아." 내가 말했지.

셀리나가 침대에서 뛰어나오는 소리가 들렸지만 난 감히 그쪽으로 고개를 돌릴 수가 없었어. 그랬다면 아주 곤란해졌을 거야. 그 인간은 마음이 내킬 때면 아주 징그럽게 동작이 빨랐으니까. 난 왼손으로 도끼를 들고 있었는데 앞치마에 가려서 거의 안 보였어. 그래서 조가 의자에서 일어나려고 하는 걸 보고 그걸 꺼내 들이댔지.

"머리에 이게 박히고 싶지 않으면, 조, 다시 앉는 게 좋을 거야."

근데 순간적으로 그 인간이 무조건 일어나는 줄 알았어. 그랬다면, 그게 그 인간한테는 마지막이 됐겠지. 난 그때 진심이었으니까. 그 인간도 그걸 알아차렸는지 의자에서 엉덩이를 엉거주춤하게 뗀 상태로 얼어붙었어.

"엄마?" 셀리나가 지 방 문간에서 날 불렀어.

"그냥 가서 자라, 애야." 난 한순간도 조한테서 눈을 떼지 않고 말했지. "네 아버지하고 여기서 조금 얘기를 하고 있는 거야."

"아무 일도 없는 거예요?"

"그럼. 그렇지, 조?"

"으응, 아주 말짱하지." 조가 말했어.

셀리나가 몇 걸음 뒤로 물러나는 소리가 들렸어. 근데 그 애 방문 닫히는 소리가 안 나는 거야. 그게 한 10초나 15초쯤 됐을까. 그래서 그 애가 거기 서서 우리를 보고 있다는 걸 알았어. 조는 한 손으로 팔걸이를 짚고 엉덩이는 엉거주춤한 상태 그대로였는데, 그때 문이 닫히는 소리가 들렸어. 그 소리 때문에 조가 자기가 지금 얼마나 바보 같은 꼴을 하고 있는지 새삼 깨달은 모양이야. 의자에 앉은 것도 아니고 선 것도 아닌 엉거주춤한 자세에, 한 손은 귀를 잡고 있고, 얼굴 한쪽에서는 크림이 방울방울 떨어지고 있었으니.

그 인간이 자리에 앉더니 손을 귀에서 떼더군. 손도 귀도 피범벅이었지만, 귀는 부어 있었어.

"아니 이년이, 네가 이러고도 무사할 것 같아?"

"그래? 맘대로 해. 대신 너 내 말 잘 들어, 조 세인트 조지. 앞으로는 네가 나한테 무슨 짓을 하든 두 배로 돌려받을 줄 알아."

그 인간이 나를 보면서 히죽 웃더군. 내 말을 못 믿겠다는 거지.

"이런, 그럼 네년을 아주 죽여 버려야겠네, 그렇지?"

나는 그 말이 그 인간 입에서 나오는 것과 거의 동시에 도끼를 그 인간한테 건네줬어. 원래 그럴 생각이 아니었는데, 그 인간이 그 도끼를 든 모습을 보고 내가 할 수 있는 일이 그것뿐이었다는 걸 알았지.

"해 봐. 아프지 않게 한 방에 끝내기나 해." 내가 말했어.

그 인간은 나하고 도끼를 번갈아 바라보다가 다시 나를 봤는데, 허 참, 그 놀란 표정이라니. 무슨 코미디 같아. 그게 그렇게 심각한 상황이 아니었다면 정말 코미디 같았을 거야.

"그리고 날 끝장낸 다음에는 저녁 식사를 데워서 조금 더 먹는 게 좋을 거야. 배가 터질 때까지 먹으라고. 감옥에 가게 될 테니까 말이야. 감옥에서 집에서 만든 것 같은 좋은 음식이 나온다는 얘기는 들은 적이 없거든. 넌 아마 우선 벨파스트로 갈 거야. 감옥에는 네 몸에 딱 맞는 죄수복이 틀림없이 있겠지."

"닥쳐, 이 씹할 년아."

그런다고 내가 닥칠 사람인가.

"그다음에는 십중팔구 쇼생크로 갈 거야. 거기서 뜨거운 식사를 식탁까지 배달해 줄 리가 없지. 네가 허구한 날 선술집에서 만나는 그치들하고 포커를 칠 수 있게 금요일 밤에 외출을 허가해 주지도 않을 거고 말이야. 날 끝장낼 거면 빨리 해치우고 애들이 그 난장판을 못 보게 처리나 잘해 줘."

나는 그러고 나서 눈을 감았어. 그 인간이 그런 짓을 할 리가 없다고 거의 확신하기는 했는데, 목숨이 달린 마당에 그런 확신이 무슨 소용이야. 내가 그날 밤 새로 깨달은 게 바로 그거야. 나는 눈을 감고 그 자리에 서서 깜깜한 어둠밖에 아무것도 보이지 않는 상태에서 도끼가 내 코하고 입술하고 이빨을 자르고 들어올 때 느낌이 어떨까, 그런 생각을 하고 있었어. 죽기 전에 십중팔구 도끼날에 붙어 있는 나뭇조각들의 맛이 어떤지 알게 되겠구나, 그런 생각을 했던 게 기억나. 이틀인가 사흘 전에 내가 도끼날을 갈아 둔 게 참

다행이라는 생각을 했던 것도 기억나고. 그 인간이 나를 죽이더라도 날이 무딘 도끼에 당하고 싶지는 않았으니까.

내가 거기 서 있은 게 한 10년은 되는 것 같았어. 근데 그때 그 인간이 아주 무뚝뚝하고 화난 소리로 이러는 거야. "잠자러 갈 거야, 아니면 야한 꿈을 꾸는 헬렌 켈러처럼 마냥 그렇게 서 있을 거야?"

나는 눈을 떴어. 그 인간이 도끼를 의자 밑으로 치워 놓았더라고. 의자의 주름 장식 밑으로 도끼 손잡이 끝이 삐죽 나와 있는 게 간신히 보였어. 그 인간이 읽던 신문은 무슨 텐트처럼 그 인간 발 위에 놓여 있고. 그 인간이 허리를 굽혀서 신문을 집어 들어 펼쳤지. 그 일이 없었던 것처럼, 아무 일도 없었던 것처럼 행동하려고 애쓰는 거야. 하지만 그 인간의 뺨에는 귀에서 나온 피가 줄줄 흐르고 있었고, 손은 벌벌 떨리고 있었어. 신문지가 조금 흔들릴 정도였으니까. 신문 뒷면에도 그 인간 손자국이 빨갛게 나 있었어. 그 인간이 자러 가기 전에 그 망할 놈의 신문을 태워 버려야겠다는 생각이 들었지. 그냥 놔두면 애들이 그걸 보고 무슨 일이 있었나 보다 할 테니까.

"난 금방 자러 갈 거야. 하지만 먼저 이 일에 대해서 우리가 합의를 봐야지, 조."

내가 이랬더니 그 인간이 나를 올려다보면서 이를 악물고 말했어. "너무 건방지게 굴지 마, 돌로레스. 그러면 안 좋아. 아주 안 좋아. 나한테 괜히 집적대지 말라고."

"난 집적대는 게 아냐. 당신이 날 때리던 시절은 끝났다는 말을 하는 거야. 한 번만 더 그런 짓을 하면 우리 둘 중 하나가 병원으로 실려 가게 될 거야. 아니면 영안실로 실려 가든지."
 그 인간이 나를 오래, 아주 오래 바라봤어, 앤디. 나도 그 인간을 마주 바라봤지. 도끼는 그 인간 손이 아니라 의자 밑에 있었지만, 그건 중요한 게 아냐. 만약 내가 그 인간보다 먼저 눈을 피하면 그 인간이 앞으로도 계속 날 두들겨 패리라는 걸 알고 있었으니까. 근데 결국 그 인간이 신문 쪽으로 눈을 내리깔더니 꼭 중얼거리는 것처럼 이랬어. "좀 쓸모 있게 굴어 봐, 이 여자야. 달리 할 줄 아는 일이 없으면 내 머리에 댈 수건이라도 갖고 오라고. 이 망할 놈의 셔츠가 피범벅이 됐잖아."
 그 인간이 나를 때린 건 그때가 마지막이었어. 그 인간, 사실 속으로는 겁쟁이였던 거야. 그때든 나중이든 내가 그 인간 면전에서 그런 얘기를 한 적은 한 번도 없지만서도. 그런 얘기를 하는 건 세상에서 제일 위험한 짓이지. 겁쟁이들이 제일 무서워하는 게 자기가 겁쟁이라는 게 들통나는 거니까. 겁쟁이들은 그걸 죽는 것보다도 더 무서워해.
 물론 나는 그 인간이 겁쟁이라는 걸 옛날부터 알고 있었어. 내가 이길 공산이 크다는 생각이 없었다면 애당초 크림 그릇으로 그 인간 머리를 후려치지도 못했을 거야. 게다가 그 인간이 장작개비로 나를 때린 다음에 의자에 앉아서 아픈 게 좀 가시기를 기다리면서 깨달은 게 또 하나 있었어. 지금 그 인간하고 결판을 내지 않으면 영원히 그 인간한테 대들 수 없을 거다. 그래서 그렇게 한 거야.
 사실 말이지, 크림 그릇으로 조를 후려치는 건 정말 쉬웠어. 실제로 그 인간을 후려치기 전이 더 어려웠지. 아버지가 엄마를 밀어 넘어뜨리던 기억이며, 젖은 캔버스 천으로 엄마 다리를 문질러 대던 기억을 완전히 다 잊어버려야 했으니까. 그게 힘들었어. 내가 아버지하고 엄마를 다 정말 좋아했으니까. 그래도 나는 해냈어……. 아마 그것밖에는 방법이 없었기 땜에 그랬겠지만, 지금은 내가 그랬던 게 다행이라는 생각이 들어. 셀리나가 엄마가 구석에 앉아서 얼굴에 행주를 대고 울어 대던 모습을 기억하는 일은 절대로 없을 테니. 우리 아버지가 벌을 내리면 엄마는 그걸 받아들였어. 하지만 아버지나 엄마에 대해 이러쿵저러쿵할 생각은 없어. 어쩌면 엄마는 남편의 벌을 받아들일 수밖에 없었는지도 모르지. 아버지는 엄마를 벌할 수밖에 없었는지도 모르고. 아버지가 그러지 않았으면 항상 같이 일하는 남자들한테 얕잡아 보였을지도 몰라. 그때는 시절이 달랐으니까. 지금 세상이 얼마나 달라졌는지 모르는 사람이 태반이지만. 하지만 말이야, 내가 애당초 얼간이처럼 조하고 결혼했다고 해서 그 인간이 그런 짓을 하는 것까지 참아야 할 필요는 없잖아. 남자가 여자한테 주먹질을 하는 거나, 나무 상자에서 꺼낸 장작개비로 매질을 하는 건 절대 가정 바로잡기가 아냐. 그래서 나도 조 세인트 조지 같은 사람, 아니 그 어떤 남자라도 나한테 그런 짓을 하면 가만두지 않겠다고 마음먹은 거야.

  그 후로 그 인간이 나한테 손을 올린 적이 몇 번 있긴 있었어. 하지만 금방 생각을 고쳐먹더라고. 가끔 그 인간이 손을 치켜든 채 나를 때리고 싶어 하면서도 감히 때리지 못할 때, 그 눈을 보면 그 인간이 그 크림 그릇을 기억하고 있다는 게 보였어……. 어쩌면 그 도끼도 기억하고 있었는지 모르지. 그래서 그 인간은 그냥 머리가 가려워서, 아니면 이마의 땀을 훔치려고 손을 들어 올린 척했어. 그 인간이 단번에 아주 확실히 배운 거야. 그 인간이 그렇게 한번에 알아들은 건 아마 그것밖에 없을걸.

그 인간이 장작개비로 나를 때리고 내가 크림 그릇으로 그 인간을 때렸던 그날 밤 일 땜에 벌어진 일이 또 있어. 사실 그 얘기는 별로 하고 싶지 않은데. 나도 이불 속 일을 밖으로 끄집어내면 안 된다고 믿는 구닥다리라. 하지만 아무래도 얘길 해야 될 것 같네. 그게 나중에 일이 그렇게 된 이유 중에 하나인 것 같아서.

우리는 그 후로도 2년 동안, 아냐, 거의 3년 됐을 거야. 잘 기억이 안 나네. 어쨌든 그동안 계속 한 지붕 밑에서 부부로 살았지만, 그 인간이 나한테 남편의 권리를 쓰려고 한 건 그 후로 몇 번밖에 안 됐어. 그 인간은…….

뭐, 앤디?

당연하지! 그 인간이 불능이었다는 얘길 하는 거야! 도대체 내가 무슨 소릴 하는 줄 알았어? 남편의 권리라는 게 무슨 마음이 내킬 때 내 속옷을 입을 권리인 줄 알아? 난 그 인간을 거부한 적이 없어. 그 인간이 그냥 그걸 할 수 없게 된 거야. 그 인간은 원래 매일 밤 어쩌고저쩌고한다는 그런 남자가 아니었어. 처음부터 그랬다고. 그걸 오래하는 편도 아니었고. 항상 갑자기 덤벼들어서 몇 번 쿵쿵거리고는 그걸로 끝이야. 그래도 일주일에 한두 번 기어 올라올 정도는 됐는데……. 그러니까 내가 그 크림 그릇으로 후려칠 때까지는 말이야.

아마 술도 한몫했을 거야. 그 마지막 몇 년 동안 그 인간이 부쩍

술을 더 마셨거든. 하지만 그게 전부였던 것 같지는 않아. 어느 날 밤에 그 인간이 한 20분 동안 아무 소용도 없이 헐떡거리다가 그냥 내려가 버린 적이 있어. 그 인간의 그 쪼끄만 물건은 여전히 국수 가락처럼 흐물흐물하더라고. 그게 그날 밤 그 일이 있은 다음에 얼마나 지났을 때인지는 잘 모르겠지만 그 후인 건 확실해. 침대에 누워 있을 때 허리가 욱신거려서 아침에 일찍 일어나 아스피린을 좀 먹어야겠다고 생각했던 기억이 나니까.

"저기, 너 만족했지, 돌로레스. 그렇지?" 그 인간이 이러는데 금방이라도 울 것 같았어.

나는 아무 말도 안 했어. 여자가 남자한테 무슨 말을 해도 소용이 없을 때가 있는 법이니까.

"그래? 만족했어, 돌로레스?" 그 인간이 계속 이렇게 묻는데도 나는 아무 말도 안 하고 그냥 누워서 천장만 보면서 바깥에 바람이 부는 소리를 들었어. 그날 밤에는 동풍이더라고. 바람 소리에 섞여서 바다 소리도 들렸지. 그 소리를 들으면 언제나 좋아. 마음이 차분해져.

그 인간이 내 쪽으로 돌아눕는데 내 얼굴 위에서 맥주 냄새가 섞인 입 냄새가 났어. 고약하고 시큼한 냄새. "옛날에는 불을 끄면 좀 나았는데, 이젠 그렇지가 않아. 어둠 속에서도 네년의 못생긴 얼굴이 보인다니까." 그 인간이 이러면서 손으로 내 젖통을 움켜쥐고는 흔드는 시늉을 했어. "그리고 이것도. 팬케이크처럼 축 늘어져서 납작한 게. 네년 보지는 이보다 더해. 젠장, 넌 아직 서른다섯도 안 됐는데, 너하고 그걸 하는 건 무슨 진흙 웅덩이에 대고 그 짓을 하는 것 같다고.”

난 '그게 진짜 진흙 웅덩이라면 당신도 말랑말랑하게 찔러 넣을 수 있겠네, 조. 그러면 당신 마음도 좀 편안해질 텐데.' 이래 볼까 했는데, 그냥 가만히 있었어. 아까도 말했지만, 퍼트리샤 클레이본은 바보 자식을 기르지 않았으니까 말이야.

그러고는 그 인간이 한동안 조용했어. 난 저 인간이 이제 더러운 소리를 할 만큼 하고 잠이 들었나 보다 싶어서 아스피린을 가지러 살짝 나가야겠다고 생각했어. 그런데 그때 그 인간이 또 말을 하는 거야……. 틀림없이 울고 있는 것 같은 소리로.

"내가 애당초 네년 얼굴을 안 봤으면 좋았을 텐데…… 그 망할 놈의 도끼로 내 머리를 그냥 날려 버리지 그랬어, 돌로레스. 그랬어도 결과는 똑같았을 텐데."

이제 알겠지? 그 인간이 크림 그릇에 얻어맞고 앞으로는 집에서 옛날처럼 멋대로 굴지 못한다는 말을 들어서 그렇게 된 것 같다는 생각은 나만 한 게 아냐. 어쨌든 그래도 난 아무 말도 안 했어. 그 인간이 잠이 들지, 아니면 나한테 또 손을 댈지 그냥 두고 본 거지. 그 인간은 알몸으로 누워 있었는데, 만약 그 인간이 다시 해 보려고 한다면 내가 제일 먼저 만질 데가 어딘지 난 알고 있었어. 근데 금방 코 고는 소리가 들리더라고. 그 인간이 나한테 남자 노릇을 해 보려고 한 게 그게 마지막이었는지 어떤지 모르겠어. 설사 마지막이 아니었어도 거의 마지막에 가까웠을 거야.

그 인간 친구들은 물론 그런 일이 있다는 걸 전혀 몰랐지. 그 인간이 마누라가 크림 그릇으로 자기를 후려쳤기 때문에 자기 물건이 더 이상 고개를 치켜들지 못하게 됐다는 얘기를 할 사람이야? 그 인간이! 그래서 다른 사람들이 마누라를 어떻게 다루는지 허풍을 떨어 대면 그 인간도 같이 허풍을 떨었어. 내가 입을 건방지게 놀려서, 아니면 돈을 꺼내 가도 되는지 물어보지도 않고 존스포트에서 옷을 사서 자기가 나한테 본때를 보여 줬다고 말이야.

내가 그런 걸 어떻게 아냐고? 그거야, 내가 가끔 입 대신 귀를 활짝 열어 놓으니까 그렇지. 오늘 밤 내 얘기를 듣고 있는 자네들 입장에서는 내가 그런다는 걸 믿기 어렵겠지만, 정말이야.

한번은 내가 마셜네 집에서 시간제로 일을 하고 있었는데, 존 마셜 기억하지, 앤디? 그 왜, 항상 육지까지 다리를 짓는다는 둥 어쩐다는 둥 하던 사람 있잖아. 어쨌든, 그 집에서 일을 하고 있는데 초인종이 울렸어. 근데 집 안에 사람이 나밖에 없어서 문을 열려고 급하게 달려가다가 융단 위에서 미끄러지는 바람에 벽난로 선반에 세게 부딪혔지. 그래서 팔꿈치 바로 위에 커다랗게 멍이 들었댔어.

그러고 나서 한 사흘이 지났나. 그 멍이 거무스름한 갈색에서 노랗고 파란 색으로 막 변하던 무렵인데, 마을에서 이베트 앤더슨을 우연히 만났지. 이베트는 식품점에서 나오는 길이었고 나는 들어가던 길이었어. 그 여편네가 내 팔의 멍을 보더니 동정심이 뚝뚝 떨어지는 소리로 뭐라고 얘길 하는 거야. 방금 뭔가를 보고 똥구덩이를 구르는 돼지보다 더 기분이 좋아진 여자만이 낼 수 있는 목소리 있잖아, 왜.

"남자들은 정말 끔찍하지 않아, 돌로레스?"

"글쎄, 그럴 때도 있고 아닐 때도 있지 뭐." 난 이렇게 대답을 하면서도 그 여편네가 도대체 무슨 얘기를 하는 건지 전혀 모르고 있었어. 내 머릿속에는 그날 특별 품목으로 나온 돼지고기가 다 팔리기 전에 사야 된다는 생각뿐이었으니까.

근데 그 여편네가 내 팔을 상냥한 척 두드려 주더라고. 멍이 들지 않은 쪽 말이야. 그러면서 하는 말이, "마음을 굳게 먹어. 모든 일이 다 잘될 거야. 나도 그런 일을 겪어 봐서 알아. 당신을 위해 기도할게, 돌로레스." 이래. 마지막 말은 마치 나한테 100만 달러를 주겠다고 말하는 것 같은 투였지. 그러고는 가 버렸어. 나는 여전히 영문을 모른 채 그냥 가게로 들어갔어. 저 여편네가 정신이 나갔나……. 사실 그날 이베트는 누가 봐도 거의 정신이 나간 것 같았거든.

그런데 쇼핑을 반쯤 했을 때 갑자기 생각이 났어. 나는 장바구니를 팔에 걸치고 스키피 포터가 내가 살 고기의 무게를 다는 걸 보고 있다가 갑자기 고개를 뒤로 젖히고 뱃속에서 나오는 것 같은 소리로 웃어 대기 시작했어. 사람들이 무슨 짓을 해도 그치지 않을 듯한 웃음 있잖아, 왜. 스키피가 나더러 "괜찮아요, 클레이본 부인?" 이러더라고.

"괜찮아요. 그냥 재미있는 생각이 나서." 나는 이러면서 또 웃어 댔어.

"그런 것 같네요." 스키피는 이렇게 말하고서 다시 무게를 달기 시작했지. 포터네 사람들은 하느님의 축복을 받을 거야, 앤디. 그 사람들이 있는 한, 이 섬에도 자기 일에만 열심히 신경 쓰는 집안이 적어도 하나는 있는 셈이니까. 어쨌든 나는 그냥 계속 웃어 댔어. 사람들 몇 명이 미친 사람 보듯 나를 바라봤지만 그게 무슨 상관이야. 가끔은 사는 게 너무 웃겨서 그냥 웃을 수밖에 없을 때가 있잖아.

이베트는 토미 앤더슨의 부인이었지. 그리고 토미는 1950년대 말하고 1960년대 초에 조하고 같이 맥주를 마시면서 포커를 치던 친구들 중 하나였고 말이야. 내 팔에 멍이 들고서 하루인가 이틀 뒤에 그 인간들이 우리 집으로 몰려왔어. 조가 얼마 전에 싸게 산 낡은 포드 트럭에 시동을 걸어 보려고 애들을 쓰더라고. 그날은 내가 쉬는 날이라서 그 인간들한테 차가운 차를 한 주전자 타서 갖다 줬어. 적어도 해가 질 때까지는 그 인간들이 술을 마시지 말았으면 해서.

그런데 내가 차를 따를 때 토미가 그 멍을 본 모양이야. 그래서 내가 들어간 다음에 조에게 무슨 일이냐고 물었겠지. 아니면 그냥 멍이 있더라는 얘기만 한 건지도 모르고. 어쨌든, 조 세인트 조지는 기회를 그냥 넘겨 버리는 인간이 아니지. 적어도 그런 기회를 그냥 넘길 리가 없잖아. 식품점에서 집으로 오는 길에 그때 일을 곰곰이 생각하면서 내가 궁금했던 건 조가 사람들한테 도대체 무슨 얘기를 했을까 하는 것뿐이었어. 내가 그 인간의 침실용 슬리퍼를 스토브 밑에 넣어서 따뜻하게 데워 두는 걸 잊어버려서 때렸다고 했을까? 아니면 토요일 밤에 콩을 죽처럼 흐물흐물하게 끓여서 때렸다고 했을까? 그 인간이 무슨 얘기를 했는지는 몰라도 어쨌든 토미가 집에 가서 이베트한테 얘기를 했을 거야. 조 세인트 조지가 마누라한테 가정 바로잡기를 했다고. 내가 멍이 든 건 마셜네 집에서 문을 열어 주려고 달려가다가 벽난로 선반 모서리에 부딪혔기 때문인데!

결혼에 두 가지 면이 있다고 한 건, 그러니까 겉으로 보이는 쪽하고 안에서만 알 수 있는 쪽이 있다고 한 건 바로 이런 뜻이야. 이 섬 사람들은 우리 또래의 다른 부부들을 볼 때처럼 나하고 조를 봤어. 너무 행복하지도 않고, 너무 슬프지도 않고, 그냥 마차를 끄는 두 마리 말처럼 그럭저럭 살아가고 있는 걸로······. 그 두 마리 말은 옛날처럼 서로에게 신경을 쓰지 않을 수도 있고, 서로에게 신경을 쓰더라도 옛날처럼 사이가 좋지 않을 수도 있지만 서로가 나란히 묶여서 길을 가고 있는 신세이기 때문에 그냥 옛날하고 똑같이 살아갈 수밖에 없지. 서로를 물어뜯거나 빈둥거렸다가는 채찍을 맞게 될 테니까.

하지만 사람은 말이 아니고, 결혼 생활도 마차를 끄는 것하고는 달라. 나도 밖에서 볼 때는 가끔 결혼 생활이 그렇게 보이기도 한다는 건 알고 있지만 말이야. 이 섬 사람들은 크림 그릇 사건도 몰랐고, 조가 어둠 속에서 울면서 내 못생긴 얼굴을 애당초 보지 않았더라면 좋았을 거라고 말한다는 것도 몰랐어. 근데 우리 결혼 생활에서 제일 나쁜 일은 그게 아니었어. 제일 나쁜 일은 우리가 침대에서 하는 짓을 그만두고 1년쯤 후에 시작됐지. 재미있어. 사람들이 어떤 일을 제대로 보고서도 그 이유가 뭔지에 대해서는 서로 완전히 다른 생각을 할 수도 있다는 게. 안 그래? 하지만 그건 아주 자연스러운 일이지. 결혼 생활의 바깥쪽하고 안쪽이 닮는 경우가 별로 없다는 걸 기억하고 있다면 말이야. 내가 지금부터 하는 애기는 우리 결혼 생활의 안쪽에 대한 거야. 이 얘기가 밖으로 새어 나가는 일은 절대 없을 줄 알았는데.

지금 생각해 보면 문제가 진짜로 시작된 건 1962년이었던 것 같아. 셀리나가 육지에 있는 고등학교에 막 다니기 시작했을 때. 그 무렵에 그 애가 얼마나 예뻐졌는지. 그 애가 1학년을 마치고 난 여름에 지 아빠하고 사이가 좋았던 게 기억나. 뭐, 그전 몇 년 동안에 비해 그랬다는 얘기지만. 난 그 애가 10대가 되는 게 무서웠어. 그 애가 자라면서 지 아빠의 생각에 점점 뭐라고 토를 달기 시작하면 둘이 자주 싸울 거라고 생각했거든.

그런데 두 사람이 오히려 평화롭고 조용하게 잘 지내게 된 거야. 그 애는 밖에서 지 아빠가 집 뒤에 있는 털털이 기계를 손보는 걸 지켜보거나 우리가 밤에 테레비를 볼 때 소파에서 아빠랑 나란히 앉아 있곤 했어.(막내 피트는 지 누나가 어디 앉든 상관없는 눈치였어.) 그렇게 앉아서 테레비에서 광고가 나오는 동안에 지 아빠한테 그날 무슨 일이 있었는지 물어보곤 했지. 그 인간은 아주 차분하고 점잖게 대답해 줬어. 나는 별로 본 적이 없는 모습이었지만……. 나도 그런 모습을 어렴풋이 기억하고 있기는 했지. 내가 고등학교에 다닐 때, 그러니까 내가 처음 그 인간을 알게 되고 그 인간이 나를 꼬셔 봐야겠다고 마음먹었던 무렵에는 나한테도 그랬으니까.

셀리나는 이렇게 아빠랑 가까워지면서 나하고는 조금 거리를 뒀어. 아, 내가 시킨 집안일들을 하기는 했지. 가끔은 학교에서 있었던 일을 얘기해 주기도 했고……. 하지만 내가 일부러 물어봤을 때만 그런 거야. 그 애는 전에 없이 차갑게 굴었는데, 나는 그 애가 왜 그랬는지 한참 나중에야 알았어. 그 애가 밤에 침실에서 나와 우리를 봤을 때, 지 아빠가 손으로 귀를 부여잡고 있고 손가락 사이로는 피가 흘러내리고, 지 엄마는 도끼를 들고 서서 아빠를 내려다보는 걸 봤을 때부터 모든 일이 시작되었다는 걸.

아까도 말했지만 조는 어떤 기회가 생겼을 때 그 기회를 그냥 흘려 버리는 인간이 절대 아냐. 이번 일도 대충 비슷했지. 그 인간이 토미 앤더슨한테 해 준 얘기하고 딸한테 해 준 얘기는 조금 달랐지만 대체적인 줄거리는 똑같았어. 처음에는 그 인간이 순전히 앙심 때문에 그랬을 거야. 내가 셀리나를 얼마나 애지중지하는지 알고 있었으니까 나한테 복수하려고 내가 얼마나 못되고 성질 더러운 여자인지 그 애한테 얘기해 준 거겠지. 아마 내가 아주 위험한 여자라는 얘기도 했을 거야. 그러니까, 그 인간이 나하고 그 애 사이를 이간질하려고 했다는 얘기야. 뭐, 일이 그 인간 생각만큼 잘되지는 않았지만 그 애하고 가까워지는 데는 성공했어. 그 애가 어렸을 때부터 한 번도 지 아빠랑 잘 지낸 적이 없었는데 말이야. 하긴 그게 당연한 일이지. 우리 셀리나는 항상 착한 애였으니까. 게다가 자기를 불쌍하게 포장하는 솜씨만 따지면 조를 따라올 사람이 없으니.

그런데 그 인간이 그 애랑 그렇게 친해지고 나서 그 애가 한창 예뻐지고 있다는 걸 알아차린 거야. 그래서 그 애가 자기 말을 열심히 들어 주는 거나 자기가 낡은 폐물 트럭 엔진 속에 고개를 처박고 있을 때 공구를 집어 주는 것 말고 다른 것에 눈독을 들이기 시작한 거지. 집에서는 이런 일이 벌어지고 있는데 나는 돈을 벌어

보겠다고 이리 뛰고 저리 뛰고 있었어. 내가 일하러 다니는 집이 네 집이나 됐으니까. 매주 조금씩 돈을 떼서 애들 대학 학비를 모으려면 생활비보다 돈을 훨씬 더 많이 벌어야 되잖아. 그래서 이미 일이 다 벌어질 때까지 아무것도 몰랐던 거야.

우리 셀리나는 원래 발랄하고 말을 잘하는 애였어. 그리고 항상 남들을 기쁘게 해 주려고 열심이었지. 그 애한테 뭘 좀 가져오라고 시키면 아주 쌩하니 달려가서 가져왔어. 나이가 들면서는 내가 밖에서 일하고 있을 때 저녁을 차리기도 했고. 내가 따로 그러라고 하지도 않았는데 그랬어. 처음에는 그 애가 음식을 조금 태우기도 하고 그래서 조가 잔소리를 한 적도 있고 놀린 적도 있지. 그 바람에 그 애가 울면서 제 방으로 달려간 게 한두 번이 아냐. 하지만 내가 지금 얘기하고 있는 무렵에는 그 인간 태도가 싹 달라졌어. 그때, 그러니까 1962년 봄하고 여름에는 그 애가 만든 파이가 무슨 신들이 먹는 음식이나 되는 것처럼 굴더라고. 파이질이 시멘트처럼 딱딱한데도 그러더라니까. 한번은 그 애가 미트로프를 만들었는데 그게 무슨 프랑스 요리라도 되는 것처럼 칭찬을 해 댔지. 아빠가 그렇게 칭찬을 해 주니까 그 애가 얼마나 좋아하던지. 당연하지. 안 그럴 사람이 어디 있어. 하지만 그 애는 아빠가 그렇게 칭찬을 해 준다고 해서 너무 잘난 체하지도 않았어. 걔는 그런 애가 아냐. 하지만 말이야, 셀리나가 나중에 집을 떠날 무렵에는 그 애가 아무렇게나 요리를 해도 내가 정성껏 한 요리보다 나을 정도였어.

셀리나만큼 집안일을 잘 도와주는 애는 어느 집에도 없었지……. 특히 남의 집에서 청소를 하느라 하루를 거의 다 보내는 나 같은 엄마한테는 그런 말이 없어. 셀리나는 아침마다 항상 조 주니어하고 막내 피트한테 도시락을 챙겨서 학교에 보내고, 연초에는 애들 책을 포장지로 싸 주기도 했어. 적어도 조 주니어는 책을 직접 쌀 수 있는 나이였는데도 셀리나는 지가 항상 다 챙겨 줬어.

그 애는 1학년 때 우등생이 될 정도로 공부를 잘했지만, 집안일에도 항상 신경 썼어. 똑똑한 애들 중에는 그 나이 때 집안일에 신경을 끊는 애들도 있는데 말이야. 열세 살이나 열네 살짜리 애들은 대부분 서른이 넘은 사람들을 늙다리로 생각하지. 그리고 그런 늙다리가 집에 들어오면 한 2분 만에 밖으로 뛰쳐나가기 일쑤야. 근데 셀리나는 아냐. 어른들한테 커피를 가져다주기도 하고, 설거지를 도와주기도 하고, 설거지가 끝나면 프랭클린 스토브 옆의 의자에 앉아서 어른들 하는 얘기를 열심히 듣는 거야. 내가 친구들하고 앉아서 얘기하든, 조가 자기 친구들하고 앉아서 얘기하든, 그 애는 항상 열심히 들었어. 심지어는 조가 친구들하고 포커를 칠 때도 옆에 앉아 있을 정도였으니까. 내가 허락했을 때만 그런 거지만. 근데 사실 내가 그런 걸 허락해 준 적이 별로 없어. 그 인간들 하는 말이 너무 천박해서 말이야. 셀리나는 생쥐가 치즈 껍질을 갉아먹듯 사람들의 대화를 조금씩 갉아먹으면서 자기가 소화할 수 없는 말은 따로 저장해 두었어.

근데 그런 애가 변하기 시작한 거야. 정확히 언제부터 변하기 시작했는지는 모르겠지만 내가 처음으로 뭔가 이상하다는 눈치를 챈 게 그 애가 2학년에 올라가고 얼마 되지 않아서야. 그게 9월 말쯤이었을 거야.

내가 제일 처음 이상하다고 생각한 건 그 애가 1년 전처럼 학교가 끝난 후에 일찍 배를 타고 돌아오지 않는 거였어. 일찍 배를 타고 오면 남동생들이 집에 오기 전에 자기 방에서 숙제를 끝내고 청소를 조금 한 다음에 저녁 준비를 할 수 있으니까 저한테도 좋은데 그렇게 안 하더라고. 옛날처럼 2시 배를 타는 게 아니라 4시 45분 배를 타고 오는 거야.

내가 물어봤더니 그 애가 학교가 끝난 다음에 자습실에서 숙제를 하는 게 더 좋아서 그런다면서 이상한 표정으로 나를 흘겨보는데 더 이상 그 얘기를 하기 싫은 눈치야. 그런데 그 얼굴에서 왠지 수치스러워하는 기색이 보이는 거야. 어쩐지 거짓말을 하는 것 같기도 하고. 나는 걱정하면서도 뭔가가 분명히 잘못됐다는 확신이 들기 전에는 더 이상 애를 밀어붙이지 않기로 했어. 그 애하고 얘기를 하는 게 힘들었거든. 우리 사이에 거리가 생겼다는 게 확연히 느껴져서. 그게 왜 생겼는지에 대해서도 나는 상당히 확신하고 있었지. 조가 피를 흘리면서 의자에서 엉거주춤 일어서 있고 나는 도끼를 들고 그 인간을 내려다보고 있었던 그날 밤의 일이 문제였던 거야. 그리고 그 인간이 그 일은 물론이고 다른 문제들에 대해서도 그 애한테 뭐라고 얘기했을 거라는 생각이 처음으로 들었어. 그 인간이 그러니까 말하자면 자기 식으로 말을 바꾼 거지.

학교에 왜 늦게까지 남아 있느냐면서 셀리나를 너무 심하게 다그치면 그 애하고 나 사이가 더 나빠질 것 같았어. 그 애한테 어떤 식으로 물어봐야 할지 이리저리 생각을 해 봤는데 어떻게 말을 바꿔도 모조리 '너 도대체 무슨 짓을 하고 있는 거니, 셀리나?' 이렇게 다그치는 식으로 들리는 거야. 서른다섯 살이나 먹은 나한테도 그렇게 들리는데 아직 열다섯도 안 된 애한테는 어떻게 들리겠어? 그 나이 또래 애들하고는 원래 얘기하기가 힘들잖아. 까치발로 걷듯 조심, 또 조심해야지. 바닥에 있는 폭탄을 살금살금 피해 가는 것처럼.

어쨌든, 학기가 시작되고 얼마 안 돼서 학부모 모임이 있었는데, 나는 일부러 그 모임에 갔어. 그리고 셀리나 담임선생을 만나서는 다짜고짜 셀리나가 올해 왜 늦게까지 학교에 있다가 배를 타는지 그 이유에 대해 특별히 아는 게 있느냐고 물었지. 담임선생은 잘 모르겠다면서 셀리나가 숙제를 하려고 그러는 게 아니겠느냐고 하데. 하지만 말이야, 그 전해에는 그 애가 자기 방 작은 책상에서도 숙제를 잘했는데 좀 이상하잖아. 속으로는 이런 생각이 드는데도 담임선생한테는 아무 말 안 했어. 도대체 뭐가 변한 걸까? 선생이 조금이라도 아는 게 있는 것 같은 눈치였다면 선생한테 직접 이렇게 물어봤을지도 몰라. 하지만 선생도 전혀 모르는 거야. 하긴 선생이라고 해 봐야 수업 끝나는 종이 울리자마자 그냥 사라져 버릴 인간이었으니 원, 쳇.

다른 선생들도 전혀 도움이 되질 않았어. 선생들이 셀리나를 하늘까지 추켜세우길래 난 열심히 들어 줬지. 그건 뭐 전혀 힘든 일이 아니니까. 그러고는 집으로 돌아오는데 처음 섬을 떠나 학교로 갈 때보다 나아진 게 하나도 없는 거야.

내가 선실에서 창가 자리에 앉아 있는데, 셀리나 또래의 남자애랑 여자애가 선실 밖 난간 옆에 서서 서로 손을 잡고 바다 위로 달이 뜨는 걸 보고 있더라고. 남자애가 여자애한테 고개를 돌리고 뭐라고 하니까 여자애가 웃음을 터뜨렸지. 이런 기회를 놓친다면 넌 바보다, 이 녀석아. 내가 속으로 이러고 있는데, 역시나 그 애도 그 기회를 놓치지 않더구먼. 여자애 쪽으로 몸을 기울이면서 여자애의 다른 쪽 손을 마저 잡고는 멋있게 입 맞추더란 말이야. 아이고, 내가 멍청했지. 그 애들을 보면서 속으로 혼자 중얼거렸어. 그때 내가 열다섯 살 때 기분을 미처 생각해 내지 못한 건 아마 내가 바보였거나 너무 늙었기 때문이겠지. 낮에는 물론이고 밤에도 몸속의 모든 신경이 꽃불처럼 터져 나오는 그 기분. 셀리나가 남자를 사귄 거다. 그뿐이야. 그 애가 남자를 사귀었고, 두 녀석이 방과 후에 자습실에서 함께 공부를 하는 걸 거야. 아마 책을 보는 시간보다 서로를 바라보는 시간이 더 많겠지만. 이렇게 생각하고 나니까 조금 안심이 되더라고. 정말로.

그 후 며칠 동안 나는 그걸 곰곰이 생각해 봤어. 침대보를 빨고, 셔츠를 다리고, 청소기로 융단을 청소하는 일을 하다 보면 생각할 시간 하나는 엄청 많으니까. 그런데 생각을 하면 할수록 점점 불안해지는 거야. 우선 그 애가 남자아이에 대해 얘기한 적이 한 번도 없었어. 셀리나는 원래 자기 일에 대해 입을 다무는 애가 아닌데 말이야. 그 애가 예전처럼 나한테 마음을 터놓고 살갑게 굴지 않는다고 해서 우리 둘 사이에 무슨 벽이 생긴 건 아니었어. 게다가 내가 보기에 셀리나는 옛날부터 사랑에 빠지면 신문에 광고를 낼 정도로 자랑하고 다닐 애였거든.

가장 큰 문제는, 그리고 내가 가장 무서웠던 건, 그 애가 나를 볼 때 그 눈빛이었어. 여자애가 어떤 남자애한테 푹 빠졌을 때는 눈이 하도 반짝거려서 꼭 누가 그 눈 뒤에 전구를 켜 놓은 것처럼 보이게 마련이지. 그런데 셀리나의 눈에는 눈을 씻고 봐도 그런 빛이 없는 거야……. 근데 진짜 문제는 그게 아냐. 옛날에 있던 빛이 사라져 버렸다는 거, 그게 진짜 문제였지. 그 애 눈을 보면 사람들이 밖에 나가면서 깜박 잊고 블라인드를 안 내린 창문을 보는 것 같았어.

그걸 깨닫고 나니까 눈이 번쩍 뜨이면서 예전에 벌써 눈치챘어야 하는 게 그제야 눈에 들어오더라고. 아니야, 내가 그렇게 정신없이 일만 하지만 않았어도, 셀리나가 그때 내가 지 아빠를 때린 것 때문에 화를 내고 있다고 그렇게 철석같이 믿지만 않았어도 벌써 진작에 다 알아차렸을 거야.

내가 맨 처음 알아차린 건 그 애가 나하고만 거리를 두는 게 아니라 조한테도 거리를 두고 있다는 거였어. 그 인간이 낡은 기계를 손보고 있을 때나 누구 다른 사람 배에 달린 모터를 손보고 있을 때 그 애가 예전처럼 밖에 나가 아빠하고 얘기를 나누는 적이 없더란 말이야. 밤에 테레비를 볼 때 소파에서 아빠 옆에 앉지도 않고. 그 시간에 거실에 있게 되면 그 애는 뜨개질감을 가지고 멀리 떨어진 난로 옆의 흔들의자에 앉았어. 하지만 그 애가 아예 거실에 없는 적이 더 많았지. 그냥 자기 방으로 가서 문을 닫아 버렸으니깐. 조는 별로 신경 쓰지 않는 것 같더라고. 아니, 아예 눈치도 못 채는 것 같았지. 그 인간은 그냥 옛날처럼 안락의자에 앉아서 피트가 잠자러 갈 시간이 될 때까지 그 애만 무릎에 안고 있었어.

셀리나의 머리카락도 문제였어. 그 애가 옛날에는 안 그랬는데 매일 머리를 감지 않는 거야. 어떤 때는 달걀프라이를 해도 좋겠다 싶을 정도로 기름기가 덕지덕지 묻어 있는 게…… 셀리나가 그렇게 변하다니. 그 애는 얼굴색이 옛날부터 아주 예뻤어. 복숭앗빛이 도는 크림색인데, 조를 닮아서 그런 것 같아. 근데 그런 그 애 얼굴에 전몰장병 기념일* 다음에 지천으로 피는 민들레처럼 여드름이 돋아난 거야. 얼굴색도 나빠지고 식욕도 없고.

그래도 그 애가 저랑 제일 친한 타냐 카론이나 로리 랭길하고는 계속 만나는 눈친데, 그것도 중학교 때만큼 자주 만나는 것 같지는 않아. 그러고 보니 학기가 시작된 후로 타냐나 로리가 우리 집에 놀러 온 적이 한 번도 없더라고……. 여름방학 마지막 달에도 한 번도 없는 것 같고. 이런 생각을 하다 보니까 점점 무서워졌어, 앤디. 그래서 우리 착한 딸을 더 자세히 살펴보기 시작했는데, 새로 이런저런 것들을 알아차리면서 점점 더 가슴이 내려앉는 거야.

그 애가 옷을 갈아입는 것만 봐도 그래. 그냥 스웨터 하나만, 아니면 치마 하나만 갈아입는 게 아니라 옷을 온통 다 갈아입는 거야. 그것도 항상 보기 싫게. 그러니까, 몸매가 전혀 드러나지 않게 옷을 입는 거야. 학교에 갈 때 보면 치마나 원피스를 입는 게 아니라 보통 아래쪽이 펑퍼짐하게 퍼지는 잠바를 입었어. 그것도 전부 저한테 너무 큰 것만. 그래서 애가 뚱뚱하게 보였지. 실제로는 안 뚱뚱한데도.

집에 오면 무릎까지 절반쯤 내려오는 커다란 스웨터를 입었어.

---

* 5월 마지막 월요일.

게다가 청바지하고 신발을 죽어라고 안 벗어. 밖에 나갈 때는 항상 꼴사나운 누더기 같은 걸 스카프랍시고 머리에 둘렀는데, 그 스카프가 하도 커서 이마까지 내려오는 바람에 그 애 눈이 꼭 동굴 속에서 밖을 내다보는 두 마리 짐승 같았어. 이러니, 하고 다니는 꼴만 보면 뭐 완전히 선머슴이지. 선머슴 노릇은 그 애가 열두 살 때 이미 끝난 줄만 알았는데 말이야. 그런데 어느 날 밤, 내가 노크하는 걸 깜박 잊고 그 애 방에 들어간 적이 있었어. 그때 그 애는 옷장에서 옷을 꺼내려던 참이었는데 아주 기절초풍을 해서는 하마터면 다리가 부러질 뻔했어. 세상에, 벌거벗고 있었던 것도 아니고 속치마 정도는 입고 있었는데도 그러더라니까.

근데 제일 심각한 건 그 애가 말을 잘 안 하게 된 거야. 그게 나한테만 말을 안 하는 게 아냐. 그때 우리 사이가 좀 그랬으니까 나한테만 말을 안 하는 거라면 이해할 수 있는 일이지. 그런데 그 애가 거의 모든 사람들한테 아예 말을 안 하다시피 하는 거야. 저녁 먹을 때도 고개를 푹 수그리고 있어서 길게 자란 앞머리가 눈까지 늘어질 정도였어. 내가 그 애하고 어떻게든 얘기를 해 보려고 그날 학교에서 어땠느냐는 식으로 말을 걸면 '뭐, 괜찮았어요.'라든가 '그런 것 같아요.' 이게 다야. 옛날에는 정신없이 속사포처럼 말을 하던 애가. 조 주니어가 말을 걸어 봐도 마찬가지고. 한 번인가 두 번인가 조 주니어가 영문을 모르겠다는 얼굴로 나를 바라본 적이 있어. 난 그냥 어깨만 으쓱했지. 그런데 셀리나는 저녁을 다 먹고 설거지가 끝나자마자 곧장 제 방으로 올라가 버리는 거야.

그래서, 세상에, 내가 남자 문제 다음으로 생각해 낸 게 마리화나였어……. 그런 얼굴로 보지 마, 앤디. 내가 잘 알지도 못하면서 이런 얘기를 한다고 생각하는 모양인데, 그때는 사람들이 마리화나를 리퍼나 메리제인이라고 불렀어. 이름은 그래도 알맹이는 어쨌든 마리화나지. 게다가 이 섬에는 바닷가재 값이 내려가면 그 대신에 마리화나라도 팔려고 드는 사람들이 많았어……. 꼭 바닷가재 값이 떨어지지 않아도 그러는 사람들도 있었고. 그때도 지금처럼 해안에 있는 섬들을 통해서 리퍼가 많이 들어왔어. 그리고 그중에 일부가 이 섬에 그냥 남았지. 코카인이 없었던 건 천만다행이지만, 마리화나를 구하려고 들면 언제든 구할 수 있었어. 바로 그해 여름에만도 마키 브누아가 연안 경비대에 붙잡혔지. '매기의 기쁨' 술집 창고에서 마리화나 꾸러미 네 개가 발견됐거든. 아마 그래서 내가 그런 생각을 했던 것 같아. 하지만 이렇게 오랜 세월이 흐른 지금도 생각해 보면 내가 그렇게 간단한 일을 어째 그리 복잡하게 생각했는지 정말 알 수가 없어. 진짜 문제는 매일 밤 식탁에서 바로 내 맞은편에 앉아 있었는데. 대개 목욕도 안 하고 면도도 안 해서 구질구질한 그 인간하고 내가 매일 정면으로 마주앉아 있었는데. 리틀톨 섬에서 온갖 허드렛일을 도맡아 하면서 잘하는 건 하나도 없는 인간, 조 세인트 조지. 그런데 나는 우리 착한 딸이 오후에 고등학교 목공실 뒤에서 마약을 피우는지도 모른다는 생각을 하고 있었으니. 우리 어머니가 자식을 바보로 키우지 않았다는 말을 만날 하면서도. 어이구!

그 애 방에 가서 옷장하고 책상 서랍을 뒤져 볼까 생각도 해 봤는데 나 자신이 미워져서 그만뒀어. 다른 건 다 몰라도, 앤디, 난 남의 방에 몰래 들어가서 뒤지는 짓은 지금까지 한 번도 안 했어. 어쨌든 그런 생각을 하다 보니까 문제가 뭔지는 몰라도 내가 알맹이에는 손도 못 대고 문제가 저절로 풀리겠거니, 셀리나가 제 발로 나를 찾아오겠거니 한 게 너무 오래됐다는 생각이 들었어.

그래서 어느 날, 핼러윈이 멀지 않았을 때 날을 잡았어. 막내 피트가 우리 집 문에 달린 창문에 종이로 만든 마녀를 붙여 놨기 때문에 분명히 기억해. 그때 나는 원래 점심을 먹고 나서 스트레이혼네 집으로 갈 예정이었어. 나하고 리사 매캔들리스가 그 집 아래층에 있는 화려한 페르시아 융단을 뒤집어 놓을 작정이었지. 그 집 사람들이 6개월마다 그렇게 융단을 뒤집어 줘야 된다고 했거든. 색이 바래면 안 된다나, 색이 바래더라도 골고루 바래져야 한다나. 근데 외투를 입고 문으로 걸어가다가 문득 이런 생각이 들었어. 무거운 가을 외투를 입고 뭐 하는 거지, 이 멍청아? 바깥은 적어도 18도야. 진짜 인디언 서머라고. 그런데 내 머릿속에서 또 다른 목소리가 다른 소리를 하는 거야. 저기 물가에서는 18도가 안 될걸. 한 10도쯤 될 거야. 게다가 습하기도 할 거고. 그 순간 나는 스트레이혼네 집에 안 가기로 했어. 대신 배를 타고 존스포트로 가서 우리 딸하고 결판을 짓기로 한 거야. 나는 리사한테 전화를 걸어서 융단 뒤집는 걸 다른 날 하자고 말해 놓고는 배를 타러 갔어. 마침 2시 15분 배를 간신히 탈 수 있었지. 만약 그 배를 놓쳤다면 아마 우리 애를 못 만났을 거야. 그랬다면 그 후로 일이 어떻게 풀렸을지.

나는 선원들이 부두에다가 아직 배를 다 매기도 전에 제일 먼저 선착장에 내려 가지고 곧장 학교로 갔어. 그 애나 담임선생이 그 애가 방과 후에 자습실에서 공부한다는 얘기를 했지만 학교로 갈 때는 자습실에 그 애가 없을 줄 알았어. 대신 다른 못된 놈들하고 목공실 뒤에 있을 줄 알았지……. 다들 깔깔거리면서 흐물거리고 있을 거라고. 어쩌면 싸구려 포도주를 돌려 마시고 있을지도 모른다고. 직접 겪어 보지 않으면 그 심정이 어떤 건지 아무도 몰라. 뭐라고 표현할 수도 없어. 아무리 마음을 굳게 먹어도 가슴이 찢어지는 그 심정을 어떻게 해 볼 수가 없다는 걸 그때 처음 알았어. 그래서 그냥 학교까지 계속 걸어가면서 내 생각이 틀렸으면 좋겠다고 죽어라고 기도만 했어.

그런데 내가 자습실 문을 열고 살짝 안을 들여다봤더니, 글쎄 걔가 거기 있는 거야. 창가 책상에 앉아서 대수 책에다가 머리를 파묻고 있더라고. 그 애가 아직 내가 온 걸 모르고 있었기 때문에 난 그냥 거기 서서 걔를 바라봤어. 내가 걱정했던 것처럼 그 애가 나쁜 친구를 사귄 건 아니었지만, 그래도 가슴이 아팠어, 앤디. 그 애한테 친구가 하나도 없는 것 같아서. 어쩌면 그게 더 나쁜 일일 수도 있으니까. 아마 그 애 담임선생은 수업이 끝난 후에 그 커다란 자습실에서 그 애가 혼자 덩그러니 앉아 공부하는 게 잘못이라고는 생각하지 않았겠지. 아니, 어쩌면 그게 칭찬받을 일이라고까지 생각했는지도 몰라. 하지만 내가 보기에 그건 칭찬받을 일도 아니고 건강한 일도 아니었어. 그 애 옆에는 하다못해 못돼먹은 애들조차 없었단 말이야. 존스포트 빌즈 고등학교에서는 원래 말썽쟁이들을 도서관에 붙들어 두니까.

그 시간에는 원래 그 애가 여자 친구들하고 같이 있는 게 정상이야. 친구들하고 같이 레코드를 듣거나 어떤 남자애를 멍하니 생각하는 게 정상이라고. 근데 그 애는 먼지가 둥둥 떠 있는 햇빛 속에서 자습실에 혼자 앉아 있는 거야. 분필 냄새며 바닥에 칠한 니스 냄새가 풍기는 데서, 아이들이 모두 집으로 돌아간 뒤에 사람들이 거기 놓아 두는 더러운 빨간색 톱밥 옆에서, 책 속에 삶과 죽음의 비밀이 들어 있기라도 한 것처럼 머리를 처박고 앉아 있더라고.

"얘, 셀리나."

내가 이렇게 불렀더니 그 애가 겁쟁이 토끼처럼 움찔하면서 누가 자기를 부르는지 보려고 고개를 돌렸어. 그 바람에 책상 위에 있던 그 애의 책이 절반이나 바닥으로 떨어졌지. 그걸 보고 그 애가 눈을 얼마나 크게 떴는지 얼굴의 반이 눈인 것 같더라고. 뺨하고 이마는 새로 여드름이 솟아난 자리만 빼고 하얀 잔 속에 든 버터밀크처럼 창백한데, 그 속에서 여드름이 화상 자국처럼 시뻘게.

그때 그 애가 나를 봤지. 얼굴에서 무서워하는 기색은 사라졌지만, 그렇다고 날 보고 웃지도 않았어. 꼭 그 애 얼굴에 누가 덧문을 내린 것처럼……. 아니면 그 애가 성 안에 앉아서 방금 도개교를 들어 올린 것처럼, 그래 정말 그랬어. 내 말이 무슨 뜻인지 알겠어?

"엄마! 여긴 뭐 하러 왔어요?"

그 애가 이렇게 묻길래 나는 '너랑 같이 배를 타고 돌아가면서 뭘 좀 물어보려고 왔다, 아가.' 이럴까 했는데, 왠지 그 방에서 그런 말을 하면 안 될 것 같았지. 방이 텅 비어 있는 데다가 그 애하고는 전혀 어울리지도 않는 냄새가 나는데, 그 이상한 냄새가 분필이나 톱밥 냄새처럼 아주 분명하게 느껴지더라고. 그래서 그 냄새가 뭔지 꼭 알아내고야 말겠다, 이러면서 그 애 표정을 보니, 아, 내가 너무 오랫동안 애하고 얘기하는 걸 미뤘구나, 그런 생각이 드는 거야. 이제는 그 애가 마약을 한다는 생각은 없어졌지만, 진짜 문제가 뭔지는 몰라도 그것이 굶주린 짐승처럼 그 애를 산 채로 잡아먹고 있다는 걸 알겠더라고.

난 오후 일을 땡땡이치고 학교에 와서 윈도 쇼핑을 좀 했는데, 마음에 드는 물건이 하나도 없더라고 했어. "그래서 너하고 같이 배를 타고 집에 갈까 하고 왔지. 그럴래, 셀리나?"

내가 이랬더니 그제야 그 애가 살짝 웃더라고. 그 애 그 표정을 보기 위해서라면 돈을 아무리 줘도 아깝지 않았을 거야. 정말이야……. 그 애가 오로지 나만 보고 웃어 준 거니까.

"그래요, 엄마. 누구랑 같이 가는 것도 괜찮겠네요."

그 애가 이러기에 둘이서 언덕을 걸어 내려와 선착장으로 갔지. 내가 학교 수업에 대해 물었더니 그 애는 몇 주 만에 처음으로 나한테 이런저런 얘기를 해 줬어. 그 애가 날 처음 봤을 때는 궁지에 몰린 토끼가 고양이를 보는 것 같더니 이제는 몇 달 만에 처음으로 예전 모습이 나오더라고. 그래서 어쩌면 잘될지도 모르겠다는 생각이 들기 시작했어.

흠, 저기 낸시 아가씨는 리틀톨에서 외곽에 있는 다른 섬들로 향하는 4시 45분 배가 얼마나 한산한지 잘 모르겠지만, 자네하고 프랭크는 알 거야. 육지에 직장이 있는 사람들은 대개 5시 30분 배를 타고, 4시 45분 배에는 대개 소포나 상점에 진열될 물건들, 아니면 시장에서 팔릴 식료품들이 실리잖아. 그래서 내가 생각했던 것처럼 춥지도 않고 습하지도 않은 화창한 가을날 오후였는데도 배 뒤쪽 갑판에는 우리 말고 사람이 거의 없었어.

우리는 한동안 거기 서서 배 뒤쪽의 물살이 육지 쪽으로 퍼져 가는 걸 봤어. 해는 벌써 서쪽에 걸려서 바다를 가로지르고 있는데 물살 때문에 수면이 흐트러져서 물에 비친 해가 흩어진 금 조각처럼 보이더라고. 내가 어렸을 때 우리 아버지는 그게 정말로 황금이라면서 가끔 인어들이 올라와 그 금 조각들을 가져간다고 했어. 인어들이 늦은 오후의 그 햇살 조각들을 가져다가 바닷속에 있는 마법의 성에서 지붕을 덮는 데 쓴다나. 그래서 옛날에 나는 물 위에 흩어진 황금빛 조각들이 보일 때마다 인어들이 있나 찾아보고 그랬어. 거의 셀리나 나이 때까지 정말로 인어가 존재한다고 철석같이 믿었으니까. 아버지가 그렇다고 했으니 틀림없을 거다, 이거지.

그날 바다는 짙은 파란색이었어. 10월에 바람이 차분한 날에만 볼 수 있는 색 말이야. 그리고 배의 엔진 소리를 듣고 있으려니 마음이 차분해지더라고. 셀리나는 머리에 매고 있던 스카프를 풀더니 팔을 들어 올리면서 웃음을 터뜨렸어. "정말 예쁘지 않아요, 엄마?"

"그래, 예쁘구나. 너도 옛날에는 아주 예뻤어, 셀리나. 그런데 왜 지금은 안 그런 거지?"

그 애가 나를 보는데, 그 애 얼굴이 두 개가 된 것 같아. 제일 바깥에 있는 얼굴은 어리둥절한 표정으로 여전히 조금 웃고 있었지만…… 그 밑의 얼굴은 상대를 믿지 못하고 경계하는 것 같은 표정이더란 말이야. 그 숨겨진 표정을 보고 나는 그해 봄하고 여름에 조가 그 애한테 무슨 얘기를 했는지 대번에 알았어. 그때는 그 애가 그 인간하고도 거리를 두기 전이었으니까. 그 숨겨진 얼굴에는 '내 편이 하나도 없다.'고 씌어 있었어. 엄마도 아빠도 내 편이 아니라는 거야. 우리가 그렇게 서로 얼굴을 바라보고 있자니 숨겨져 있던 그 표정이 점점 겉으로 나왔어.

그 애가 웃음을 그치고 날 외면하면서 바다 쪽으로 눈을 돌렸어. 그걸 보니 가슴이 아팠지만, 그렇다고 해서 거기서 멈출 수는 없었어, 앤디. 베라가 못된 짓을 하는 게 속을 들여다보면 참 슬픈 일이라고 해도 그냥 내버려둘 수는 없는 것처럼 말이야. 사실 사람은 가끔 잔인하게 구는 게 오히려 상대방한테 친절한 경우가 있어. 주사를 맞으면 아이가 울 것이고, 주사가 무엇인지 아이가 이해하지 못할 거라는 사실을 알면서도 의사가 아이한테 주사를 놓는 것처럼. 내가 내 마음속을 들여다봤더니 꼭 그래야 한다면 나도 그렇게 잔인해질 수 있다는 걸 알겠더라고. 그런 걸 깨닫고 나니까 겁이 나데. 사실은 지금도 조금 무서워. 자기가 필요할 때 아주 잔인해질 수 있을 뿐만 아니라 서슴없이 잔인한 짓을 해치우고는 나중에라도 뒤를 돌아보면서 자기가 정말 좋은 일을 한 건지 아예 생각조차 안 할 거라는 걸 알게 되면 원래 누구나 좀 무서워지는 법이야.

"엄마가 무슨 소리를 하는 건지 모르겠어요." 그 애가 이렇게 말하는데, 나를 보는 눈빛이 아주 조심스러워.

"너 하는 짓이 옛날하고 달라. 네 표정, 옷 입는 것, 행동, 전부다. 너 무슨 문제가 있는 거지?"

"그런 거 없어요." 근데 그 애가 이 말을 하면서 계속 나한테서 뒷걸음치는 거야. 난 그 애가 너무 멀리 떨어져 버리기 전에 얼른 그 애 손을 붙잡았어.

"아냐, 있어. 그게 뭔지 네가 말할 때까지 우리 둘 다 이 배에서 안 내릴 거야."

"그런 거 없다니까요!" 그 애가 고함을 지르면서 손을 빼내려고 했지만 내가 놔줄 리가 없지. "문제 같은 거 없으니까 이 손 놔요! 놔줘요!"

"아직은 안 돼. 지금 네 문제가 뭔지는 몰라도 그것 때문에 내가 널 미워하는 일은 절대 없을 거야, 셀리나. 하지만 네가 나한테 말을 해 줘야 내가 널 도와줄 거 아냐."

그 순간 그 애는 갑자기 몸부림을 그만두고 그냥 나를 보는데, 처음에 봤던 두 얼굴 밑에 얼굴이 또 하나 있는 거야. 교활하고 비참한 얼굴. 얼마나 보기 싫던지. 살빛만 제외하면 셀리나는 대체로 외가 쪽을 닮은 편이었지만, 그 순간에는 그 애가 조하고 아주 똑같이 보이더라고.

"엄마한테 먼저 물어볼 게 있어요." 그 애가 말했지.

"대답할 수 있는 거면 말해 줄게."

"왜 아빠를 때렸어요? 왜 그때 아빠를 때렸어요?"

나는 '언제?' 이러려고 했어. 생각할 시간을 좀 벌어야 할 것 같아서. 근데 그 순간 갑자기 정신이 퍼뜩 든 거야, 앤디. 어떻게 그렇게 됐냐고 묻지 마. 그냥 육감인지도 모르고, 여자의 직감이라는 것인지도 몰라. 아니면 내가 어떻게든 셀리나 머릿속으로 들어가서 그 애 생각을 정말로 읽어 낸 것인지도 모르고. 어쨌든 그 순간,

내가 여기서 1초라도 망설이면 이 애가 완전히 나한테서 떨어져 나가리라는 걸 순간적으로 알겠더라고. 어쩌면 그날 하루만 그 애가 나를 뜨악해하는 걸로 끝날지도 모르지만, 그보다는 아주 영원히 나한테서 떨어져 나갈 것 같았어. 그냥 그런 확신이 들었어. 그래서 그 애 말이 끝나자마자 곧장 대답했지.

"네 아빠가 그날 저녁 일찍 장작개비로 내 등을 때렸으니까. 내 콩팥이 뭉개질 뻔했어. 더 이상은 그런 식으로 당하지 않겠다, 그런 생각으로 그랬던 것 같아. 다시는 안 당한다고."

그 애는 누가 얼굴 가까이로 불쑥 손을 갖다 댄 것처럼 눈을 깜박거리더니 깜짝 놀란 표정으로 입을 쩍 벌렸어.

"네 아빠가 너한테 해 준 얘기는 다르겠지, 안 그래?"

그 애가 고개를 끄덕였어.

"네 아빠가 뭐라고 하던? 자기가 술을 마시는 것 때문에 그랬다고 하던?"

"그거하고 포커 때문이라고요." 그 애가 거의 들리지도 않을 만큼 작은 목소리로 말했어. "엄마는 아빠나 다른 누가 재미있게 노는 걸 싫어하는 사람이랬어요. 그래서 아빠한테 포커를 못 치게 하는 거라고, 작년에 내가 타냐네 집에서 자고 오겠다고 했을 때 안 된다고 한 것도 그래서 그런 거라고. 아빠는 엄마가 모두들 엄마처럼 일주일 내내 일만 해야 직성이 풀리는 사람이랬어요. 그래서 아빠가 뭐라고 했더니 엄마가 크림 그릇으로 아빠를 때리고는 아빠가 또 무슨 짓을 하려고 하면 머리를 잘라 버리겠다고 했대요. 아빠가 자고 있을 때 머리를 잘라 버리겠다고."

내 기분이 그렇게 끔찍하지만 않았으면 아마 그 자리에서 웃었을 거야, 앤디.
"그 얘기를 믿었니?"
"몰라요. 그 도끼를 봤을 때 너무 무서웠기 때문에 뭘 믿어야 될지 알 수 없었어요."
이 말이 칼처럼 내 가슴을 찔렀지만 난 절대 내색하지 않았어.
"셀리나, 아빠가 너한테 해 준 얘기는 거짓말이야."
"그냥 날 좀 내버려둬요!"
그 애가 다시 나한테서 벗어나려고 몸부림을 치면서 말했어. 다시 궁지에 몰린 토끼 같은 표정이 돼 있었는데, 그걸 보고 그 애가 단순히 수치심이나 걱정 때문에 뭔가를 숨기고 있는 게 아니라는 걸 알았지. 그 애는 죽도록 겁에 질려 있었던 거야.
"내가 알아서 할 거예요! 엄마가 도와줄 필요 없으니까 나한테 상관하지 마요!"
"그건 네가 혼자 해결할 수 없는 일이야, 셀리나." 내가 가시철망에 걸린 말이나 양을 달랠 때처럼 낮은 목소리로 달래듯이 말했어. "네가 해결할 수 있는 일이었다면 벌써 그렇게 했겠지. 아가, 내가 도끼를 들고 있는 꼴을 너한테 보인 건 미안해. 그날 밤 네가 보고 들은 거, 전부 다 미안해. 그 일 때문에 네가 이렇게 무섭고 힘들어할 줄 알았으면 네 아빠가 아무리 내 성질을 돋우었어도 네 아빠한테 안 대들었을 거야."
"그만 좀 해요." 그 애가 이러면서 겨우 내 손에서 자기 손을 빼서 귀를 막아 버렸어. "더 이상 듣고 싶지 않아. 이제 안 들을 거예요."

"그게 이미 벌어진 일이니까, 더 이상 어쩔 수 없는 일이니까 내가 이러는 거야. 지금 이건 아직 어떻게 해볼 수 있는 일이야. 그러니까 내가 도와줄게, 아가야. 제발." 난 그 애를 끌어안으려고 했어.

"싫어! 날 때리지 마요! 내 몸에 손대지 마, 이 나쁜 년아!"

그 애가 이렇게 비명을 지르면서 펄쩍 물러나는데, 난간에 부딪혀 비틀거리는 걸 보고 나는 그 애가 틀림없이 물속에 빠져 버리는 줄 알았어. 심장이 멈추는 것 같았지. 근데 천만다행으로 내 손이 저절로 움직인 거야. 내가 나도 모르게 팔을 뻗어서 그 애 외투 앞자락을 붙잡고 잡아당긴 거지. 그러다가 젖은 바닥에 미끄러져서 넘어질 뻔했지만 넘어지지는 않았어. 근데 내가 고개를 들었더니 그 애가 팔을 들어서 내 뺨을 후려치는 거야, 글쎄.

그래도 난 그 애가 날 때리거나 말거나 내버려두고 그냥 그 애를 다시 끌어안았어. 그럴 때 셀리나 또래의 아이를 그냥 내버려두면 그동안 그 애하고 쌓아 왔던 걸 영원히 잃어버리지. 게다가 뺨을 맞은 건 하나도 안 아팠어. 그냥 그 애를 잃어버릴까 봐 겁나서……. 그것도 그냥 나랑 거리가 멀어지는 게 아니라 그 애가 진짜로 없어져 버릴까 봐 겁나서. 한순간이지만 나는 그 애가 정말로 머리를 거꾸로 한 채 난간 너머로 떨어지는 줄 알았어. 실제로 그 애가 떨어지는 모습이 눈에 보일 정도였으니까. 그때 내 머리가 죄다 하얗게 세어 버리지 않은 게 신기한 노릇이지.

정신을 차리고 보니 셀리나가 울면서 미안하다고 하고 있더라고. 절대 날 때릴 생각이 없었다고, 자기가 절대 그런 짓을 생각할 리가 없다고. 나도 다 알고 있다고 했어.

"그래, 그래, 괜찮아." 근데 그 애가 하는 말을 듣고 나는 그냥 몸이 얼어붙는 줄 알았어.

"내가 떨어지게 그냥 내버려두지 그랬어요, 엄마. 그냥 내버려두지."

나는 안고 있던 아이를 팔 길이만큼 떼 놓고(이때는 우리 둘 다 울고 있었지.) 말했어. "무슨 일이 있어도 내가 그런 짓을 하는 일은 없을 거야, 아가."

그 애는 고개를 앞뒤로 마구 흔들었어. "더 이상 못 참겠어요, 엄마……. 안 돼요. 난 진짜 더럽고, 혼란스러워요. 아무리 열심히 노력해도 행복해지질 않아요."

"왜 그래? 뭣 땜에 그러는 거니, 셀리나?" 다시 내 가슴이 철렁 내려앉았어.

"내가 얘기하면 엄마가 날 저 난간 밖으로 밀어 버릴 거예요."

"말도 안 되는 소리. 그리고 내 한 가지 더 말해 두는데, 네가 나한테 모든 걸 다 털어놓기 전에 다시 땅을 밟을 생각은 하지도 마. 올해가 다 가도록 이 배를 타고 왔다 갔다 해야 한다면 그렇게라도 할 거야……. 뭐, 11월이 다 가기 전에 우리 둘 다 꽁꽁 얼어 버리겠지만. 아니면 저 똥구덩이 같은 식당에서 썩은 음식을 먹고 죽거나."

난 그 애가 이 말을 듣고 혹시 웃을지도 모른다고 생각했어. 그런데 안 웃는 거야. 대신 고개를 떨어뜨리곤 갑판을 바라보면서 뭐라고 얘기를 했지. 아주 작은 소리로. 바람 소리에 엔진 소리까지 겹쳐서 무슨 말인지 알아들을 수가 없었어.

"뭐라고, 아가야?"

그 애가 다시 뭐라고 얘길 했어. 아까보다 목소리가 별로 큰 것도 아닌데, 이번에는 나도 알아들었어. 그리고 한꺼번에 모든 걸 다 이해했어. 그 순간, 조 세인트 조지는 살날이 얼마 안 남은 인간이 됐지.

"난 아무 짓도 하고 싶지 않았어요. 아빠가 시킨 거예요." 그때 그 애가 한 말이 바로 이거야.

한동안 나는 그냥 멍하니 서 있었어. 그러다가 겨우 아이한테 손을 뻗었는데, 애가 움찔하면서 피하는 거야. 얼굴이 백짓장처럼 하얘져서는. 그때 배가, 그게 낡은 아일랜드 프린세스호였는데, 갑자기 기울어졌지. 이미 난 다리가 후들거리고 있었으니까 셀리나가 내 허리를 붙들지 않았으면 비쩍 마른 엉덩이로 엉덩방아를 찧었을 거야. 그리고 곧바로 내가 다시 그 애를 안았고, 그 애는 내 목에 머리를 대고 울었지.

"자, 이리 와서 같이 앉자. 이 배도 우리를 이만큼 내동댕이쳤으니 한동안 잠잠할 거야, 그치?"

우리는 서로를 끌어안고 배 뒤쪽 계단 옆에 있는 의자로 갔어. 병자들처럼 발을 질질 끌면서 말이야. 그때 셀리나는 기분이 어땠는지 몰라도, 난 정말로 병자가 된 듯한 기분이었어. 나는 그냥 눈물을 조금 흘렸을 뿐인데, 셀리나는 하도 심하게 울어서 저러다 저 애 창자가 전부 밖으로 끌려 나오는 게 아닌가, 그런 생각이 들 정도였어. 하지만 한편으로는 그 애가 그렇게 우는 소리를 듣는 게 반가웠지. 그 애가 흐느끼는 소리를 듣고, 뺨으로 눈물이 흘러내리는 걸 본 다음에야 그 애가 그동안 감정조차 잃어버리고 살았다는 걸 알았거든. 그 애는 반짝이던 눈이 흐릿해진 것이나 옷으로 몸매를 감춰 버린 것처럼 감정까지 잃어버렸던 거야. 우는 소리보다 웃는 소리를 들었더라면 훨씬 더 좋았겠지만, 그래도 그것만으로도 다행이다 싶었어.

나는 그 애하고 같이 벤치에 앉아서 한동안 그 애가 그냥 울도록 내버려뒀어. 얼마나 지났는지 울음소리가 조금 잦아들기에 가방에서 손수건을 꺼내 줬지. 처음에는 그 애가 손수건을 쓸 생각을 않고 그냥 나를 바라보기만 했어. 뺨은 온통 젖어 있고, 눈은 퀭하니 꺼진 얼굴로 말이야. 그러면서 이러는 거야. "날 미워하지 않아요, 엄마? 정말로 안 미워요?"

"그래. 지금도 앞으로도 절대 안 그래. 내 심장을 걸고 약속할게. 하지만 이건 분명히 해 둬야겠다. 처음부터 끝까지 모든 얘기를 다 나한테 해 줘야 돼. 네 표정을 보니 도저히 얘기할 수 없다고 생각하는 모양이지만, 넌 할 수 있어. 그리고 이걸 명심해. 이 얘기를 앞으로 두 번 다시 할 필요는 없다는 거. 네가 원하지 않으면 네 남편한테도 할 필요 없어. 얘기를 하고 나면 가시가 빠진 것 같은 기분일 거야. 그것도 내 심장을 걸고 약속할게. 알겠어?"

"예, 엄마. 하지만 아빠는 만약 내가 얘기를 하면…… 엄마가 가끔 정말로 화를 낼 때가 있다면서…… 엄마가 크림 그릇으로 아빠를 때린 그날처럼……. 아빠는 혹시라도 그 얘기를 하고 싶다는 생각이 들면 그때 그 도끼를 생각하라고 했어요……. 그리고…….."

"아냐, 그렇게 하는 게 아냐. 처음부터 시작해서 곧장 끝까지 가는 거야. 하지만 시작하기 전에 하나만 확인하자. 네 아빠가 너한테 손을 댔지, 그렇지?"

셀리나는 그냥 고개를 떨어뜨리고 아무 말도 안 했어. 그것만으로도 충분했지. 하지만 그 애가 자기 입으로 커다랗게 그 얘기를 하는 걸 그 애가 직접 들어야 할 것 같았어.

난 그 애가 나랑 똑바로 눈을 마주 보게 손가락으로 그 애의 턱을 들어 올렸어. "그렇지?"

"예." 그 애가 이러고는 다시 흐느끼기 시작했어. 하지만 이번에는 울음소리가 그리 오래가지도 않았고, 울음이 그렇게 심해지지도 않았어. 난 아까처럼 그냥 내버려뒀어. 이제부터 어떻게 해야 할지 생각을 정리하는 데 시간이 조금 걸렸거든. 그 애한테 '아빠가 너한테 무슨 짓을 했니?' 이럴 수는 없었지. 그 인간이 정확히 무슨 짓을 한 건지 아무래도 그 애가 확실히 모르는 것 같았으니까. 한동안 내 머릿속에 떠오르는 말이라고는 '네 아빠가 너한테 그 짓을 한 거야?'뿐인데, 내가 그런 식으로 적나라하게 말을 해도 그 애가 무슨 소린지 확실히 모를 것 같았어. 게다가 그 말을 생각하는 것만으로도 기분이 얼마나 더럽던지.

결국 난 셀리나한테 이렇게 물어봤어. "네 아빠가 고추를 네 몸속에 넣었니, 셀리나? 네 아빠가 그걸 네 거기에 넣었어?"

그 애는 고개를 저었어. "내가 못 하게 했어요." 그리고 흐느낌을 삼키면서 다시 말했지. "어쨌든, 아직은 아니에요."

이 얘기를 주고받은 후에는 우리 둘 다 숨을 좀 돌렸어. 그러니까, 서로에 대해 마음을 좀 놓을 수 있었다는 얘기야. 하지만 속에서는 얼마나 열불이 나는지 아주 미치겠더라고. 마치 내 몸속에 내가 그때까지 모르던 눈이 하나 들어 있는데, 그 눈에 비치는 거라고는 온통 조의 얼굴뿐인 것 같아. 말처럼 기다란 얼굴이며, 항상 수다를 떨어 대는 입이며, 항상 누런 이빨이며, 광대뼈 위쪽으로 항상 살이 터서 빨갛게 돼 있는 뺨까지. 그날 이후로 난 항상 그 인간의 얼굴을 아주 가까이서 보면서 살았어. 내가 눈을 감고 자고 있을 때도 몸속의 그 눈은 감길 줄을 몰랐으니까. 난 그 인간이 죽기 전에는 그 눈이 감기지 않으리라는 걸 깨닫기 시작했지. 사랑에 빠졌을 때하고 똑같았어. 감정이 거꾸로 뒤집혔다는 것만 빼면.
 내가 그렇게 속을 끓이는 동안 셀리나는 처음부터 끝까지 얘기를 하고 있었어. 난 그 애 얘기를 들으면서 한 번도 끼어들지 않았어. 그 애 얘기는 당연히 내가 크림 그릇으로 조를 때린 그날 밤부터 시작됐어. 셀리나가 마침 문 밖으로 나와서 그 인간이 피투성이 귀를 한 손으로 감싸고 있고, 나는 정말로 그 인간의 머리를 뎅겅 잘라 버릴 것처럼 도끼를 들고 서 있는 걸 봤던 그날 밤. 그때 나는 그 인간한테 더 이상 맞고 살 수 없다는 생각밖에 없었어, 앤디. 그래서 내 목숨을 걸고 그렇게 한 거야. 하지만 셀리나는 그걸 전혀 몰랐지. 그래서 그날 일을 보고 나서 그 애 마음이 그 인간 쪽으로 기울어진 거야. 지옥으로 가는 길을 포장한 사람들도 착한 마음으로 그렇게 했다는 얘기가 있지. 정말 그래. 내가 쓰라린 경험을 해 봤기 때문에 잘 알아. 근데 그 이유를 정말 모르겠어. 좋은 일을 해 보려고 했는데 그게 나쁜 일로 이어지는 적이 왜 그렇게 많은 건지. 그걸 알아내는 건 아마 나보다 더 똑똑한 사람들 몫이겠지.

셀리나가 했던 이야기를 여기서 다 할 생각은 없어. 셀리나 입장을 생각해서가 아니라, 얘기가 너무 긴 데다가 지금도 그 얘기를 생각하면 가슴이 너무 아파서. 하지만 그 애가 맨 처음 한 말은 얘기해 주지. 난 절대 그 말을 못 잊을 거야. 어떤 일이 겉으로 보이는 모습과 실제 속사정이 얼마나 다른지……. 겉과 속이 얼마나 다른지 또 한번 충격을 받았으니까.

"아빠가 너무 슬퍼 보였어요. 손가락 사이로 피가 흘러내리고 눈에는 눈물이 고인 모습이 그냥 너무 슬퍼 보였어요. 피나 눈물보다 아빠의 그 표정 때문에 난 엄마가 더 미웠어요. 그래서 내가 대신 아빠를 위해 주자고 생각했죠. 잠자리에 들기 전에 난 무릎을 꿇고 기도했어요. '하느님, 엄마가 더 이상 아빠를 때리지 못하게 해 주신다면, 제가 대신 아빠를 위해 주겠어요. 맹세합니다. 예수님의 이름으로 아멘.'이라고."

그 일이 이미 끝난 일이라고 생각했는데 1년이나 지난 후에 내 딸 입에서 그런 얘기를 들었을 때 내 심정이 어땠는 줄 알아? 알아, 앤디? 프랭크? 아가씨는 어떠우, 케네벙크에서 온 낸시 배니스터? 그래, 모르는구먼. 그런 심정 따위 자네들이 절대로 알지 못하게 해 달라고 내 하느님께 기도해 주지.

어쨌든 그래서 셀리나는 지 아빠한테 잘해 주기 시작했어. 그 인간이 뒤뜰 헛간에 나가서 누구 다른 사람의 스노모빌이나 뱃전에 다는 모터를 손보고 있을 때 특별히 맛난 음식을 갖다 주기도 하고, 밤에 테레비를 볼 때 그 인간 옆에 앉아 있기도 하고, 그 인간이 정치에 대해 특유의 헛소리를 늘어놓을 때 열심히 들어 주기도 하고. 그 인간은 케네디가 유대인이랑 가톨릭 교도들한테 모든 걸 맡겨 버렸다는 둥, 남부의 학교나 식당에 흑인들도 들어갈 수 있게 해 달라는 놈들은 다 공산당이라는 둥, 이 나라가 금방 망할 거라는 둥, 뭐 그런 얘기들을 떠들어 대곤 했지. 셀리나는 그 인간 얘기를 열심히 들어 주고, 농담을 하면 웃어 주고, 손이 트면 약을 발라 줬어. 그 인간은 기회가 그렇게 눈앞에 다가왔는데도 모르는 멍청이가 아니었지. 그 인간은 셀리나를 상대로 정치에 대해 말도 안 되는 소리를 늘어놓는 대신 나에 대해 비열한 얘기들을 늘어놓기 시작했어. 내가 화를 내면 얼마나 미친년이 되는지도 얘기해 주고 우리 결혼 생활의 문제들도 죄다 얘기해 준 거야. 그 인간 얘기대로라면 항상 내가 문제였지.

그 인간이 아버지가 아니라 다른 식으로 그 애 몸에 손을 대기 시작한 건 1962년 늦봄부터였어. 하지만 처음에는 그뿐이었지. 내가 방에 없을 때 소파에 나란히 앉아 있다가 아이 다리를 조금 쓰다듬는다든지, 그 애가 헛간으로 맥주를 가져다주었을 때 엉덩이를 두드려 준다든지. 그렇게 시작한 게 점점 심해진 거야. 7월 중순쯤에는 우리 불쌍한 셀리나가 벌써 그 인간을 나만큼 무서워하고 있었어. 내가 마침내 육지로 건너가서 그 애한테 얘기를 들어야겠다고 작정했을 무렵에는 그 인간이 이미 그 짓만 빼고 온갖 짓을 다 한 다음이었지……. 그리고 그 애는 너무 무서워서 그 인간이 해 달라는 대로 이런저런 짓을 해 줬고 말이야.

그때 학교에 다니지 않던 조 주니어하고 막내 피트가 거치적거리지만 않았으면 노동절 전에 그 인간이 이미 그 애를 따먹었을 거야. 막내 피트는 그냥 아무 생각 없이 빈둥대는 바람에 그 인간한테 방해가 된 거지만 조 주니어는 일이 어떻게 돌아가는지 꽤나 알고 있었던 것 같아. 그래서 자기가 그걸 막아야겠다고 생각한 모양이야. 그게 사실이라면 하느님께서 그 애를 축복해 주시기를. 내가 할 수 있는 말은 이것밖에 없어. 그때 나는 전혀 소용이 없었으니까. 하루에 열두 시간씩, 어떨 때는 열네 시간씩 일을 하고 있었으니. 그렇게 내가 집에 없는 시간에 조는 셀리나 옆을 맴돌면서 그 애를 만지고, 뽀뽀해 달라고 조르고, 그 애한테 자기 몸의 '특별한 부분'(그 인간은 그걸 이렇게 불렀어.)을 만져 달라고 한 거야. 자기도 정말 어쩔 수 없어서 그 애한테 부탁하는 거라면서. 그 애는 자기한테 잘해 주는데 나는 안 그러니까. 그리고 남자한테는 특별한 욕망이라는 게 있으니까. 단지 그뿐이라면서. 하지만 그 애더러 남한테 말해서는 안 된다고 했어. 만약 말을 하면 내가 두 사람을 전부 죽여 버릴 거라면서. 그 인간은 그 크림 그릇하고 도끼 얘기를 자꾸 끄집어냈어. 내가 얼마나 차갑고 성질 나쁜 못된 년인지 계속 떠들어 대면서 남자만의 특별한 욕망 때문에 자기도 정말 어쩔 수가 없다고 자꾸만 얘길 한 거야. 그 애 머릿속에 아주 못이 박히도록 떠들어 댔다고, 앤디. 결국 그 애가 그런 얘기들 때문에 반쯤 미쳐 버릴 때까지. 그 인간은······.

뭐라고, 프랭크?

그래, 그 인간도 일을 하기는 했지. 하지만 일을 한다고 해서 자기 딸 꽁무니를 쫓아다니는 게 시큰둥해지지는 않았어. 그 인간은 온갖 허드렛일을 조금씩은 다 할 줄 알았지. 진짜로. 그 인간은 여름 별장 사람들 집에서 허드렛일도 했고, 직접 관리해 주는 집도 두 군데였어.(그 인간한테 그 일을 맡긴 사람들이 거기 있는 자기네 물건들을 잘 기록해 놓았기를 바랄 뿐이야.) 또 한창 일이 바쁠 때 같이 배를 타고 나가자며 그 인간을 부르는 어부들도 한 네다섯 명 됐어. 조는 아주 곤드레만드레 취하지만 않으면, 제일 솜씨가 좋은 사람들하고 같이 그물을 끌어올릴 수 있을 정도였거든. 게다가 그 인간은 기계도 갖고 있으니까 부업을 할 수 있었지. 그러니까 내 말은, 그 인간이 이 섬의 다른 남자들하고 똑같은 일을 했다는 얘기야.(다른 사람들만큼 열심히 하지는 않았지만.) 여기서 조금, 저기서 조금 하는 식으로. 그런 식으로 일을 하면 시간을 자기 마음대로 쓸 수 있는 경우가 많지. 그래서 그해 여름하고 초가을에 내가 일하러 나가 있는 동안 집에 있을 수 있게 일하는 시간을 정한 거야. 셀리나 근처를 얼쩡거리려고.

내 말이 무슨 뜻인지 알겠어? 그 인간이 셀리나의 팬티 속으로 들어가고 싶어 했을 뿐만 아니라 그 애 마음도 얻고 싶어 했다는 걸 알겠냐고. 내가 그 망할 놈의 도끼를 들고 서 있던 광경이 그 애 머릿속에 제일 크게 남아 있었던 것 같은데, 그래서 그런지 그 인간도 그걸 제일 많이 이용했어. 그걸로 그 애한테서 더 이상 동정을 얻을 수 없다는 걸 알고 난 후에는 그걸 이용해서 그 애한테 겁을 준 거야. 자기들 둘이서 무슨 짓을 하고 있는지 혹시라도 내가 알게 되면 내가 그 애를 쫓아낼 거라고 몇 번이나 얘길 한 거라고.

자기들 둘이라니! 어이구, 세상에!

셀리나는 그런 짓을 하기 싫다고 했어. 그랬더니 그 인간 말이,

안됐지만 이미 그만두기에는 늦었다고 하더라는 거야. 그 인간은 그 애가 자기를 집적거렸기 때문에 자기가 반쯤 미칠 지경이라면서 여자들이 그런 식으로 집적대기 때문에 강간이 일어나는 거라고 했대. 좋은 여자들(아마 나처럼 도끼를 휘둘러 대는 성질 더러운 여자들을 말한 모양이야.)은 그걸 다 알고 있다면서. 조는 셸리나가 입을 다무는 한 자기도 입을 다물겠다고 그 애한테 못이 박히도록 얘기했어……. 그러고는 또 이렇게 말했지. "하지만 이걸 알아 둬라, 아가야. 조금이라도 얘기가 새어 나가면 결국 모든 게 밝혀진다는 걸."

셸리나는 '모든 것'이라는 게 무슨 뜻인지 몰랐어. 그리고 오후에 그 인간한테 시원한 차를 한 잔 갖다 주고 로리 랭길네가 새로 들여온 강아지에 대해 얘기를 좀 했다고 해서 어떻게 그 인간이 아무 때나 마음 내킬 때 그 애 다리 사이로 손을 뻗어 주물럭거려도 되는 건지, 그것도 도통 이해하질 못했지. 하지만 그 애는 자기가 뭔가 잘못했기 때문에 그 인간이 그렇게 나쁜 짓을 하는 거라고 철석같이 믿고 있었어. 그래서 그렇게 수치스러워한 거야. 그게 그 애한테는 제일 힘들었겠지. 무섭다는 생각보다 바로 그 수치심이.

셸리나는 어느 날 학교의 상담 교사인 시츠 선생한테 모든 얘기를 다 털어놓으려고 했대. 약속까지 잡아 놨다고 하더라고. 그런데 그 애가 밖에서 기다리고 있을 때 그 애보다 먼저 들어간 애의 상담이 예정보다 조금 더 길어지는 바람에 그만 용기를 잃어버린 거야. 그게 한 달도 채 안 된 일이었어. 학기가 다시 시작된 직후였으니까.

"그 얘기가 어떻게 들릴지 모르겠다는 생각이 들었어요." 그 애가 배 뒤쪽의 계단 옆에서 나랑 같이 벤치에 앉아 있을 때 한 말이야. 배가 이미 바다를 반쯤 가로지르고 있었기 때문에 이스트헤드가 눈에 들어왔지. 오후의 햇살을 받아 밝게 빛나는 모습이. 셀리나는 그때서야 간신히 울음을 멈췄어. 그 애가 하도 코를 훌쩍거리는 바람에 내 손수건이 그냥 푹 젖었더라고. 그런데도 그 애는 정신이 또릿또릿했어. 얼마나 대견하던지. 근데 그 애가 내 손을 절대로 놓질 않는 거야. 얘기하는 동안 내내 죽어 가는 사람이 지푸라기를 붙드는 것처럼 내 손을 꽉 쥐고 있었어. 다음 날 보니까 손에 멍이 들었더라고.

"자리에 앉아서 '시츠 선생님, 우리 아빠가 저한테 그렇고 그런 짓을 하려고 해요.'라고 말하는 걸 생각해 봤어요. 시츠 선생님은 진짜 둔하고 진짜 늙었기 때문에, 아마 '그렇고 그런 짓이 뭐니, 셀리나? 무슨 얘길 하는 거야?' 이랬을 거예요. 선생님이 잘난 척할 때 항상 그러는 것처럼 콧소리를 내면서. 그러면 난 내 아버지가 나랑 자고 싶어 한다는 얘기를 해야 했을 거고, 선생님은 내 말을 믿지 않았겠죠. 선생님이 사는 곳에는 그런 짓을 하는 사람이 없으니까."

"세상에 그런 짓이 없는 데는 없을걸. 슬프지만 사실이야. 그리고 학교의 상담 교사라면 그걸 알고 있었을 거다. 진짜 멍청이가 아니라면. 시츠 선생이 정말 그렇게 멍청하니, 셀리나?"

"아뇨. 그렇지는 않을 거예요, 엄마. 하지만……."

"아가, 이런 일을 당한 게 너밖에 없다고 생각한 거야?"

내가 이렇게 물었더니 그 애가 뭐라고 했는데, 이번에도 목소리가 너무 작아서 들을 수가 없었어. 그래서 다시 물었지.

"나밖에 없는지 아닌지는 몰랐어요." 그 애는 이렇게 말하고서 나를 끌어안았어. 나도 같이 안아 주었지. 그 애는 한참 있다가 다시 입을 열었어. "어쨌든, 거기 앉아 있다가 내가 그 얘기를 할 수 없다는 걸 깨달은 거예요. 내가 곧장 안으로 들어갈 수 있었다면 다 털어놓을 수 있었을지도 모르죠. 하지만 잠시 앉아서 이리저리 생각해 보고 나니 도저히 그럴 수가 없었어요. 아빠 말이 옳을지도 모른다는 생각도 들고, 엄마가 나를 나쁜 아이로 생각할 것 같아서……."

"내가 그런 생각을 할 리가 없잖아." 나는 이렇게 말하고서 그 애를 다시 안아 줬어.

그때 셀리나가 나를 보고 살짝 웃는데, 그걸 보니 가슴이 얼마나 따뜻해지던지. "지금은 나도 알아요. 하지만 그때는 잘 몰랐어요. 그래서 거기 앉아서 유리창 너머로 시츠 선생님이 내 앞 차례 아이하고 상담을 끝내는 걸 보다가 그 안으로 들어가지 않아도 되는 좋은 이유를 생각해 냈어요."

"그래? 그게 뭔데?"

"저, 그건 학교에서 다룰 문제가 아니라는 거요." 이 말이 우스워서 나는 킥킥 웃어 대기 시작했어. 조금 후에 셀리나도 나랑 같이 웃기 시작했지. 점점 큰 소리로 말이야. 우린 손을 잡고 벤치에 앉아서 발정 난 새들처럼 웃어 댔어. 웃음소리가 하도 커서 저 아래쪽에서 과자랑 담배를 파는 남자가 고개를 쭉 빼고서 우리가 괜찮은지 잠시 살펴볼 정도였다니까.

집으로 오는 길에 셀리나는 두 가지 얘기를 더 했어. 하나는 입으로, 하나는 눈으로. 그 애가 입으로 한 얘기는 짐을 싸서 도망칠 생각을 하고 있었다는 거였어. 그러면 적어도 여기서 벗어날 수 있을 것 같았다는 거야. 하지만 마음을 심하게 다친 사람이 도망친다고 해서 문제가 해결되는 건 아니지. 어디로 도망친다고 해서 머리와 마음이 사라지는 건 아니니까. 그리고 그 애가 눈으로 말한 건 자살하고 싶다는 생각이 든 게 한두 번이 아니라는 거였어.

내가 그걸 생각하면서, 내 딸 눈에서 죽고 싶다는 생각을 본 걸 떠올리면서 조의 얼굴을 보니 내 안에 새로 생긴 눈으로 그 인간이 더 똑똑하게 보여. 그 인간이 어떻게든 그 애 치마 속으로 손을 넣어 보려고 그 애를 괴롭히고 또 괴롭힐 때의 얼굴이 어땠을지 훤히 보이는 거야. 몸을 지킬 거라고는 입고 있는 청바지밖에 없는 그 애를 상대로. 순전히 운이 좋아서, 아니 그 인간 편에서 보면 운이 나빠서 자기가 원하는 걸 얻지 못했을 때(아니지, 원하는 걸 전부 다 얻지는 못했다고 해야지.) 그 인간 표정이 어땠을지. 만약 조 주니어가 친구 윌리 브램홀하고 놀다가도 일부러 집에 일찍 오지 않았더라면, 내가 끝내 눈을 뜨지 못해서 그 애의 진짜 모습을 못 봤더라면, 과연 무슨 일이 벌어졌을까? 내가 제일 많이 생각한 건 그 인간이 셀리나를 어떻게 몰아붙였을까 하는 거였어. 그 인간은 몹쓸 인간들이 채찍이나 회초리를 들고 말을 몰아대듯이 그 애를 몰아붙였을 거야. 그런 인간들은 사정없이 말을 몰아붙이지. 결국 말이 쓰러져 죽을 때까지……. 그러면 그 인간은 십중팔구 회초리를 든 채 말의 시체를 내려다보면서 도대체 이 녀석이 왜 죽은 건지

어리둥절할걸. 내가 그 인간의 이마를 만져 보고 싶어 했던 게, 그 이마가 눈에 보이는 것처럼 정말 그렇게 매끈한지 만져 보고 싶어 했던 게 일을 이 지경으로 만든 거야. 그래서 일이 이 지경이 된 거라고. 근데 이제는 내 눈이 활짝 열렸어. 내가 사랑도 없고 인정머리도 없는 남자랑 살고 있다는 걸 깨달은 거야. 자기가 팔을 뻗어서 움켜쥘 수 있는 거리 안에 있는 건 심지어 딸내미까지도 전부 자기 거라고 믿는 인간이랑.

거기까지 생각했을 때 그 인간을 죽여 버리자는 생각이 처음으로 들었어. 그때 마음을 정한 건 아니지만(진짜 아냐.), 그게 그냥 해 보는 생각이었다고 말한다면 거짓말이 되겠지. 절대 그런 게 아니었으니까.

셀리나도 내 눈빛을 보고 조금 눈치를 챘던 모양이야. 내 팔을 잡더니 "뭘 어떻게 해 볼 생각이에요, 엄마? 아무 짓도 안 할 거죠? 아빠 내가 얘기했다는 걸 알아챌 거예요. 그러면 미친 듯이 화를 낼 거라고요!" 이러더라고.

그 애가 듣고 싶은 말을 해 주면서 달래고 싶었지만 그럴 수가 없었어. 내가 정말로 어떻게든 해 볼 생각이었으니까. 내가 얼마나 심하고 지독하게 할 건지는 아마 조한테 달린 거겠지. 내가 크림 그릇으로 때린 날은 그 인간이 꼬리를 말았지만, 그렇다고 또 그렇게 꼬리를 말 건지는 알 수 없는 노릇이니까.

"나도 어떻게 할 건지 몰라. 하지만 두 가지는 확실해, 셀리나. 이건 절대 네 잘못이 아니라는 거, 그 인간이 너를 주물럭거리면서 괴롭히는 건 이제 끝났다는 거. 알겠니?"

그 애의 눈에 다시 눈물이 차오르더니 눈물 한 방울이 뺨으로 흘러내렸어. "그냥 시끄러운 일이 없었으면 하는 것뿐이에요." 그 애는 이러고 나서 입술만 달싹거리면서 잠시 가만히 있더니 갑자기 고함을 지르기 시작했어. "정말 싫어! 왜 아빠를 때린 거예요? 도대체 아빠가 왜 나한테 집적댄 거냐고요? 왜 그냥 옛날처럼 살 수 없는 거예요?"

나는 그 애의 손을 잡고 말했어. "세상이라는 게 다 변하는 거야, 아가. 그러다 보면 어떨 땐 일이 잘못되기도 하는데 그러면 그걸 고쳐야 해. 그건 너도 알지?"

그 애는 고개를 끄덕였어. 고통스러운 표정이었지만, 내 말을 의심하는 기색은 없었어. "예, 알 것 같아요."

그때 배가 부두로 들어갔기 때문에 더 이상 얘기할 시간이 없었지만 그래도 난 다행이다 싶었어. 그 애가 그렇게 눈물이 그렁그렁한 눈으로 나를 보지 않았으면 좋겠다는 생각이 들어서. 그 애는 그때 모든 애들이 다 바라는 걸 바라고 있었을 거야. 아무도 다치지 않고 고통도 없이 모든 게 다 정상으로 돌아가는 거. 그 애는 내가 약속을 해 줬으면 하는 눈치였지만 난 약속을 해 줄 수가 없었어. 그 약속을 내가 지킬 수 있을지 알 수가 없었으니까. 내가 그런 약속을 지키도록 내 안의 그 눈이 나를 내버려둘지 알 수가 없었으니까. 우리는 배에서 내렸어. 더 이상 얘기를 주고받지는 않았지만, 난 그래도 좋았어.

그날 저녁에 조가 카스테어 씨 집에서 뒷문 현관을 지어 주는 일을 하다가 집에 왔는데, 난 그 인간이 온 다음에 아이들 세 명을 전부 시장으로 보냈어. 셀리나는 우유처럼 얼굴이 하얗게 질려서 길을 다 내려갈 때까지 흘끔흘끔 날 뒤돌아봤지. 그 애가 뒤를 돌아볼 때마다 난 그 애 눈에서 그 망할 놈의 도끼를 봤어, 앤디. 근데 그것만 있는 게 아냐. 안도감도 있었던 것 같아. 적어도 이제는 모든 일이 그렇게 제자리를 맴돌기만 하지는 않을 거다, 그런 생각을 하고 있었겠지. 무서우면서도 마음 한구석에서는 틀림없이 그런 생각을 했을 거야.

조는 난로 옆에 앉아서 《아메리칸》을 읽고 있었어. 저녁이 되면 항상 그랬으니까. 나는 나무 상자 옆에 서서 그 인간을 봤어. 내 안의 눈이 그 어느 때보다 더 활짝 떠지는 것 같았어. 자기가 무슨 대단한 사람이나 되는 것처럼 저렇게 앉아 있는 꼴을 좀 봐라. 자기 혼자만 뒷간도 안 가는 인간처럼 앉아 있는 꼴이라니. 외동딸 몸을 주물럭거리는 게 세상에서 제일 자연스러운 일인 것처럼 저렇게 앉아 있다니. 그런 짓을 하고서도 잠이 올까? 나는 새모셋 주점의 그 고등학교 졸업 무도회에서부터 지금 이 순간까지를 다시 생각해 보려고 했어. 그 인간은 낡아서 누덕누덕 기운 청바지에 더러운 내의 차림으로 난롯가에 앉아서 신문을 읽고, 나는 살심을 품고 나무 상자 옆에 서 있는 그 순간까지 있었던 일들을. 그런데 생각이 안 나는 거야. 무슨 마법의 숲에 들어온 것 같더라고. 어깨 너머를 돌아보면 자기가 지금까지 온 길이 사라져 버리고 없는 숲 말이야.

그동안에도 내 안의 눈에 보이는 게 점점 더 많아지고 있었어. 내가 크림 그릇으로 때린 것 땜에 그 인간 귀에 얼기설기 생긴 흉터도 보이고, 콧잔등에 보이는 구불구불한 핏줄도 보이고, 그 인간이 항상 골난 사람처럼 아랫입술을 불쑥 내미는 것도 보이고, 눈썹에 떨어진 비듬도 보이고, 코털을 잡아당기거나 가끔 바지 사타구니 부분을 치켜올리는 것도 보이고.

도대체 그 눈에 보이는 게 전부 다 나쁜 것뿐이야. 그 인간하고 결혼한 게 내 인생 최대의 실수가 아니라 제일 중요한 실수라는 생각이 들었어. 그 실수 때문에 지금 벌을 받고 있는 게 나뿐만이 아니니까. 그때는 그 인간이 셀리나만 집적거리고 있었지만, 그 애 뒤로도 사내애들 둘이 더 있잖아. 딸을 강간하려고 드는 인간이 아들들한테는 무슨 짓을 못 할까.

고개를 돌렸더니 내 안의 눈에 도끼가 보였어. 나무 상자 위의 선반에, 항상 있는 자리에 그게 놓여 있는 게 보이더라고. 나는 손을 뻗어서 도끼를 움켜쥐면서 생각했어. 이번엔 이걸 그냥 당신 손에 쥐여 주지는 않을 거야, 조. 근데 그때 동생들하고 같이 걸어가면서 자꾸만 뒤를 돌아보던 셀리나가 생각나는 거야. 그래서 무슨 일을 벌이든 저 망할 놈의 도끼는 절대 안 쓰기로 했지. 그래서 대신 나무 상자에서 돌멩이처럼 단단한 단풍나무 조각을 집어 들었어.

사실 도끼든 장작개비든 별로 상관없었지. 어쨌든 조의 목숨이 그 자리에서 당장 요절이 날 테니까. 그 인간이 더러운 셔츠를 입고 앉아서 코털을 잡아당기며 신문에 난 농담을 읽고 있는 걸 보면 볼수록 그 인간이 셀리나에게 하려던 짓이 자꾸만 생각났어. 그리고 그 생각을 하면 할수록 점점 더 화가 났지. 그렇게 화가 날수록 그냥 그 인간한테 걸어가서 장작개비로 머리통을 부숴 버리고 싶은 마음이 굴뚝같았어. 내가 가장 먼저 어디를 때릴 건지 눈에 보이는 것처럼 알겠더라고. 그 인간 머리카락이 빠지기 시작해서 특히 뒤통수가 훤하게 드러나 있었거든. 근데 의자 옆 등불에서 나온 빛 땜에 거기가 더 반짝이는 거야. 몇 가닥 남지도 않은 머리카락 사이로 거죽에 나 있는 주근깨가 보일 정도로. 바로 저기다, 저기야. 피가 튀어서 전등갓이 엉망이 되겠지만 그런 건 상관없어. 어쨌든 이것 자체가 더러운 일이니까. 이 생각을 하면 할수록 피가 튀어 전등갓에 뿌려지는 걸 간절히 보고 싶었어. 그러다가 피가 전등에도 튈 거라는 생각이 들었지. 그래서 지지직 타는 소리가 조금 날 거라는 생각도. 그런 걸 생각하면 할수록 장작개비를 쥔 손에 힘이 들어갔어. 그래 맞아, 그땐 거의 제정신이 아니었어. 근데 그 인간한테서 고개를 돌릴 수가 없었어. 게다가 고개를 돌리더라도 내 안의 눈이 계속 그 인간을 바라볼 거라는 것도 알겠더라고.

 난 그런 짓을 하면 셀리나가 어떻게 될지 생각해 보라고 마음을 달랬어. 그 애가 제일 무서워하던 일이 전부 현실이 되는 거니까. 하지만 그 방법도 소용이 없어. 그 애를 그렇게 사랑하는데도, 그렇게 아끼는데도 소용이 없었어. 내 안의 눈은 너무 강해서 사랑을 몰랐거든. 저 인간이 죽고 내가 저 인간을 죽인 죄로 감옥에 가면 세 아이가 어떻게 될지 생각해 봐도 그 눈은 닫힐 줄을 몰랐어. 계속 활짝 열린 채로 조의 얼굴에서 추악한 것들을 찾아내는 거야. 그 인간이 면도할 때 뺨에서 허옇게 일어난 피부를 긁어 내는 거. 저녁을 먹다가 묻은 머스터드가 턱에서 말라 가고 있는 거. 그 인간이 우편 주문으로 산, 잘 맞지도 않는 커다란 틀니. 그 눈이 새로운 걸 찾아낼 때마다 장작개비를 쥔 손에 점점 더 힘이 들어갔어.

마지막 순간에 나는 다른 걸 생각했지. 지금 여기서 일을 저지른다면 그건 셀리나를 위한 게 아니다. 아들 녀석들을 위한 것도 아니다. 저 인간이 석 달이 넘도록 바로 코앞에서 그런 짓을 저지르고 있었는데도 네가 멍청하게 그걸 몰랐기 때문에 일을 저지르는 거다. 저 인간을 죽이고 감옥에 가서 토요일 오후에나 애들을 만날 수 있는 신세가 될 거라면, 적어도 일을 저지르는 이유가 뭔지는 똑바로 알고 있어야지. 그 인간이 셀리나를 건드렸기 때문이 아니라 널 바보로 만들었기 때문에 이러는 거잖아. 그 점에서는 너도 베라랑 똑같다. 남한테 속아 바보가 되는 걸 세상에서 제일 싫어해.

결국 이게 내 기를 꺾었어. 내 안의 눈이 닫히지는 않았지만, 조금 희미해지면서 힘을 약간 잃어버린 거야. 난 손을 펴서 돌멩이처럼 단단한 단풍나무 장작개비를 바닥에 던지려고 했어. 근데 손을 너무 꽉 쥐고 있어서 그런지 놓을 수가 없는 거야. 그래서 나머지 한 손으로 손가락 두 개를 억지로 편 다음에야 간신히 장작개비를 나무 상자에 다시 던져 넣었지. 그때도 손가락 세 개는 여전히 구부러진 채였어. 아직도 장작개비를 쥐고 있는 것처럼. 손을 서너 번 쥐었다 폈다 한 다음에야 감각이 제대로 돌아왔지.

그러고 나서 나는 조한테 가서 어깨를 두드렸어.

"할 말이 있어."

"그럼 말해. 안 말릴 테니까." 그 인간이 신문지 뒤에서 말했어.

"내가 말을 할 때는 내 얼굴을 봐. 그 쓰레기 같은 건 내려놓고."

그 인간이 신문을 자기 무릎 위에 팽개치더니 나를 보면서 말했어. "요즘은 그 입이 세상에서 제일 바쁜 것 같구먼."

"내 입은 내가 알아서 해. 당신은 당신 손이나 잘 간수하라고. 안 그러면 아무리 시간이 많아도 감당할 수 없을 만큼 곤란해질 테니까."

그 인간은 눈썹을 치켜올리면서 도대체 무슨 소리냐고 물었어.

"셀리나를 그냥 내버려두라는 얘기야."

그 인간은 마치 내가 자기네 가보를 무릎으로 차 버리기라도 한 것처럼 나를 쳐다봤어. 속에서 가슴이 무너지는데도 제일 좋았던 게 그거야, 앤디. 들켰다는 걸 알았을 때 조가 지은 표정. 얼굴이 하얗게 질려서 입을 쩍 벌리고는 그 지저분한 낡은 의자에 앉아서 경기를 일으키더라고. 사람이 막 잠이 들려고 하다가 뭔가에 깜짝 놀라서 움찔할 때처럼.

그 인간은 등이 아픈 척하면서 그냥 넘기려고 했지. 하지만 내가 속을 사람인가. 사실 그 인간도 조금은 낯을 들 수 없는 눈치였지만 그런다고 내 마음이 바뀔 리가 없지. 멍청한 사냥개도 닭장에서 달걀을 훔치다가 들키면 부끄러워할 줄은 알아.

"도대체 무슨 말을 하는 건지." 그 인간이 이러더라고.

"그럼 그 얼굴은 왜 방금 악마한테 불알을 잡힌 사람 같은 표정이야?"

내가 이랬더니 그 인간이 화가 나서 미치겠다는 표정을 짓기 시작했어.

"조 주니어, 그 망할 새끼가 거짓말을……."

"조 주니어는 입도 뻥긋 안 했어. 당신에 대해서도 아무 말 안 했고. 거짓말은 그만둬. 셀리나가 나한테 다 얘기했으니까. 전부 다. 내가 당신을 크림 그릇으로 때린 후에 아빠한테 잘해 주려고 했는데 당신이 그 은혜를 어떻게 갚았는지, 그 애가 얘길 하면 무서운 일이 벌어질 거라고 어떻게 공갈을 쳤는지."

"그 쥐방울만 한 게 거짓말을 해!" 그 인간이 신문을 바닥에 팽개치면서 이러는 거야. 그러면 자기 말이 증명되는 줄 아는지. "쥐방울만 한 게 거짓말이나 하면서 사람을 지분거리다니! 내 그년이 나타나면 허리띠를 가져다가 그냥, 감히 얼굴을 다시 내밀기만 해봐라……."

그 인간이 이러면서 자리에서 일어나려고 하기에 내가 한 손으로 그 인간을 밀어서 다시 앉혔지. 너무 쉬웠어. 흔들의자에서 일어나려고 하는 사람을 밀어 버리는 건. 너무 쉬워서 나도 조금 놀랐을 정도야. 물론 조금 전까지만 해도 난 장작개비로 그 인간 머리통을 부술 생각이었지만. 아마 그래서 그랬을 거야.

그 인간이 눈을 가늘게 뜨면서 자기를 갖고 놀지 말라고 하데.

"네년이 전에 그런 적이 있다고 해서 언제든 마음 내킬 때마다 고양이 목에 방울을 달 수 있는 건 아냐."

나도 바로 그런 생각을 하고 있었지. 그것도 바로 얼마 전까지. 하지만 그 인간한테 그런 얘기를 할 때가 아니잖아. 그래서 내가 이랬어. "허풍은 당신 친구들한테나 가서 떨어. 지금은 떠들지 말고 그냥 듣기나 하라고……. 내 말 잘 들으란 말이야. 한마디도 농담이 아니니까. 셀리나 근처에 한 번만 더 얼씬거리면 아동 학대나 미성년자 강간 혐의로 당신을 감옥에 처넣어 버릴 거야. 어느 쪽이

든 차가운 감옥에 아주 한참 들어가 있어야 될걸."

이 말을 듣더니 그 인간이 어쩔 줄을 모르고 다시 입을 쩍 벌리더니 의자에 앉은 채로 잠시 나를 노려보기만 했어.

"넌 절대……." 그 인간이 말을 하다가 말았어. 내가 정말로 그렇게 하리라는 걸 자기도 아니까. 대신 아랫입술을 다른 때보다 더 내밀고 부루퉁한 표정을 짓더라고.

"그 애 편만 드는 거로군, 그렇지? 내 얘기는 들어 보려고 하지도 않아, 돌로레스."

"할 얘기가 있기나 해? 4년만 있으면 마흔이 되는 남자가 열네 살짜리 딸한테 보지에 털이 얼마나 났는지 보고 싶으니까 팬티를 벗으라고 한다면, 그런 남자한테도 할 얘기가 있을 것 같아?"

"그 애도 다음 달이면 열다섯이야." 그 인간이 이러더라고. 그거면 모든 게 달라지는 줄 아는 모양이지. 구제불능 같으니.

"당신이 지금 무슨 말을 하는지 알아? 당신 입에서 무슨 말이 나오고 있는지 아느냐고?"

내가 이렇게 물었더니 그 인간은 아까보다 더 오래 나를 노려보다가 허리를 굽혀 바닥에 떨어진 신문을 집어 들었어. "귀찮게 굴지 마, 돌로레스. 이 기사를 읽을 거니까."

샐쭉하니 토라져서 자기가 아주 불쌍한 인간이라고 말하는 것 같은 목소리로 이러는 거야.

그 망할 놈의 신문을 뺏어서 그 인간 얼굴에 던져 버리고 싶었지만, 그랬다면 틀림없이 피가 낭자한 싸움이 벌어졌을 거야. 그런 난장판에 아이들이, 특히 셀리나가 집으로 돌아오는 게 싫었어. 그래서 그냥 손을 뻗어서 엄지손가락으로 신문 윗부분을 살짝 잡아 내렸지.

"먼저 셀리나한테 손대지 않겠다고 약속해. 그래야 이 거지 같은 일을 잊어버릴 수 있으니까. 앞으로 평생 동안 다시는 그 애한테 그런 식으로 손대지 않겠다고 약속해."

"돌로레스, 넌 그렇게……." 그 인간이 말을 하려고 했지만 내가 그 말을 잘랐어.

"약속해, 조. 안 그러면 지옥을 맛보게 해 줄 거야."

"그런다고 내가 겁먹을 줄 알아? 15년 동안 내 인생은 네년 때문에 이미 지옥이었어, 이년아. 네 못생긴 얼굴도 그 더러운 성질하고는 비교가 안 된다고! 내가 이렇게 사는 게 싫어? 그게 다 네년 탓이야!"

"당신은 지옥이 어떤 건지 몰라. 하지만 그 애한테 손대지 않겠다고 약속하지 않으면, 지옥이 어떤 건지 정말로 알게 해 주지."

"좋아! 좋다고, 약속해! 자! 됐지! 이제 속이 시원하냐?"

"그래." 사실은 아니었지만 그냥 그렇다고 했어. 그 인간이 내 속을 시원하게 해 줄 일은 절대 없을 테니까. 빵하고 물고기로 기적을 일으켜도 소용없지. 나는 해가 바뀌기 전에 애들을 집에서 내보내든가, 아니면 그 인간이 죽는 꼴을 반드시 볼 작정이었어. 어느 쪽이든 나한테는 별로 다를 게 없었지만, 그 인간한테만은 내가 뭔가 일을 꾸미고 있다는 걸 가르쳐 주기 싫었어. 이미 일이 갈 데까지 가서 그 인간이 도저히 어찌해 볼 수 없을 만큼 될 때까지는.

"잘됐군. 그럼 이제 다 해결된 거지, 돌로레스?" 그 인간이 이러는데 왠지 이상하게 반짝이는 눈으로 나를 보는 게 영 찝찝한 거야. "네년은 자신이 꽤 영리한 줄 알지, 안 그래?"

"그런 거 몰라. 옛날에는 나도 꽤 머리가 있는 줄 알았는데, 지금 내 꼴을 봐. 누구랑 같이 살고 있는지."

"허, 그런 소리를 한단 말이지." 그 인간이 여전히 그 묘한 표정으로 나를 보면서 한다는 말이 이래. "네년은 네가 아주 근사한 인간이라서 돌다리도 두들겨 보고 건널 정도로 뭐든 잘하는 줄 아는데, 네년이 모든 걸 다 아는 건 아냐."

"무슨 소리야?"

"네가 직접 알아봐." 그 인간은 주식 시세가 너무 나쁘지 않기를 바라는 부자처럼 신문을 쫙 펼쳤어. "네년같이 잘난 척하는 인간한테는 별로 어려운 일도 아닐 거야."

기분이 찝찝했지만 난 그냥 넘겼어. 벌집을 필요 이상으로 들쑤시고 싶지 않다는 생각도 있었지만 꼭 그것만은 아냐. 난 정말로 내가 똑똑한 줄 알았어. 어쨌든 그 인간보다는 똑똑하다고 생각했기 때문에, 그래서 그런 거야. 그 인간이 나한테 앙갚음을 하려고 해도 내가 금방 알아차릴 거다, 그렇게 생각한 거지. 자만한 거야. 완전히. 게다가 그 인간이 이미 뭔가 수작을 부리기 시작했을 거라는 생각은 아예 해 보지도 않았어.

애들이 가게에서 돌아왔을 때, 나는 아들 녀석들을 집 안으로 들여보내고 셀리나랑 같이 집 뒤로 걸어갔어. 거기에 이리저리 엉킨 나무딸기 덤불이 크게 자라고 있었는데, 그 계절에는 대부분 가지만 앙상하게 남아 있어. 산들바람이 조금 불어와서 덤불이 덜걱덜걱 소리를 내는 게, 그걸 듣고 있으면 왠지 고독하고, 조금 오싹해. 우리는 거기 크게 튀어나온 흰 바위에 앉았어. 이스트헤드 위로 반달이 떠 있었지. 내 손을 잡은 그 애 손가락도 그 반달만큼이나 차가웠어.

"도저히 못 들어가겠어요, 엄마. 타냐네 집으로 갈게요, 네? 보내 주세요." 그 애가 떨리는 목소리로 말했어.

"무서워할 것 하나도 없어, 아가. 다 잘 해결됐으니까."

"못 믿겠어요." 그 애가 속삭이는 것처럼 말했어. 근데 얼굴에는 내 말을 믿고 싶은 기색이 역력한 거야. 내 말이 정말로 사실이었으면 좋겠다는 표정.

"사실이야. 네 아빠가 너한테 손대지 않겠다고 약속했어. 네 아빠가 항상 약속을 지키는 사람은 아니지만 이번에는 지킬 거야. 이제 내가 감시하고 있다는 걸 자기도 알고 있고, 네가 옛날처럼 입을 다물어 주지 않을 거라는 것도 아니까. 게다가 네 아빠는 지금 죽을 만큼 겁에 질려 있어."

"죽을 만큼 겁에 질…… 왜요?"

"너한테 한 번만 더 고약한 짓을 하면 감옥에 처넣어 버리겠다고 했거든."

그 애가 놀라서 숨을 집어삼키더니 내 손을 잡은 손에 새로 힘을 줬어. "엄마, 설마 그럴 리가!"

"정말로 그랬다니까. 진짜 그럴 생각이야. 너도 알아 두는 게 좋을 것 같아서 얘기하는 거야, 셀리나. 하지만 나라면 별로 걱정 안 하겠다. 조는 앞으로 4년 동안 네 근처에 얼씬도 안 할 거야……."

그리고 그때쯤이면 넌 대학에 다니고 있을 거고. 네 아빠는 이 세상에서 자기 자신이 제일 소중하다고 생각하는 사람이야."

그 애가 내 손을 놨어. 느리지만 분명하게. 그 애 얼굴에 희망이 다시 생겨나는 것 같더라고. 그리고 그것 말고 어린애다운 얼굴도 다시 돌아오고 있는 것 같았어. 그때서야, 나무딸기 덤불 옆에서 달빛을 받으며 그 애와 함께 앉아 있던 그때서야, 나는 그 애가 그해 가을에 얼마나 나이가 들었는지 깨달았어.

"아빠가 나를 때리거나 하지는 않을까요?"

"안 그럴 거야. 이제 다 끝난 일이야."

그 애는 이제 내 말을 전부 믿기로 했는지 내 어깨에 고개를 묻고 울기 시작했어. 완전히 마음이 놓여서 운 거야. 그 애가 그렇게 우는 걸 보니 얼마나 몸서리쳐지게 조가 밉던지.

그 후 며칠 동안 셀리나는 한 석 달 만에 처음으로 잠을 잘 잤을 거야……. 하지만 나는 잠을 못 잤어. 내 옆에서 조가 코 고는 소리를 들으면서 내 안의 눈으로 그 인간을 보느라고. 그 인간이 있는 쪽으로 돌아누워서 망할 놈의 목줄기를 물어뜯고 싶은 생각이 굴뚝 같았어. 하지만 장작개비로 그 인간을 찍어 버릴 뻔했던 그때만큼 정신이 나가지는 않았으니까. 그때는 내가 사람을 죽인 죄로 감옥에 갇히면 애들이 어떻게 될까, 그런 생각을 해도 내 안의 눈이 꿈쩍도 안 했어. 하지만 나중에, 셀리나한테 이제 괜찮다고 얘기를 하고 내 화도 조금 식은 다음에는 얘기가 달랐지. 그래도 나는 셀리나가 제일 원하는 거, 그러니까 아빠가 그 애한테 집적거린 적이 없었던 것처럼 옛날로 돌아가는 건 안 되는 일이라는 걸 알고 있었어. 그 인간이 약속을 지켜서 그 애한테 다시는 손을 대지 않는다 해도 그렇게 될 수는 없는 거야……. 그리고 나도 셀리나한테 말은 그렇게 했지만 그 인간이 약속을 지킬 거라고 완전히 믿지는 않았어. 조 같은 사내놈들은 다시 그런 짓을 해도 이번에는 들키지 않고 넘어갈 수 있을 거라고 금방 믿어 버리게 마련이지. 조금만 더 조심하면 무슨 짓이든 마음 내키는 대로 할 수 있을 거라고.

겨우 마음이 좀 가라앉아서 그 어두운 방에 누워 있다 보니 답이 분명하게 보이더라고. 아이들을 데리고 육지로 가야겠다, 그것도 빨리. 그때 나는 아주 차분하게 가라앉아 있었지만 내 안에 그 눈이 있는 한 언제까지나 계속 그렇지는 않을 거야. 그 눈이 날 가만 내버려두질 않을 테니까. 내가 또 흥분하면 그 눈이 훨씬 더 많은 것을 보게 될 거고, 그러면 조가 훨씬 더 더러운 인간으로 보이겠지. 그렇게 되면 속으로 무슨 생각을 해 봐도 내가 그냥 막무가내로 일을 저지를지도 몰라. 내가 그런 식으로 화를 낸 건 그때가 처음이었어. 하지만 내가 그런 짓을 저지른다면 앞으로 우리 식구들이 어떻게 될지 그것도 모를 만큼 머리가 나쁘지는 않으니까, 그 미친 정신이 밖으로 터져 나오기 전에 애들을 데리고 리틀톨을 떠나야 돼. 그런데 떠날 준비를 시작하자마자, 조가 그때 왜 그렇게 이상한 표정을 지었는지 그 이유를 알게 된 거야. 세상에!

나는 일이 좀 잠잠해질 때까지 기다렸다가 어느 금요일 오전에 11시 배를 타고 뭍으로 갔어. 애들은 학교에 갔고, 조는 마이크 스타길과 그의 동생 고든하고 같이 새우통발을 가지고 바다에 나가 있었으니까 아마 해 질 때가 다 돼야 돌아올 터였어.

그때 나한테는 애들 이름으로 만들어 둔 통장이 있었어. 우린 아이들이 태어났을 때부터 대학 학비로 돈을 저축하고 있었거든……. 아니, 어쨌든 나는 그랬어. 조는 애들이 대학에 가거나 말거나 콧방귀도 안 뀌었지만. 그 얘기가 나올 때마다(물론 그 얘기를 꺼내는 건 항상 나였지.) 그 인간은 그 더러운 흔들의자에 앉아서 《아메리칸》에 얼굴을 파묻고 있다가 고개를 빼꼼 내밀면서 "도대체 왜 애들을 대학에 보내겠다고 난리야, 돌로레스? 난 대학 같은 데 안 다녔어도 잘만 살고 있어." 이러고는 도로 신문에 얼굴을 묻었어.

뭐, 세상에는 아예 말싸움을 벌일 수 없는 일도 있는 법이잖아, 안 그래? 만약 조가 신문을 읽으면서 코딱지를 후벼서 흔들의자에 닦는 게 잘 사는 거라고 생각한다면, 얘기를 하고 말고 할 것도 없지. 애당초 무슨 말을 해도 소용없는 일이니까. 하지만 그거야 뭐 나한테는 상관없는 일이야. 그 인간이 괜찮은 일거리를 얻었을 때, 그러니까 도로공사 인부 자리 같은 걸 얻었을 때 자기 몫의 돈을 통장에 넣어 주기만 한다면 이 나라에 있는 대학이 전부 빨갱이들 거라고 그 인간이 생각하든 말든 나하고 무슨 상관이겠어. 그 인간이 뭍에서 도로공사 일을 했던 겨울에 내가 억지로 우겨서 통장에 500달러를 넣게 했더니 그 인간이 강아지처럼 얼마나 끙끙대던지. 내가 자기 돈을 다 가져간다는 거야. 내가 자기 수입이 얼마나 되는지 모르는 줄 아는 모양인데, 만약 그 인간이 그해 겨울에 번 돈이 2000달러 내지 2500달러가 안 된다면 내가 손에 장을 지진다.

"왜 항상 나한테 그렇게 바가지를 긁는 거지, 돌로레스?" 그 인간은 나한테 이렇게 따지곤 했지.

"당신이 처음부터 남자답게 애들을 위했다면 내가 바가지를 긁을 필요도 없었을 거야." 이런 식으로 얘기가 제자리를 빙빙 도는 거야. 가끔은 그게 정말 구역질나게 싫었어, 앤디. 하지만 대개는 그런 식으로 그 인간한테서 애들의 미래를 위한 돈을 얻어 낼 수 있었어. 그러니 그냥 싫다고만 할 수는 없는 거야. 애들이 어른이 됐을 때 미래를 보장해 줄 수 있는 사람이 나밖에 없었으니까.

애들 셋의 통장에 들어 있던 돈은 지금 기준으로 보면 얼마 안 돼. 셀리나 통장에 2000달러쯤, 조 주니어 통장에 한 800달러, 막내 피트의 통장에 400~500달러 정도였으니까. 하지만 1962년 기준으로는 상당한 액수였어. 우리 네 식구가 도망치는 돈으로는 충분하고도 남았지. 나는 막내 피트의 돈을 현찰로 찾고, 다른 두 애들 것은 수표로 찾을 생각이었어. 그리고 나서 여길 완전히 정리하고 포틀랜드까지 갈 작정이었지. 거기서 살 집을 구하고 괜찮은 직장을 구하는 거야. 우리 식구 다 도시가 낯설었지만, 어쩔 수 없는 상황이 되면 사람들은 어떤 환경이든 대개 익숙해지는 법이니까. 게다가 그때는 포틀랜드도 그냥 조금 큰 도시에 지나지 않았어. 지금 같지 않았다고.

일단 거기서 자리를 잡으면 여기서 찾은 돈을 다시 통장에 넣을 수 있을 거다, 그게 내 생각이었어. 설사 그럴 수 없더라도 애들이 똑똑하니까 장학금을 받을 수 있겠지. 애들이 장학금을 놓치더라도 대출을 신청하면 돼. 그런 걸 꺼릴 만큼 내 자존심이 하늘을 찌르는 것도 아니니까. 중요한 건 애들을 여기서 데리고 나가는 거였어. 그때는 그게 대학보다 훨씬 더 중요한 것 같더라고. 조의 낡은 트랙터에 붙은 스티커에 있는 말처럼, 먼저 할 일을 먼저 처리해야 하는 법이니까.

내가 지금 셀리나에 대해서 거의 45분 동안 떠들었지만, 그 애만 그 인간 때문에 고생한 게 아냐. 그 애가 제일 심하게 당한 건 사실이지만, 조 주니어도 마음 고생이 심했어. 1962년에 그 애가 열두 살이었으니까, 남자애들이 한창 뛰놀 나이였지. 하지만 그 애를 그냥 보면 도무지 그 나이 같지가 않았어. 소리 내서 웃는 적도 없고, 살짝 웃는 적도 거의 없으니. 그럴 만도 하지. 그 애가 집에 들어오자마자 애 아빠가 닭을 노리는 족제비처럼 애한테 달려들어서는 셔츠를 집어넣어라, 머리를 빗어라, 게으름 피우지 마라, 철 좀 들어라, 항상 책에다 코를 박고서 계집애처럼 굴지 마라, 남자가 돼라, 온갖 잔소리를 해 댔거든. 내가 셀리나 문제를 알아차리기 전 여름에 조 주니어가 리틀 야구 올스타 팀에서 탈락했는데, 애 아빠 얘기만 듣고 있으면 그 애가 무슨 이상한 약물 같은 걸 먹어서 올림픽 육상 팀에서 쫓겨난 것 같았어. 그뿐이야? 지 아빠가 누나한테 이상한 짓을 하는 것도 봤지. 그러니 애가 엉망이 될 수밖에. 가끔 보면 조 주니어가 진짜 원수 보듯 지 아빠를 보더라고. 진짜 원수처럼. 통장을 주머니에 넣고 뭍으로 건너가기 전 일이 주일 동안 나는 애들 아빠에 관한 한 조 주니어 속에도 나처럼 또 다른 눈이 있다는 걸 깨달았어.

막내 피트도 문제였지. 네 살 때 그 애는 이미 아주 으스대면서 조 뒤를 졸졸 쫓아다녔어. 조처럼 바지를 위로 한껏 올려서 입고,

조하고 똑같이 코끝하고 귀를 잡아당기기도 하고. 물론 그 애한테 코털 같은 게 있을 리가 없으니 그냥 흉내를 낸 거야. 1학년 때 학교에 처음 갔던 날, 그 애가 훌쩍훌쩍 울면서 집에 왔어. 바지 엉덩이에는 흙이 묻어 있고 뺨에는 생채기가 났더라고. 내가 현관 계단에 그 애랑 나란히 앉아서 어깨를 안고 무슨 일이 있었냐고 물었더니 그 애 말이, 망할 유대인 새끼 디키 오하라가 자기를 밀어서 넘어뜨렸다는 거야. 나는 '망할'이라는 말은 욕이니까 하면 안 된다고 한 다음에, '유대인 새끼'가 무슨 뜻인지 아느냐고 물었어. 사실 솔직히 말해서 그때 난 그 애 입에서 무슨 소리가 튀어나올지 정말 궁금했어.
"그럼, 알지. 유대인 새끼는 디키 오하라처럼 멍청한 얼간이야."
내가 아니다, 네가 잘못 알고 있다, 그랬더니 그 애가 그럼 그게 무슨 뜻이냐고 물어. 나는 그런 건 신경 쓰지 말라고 했어. 안 좋은 말이니까 그런 말을 쓰지 않았으면 좋겠다고. 그랬더니 그 애가 입을 쑥 내밀고 나를 노려보는데 지 아빠하고 아주 똑같더라고. 셀리나는 아빠를 무서워하고, 조 주니어는 아빠를 원수로 생각했지만 어떤 의미에서 내가 제일 걱정했던 건 피트야. 피트는 아빠하고 똑같은 사람이 되고 싶어 했으니까.
그래서 내 보석상자 제일 아래 서랍에서 통장을 꺼내서(내가 통장을 거기 넣어 둔 건 그때 자물쇠가 달린 게 그것밖에 없었기 때문이야.), 정오를 한 30분 지난 시각에 존스포트의 코스털 노던 은행으로 갔지. 줄을 서서 기다리다가 마침내 내 차례가 됐을 때, 나는 창구 직원에게 통장을 내밀고 통장 세 개를 전부 해지하고 싶다고 했어.

돈이 정말 필요하다고 말이야.

"금방 처리해 드리겠습니다, 세인트 조지 부인." 직원은 이렇게 말하고서 뒤쪽으로 갔어. 그때는 물론 컴퓨터가 나오기 한참 전이니까 이러고저러고 할 일이 많았어.

근데 직원이 서류를 꺼내서(그 여자가 세 장을 전부 꺼내는 게 보였어.) 들여다보다가 미간을 찡그리면서 다른 직원한테 뭐라고 얘길 하는 거야. 그러고는 둘이서 같이 서류를 들여다보데. 나는 카운터 바깥쪽에 서서 그 사람들을 보면서 불안해할 필요 없다고 속으로 중얼거렸지만, 그래도 불안하긴 마찬가지였어.

근데 그 창구 직원이 나한테 안 오고 칸막이를 세워서 만든 작은 사무실로 들어가는 거야. 사무실 벽이 유리로 되어 있어서 그 직원이 회색 양복을 입고 검은 넥타이를 맨 작달막한 대머리 남자랑 얘기하는 게 보이더라고. 그리고 그 직원이 다시 카운터로 왔는데 그 손에 통장 서류가 없었어. 그 대머리 남자 책상에 놔두고 온 거야.

"자녀분들의 예금 계좌에 대해 피즈 씨하고 얘기해 보시는 게 좋을 것 같은데요, 세인트 조지 부인." 그 여자가 이렇게 말하면서 통장을 다시 나한테 돌려줬어. 그런데 아주 더러운 물건을 대하듯 손으로 툭 치더라고. 그 물건을 오래 만지고 있으면 무슨 균이라도 옮을 것처럼 말이야.

"왜요? 뭐가 잘못된 거죠?" 내가 물었어. 이미 걱정할 필요 없다는 생각 같은 건 머릿속에서 날아가 버리고 없었지. 심장이 벌렁거리고 입안이 바작바작 마르는 거야.

"저는 잘 모르겠습니다. 하지만 뭔가 문제가 있다면 피즈 씨가 다 해결해 주실 거예요." 직원이 이러는데, 내 눈을 똑바로 안 보려고 하는 걸로 봐서 자기도 그 말을 전혀 안 믿는 눈치야.

어쨌든 그 여자가 말한 사무실로 걸어가는데, 양발에 10킬로그램짜리 시멘트 조각이 매달린 것 같더라고. 난 벌써 일이 어떻게 된 건지 대충 짐작은 하고 있었지만 어떻게 그런 일이 일어날 수 있는지는 아무리 생각해도 모르겠더라고. 망할, 통장을 가진 건 나란 말이야, 안 그래? 조가 내 보석상자에서 통장을 꺼내 갔다가 다시 갖다 놓은 것도 아니고. 그랬다면 자물쇠가 부서져 있었을 텐데 자물쇠는 멀쩡했거든. 만에 하나 그 인간이 어찌어찌 자물쇠를 열었다면(그건 웃기는 얘기지. 그 인간은 포크로 접시에 담긴 콩을 먹을 때도 절반은 무릎에 떨어뜨리는 사람이니까.) 통장에 돈을 찾은 흔적이 있거나, 은행에서 쓰는 빨간 잉크로 '통장 해지'라는 도장이 찍혀 있을 텐데……. 그런 것도 없었어.

어쨌든 피즈 씨한테 가면 그 사람이 내 남편의 웃기는 짓거리에 대해 얘기해 주겠지. 내가 사무실로 들어갔더니 실제로 그 사람이 그 얘길 하더라고. 조 주니어하고 피트의 통장은 두 달 전에 해지됐고 셀리나의 통장이 해지된 건 2주일도 안 됐다는 거야. 내가 노동절 이후에는 통장에 돈을 넣는 법이 없다는 걸 알고 조가 일부러 그때를 골라서 그런 짓을 한 거야. 나는 항상 부엌 맨 위 선반에 있는 커다란 솥에 크리스마스 때 쓸 돈을 모은 다음에야 통장에 돈을 넣었으니까.

피즈는 회계원들이 사용하는, 줄이 쳐진 초록색 종이를 나한테 보여 줬어. 거길 보니 내가 조한테 셀리나 얘길 한 다음 날, 그 인간이 흔들의자에 앉아서 내가 모든 걸 다 아는 건 아니라고 말했던 바로 그다음 날 그 인간이 아주 크게 한 건 했더군. 셀리나의 통장에서 500달러를 꺼내 간 거야.

내가 그 숫자를 대여섯 번은 훑어봤을 거야. 그러다가 고개를 들었더니 피즈 씨가 내 맞은편에 앉아서 걱정스러운 표정으로 양손을 비비고 있데. 그 사람 대머리에는 땀방울이 맺혀 있고. 그 사람도 나처럼 이게 어떻게 된 일인지 알아차린 거야.

"세인트 조지 부인, 보시다시피 남편께서 이 통장들을 해지하셨습니다. 그리고……."

"어떻게 이럴 수가 있죠?" 이러면서 내가 통장 세 개를 전부 그 사람 책상에 던졌어. 통장이 철썩 소리를 내면서 떨어지니까 그 인간이 깜짝 놀라서는 화들짝 뒤로 물러나더라고. "어떻게 이럴 수가 있어요? 내가 이렇게 통장을 갖고 있는데."

"그게, 저 세인트 조지 부인, 그건 우리가 '보호자 저축통장'이라고 부르는 겁니…… 아니, 것이었습니다. 그러니까 부인이나 남편의 서명이 있으면 통장의 예금주로 되어 있는 아이가 돈을 찾을 수 있는, 아니, 있었던 거죠. 또한 부인이나 남편께서도 부모 자격으로 언제든 마음대로 이 통장에서 돈을 찾을 수 있습니다. 부인께서 오늘 찾으려고 하셨던 것처럼 말입니다. 그러니까, 으흠, 돈이 통장에 있었다면 말이지만."

그 사람이 뜨거운 바위에서 햇볕을 쬐는 도마뱀처럼 입술을 핥고 눈을 깜박이면서 이렇게 말했어.

"하지만 여기에는 돈을 찾아간 게 적혀 있지 않잖아요!" 이때 내가 아마 크게 고함을 질렀던 모양이야. 은행 안의 사람들이 전부 우리 쪽을 봤거든. 유리벽을 통해서 그 사람들 모습이 보였지만 난 신경도 안 썼어. "그 인간이 어떻게 이 망할 놈의 통장도 없이 돈을 찾아간 거냐고요?"

피즈 씨가 손바닥을 비비는 속도가 점점 빨라졌어. 무슨 샌드페이퍼를 비비는 것 같은 소리가 났는데, 그 손바닥 사이에 바싹 마른 막대기가 있었다면 거기 불을 붙여서 재떨이에 놓인 껌 포장지에까지 불을 옮길 수도 있었을 거야.

"세인트 조지 부인, 제발 목소리를 좀 낮춰 주십……."

"내 목소리는 내가 알아서 해. 당신은 이 똥 같은 은행의 일 처리나 걱정하라고! 당신들이 잘못한 거잖아." 내가 더 큰 소리로 말했어.

피즈는 책상에서 서류 한 장을 집어 들고 읽어 보더니, "여기 적힌 바로는 남편께서 통장을 잃어버렸다고 하셨습니다." 마침내 이런 말을 해 줬지. "그리고 새 통장을 발급해 달라고 하셨고요. 이건 아주 흔한……."

"흔한 거 좋아하시네! 당신 나한테 전화 한 통 안 했잖아! 은행에서 아무도 나한테 전화 한 통 안 했어! 그 통장은 우리 둘이 갖고 있던 거야. 우리가 1951년에 셀리나하고 조 주니어의 통장을 만들었을 때 은행에서 나한테 그렇게 설명했다고. 1954년에 피트 걸 만들었을 때도 똑같았어. 그 후로 규칙이 바뀌기라도 했다는 거야?"

"세인트 조지 부인……." 그 사람이 뭐라고 말을 하려고 했지만 그건 입에 크래커를 가득 물고 휘파람을 부는 거나 마찬가지였지.

난 무조건 할 말을 다 할 생각이었으니까.

"그 인간이 당신한테 말도 안 되는 이야기를 하는데도 당신은 그걸 믿은 거야. 그리고 새 통장을 달라니까 덜컥 내줬지. 젠장! 처음부터 그 통장에 돈을 넣은 게 누군 줄이나 알아? 조 세인트 조지가 돈을 넣은 줄 알았어? 이거 보기보다 더 멍청한 인간 아냐!"

그때쯤에는 은행 안에 있는 모든 사람들이 그나마 모르는 척하던 것도 그만두고 내놓고 우리를 보고 있었어. 다들 그냥 제자리에 서서 우리를 보고 있더라고. 그 사람들 표정을 보아하니 좋아라고 구경하는 사람도 많은 것 같아. 하지만 만약 자기 애들을 대학에 보내려고 모아 둔 돈이 그렇게 새처럼 훨훨 날아가 버렸다면 그 사람들이 그렇게 재미있어했을까? 피즈 씨 얼굴은 우리 아버지 집의 창고 벽만큼이나 시뻘겋게 변해 있었지. 땀이 맺힌 대머리조차 아주 시뻘겠으니까.

"제발, 부탁입니다, 세인트 조지 부인." 금방이라도 울음을 터뜨릴 것 같은 표정이야. "저희가 한 일은 완전히 합법적일 뿐만 아니라 은행의 표준적인 업무 처리 방식입니다."

이 말을 듣고 나는 목소리를 낮췄어. 기운이 쭉 빠지더라고. 조가 나를 속인 건 좋다 이거야. 그 인간이 날 아주 벗지게 속여 넘겼으니까. 그러니 속은 내가 잘못이지. 이런 건 같은 일을 두 번씩이나 당할 때까지 기다릴 필요도 없어. 그냥 속은 내가 잘못인 거야.

"그게 합법적인지 어떤지는 몰라도, 그걸 확실히 알아내려면 당신을 재판소로 끌고 가야겠죠, 안 그래요? 그런데 나한테는 그럴 시간도 돈도 없어요. 게다가 내가 이렇게 골탕을 먹은 게 합법적이

냐 아니냐 그게 문제가 아니에요……. 그 돈에 대해 걱정하는 사람이 있을지도 모른다는 생각을 당신들이 한 번도 안 했다는 게 문제지. '은행의 표준적인 업무 처리 방식'이라는 게 전화 한 통도 걸면 안 되는 거예요? 거기 서류에 내 전화번호가 다 적혀 있는데, 전화번호가 바뀐 적도 없는데."

"세인트 조지 부인, 정말 죄송합니다만……."

"이게 입장이 바뀐 거였다면, 그러니까 내가 통장을 잃어버렸다면서 새 통장을 달라고 했다면, 11년 동안 모은 돈을 찾아간 게 나였다면……. 그래도 당신이 조한테 전화를 안 했을까요? 오늘 내가 돈을 찾으러 왔을 때 그 돈이 그대로 남아 있었다면, 당신은 내가 문을 나서는 순간 그 인간한테 전화를 걸지 않았겠어요? 예의상, 마누라가 무슨 짓을 하고 있는지 그 인간한테 알려 주려고."

그 인간이 스타길 형제하고 바다에 나간 날을 골라 은행에 간 건 바로 그런 일을 예상했기 때문이었어, 앤디. 난 그 인간이 한 손에 맥주를 들고 다른 손에는 도시락 통을 들고서 집으로 돌아오기 전에 일찌감치 섬으로 돌아가서 아이들을 데리고 떠날 작정이었다고.

피즈는 나를 바라보다가 무슨 말을 하려는지 입을 벌렸지. 하지만 다시 입을 닫고는 아무 말도 안 했어. 사실 그 사람이 굳이 말할 필요도 없었지. 얼굴에 답이 나와 있었으니까. 피즈나 아니면 다른 은행 사람이 당연히 조한테 전화했을 거야. 그것도 그 인간하고 통화가 될 때까지 계속 전화를 걸어 댔겠지. 왜냐고? 조가 가장이니까. 아무도 나한테 그 얘기를 알려 주지 않은 건 내가 그냥 마누라기 때문이고. 내가 돈에 대해 아는 게 뭐 있겠느냐고 생각했겠지.

무릎을 꿇고 앉아서 방바닥이나 욕조를 닦으면서 푼돈을 버는 것 말곤 아는 게 없다고 말이야. 만약 가장이 아이들 대학 학비를 전부 꺼내 가기로 했다면 틀림없이 그럴 만한 이유가 있는 거고, 설사 그런 이유가 없다 해도 그건 중요한 게 아니지. 그 사람이 가장이고 책임자니까. 마누라는 그냥 하찮은 여자일 뿐이야. 그 하찮은 여자가 책임져야 하는 건 방바닥이나 욕조 같은 거, 일요일 오후에 닭장에 밥을 넣어 주는 거, 그런 것뿐이야.

"뭔가 문제가 있다면, 부인, 대단히 죄송하지만……."

"죄송하단 말을 한 번만 더 하면 그 엉덩이를 발로 차서 꼽추로 만들어 버릴 거예요." 말은 이렇게 했지만 그 사람한테 무슨 일을 저지를 생각은 전혀 없었어. 그때 나는 맥주 깡통을 길 건너편으로 찰 힘도 없었으니까. "한 가지만 말해 주면 그냥 가 주죠. 그 인간이 그 돈을 써 버렸나요?"

"그걸 제가 어떻게 알겠습니까!" 그 사람이 아주 깜짝 놀란 것처럼 신경질적인 목소리로 말했어. 누가 봤으면, 내가 그 사람한테 그 사람 고추를 보여 주면 나도 내 걸 보여 주겠다고 말한 줄 알았을 거야.

"조는 평생 동안 이 은행하고 거래를 했어요. 그 인간이 마키아스나 콜럼비아 폴스로 가서 거기 은행에 그 돈을 넣었을지도 모르죠. 아냐, 안 그랬을 거예요. 멍청하고 게을러서 항상 하던 대로만 하는 인간이니까. 그래, 작은 항아리에다가 돈을 넣어서 어딘가 묻어 놓았거나, 다시 이 은행에 넣었을지도 몰라요. 내가 알고 싶은 게 바로 그거란 말이에요. 내 남편이 지난 몇 달 동안 여기서 새로 통장을 만들었는지, 어떤지."

그걸 반드시 알아내야만 할 것 같았어, 앤디. 그 인간이 날 속였다는 걸 안 것만으로도 구역질이 날 정도였는데, 그 인간이 그 돈을 흥청망청 써 버렸는지 어쨌는지 모르는 건······ 정말 죽을 것 같았어.

"만약 남편께서······ 그건 공개할 수 없는 정보입니다!" 피즈가 말했어. 누가 그 얼굴을 봤으면, 내가 그 사람한테 내 걸 만져 주면 나도 그 사람 고추를 만져 주겠다고 말한 줄 알았을 거야.

"그래, 내 그럴 줄 알았지. 지금 난 당신더러 규칙을 어기라고 하는 거예요. 당신이 그런 짓을 잘 안 하는 사람이라는 건 그냥 척 보기만 해도 알겠는데, 그게 당신 성격에 안 맞는 일이라는 걸 알겠는데, 하지만 그건 우리 애들 돈이에요, 피즈 씨. 그런데 그 인간이 거짓말을 하고 그 돈을 찾아갔단 말이에요. 그 인간 얘기가 거짓말이었다는 건 피즈 씨도 알잖아요. 바로 여기 당신 책상 위에 있는 장부에 증거가 있으니까. 이 은행이, 당신네 은행이 그 흔한 예의를 생각해서 나한테 전화만 한 통 해 줬다면 그런 거짓말은 통하지 않았을 거예요."

피즈가 헛기침을 하면서 말을 시작했어. "저희는 그렇게······."

"나도 알아요." 난 그 인간을 붙들고 마구 흔들어 대고 싶은 심정이었어. 하지만 그래 봤자 소용이 없다는 걸 알았지. 그런 사람한테는 그게 안 통한다는 걸. 게다가 우리 어머니는 파리를 더 많이 잡으려면 식초보단 꿀을 쓰라고 늘 말했어. 지금까지 내 경험상 그건 옳은 말이야.

"나도 알아요. 하지만 피즈 씨가 전화만 한 통 해 줬다면 내가 지금처럼 애통해할 일이 없었으리라는 걸 생각해 봐요. 그걸 조금이라도 보상하고 싶다면, 피즈 씨가 꼭 그래야 할 필요가 없다는 건 나도 알지만 혹시라도 보상을 하고 싶다면, 그 인간이 여기서 통장을 만들었는지, 아니면 내가 집에 가서 마당을 파헤쳐야 하는지 그것만 말해 줘요. 제발, 아무한테도 말하지 않을게요. 하느님의 이름에 대고 맹세해요."

피즈 씨는 초록색 종이를 손가락으로 톡톡 두드리면서 나를 바라봤어. 손톱이 전부 깨끗해서 전문가한테 손톱 손질을 받은 사람 같았어. 아마 실제로 그러지는 않았을 것 같기는 했지만. 어쨌든, 지금 이건 1962년에 존스포트에서 일어난 일이니까. 그 사람 마누라가 해 줬겠지. 그 깔끔한 손톱이 종이에 닿을 때마다 톡톡 소리가 났어. 저 사람은 나를 위해 아무 조치도 취해 주지 않을 거다, 저런 사람이 그럴 리가 없다, 이런 생각이 들었어. 그 사람이 섬 사람들 문제에 신경이나 쓰겠어? 그저 자기 자리를 잘 지키는 거나 신경 쓰겠지.

그래서 그 사람이 입을 열었을 때, 남자들에 대해서, 아니 그 사람에 대해서 그런 생각을 한 게 부끄럽더라고.

"부인께서 여기 앉아 계시는 상황에서 그런 정보를 확인해 볼 수는 없습니다, 세인트 조지 부인. 채티 부이에 가셔서 도넛하고 뜨거운 커피를 좀 드시는 게 어떻겠습니까? 아무래도 뭘 좀 드셔야 할 것 같은데요. 15분 후에 제가 그리로 가겠습니다. 아니, 30분으로 하는 게 좋겠군요."

"고마워요. 정말 고마워요."

그 사람은 한숨을 쉬면서 서류들을 다시 정리하기 시작했어. "내가 미쳤지." 이렇게 말하면서 좀 신경질적인 웃음을 터뜨리더라고.

"아뇨. 피즈 씨는 지금 의지할 사람 하나 없는 여자를 도와주고 계신 거예요. 그뿐이에요."

"여자들이 곤경에 빠진 걸 보면 저는 항상 마음이 약해집니다. 30분만 기다리세요. 어쩌면 좀 더 길어질지도 모르겠습니다."

"그래도 오긴 올 거죠?"

"예, 가겠습니다."

그 사람은 정말로 왔어. 30분이 아니라 45분이 다 돼서 나타나긴 했지만. 그 사람이 부이에 나타날 때쯤 나는 그 사람이 궁지에 몰린 나를 그냥 내팽개칠 작정이라고 꽤 의심을 하고 있었지. 그러다가 그 사람이 마침내 나타난 걸 보고 아, 나쁜 소식을 갖고 왔구나, 그런 생각이 들었어. 얼굴 표정이 그런 것 같았거든.

그 사람은 잠시 문간에 서서 안을 둘러보면서 은행에서 그렇게 소란을 피운 나랑 자기가 같이 있는 모습을 들키면 문제가 될 만한 사람이 없는지 확인했어. 그러고는 내가 앉아 있는 구석 자리로 와서 살짝 내 앞자리에 앉더니 이렇게 말했어. "아직 은행에 있습니다. 어쨌든 대부분이 남아 있어요. 3000달러가 조금 못 됩니다."

"세상에!"

"하지만 나쁜 소식도 있습니다. 그 새 통장이 남편의 이름으로만 되어 있다는 겁니다."

"당연히 그렇겠죠. 통장을 내밀면서 나더러 서명하라고 한 적이 없으니까. 그랬다면 그 인간이 무슨 짓거리를 하고 있는지 내가 눈치챘겠죠, 안 그래요?"

"그래도 모르는 여자들이 많습니다." 그 사람은 헛기침을 하면서 넥타이를 한번 잡아당기더니 출입문 위에 달린 종이 울리는 소리를 듣고 새로 들어오는 사람이 누군지 재빨리 살펴봤어. "뭐든 남편이 내놓는 서류에 그냥 서명해 버리는 여자들이 많습니다."

"난 그런 여자가 아니에요."

"그런 것 같군요." 그 사람이 조금은 인정머리 없는 목소리로 말했지. "어쨌든 부인의 부탁을 들어 드렸으니 이제 은행으로 돌아가야겠습니다. 부인과 차라도 한잔하면 좋겠지만 시간이 없어서요."

"글쎄요, 차를 마시고 싶다는 건 진심이 아닌 것 같은데요."

"솔직히 말해서 그렇습니다." 그 사람은 말은 이렇게 하면서도 악수를 하자는 것처럼 손을 내밀었어. 마치 남자를 대하는 것처럼 말이야. 조금 칭찬을 받은 것 같은 기분이었지. 난 그 사람이 사라질 때까지 그 자리에 앉아 있었어. 여자애 하나가 와서 금방 뽑은 커피를 더 마시겠느냐고 하기에 아니 괜찮다, 이미 한 잔 마신 것 때문에 속이 쓰리다, 그랬어. 속이 쓰린 건 사실이었지만 커피 때문에 그런 건 아니었는데.

아무리 우울한 상황에서도 사람은 항상 뭔가 감사할 일을 찾아낼 수 있는 법이지. 배를 타고 돌아가면서 나는 적어도 아직 짐을 싸지 않았다는 사실에 감사했어. 도로 짐을 풀지 않아도 되니까 말이야. 셀리나한테 아직 말을 하지 않은 것도 다행이다 싶었지. 원래 말을 하려고 했는데 그 애가 이 비밀을 감당하지 못하고 친구한테 말하면 어떡하나, 그래서 조한테 말이 새어 나가면 어떡하나, 그런 생각이 들더라고. 어쩌면 그 애가 떠나지 않겠다고 고집을 부릴 것 같기도 했고. 조가 가까이 올 때마다 그 애가 움찔거리면서 물러나는 걸 보면 그럴 것 같지는 않았지만, 10대 여자아이들이 어떤 행동을 할지는 도무지 알 수 없으니까. 정말 알 수가 없어.

그래서 감사할 일을 몇 가지 찾아내기는 했지만, 이제 어떻게 해야 할지 정말 막막한 거야. 조하고 내가 공동 명의로 갖고 있는 통장에서 돈을 찾을 수도 있겠지. 그런데 그 안에 있는 돈이라고 해 봐야 겨우 46달러나 되나. 가계수표 통장은 그보다 더하고. 이미 마이너스로 내려갔거나, 내려가기 직전이었을 거야. 그렇다고 아이들을 데리고 무작정 떠날 수는 없었어. 그럴 생각은 절대 없었어. 내가 그런다면 조는 순전히 분풀이로 그 돈을 써 버릴 테니까. 틀림없이. 피즈 씨 말대로라면 그 인간이 이미 300달러 넘게 찾아간 것 같은데……. 그럼 이제 3000달러쯤 남았을까? 그중에서 내가 모은 게 적어도 2500달러는 됐어. 여름 내내 그 망할 놈의 베라 도너번네 집에서 마룻바닥을 문지르고, 창문을 닦고, 빨래집게 네 개가 아니라 여섯 개로 침대보를 널면서 번 돈. 여름에는 겨울만큼 힘들지 않았지만, 그래도 공원에서 산책이나 하는 것하고는 다르지. 완전히 달라.

그래도 애들하고 같이 떠나야 된다, 내 마음은 이미 그렇게 정해져 있었어. 하지만 빈털터리로 떠나는 건 안 될 일이지. 난 내 아이들한테 반드시 돈을 돌려주고 말겠다고 마음을 먹었어. 프린세스 호의 앞 갑판에 서서 신선한 바닷바람에 머리카락을 휘날리면서 섬으로 돌아가는 길에 그 인간한테서 반드시 돈을 되찾고야 말겠다고 결심을 한 거야. 문제는, 그걸 어떻게 하면 되찾을 수 있을까.
어쨌든 집에서는 아무것도 변한 게 없는 것처럼 그냥 그렇게 살았어. 사실 이 섬에서 뭐가 많이 변하는 일은 절대 없지 뭐……. 겉만 보면 그렇단 얘기야. 하지만 사람살이는 겉으로 보이는 게 다가 아냐. 그보다 훨씬 더 많은 일들이 있다고. 그해 가을에 적어도 나한테는 속에서 일어나는 일들이 겉하고는 완전히 다른 것 같았어. 내가 세상을 보는 눈이 변한 거, 아마 그게 제일 큰 이유였을 거야. 내 안에 새로 생긴 눈만 얘기하는 게 아냐. 핼러윈도 지나고 추수감사절도 지났을 무렵에는 내 원래 두 눈으로도 볼 걸 다 보고 있었으니까.
예를 들면, 셀리나가 잠옷을 입고 있을 때 조가 돼지처럼 욕심이 뚝뚝 떨어지는 눈으로 그 애를 바라보는 거, 그 애가 개수대 밑에서 행주를 꺼내려고 허리를 구부릴 때 그 애 엉덩이를 바라보는 그 인간의 눈초리, 그 인간이 의자에 앉아 있고 그 애가 자기 방에 가려고 거실을 가로지를 때 그 인간한테서 거리가 먼 쪽으로 돌아가는 거, 저녁 식사 때 그 인간한테 접시를 주면서 그 애가 손이 닿지 않으려고 애쓰는 거. 너무나 치욕스럽고 안쓰러워서 가슴이 아팠지만, 한편으로는 너무 화가 나서 며칠 동안 속이 메스꺼울 정도였어. 그 인간은 이 애의 '아버지'란 말이야. 그 인간의 피가 그 애 핏줄 속을 흐르고, 그 애의 아일랜드인다운 검은 머리나 손가락도 그 인간을 닮은 건데, 그런데 그 인간은 그 애 브래지어 끈이 어깨 아래로 흘러내리기만 해도 눈이 똥그래지다니.

나는 조 주니어도 그 인간하고 거리가 먼 쪽으로 돌아다니는 걸 알고 있었어. 그리고 조가 뭘 물어봤을 때 대답을 안 해도 괜찮을 것 같으면 아예 대답을 안 하고, 어쩔 수 없을 때는 투덜거리는 것처럼 대답한다는 것도. 조 주니어가 루스벨트 대통령에 대한 학교 숙제를 선생님한테 돌려받아서 나한테 갖고 왔던 날이 지금도 기억나. 선생님은 그 숙제 점수를 A+로 매기고는, 자기가 20년 동안 교편을 잡으면서 역사 숙제에 A+를 준 건 처음이라는 얘기를 맨 앞장에 써 놨더라고. 신문에 기고해도 좋을 정도로 훌륭한 글이라면서 말이야. 나는 조 주니어한테 엘스워스의 《아메리칸》이나 바하버의 《타임스》에 그 글을 보내 보라고 했어. 우표 값쯤은 엄마가 얼마든지 주겠다고 했지. 근데 그 애가 대뜸 고개를 저으면서 웃음을 터뜨리는데, 그 웃음이 영 마음에 걸려. 지 아버지처럼 거칠고 비뚤어진 웃음이라서.

"그래서 앞으로 6개월 동안 그 인간한테 시달리라고요? 싫어요, 사양할래요. 아빠가 루스벨트를 프랭클린 D. 시니벨트*라고 부르는 거 못 들었어요?"

지금도 그때 그 애 모습이 눈에 선해, 앤디. 겨우 열두 살밖에 안 됐지만 키는 거의 180이나 되는 애가 주머니에 손을 깊이 찔러 넣고 집 뒷문 현관에 서서 A+라고 표시된 숙제를 들고 있는 나를 내려다보고 있었어. 그 애가 아주 살짝 웃는 둥 마는 둥한 표정을 지었던 것도 기억나. 착하지도 않고, 기분이 좋은 것도 아니고, 행복하지도 않은 표정. 꼭 지 아버지가 살짝 웃을 때 표정 그대로였어.

---

* sheeny는 유대인을 천하게 부르는 말이다.

비록 그 애한테는 절대 그런 얘기를 할 수 없었지만.

"아빠는 모든 대통령들 중에서도 루스벨트를 제일 미워해요. 그래서 내가 그 사람을 골라서 숙제를 한 거예요. 이제 돌려주세요. 난로에다 태워 버리게."

"아냐, 안 돼. 이걸 나한테서 뺏어 가기만 해 봐. 엄마한테 맞아서 현관 난간을 넘어 마당으로 떨어지는 기분이 어떤 건지 가르쳐 줄 테니깐."

그 애는 어깨를 으쓱했어. 그것도 조하고 똑같았지. 하지만 그 애 미소가 점점 커지더니 그 애 아버지한테서는 평생 한 번도 본 적 없는 예쁜 표정으로 변했어. "좋아요. 하지만 절대 아빠가 못 보게 하세요, 알았죠?"

내가 그러겠다고 하니까 그 애는 제 친구 랜디 지게어하고 농구를 하겠다면서 달려 나갔지. 나는 그 애의 숙제를 손에 들고 그 애가 가는 걸 지켜보면서 방금 우리가 나눈 얘기를 생각해 봤어. 그 애 선생님이 교직 생활 20년 동안 오로지 그 애한테만 A+를 줬다는 거, 그리고 그 애가 지 아버지가 제일 미워하는 대통령을 골라서 숙제를 했기 때문에 그런 점수를 받았다는 거, 그걸 제일 많이 생각했지.

막내 피트도 문제였어. 그 애는 항상 아랫입술을 쭉 내밀고 엉덩이를 흔들어 대면서 잘난 척 으스대고 다녔어. 게다가 사람들을 유대인 새끼라고 부르는가 하면, 일주일에 세 번은 문제를 일으켜서 방과 후에도 학교에 붙들려 있는 거야. 내가 그 애를 데리러 간 적도 한 번 있었으니까. 피트가 싸움을 하다가 어떤 애 옆머리를 세게 후려치는 바람에 그 애 귀에서 피가 났거든. 그런데 그날 밤에 그 애 아빠가 뭐라고 했는 줄 알아?

"다음에 네년이 데리러 오는 걸 보면, 이 애가 어떻게 해서든 네년한테서 도망치고 말걸. 그렇지, 피티?"

조가 이러니까 애 눈이 반짝반짝하는 거야. 조는 한 시간쯤 후에 그 애를 아주 다정하게 안고 침대로 데려다 눕혔지. 어쨌든 그해 가을에는 내 눈에 안 보이는 게 없었어. 내가 제일 보고 싶어 하는 거 한 가지만 빼고……. 내가 보고 싶은 건 그 인간한테서 벗어나는 방법이었는데.

근데 누가 나한테 그 방법을 가르쳐 줬는지 알아? 베라야. 그래, 베라 도너번. 내가 무슨 짓을 저질렀는지 진짜로 아는 사람은 그 여편네밖에 없었어. 적어도 지금까지는. 그리고 나한테 좋은 방법을 가르쳐 준 것도 바로 그 여편네였고.

1950년대 내내 도너번 일가는 저 여름 별장 사람들 중에서도 진국이었어. 뭐, 어쨌든 베라하고 그 집 애들은 그랬지. 매년 전몰장병 기념일이 들어 있는 주말에 와서 여름 내내 섬에 있다가 노동절이 들어 있는 주말에 볼티모어로 돌아갔거든. 그 사람들 행동을 보고 시간을 맞힐 수는 없어도, 계절은 틀림없이 맞힐 수 있을 정도였어. 그 사람들이 떠나고 나면 나는 수요일에 청소할 사람들을 데리고 가서 샅샅이 물청소를 했지. 그리고 침대보를 벗기고, 가구에 덮개를 씌우고, 아이들이 흘리고 간 장난감을 정리하고, 그림 맞추기 퍼즐을 지하실에 갖다 뒀지. 그 집 남편이 죽은 1960년에 거기 지하실에 상자들 사이에서 곰팡내를 풀풀 풍기던 퍼즐이 300개도 넘었을 거야. 내가 그렇게 집을 샅샅이 청소한 건 다음 해 전몰장병 기념일까지 그 집에 올 사람이 아무도 없었기 때문이야.

물론 몇 번 예외가 있기는 했지. 피트가 태어나던 해만 해도 그 집 식구들이 추수감사절을 여기서 보냈으니까.(그 집에는 완전히 방한 장치가 되어 있었는데, 우리가 보기에는 그게 얼마나 웃기던지. 하지만 뭐 여름 별장 사람들은 원래 웃기는 사람들이니까.) 그리고 몇 년 뒤에도 크리스마스 때 여기 온 적이 있어. 크리스마스 날 오후에 도너번네 애들이 셀리나하고 조 주니어를 데리고 썰매를 타러 갔던 기억이 나. 그때 셀리나는 선라이즈 힐에서 세 시간을 놀다가 사과처럼 뺨이 빨갛게 돼서는 다이아몬드처럼 눈을 반짝이며 집으로 돌아왔어. 그때 그 애 나이가 고작 여덟 살이나 아홉 살이었을 거야. 하지만 아무리 나이가 어렸어도 도널드 도너번한테 아주 홀딱 반한 눈치더라고.

어쨌든 그 집 식구들은 추수감사절 한 번, 크리스마스 한 번을 이 섬에서 보냈어. 그게 전부야. 그 사람들은 여름 별장 사람들이었으니까……. 아니 적어도 마이클 도너번하고 그 집 애들은 그랬으니까. 베라는 아주 먼 데서 온 사람이지만 알고 보니 결국 나만큼이나 섬 여자였어. 어쩌면 나보다 더했는지도 모르고.

1961년도 별로 다를 게 없었어. 그 여편네 남편이 그 전해에 자동차 사고로 죽었는데도 그 여편네하고 애들은 변함없이 전몰장병 기념일에 별장에 나타났고, 베라는 뜨개질을 하면서 그림 맞추기 퍼즐도 하고, 조개껍질도 모으고, 담배도 피우고, 5시에 시작해서 9시 30분쯤에 끝나는 베라 도너번 식 칵테일 파티도 하고 그랬지. 하지만 모든 게 옛날하고 전부 똑같았던 건 아냐. 나도 그걸 알 겠더라고. 게다가 그 집에 일을 하러 오는 사람도 나밖에 없었어. 아이들은 축 처져서 말이 없는 게, 아마도 아빠가 보고 싶은 모양 이었어. 근데 독립기념일이 지나고 얼마 안 돼서 그 집 식구 셋이 하 버사이드에서 식사를 하다가 대판 싸움이 벌어졌어. 그때 그 식당 에서 급사로 일하던 지미 다윗 말로는 자동차가 어쩌고저쩌고하 면서 싸움을 벌였다대.

하여튼 뭣 때문에 싸움을 벌였는지는 몰라도, 그 집 애들은 그다 음 날 섬을 떠났어. 그 외국 놈이 도너번네가 갖고 있는 커다란 모 터보트로 애들을 육지로 데려다 줬지. 근데 걔들이 거기서 다른 하 녀를 구했는지, 그 후로는 걔들을 전혀 못 봤어. 베라는 그냥 여기 남았어. 누가 봐도 힘들어하는 게 역력한데도 여길 안 떠나더라고. 그해 여름에는 그 여편네랑 같이 있는 게 영 힘들었어. 노동절까지 그 여편네가 임시 하녀를 불렀다가 그냥 해고해 버린 게 대여섯 번은 될 거야. 나는 그 여편네가 탄 프린세스호가 부두를 떠나는 걸 보면서 내년 여름에는 저 여자를 못 보겠구나 했어. 아냐, 아예 그전에 다시 올지도 모르지. 그렇게 일찍 오게 되면 애들하고 같이 울타리를 수리할 거야. 저 여편네가 가진 거라곤 이제 이것밖에 없 으니까 그럴 수밖에 없을걸. 그러다가 애들이 리틀톨에 싫증을 내 면 저 여편네도 할 수 없이 애들을 따라서 어디 다른 데로 가겠지. 어쨌든 이제는 애들의 시대니까. 저 여편네도 그걸 인정할 수밖에 없을걸.

하지만 그때 나는 베라 도너번을 몰라도 너무 몰랐어. 그 여편네는 자기 마음이 내키지 않으면 절대 뭘 인정하는 사람이 아냐. 그 여편네는 1962년 전몰장병 기념일 오후에 혼자 배를 타고 나타나서 노동절까지 내내 이곳에 있었어. 달랑 혼자 그렇게 와서는 나나 다른 사람들한테 좋은 말 한마디 안 해 주고 줄창 술을 퍼마시더라고. 그래서 그런지 꼭 사신(死神) 할머니처럼 보이는 날이 많았어. 하지만 그러면서도 그 여편네는 여기 계속 있으면서 옛날처럼 퍼즐도 하고 혼자서 해변으로 내려가서 조개껍질도 모으고 그랬어. 한번은 도널드하고 헬가가 파인우드에서 8월 한 달 동안 여기 와 있을 것 같다고 그러데.(파인우드는 그 집 식구들이 항상 집이라고 부르던 그 별장을 말하는 거야. 앤디 자네는 아마 알겠지만, 낸시는 모르겠지.) 하지만 걔들은 끝까지 안 왔어.

그 여편네가 노동절이 지난 후에도 정기적으로 여기 나타나기 시작한 게 바로 1962년이야. 그 여편네가 10월 중순에 전화를 걸어서 집을 열어 두라고 하기에 그렇게 했더니 여기 사흘 동안 있다가 갔어.(그 외국 놈도 같이 와서 차고 위에 있는 방에서 잤지.) 근데 떠나기 전에 나한테 전화를 걸어서 하는 말이, 더기 태퍼트를 시켜서 난로를 좀 살펴보고 먼지 덮개를 벗겨 놓으라는 거야. "이제 우리 남편 일이 다 해결됐으니까 날 더 자주 보게 될 거야. 아마 지겨울 정도로 보게 될걸, 돌로레스. 어쩌면 우리 애들도 보게 될지 모르고." 여편네가 말은 이렇게 하는데, 목소리를 보아하니, 애들 얘기는 그냥 희망 사항일 뿐이라는 걸 그 여편네도 아는 눈치야. 그때부터 벌써 그 여편네도 그걸 알고 있었던 거야.

그 여편네는 11월 말, 그러니까 추수감사절 일주일 후에 다시 와서 곧장 나를 불러들였어. 청소도 하고 침대도 정리하라고. 그 집 애들은 당연히 같이 안 왔지. 방학 때도 아니었는데 뭐. 근데 그 여편네 말이, 애들이 학교 기숙사에서 주말을 보내느니 여기서 엄마 하고 같이 있는 게 좋겠다고 막판에 마음이 변할지도 모른다는 거야. 그럴 리가 없다는 걸 알면서도 그 여편네는 어려서 걸스카우트 교육을 얼마나 철저하게 받았는지 유비무환을 아주 철석같이 믿는 사람이었어.

나는 당장 그 집으로 달려갔어. 마침 이 섬에서 나 같은 일을 하는 사람들이 한가할 때였으니까. 차가운 비를 맞으면서 고개를 푹 숙인 채 비탈길을 터벅터벅 올라가는데 속에서 열불이 나더라고. 애들 돈이 사라진 걸 안 후로는 항상 그랬으니까. 내가 은행에 갔던 게 거의 한 달 전인데, 그때부터 계속 복장이 터지는 거야.

밥도 제대로 못 먹고, 잠을 잤다 하면 나쁜 꿈을 꾸니까 꼭 세 시간도 안 돼서 깨고 그랬지. 속옷 갈아입는 것도 깜박깜박할 정도로 정신이 없었으니까. 조가 셀리나를 노린다는 생각이며, 그 인간이 은행에서 몰래 빼낸 돈이며, 그걸 어떻게 돌려받아야 하나, 그런 생각들이 항시 머리에서 떠나질 않는 거야. 어떻게든 해결책을 찾아내려면 그런 생각들을 한동안 안 해야 된다는 건 아는데(그렇게 잊어버리고 지내다 보면 해결책이 저절로 생각날지도 모르잖아.), 그게 도저히 안 돼. 잠깐 딴생각을 하다가도 금방 또 그 생각이 나더라고. 그냥 미친년처럼 한쪽 방향으로만 계속 달려가고 있었던 거지. 그래서 결국 우리 집에서 일어난 일을 베라한테 털어놓게 된 것 같아. 그 여편네한테 그 얘기를 할 생각은 진짜 없었어. 그 여편네가 남편이 죽고 나서 5월에 여기 나타난 후로 발에 가시가 박힌 암사자처럼 얼마나 못되게 굴었는데. 게다가 온 세상 사람들이 다 자기를 못살게 굴고 있는 것처럼 구는 여자한테 내 속을 다 털어놓고 싶지도 않았고. 근데 그날 일하러 가 보니 여편네 기분이 조금 나아져 있더라고.

그 여편네는 《보스턴 글로브》 1면에서 오린 기사를 부엌 식료품실 문 옆에 있는 코르크판에 붙이고 있었어. 그러면서 이러는 거야. "이걸 좀 봐, 돌로레스. 운이 좋아서 내년 여름에 날씨가 괜찮다면 아주 놀라운 걸 보게 될 거야."

이렇게 세월이 많이 흘렀는데도 그 기사 제목이 지금도 생생해. 그걸 읽었을 때, 내 안에서 뭐가 요동치는 것 같았거든. '내년 여름에 뉴잉글랜드 북부에 개기 일식', 이게 그 기사 제목이야. 그리고 기사 옆에 작은 지도가 딸려 있어서 메인주 어느 지역이 일식 범위에 들어가는지 알게 해 놨더라고. 근데 베라가 이미 리틀톨 위에다가 빨간색으로 표시를 해 놨어.

"다음 개기 일식은 다음 세기 말이나 돼야 있을 거야. 돌로레스, 우리 증손자들은 그걸 볼 수 있을지 몰라도 우린…… 그러니까 이번 걸 제대로 봐 둬야 해!"

"그날은 십중팔구 비가 억수같이 쏟아질걸요." 제대로 생각도 안 해 보고 그냥 아무렇게나 말한 거야. 그러고 나서 베라가 남편이 죽은 후로 항상 기분이 안 좋았으니까 나한테 뭐라고 쏘아붙일 줄 알았어. 근데 그 여편네가 그냥 웃기만 하더니 콧노래를 부르면서 2층으로 올라가는 거야, 글쎄. 저 여자 기분이 완전히 바뀐 모양이

다 싶었지. 것도 그 여편네가 그냥 콧노래만 부른 것도 아니고, 술도 안 마신 것 같더라고.

두 시간쯤 후에 나는 그 여편네 방에서 침대보를 갈고 있었어. 그 여편네가 말년에 혼자서는 아무것도 못 하는 신세가 돼서 그냥 누워 있기만 했던 그 방 말이야. 여편네는 창가에 있는 의자에 앉아서 계속 콧노래를 흥얼거리면서 뜨개질을 하고 있었고, 난로에는 불이 켜져 있었지만, 아직 열기가 다 퍼지지는 않은 상태였지. 집이 하도 커서 방한 장치가 있든 없든 원래 한참이 걸려야 겨우 따뜻해지니까. 여편네는 어깨에 분홍색 숄을 두르고 있었어. 서쪽에서 바람이 세게 불어오는 바람에 창에 빗줄기 부딪히는 소리가 무슨 모래를 던지는 소리 같더라고. 밖을 내다보니 차고 쪽에 불빛이 보여. 그 외국 놈이 융단 속에 들어간 벌레처럼 작은 방에 편안히 들어가 있다는 얘기였지.

나는 모처럼 조나 애들 문제를 잊어버리고 침대보 끝을 침대 밑으로 끼워 넣고 있었는데(베라 도너번은 끈을 끼우게 돼 있는 침대보를 절대 안 썼어. 절대로. 그러면 일하는 사람이 너무 편해지니까.) 갑자기 아랫입술이 벌벌 떨리기 시작했어. '그만해, 당장 그만해.' 속으로 아무리 이렇게 중얼거려도 도저히 어떻게 해 볼 수가 없는 거야. 그러더니 윗입술까지 떨리기 시작하더라고. 눈 깜짝할 사이에 눈물이 그렁그렁해져 가지고 다리에 힘이 풀려서 그냥 침대에 주저앉아 울음을 터뜨렸어.

안 돼, 안 돼.

조금이라도 입을 열면 결국 죄다 털어놓고 말 거야. 사실 그때

나는 그냥 살짝 운 게 아니라 앞치마로 얼굴을 덮고 아예 통곡을 했어. 몸은 지쳤지, 머리는 혼란스럽지, 아무리 생각해도 길은 안 보이지, 한 달이 넘도록 잠도 못 잤지, 게다가 앞으로 어떻게 살아가야 할지 그저 막막하기만 한 게…… 그뿐이야? 혹시 내 생각이 틀린 건 아닌가, 내가 조하고 애들 생각을 너무 많이 해서 그런 게 아닌가, 이런 생각이 계속 드는데……. 당연히 난 그때 허구한 날 조하고 애들 생각만 하고 있었지. 하도 그 생각에만 빠져서 다른 생각을 전혀 할 수 없을 정도였으니까. 내가 그렇게 통곡을 한 것도 그 생각 때문이고.

내가 얼마나 그렇게 울었는지는 모르겠어. 하지만 겨우 울음을 그치고 보니 얼굴은 온통 콧물투성이고 코는 꽉 막혀서 달리기 시합을 한 사람처럼 숨이 찼다는 건 지금도 확실히 기억나. 게다가 무서워서 앞치마를 내릴 수 없었던 것도. 내가 앞치마를 내리면 베라가 '대단한 공연이었어, 돌로레스. 마지막 월급은 금요일에 와서 받아 가. 케노펜스키가 봉투를 줄 거야.'(케노펜스키는 그 외국 놈 이름이었어, 앤디. 이제야 그 이름이 생각나네.), 이럴 것 같았거든. 그 여편네는 그러고도 남을 사람이니까. 그 여편네야 원래 뭐든 자기 마음대로 하는 사람이잖아. 그때는 베라 머릿속이 옥수수죽처럼 변해버리기 전인데도 그 여편네가 무슨 짓을 할지 도저히 미리 알 수가 없었어.

내가 간신히 앞치마를 내리고 보니까 베라는 창가 의자에 앉아서 뜨개질 거리를 무릎에 내려놓고 생전 처음 보는 재미있는 벌레를 보는 것처럼 날 쳐다보고 있더라고. 빗물이 창을 따라 흘러내리고 있었기 때문에 그 여편네 뺨하고 이마에 줄무늬처럼 그 그림자가 비쳤어.

"돌로레스, 멍청하게도 같이 살고 있는 그 비열한 인간한테 또 당한 건 아니겠지?"

잠깐 동안 나는 그 여편네가 무슨 얘길 하는 건지 알 수가 없었어. 그 여편네가 '당했다'는 말을 했을 때 조가 날 장작개비로 때리고 나도 크림 그릇으로 그 인간을 때렸던 그날 밤이 퍼뜩 생각나데. 그제야 뭔지 알 것 같아서 내가 킥킥 웃기 시작했지. 잠깐 동안이지만 아까 그렇게 정신없이 운 것처럼 이번에는 정신없이 웃었어. 울음을 그칠 수 없었던 것처럼 웃음도 도저히 그칠 수가 없더라고. 너무 끔찍해서. 조 때문에 또 임신한다는 건 정말이지 최악 중의 최악이었으니까. 우리가 애를 만드는 짓을 더 이상 안 한다고 해도 그 생각은 변함이 없었어. 하지만 내가 웃는 이유를 알았는데도 도저히 웃음을 그칠 수가 없는 거야.

베라는 잠시 나를 바라보더니 무릎에서 뜨개질 거리를 집어 들고 아주 차분하게 다시 뜨개질을 시작했어. 것도 콧노래까지 다시 부르면서. 가정부가 다 정리되지도 않은 침대에 앉아서 달밤의 송아지처럼 소란을 피우는 게 세상에서 제일 자연스러운 일인 것처럼. 만약 그 여편네가 정말로 그렇게 생각하는 사람이라면, 볼티모어 집의 가정부도 상당히 괴상한 사람이었을 거야.

조금 시간이 지나니까 웃음이 다시 울음으로 바뀌었어. 겨울에 비가 내리다가 눈으로 바뀌는 것처럼 말이야. 그러다가 결국 웃음도 울음도 다 그치고 그냥 침대에 멍하니 앉아 있었지. 피곤하기도 하고 창피하기도 하고…… 근데 왠지 속이 개운해진 것 같더라고.

"죄송합니다, 도너번 부인. 정말 죄송해요."

"베라라고 불러."

"예?"

"베라라고 부르라고. 내 침대에서 히스테리를 부린 여자들은 전부 그다음부터는 내 성이 아니라 이름을 불러야 돼."

"제가 왜 그랬는지 모르겠어요."

"아, 내가 보기엔 아는 것 같은데. 가서 좀 씻고 와, 돌로레스. 시금치 죽 그릇에 얼굴을 담갔다가 꺼낸 사람 같으니까. 내 욕실을 써도 좋아."

나는 얼굴을 씻으러 가서 욕실에 한참 있었어. 사실 말이지, 다시 밖으로 나갈려니 좀 무섭더라고. 그 여편네가 나더러 도너번 부인이라고 하지 말고 베라라고 부르라고 했을 때, 해고당할 걱정이 없다는 건 이미 알았어. 이따 쫓아낼 사람한테 그럴 리가 없잖아. 근데 그 여편네가 정말 무슨 꿍꿍이를 꾸미고 있는 건지 그걸 모르겠는 거야. 그 여편네는 가끔 진짜 잔인하거든. 지금까지 내가 이만큼 얘길 했는데도 자네들이 그걸 모른다면 난 완전히 시간 낭비한 거지. 그 여편네는 언제 어디서나 마음 내키는 대로 사람을 쿡쿡 찔러 댔어. 것도 대개 아주 심하게.

"그 안에서 물에 빠져 죽은 거야, 돌로레스?" 그 여편네가 이렇게 소리를 지르는데 그 안에서 더 이상 꾸물거릴 수가 없더라고. 그래서 수도를 잠그고 얼굴을 닦고 침실로 다시 나갔어. 그러고는 곧장 또 미안하다고 했는데 여편네가 그만하라면서 손사래를 치는 거야. 여전히 생전 처음 보는 벌레처럼 나를 보면서.

"돌로레스, 당신 때문에 놀라서 죽는 줄 알았어. 그렇게 오래 같이 있었어도 당신도 울 수 있는 줄은 몰랐는데. 돌로 만들어진 사람인 줄 알았어."

나는 요즘 제대로 쉬지를 못해서 그랬다고 중얼거렸어.

"제대로 쉬지 못했다는 건 그냥 봐도 알아. 눈 밑에 루이비통 가방 같은 자국이 쌍으로 나 있고, 손도 벌벌 떨리고 있으니까 말이야."

"제 눈 밑에 뭐가 있다고요?"

"아, 별것 아냐. 무슨 일인지나 말해 봐. 내가 생각할 수 있는 거라곤, 오븐 속의 빵 때문에 그렇게 갑자기 발작을 일으킨 건가 하는 것뿐인데, 아이고 정말 생각나는 게 그것밖에 없군그래. 그러니까 얘길 해 보라고, 돌로레스."

"못 해요." 근데 내가 이 말을 하는 순간 그동안 일어났던 모든 일들이 또 나를 두들겨 댈 것 같은 거야. 옛날에 우리 아버지가 갖고 있던 낡은 포드 자동차의 크랭크처럼 말이야. 조심하지 않으면 금방이라도 그 여편네 침대에 또 주저앉아서 앞치마로 얼굴을 덮어 버릴 것 같았어.

"할 수 있어. 그리고 해야 돼. 하루 종일 머리가 띵할 정도로 울기만 할 수는 없잖아. 그랬다간 두통이 생길 거고, 그러면 아스피린을 먹어야 할 테니까 말이야. 난 아스피린이 정말 싫어. 아스피린을 먹으면 위벽이 쓰리다고."

나는 침대 가장자리에 앉아서 그 여편네를 쳐다봤어. 그리고 아무 생각 없이 그냥 입을 열었는데 글쎄 내 입에서 이런 말이 튀어

나오는 거야.

"우리 남편이 우리 딸 몸을 망치려고 해요. 그래서 애들을 데리고 도망치려고 애들 대학 학비로 모은 돈을 찾으러 은행에 갔는데, 그 인간이 그걸 모조리 채간 거예요. 나도 돌로 만든 인간이 아니에요. 전혀 돌 같은 사람이 아니라고요."

난 다시 울기 시작했어. 그렇게 한참을 울었지만 아까처럼 심하게 운 것도 아니고, 앞치마에 얼굴을 숨겨야겠다는 생각도 안 들데. 울음이 잦아져서 내가 코를 훌쩍이고 있자니 여편네가 그 얘기를 다 해 달라는 거야. 처음부터 끝까지 하나도 빼지 말고.

그래서 얘기해 줬어. 내가 누구 다른 사람한테 그 얘기를 할 수 있을 거라고는 꿈에도 생각 못 했는데, 그것도 하필 상대가 베라 도너번이라니. 돈도 있고, 볼티모어에 집도 있고, 애완동물처럼 데리고 다니는 외국 놈도 있는 여자한테. 그 여편네가 자동차에 광이 나 내라고 그 외국 놈을 데리고 있는 건 아니잖아. 그런데도 그 여편네한테 그 얘길 다 털어놓은 거야. 게다가 말을 한마디 할 때마다 내 가슴을 짓누르던 게 점점 가벼워지는 것 같더라고.

"그래서 이제 이러지도 저러지도 못해요. 그 개자식을 어떻게 해야 할지 모르겠어요. 애들하고 짐을 꾸려서 육지로 가기만 하면 어딘가에서 일자리를 잡을 수 있을 것 같은데. 힘든 일을 무서워한 적은 한 번도 없으니까요. 근데 문제는 그게 아니에요."

"그럼 문제가 뭔데?"

그 여편네가 물었어. 여편네가 뜨고 있던 스웨터가 거의 완성되어 있었지. 그 여편네만큼 손이 빠른 사람은 본 적이 드물어.

"그 인간은 우리 딸애를 강간하는 것만 빼고 온갖 짓을 다 했어요. 우리 애는 너무 겁에 질려서 어쩌면 죽을 때까지 그 일을 못 잊을지도 몰라요. 근데 그 인간은 그런 나쁜 짓을 해 놓고도 거의 3000달러나 되는 돈을 가져갔다고요. 그러니 그 인간을 가만 내버려둘 수가 없어요. 그게 그 빌어먹을 문제라고요."

"그래?" 그 여편네 목소리가 유난히 부드러웠어. 뜨개바늘은 계속 찰각찰각 소리를 내고, 빗줄기는 창틀을 타고 흘러내리면서 여편네 뺨하고 이마에 검은 핏줄처럼 구불구불한 그림자를 그렸지. 그걸 보고 있자니 옛날에 할머니가 해 준 얘기가 생각났어. 별들 속에 세 자매가 살면서 우리 인생을 뜨개질하고 있다는 얘기……. 하나는 실을 잣고, 하나는 실을 붙들고, 나머지 하나는 아무 때나 마음이 내킬 때마다 실을 자른다고. 아마 그 마지막 여자 이름이 아트로포스였을 거야. 그게 틀린 이름이라 해도, 그 이름만 생각하면 항상 몸이 오싹해.

"그래요. 근데 그 인간이 한 짓대로 해 줄 방법을 찾아낼 리가 있나 말예요."

찰각, 찰각, 찰각. 그 여편네 옆에 찻잔이 하나 있었는데, 여편네가 잠시 뜨개질을 멈추고 차를 마셨지. 나중에는 여편네가 차를 샴푸로 알고 귀에다 부은 적도 있지만, 1962년 가을만 해도 그 여편네는 우리 아버지가 쓰던 면도칼처럼 날카로웠어. 여편네가 다시 나를 봤을 때, 그 눈 때문에 내 몸에 구멍이 뚫리는 것 같았으니까.

"그 일에서 가장 나쁜 점이 뭐지, 돌로레스?" 마침내 그 여편네가 찻잔을 내려놓고 다시 뜨개질 거리를 들어 올리면서 말했어. "가장 나쁜 게 뭐야? 셀리나나 다른 아이들한테 나쁜 것 말고, 당신한테 나쁜 게 뭐냐고?"

그건 생각할 필요도 없는 질문이었어. "그 나쁜 자식이 날 비웃는 거죠. 나한테는 그게 제일 끔찍해요. 가끔 그 인간 얼굴을 보면 알아요. 내가 말 안 했어도, 내가 은행에 갔다 온 걸 그 인간이 알고 있다는 거. 아주 잘 알고 있죠. 거기서 일이 어떻게 됐는지도."

"그냥 당신이 상상한 건지도 모르잖아."

"그래도 상관없어요. 중요한 건 내 기분이니까." 내가 곧바로 쏘아붙였어.

"그래, 중요한 건 당신 기분이지. 나도 같은 생각이야. 계속해, 돌로레스."

'계속하라니, 무슨 소리죠?' 나는 이렇게 물어보려고 했어. 이미 얘기를 다 털어놓았으니까. 근데 그게 아니었던 모양이야. 또 다른 말이 내 입에서 불쑥 튀어나왔거든. "내가 그 인간을 죽여 버릴 뻔 했던 게 몇 번 된다는 걸 안다면 그 인간도 날 비웃지 못할 거예요."

그 여편네는 그냥 의자에 앉아서 나를 가만히 보기만 했어. 빗줄기가 그려 내는 검은 그림자가 여편네의 얼굴을 타고 눈으로 흘러들었기 땜에 표정을 읽을 수가 없었지. 별들 속에서 실을 잣는다는 세 자매가 다시 생각났어. 특히 가위를 들고 있는 여자가.

"무서워요. 그 인간이 아니라 나 자신이 무서워요. 그 인간한테서 곧 아이들을 떼어 놓지 못한다면 나쁜 일이 일어날 것 같아요. 틀림없어요. 내 안에 뭔가가 있는데, 그게 점점 더 나빠지고 있어요."

"눈을 얘기하는 거야?" 그 여편네가 조용히 물었어. 얼마나 오싹하던지! 여편네가 내 머리에 창문이 뚫린 걸 알아내고 그 창문을 통해 내 생각을 들여다보는 것 같았어.

"뭔가 눈 같은 걸 얘기하는 거야?"

"그걸 어떻게 알았어요?" 내가 속삭이는 것처럼 말했지. 팔에 소름이 돋으면서 몸이 벌벌 떨리기 시작했어.

"다 알아." 그 여편네가 뜨고 있던 스웨터에서 새로운 줄을 시작하면서 말을 이었어. "나도 다 안다고, 돌로레스."

"저…… 조심하지 않으면 그 인간을 죽여 버릴 거예요. 그게 무서워요. 그런 생각을 하면 돈 생각은 안 나요. 아무 생각도 안 난다고요."

"허튼소리." 그 여편네가 말했어. 뜨개바늘이 여편네 무릎 위에서 계속 찰칵찰칵 소리를 냈지. "남편들은 매일 죽어, 돌로레스. 음, 아마 지금도 어딘가에서 어떤 남편이 죽어 가고 있을걸. 우리가 여기 앉아서 얘기를 하는 동안에 말이야. 남편들은 죽으면서 아내한테 돈을 남겨 주지." 여편네가 한 줄을 다 뜨고 나를 올려다봤지만 빗줄기의 그림자 때문에 나는 여전히 그 눈의 표정을 볼 수가 없었어. 그 여편네 얼굴에서 온통 빗줄기가 뱀처럼 구불구불 기어 다니고 있었지. "난 분명히 알고 있어, 그렇지? 내 남편이 어떻게 됐는지 봐."

나는 아무 말도 할 수 없었어. 끈끈이에 달라붙은 파리처럼 혀가 입천장에 딱 붙어 버렸다니까.

"사고가 가끔은 불행한 여자의 가장 좋은 친구가 되지." 그 여편네가 학교 선생처럼 분명한 목소리로 말했어.

"무슨 소리예요?" 내가 물었어. 속삭이는 것처럼 작은 소리로. 하지만 내가 그렇게라도 말을 할 수 있다는 게 조금 놀라울 정도였어.

"글쎄, 마음대로 생각해."

그 여편네가 이렇게 말하고서 활짝 웃었어. 미소가 아니라 활짝 웃었다고. 솔직히 말해서, 앤디, 그 웃는 표정 때문에 피가 얼어붙는 것 같았어.

"당신 것이 그 인간 것이고, 그 인간 것이 당신 것이라는 사실만 기억하면 돼. 예를 들어, 그 인간이 사고를 당하면 그 인간이 자기 계좌에 갖고 있는 돈이 당신 것이 될 거야. 그게 우리가 살고 있는 이 위대한 나라의 법이야."

그 여편네가 내 눈을 뚫어지게 들여다봤어. 아주 짧은 한순간, 빗줄기의 그림자가 모두 사라졌기 때문에 그 눈이 분명하게 보였지. 그 표정을 보고 나는 휙 고개를 돌려 버렸어. 겉으로 보기에 베라는 얼음 덩어리 위에 앉아 있는 아기처럼 차가웠지만, 그 안의 온도는 아주 뜨거운 것 같아. 아마 불타고 있는 숲의 한가운데만큼 뜨거운 것 같았어. 하도 뜨거워서 나 같은 사람은 오랫동안 보지도 못할 정도였어, 분명히.

"법이란 좋은 거야, 돌로레스. 못된 남자가 나쁜 사고를 당하는 것 역시 때로는 좋은 일이 될 수 있지."

"그러니까 그 말은……." 내가 말을 시작했어. 그때는 나도 간신히 속삭이는 것보다 조금 큰 소리를 낼 수 있었지.

"난 지금 아무 얘기도 하고 있지 않아." 그 여편네가 말했어. 그 시절의 베라는 어떤 문제에 대해 얘기가 다 끝났다 싶으면 책을 덮듯이 그 얘기를 쾅 하고 덮어 버렸지. 그 여편네가 뜨개질 거리를 바구니 속에 쑤셔 넣고 자리에서 일어섰어. "하지만, 이건 말해 둘게. 그렇게 앉아 있다간 침대 정리를 절대 끝낼 수 없을 거야. 난 이제 아래층으로 내려가서 찻주전자를 불에 올려놓을 거야. 여기 일이 끝나면 당신도 내려와서 내가 육지에서 가져온 애플파이를 한 쪽 먹도록 해. 운이 좋으면, 내가 그 위에 바닐라 아이스크림을 얹어 줄지도 몰라."

"그래요." 내가 말했어. 내 마음은 정신없이 소용돌이치고 있었지. 내가 확실히 알 수 있는 거라고는 존스포트 제과점의 파이라는 말을 들으면서 바로 그거다, 이런 생각이 들었다는 것뿐이야. 한 4주 만에 처음으로 정말로 허기가 졌거든. 어쨌든 가슴을 짓누르던 짐을 내려놓은 덕분이지.

베라는 문까지 가서는 다시 나한테 고개를 돌렸어. "난 당신이 가엾다고 생각하지 않아, 돌로레스. 당신은 그 인간과 결혼했을 때 임신 중이었다는 말을 나한테 하지 않았어. 나한테 반드시 말해야 하는 일이 아니었으니까. 나처럼 수학에는 젬병인 사람도 덧셈, 뺄셈은 할 수 있다고. 그때 몇 개월이었지? 3개월?"

"6주였어요. 셀리나가 조금 일찍 태어난 거예요." 내가 말했어. 내 목소리는 다시 속삭이는 소리로 가라앉아 있었지.

그 여편네가 고개를 끄덕였어. "섬에 사는 전통적인 여자들은 자기가 사고를 쳤다는 걸 알았을 때 어떻게 하지? 물론 뻔한 행동을 하겠지……. 하지만 서둘러 결혼한 사람들은 대개 나중에 한가할 때 후회를 하지. 당신도 그걸 깨달은 것 같은데 말이야. 세상을 떠난 당신 어머니가 그 사실과 함께 여자들한테도 심장이라는 게 있다는 것과 손발이 힘들지 않으려면 머리를 써야 한다는 사실을 가르쳐 주지 않은 게 유감이야. 하지만 내 한 가지 말해 주지, 돌로레스. 만약 그 냄새나는 늙은 염소 같은 놈이 당신 딸의 처녀성을 정말로 빼앗을 작정이라면, 아이들의 돈을 정말로 써 버릴 작정이라면, 머리에 앞치마를 뒤집어쓰고 눈알이 빠져라 우는 것만으로는 당신 딸도, 아이들의 돈도 구할 수 없어. 하지만 가끔 남자들은, 특히 술 취한 남자들은 사고를 당하곤 하지. 아래층으로 떨어지기도 하고, 욕조에 빠지기도 하고, 가끔은 BMW의 브레이크가 고장 나서 알링턴 하이츠에 있는 애인의 아파트에서 서둘러 집으로 돌아오다가 참나무를 들이받기도 하고."

그 여편네는 이 말을 하고 나서 밖으로 나가 문을 닫았어. 나는 침대를 정리하면서 여편네가 한 말을 생각해 봤지……. 못된 남자가 안 좋은 사고를 당하는 것 역시 때로는 좋은 일이 될 수 있다는 얘기 말이야. 그제야 그동안 내내 바로 내 눈앞에 놓여 있던 해결책이 보이기 시작했어. 내가 다락방에 갇힌 참새처럼 겁에 질려서 허둥거리지 않았더라면 진즉에 알아챘을 텐데.

베라랑 같이 파이를 먹고 나서 여편네가 낮잠을 자러 2층으로 올라가는 걸 배웅할 무렵에는 이미 내가 뭘 할 수 있는지 분명히 알겠더라고. 내가 바라는 건, 다시는 조를 안 보게 되고 우리 애들 돈도 되찾는 거였어. 하지만 무엇보다도, 그 인간이 우리를 그렇게 괴롭힌 대가를 치르게 하고 싶었지……. 특히 그 인간 때문에 셀리나가 겪은 고통의 대가를. 그 개자식이 사고를 당한다면, 제대로 된 사고를 당한다면, 내가 바라는 일들이 모두 이루어질 거야. 그 인간이 살아 있는 동안 내가 손댈 수 없었던 돈이, 그 인간이 죽은 다음에는 저절로 내 수중에 떨어지겠지. 그 인간이 몰래 그 돈을 훔쳐 갔는지는 몰라도, 나를 상속 대상에서 빼 버리는 유언장을 몰래 만든 적은 없으니까. 이건 머리가 좋고 나쁘고의 문제가 아니라 (그 인간이 그런 식으로 돈을 훔쳐 간 걸 보면, 내가 생각했던 것보다 더 교활한 인간이야.) 그 인간 머리가 어떻게 돌아가는가 하는 문제였어. 조 세인트 조지는 틀림없이 자기가 언젠가 죽는다는 생각을 단 한 번도 안 해 봤을 거야.

그런데 그 인간이 죽으면 모든 게 마누라인 내게 돌아오겠지.

그날 오후 내가 파인우드를 나설 때쯤에는 비가 그쳐 있었어. 나는 집까지 아주 천천히 걸어갔지. 집까지 절반도 채 못 갔을 때 헛간 뒤에 있는 낡은 우물이 생각났어.

집에 갔더니 아무도 없더군. 아들 녀석들은 놀러 나갔고, 셀리나는 데브루 부인 집에 빨래를 도와주러 간다고 메모를 써 놓았고……. 그때 그 애는 하버사이드 호텔에서 나오는 침대보 빠는 일을 하고 있었거든. 조가 어디 있는지는 알 길도 없고, 알고 싶지도 않았어. 중요한 건 그 인간 트럭이 집에 없었다는 거야. 그 트럭 머플러가 간신히 차에 매달려 있는 꼴이었기 때문에 그 인간이 아직 멀리 있을 때도 머플러 소리가 먼저 들려오곤 했지.

나는 잠시 선 채로 셀리나가 쓴 메모를 들여다봤어. 웃기지? 작은 일들이 모여서 마침내 마음을 결정할 수 있는 단계까지 가는 게. 말하자면, '혹시'에서 '어쩌면'으로, '어쩌면'에서 '반드시 하겠다'는 단계로 옮겨 가는 거. 내가 그날 베라 도너번 집에서 돌아올 때 정말로 조를 죽일 생각이었는지는 지금도 잘 모르겠어. 우물을 확인해 볼 생각이었던 건 사실이지만 그건 그냥 애들이 흉내 내기 놀이를 할 때처럼 한번 그런 척해 본 것뿐인지도 몰라. 만약 셀리나가 그 메모를 남기지 않았다면, 내가 그런 짓을 하지 않았을지도 모르지……. 이번 일 때문에 무슨 일이 생기든, 셀리나가 그 사실을 알게 해서는 절대로 안 돼, 앤디.

그 메모 내용은 대충 이랬어.

"엄마, 신디 뱁콕하고 같이 호텔 빨래를 도와주러 데브루 부인 집에 가요. 주말에 휴일이 끼어 있어서 생각보다 손님이 훨씬 많이 온대요. 데브루 부인의 관절염이 얼마나 심해졌는지 엄마도 알죠? 그 불쌍한 아줌마 전화 목소리를 들어 보니 어찌할 바를 모르시는 것 같았어요. 저녁 때 돌아와서 식사 준비를 도와 드릴게요. 사랑해요. 뽀뽀. 셀리나."

나는 셀리나가 겨우 5달러나 7달러밖에 벌어 오지 못하겠지만 그 돈만으로도 종달새처럼 즐거워하리라는 걸 알고 있었어. 데브루 부인이나 신디가 다시 전화를 걸어 오면 그 애는 또 즐겁게 일하러 가겠지. 그리고 그다음 해 여름에 호텔에서 시간제 하녀 일자리라도 들어오면 아마 그 일을 하겠다고 날 설득하려 들 거야. 돈은 돈이니까. 그리고 그때만 해도 이 섬에서는 서로 품앗이를 해 주는 게 더 많았기 땜에 돈을 손에 쥐기가 힘들었거든. 데브루 부인도 셀리나를 부를 수밖에 없는 입장이라 셀리나가 부탁하면 선뜻 호텔에 추천장도 써 줬을 거야. 셀리나는 어리지만 일을 잘했고, 허리를 굽실거리거나 손을 더럽히는 걸 무서워하지 않았으니까.

그 애는 딱 그맘때의 나 같았어. 근데 나중에 커서 내가 어떻게 됐는지 한번 봐. 항상 구부정한 자세로 걸어 다니면서 허리가 아파서 약장에 진통제를 넣고 사는 청소부밖에 더 돼? 셀리나는 그게 무슨 문제냐는 식이었지만, 그때 그 애는 겨우 열다섯 살이었어. 열다섯 살짜리 여자애들은 두 눈으로 똑똑히 보면서도 그게 뭔지 모르는 법이지. 나는 그 애가 남긴 메모를 읽고 또 읽으면서 생각했어. 안 돼, 이 애가 나같이 되면 안 된다. 서른다섯에 이미 늙어서 기운이 거의 다 빠져 버린 나같이 되면 안 돼. 내가 죽는 한이 있어도 그 애를 그렇게 만들지 않을 테다. 근데 말이야, 앤디, 난 일이 정말로 그 지경까지 갈 줄은 몰랐어. 어쩌면 조가 알아서 저절로 죽어 줄지도 모른다고 생각했다고.

나는 메모지를 식탁에 내려놓고 우비 단추를 다시 잠그고 고무장화를 신었어. 그리고 집 뒤로 돌아가서 전에 셀리나하고 같이 앉았던 커다란 하얀 바위 옆에 섰지. 내가 그 애더러 더 이상 조를 무서워하지 않아도 된다면서 그 인간이 그 애한테 손을 대지 않겠다고 약속했다는 얘기를 했던 그날 밤의 바위 말이야. 비는 그쳐 있었지만, 집 뒤에 엉켜 있는 나무딸기 덤불 속으로 물이 떨어지는 소리가 계속 들렸어. 앙상한 가지에 물방울이 맺혀 있는 것도 보이고. 그냥 보기에는 베라 도너번이 갖고 있는 다이아몬드 귀걸이 같았어. 그 귀걸이만큼 크지는 않았지만.

덤불은 1000평이 넘는 땅을 뒤덮고 있었어. 그 안으로 밀고 들어

가면서 나는 우비를 입고 목이 긴 장화를 신은 게 천만다행이라는 생각을 했지. 물기는 아무것도 아냐. 가시가 아주 죽여주는 골칫덩이지. 40년대 말에는 그 땅에 꽃이며 잔디가 있었어. 한쪽 옆에 있는 헛간에 우물도 있었고. 하지만 나하고 조가 결혼해서 그리로 이사를 오고 나서 한 6년이 지나니까(그 집은 프레디 삼촌이 죽으면서 그 인간한테 남겨 준 거야.) 우물이 말라 버리더라고. 조는 피터 도얀을 불러서 집 서쪽에서 새로 수맥을 찾았지. 그 후로는 물 때문에 고생한 적이 없었어.

우리가 옛날 우물을 안 쓰게 되면서 헛간 뒤에 있는 그 1000평 넓이의 땅에 잔뜩 엉킨 나무딸기 덤불이 가슴 높이로 자랐어. 그놈의 덤불 때문에 내가 왔다 갔다 하면서 옛날 우물을 덮었던 나무 덮개를 찾는 동안 우비가 가시에 걸려 여기저기 찢어졌어. 손도 서너 군데 긁혀서 나중에는 소매를 내려 손을 덮었지.

결국 그놈의 덮개를 찾긴 찾았는데 하마터면 내가 우물 속으로 빠질 뻔했기 땜에 찾은 거야. 뭘 밟았는데 꼭 스펀지를 밟은 것 같더라고. 발밑에서 삐걱거리는 소리도 나고. 그래서 내가 뒤로 물러섰더니, 판자가 그냥 부러져 버리는 거야. 운이 나빠서 앞으로 넘어졌다면 덮개 전체가 완전히 무너져 내렸을걸. 우물 속에 빠진 년이 될 뻔한 거지.

나는 나무딸기 가시에 얼굴이 긁히는 것도 막고 가지 땜에 앞이 가려지는 것도 막을 겸 한 손으로 얼굴을 가리고는 무릎을 꿇고 앉아서 자세히 살펴봤어.

덮개는 가로가 한 1미터에 세로가 1.5미터쯤 됐지. 이어 붙인 판자가 죄다 하얀색으로 변해서 여기저기 뒤틀리고 썩어 있더라고. 판자 하나를 손으로 밀어 봤더니, 꼭 막대사탕을 미는 것 같았어. 내가 발로 밟았던 판자는 완전히 휘어져서 여기저기 부러진 조각들이 튀어나와 있었고. 내가 진짜로 우물에 빠질 뻔한 거야. 그때 내 몸무게가 54킬로그램이었는데, 조는 적어도 나보다 20킬로그램은 더 나갔어.

나는 주머니에 있던 손수건을 꺼내 덮개가 있는 데서 헛간 쪽의 덤불 꼭대기를 묶었어. 급할 때 쉽게 찾을 수 있게. 그리고 다시 집으로 가서 그날 밤에는 잠을 아주 푹 잤어. 셀리나한테서 아빠라는 인간이 무슨 짓을 했는지 들은 후로는 처음으로 악몽도 안 꿨으니까.

그게 11월 말의 일이야. 난 한동안 그 이상 일을 벌일 생각이 없었어. 자네들한테 이유를 말할 필요는 없는 것 같지만, 어쨌든 말해 줄게. 셀리나가 나랑 배에서 얘기를 나눈 후에 너무 빨리 그 인간이 무슨 일을 당하면 그 아이가 나를 의심할지도 모르잖아. 난 일이 그렇게 되는 게 싫었어. 그 애가 마음 한구석으로는 여전히 그 인간을 사랑하고 있었고, 십중팔구 앞으로도 계속 그럴 테니까. 그리고 그 애가 그 일을 조금이라도 눈치채는 날에는 그 애 속이 어떻게 될지 무서웠어. 그 애가 나를 어떻게 생각할지 무서웠다는 얘기지, 당연히. 하지만 그보다 더 무서웠던 건 그 애가 자기 자신을 어떻게 생각할까 하는 거였어. 일이 벌어진 뒤에 알고 보니…… 뭐, 지금은 그냥 이쯤에서 덮어 두지. 아마도 나중에 그 얘기를 하게 될 것 같으니까.

그래서 나는 그냥 시간을 흘려보냈어. 내가 원래 일단 마음을 정한 다음에 그렇게 허송세월하는 걸 제일 못 견디는 사람이야. 그래도 어쩌겠어. 어쨌든 아무 일도 없었다는 듯이 하루가 일주일이 되고, 일주일이 한 달이 되더라고. 그동안 나는 가끔 셀리나한테 아빠가 요즘 어떠냐고 물어봤어. "요즘은 아빠가 괜찮니?" 이렇게. 우리 둘 다 무슨 뜻인지 아는 얘기지. 그 애는 항상 괜찮다고 했어. 다행이었지. 만약 조가 또 그런 짓을 시작하면 위험을 무릅쓰고라도 그 인간을 당장 없애 버려야 할 테니까.

크리스마스가 지나고 1963년이 밝아 오면서 또 다른 걱정거리들이 생겼어. 하나는 돈이었지. 매일 아침 일어날 때마다 어쩌면 오늘 그 인간이 그 돈을 써 버릴지도 모른다, 그런 생각이 들었어. 무리도 아니지. 그 인간이 돈을 찾자마자 300달러를 써 버렸는데, 나는 때가 되기를 기다리기만 할 뿐, 그 인간이 나머지 돈을 못 쓰게 막을 방법이 없었으니. 그 인간이 돈을 넣어 둔 망할 놈의 통장을 찾으려고 집 안을 얼마나 뒤졌는지 몰라. 그런데 아무것도 안 나오더라고. 그러니 그 인간이 집에 올 때 새 톱을 사 오지는 않는지, 팔목에 비싼 시계를 차고 오지는 않는지 감시하면서 그 인간이 주말마다 간다는 뱅고어의 엘스워스 도박판에서 돈을 잃어버리지 않기를 바라는 수밖에. 내 평생 그렇게 답답했던 적이 없어.

그다음 걱정거리는 언제, 어떻게 그 일을 할 것인가, 그거였지……. 내가 어떻게든 그 일을 해치울 수 있을 만큼 용기를 낼 수 있다면 말이지만. 낡은 우물을 함정으로 이용하자는 건 괜찮은 생각이었어. 문제는, 그 이상 구체적인 생각이 안 나는 거야. 그 인간이 테레비에 나오는 사람들처럼 깨끗하게 죽어 준다면 좋겠지만 나는 30년 전 그 옛날에도 이미 산전수전 다 겪은 몸이라서 세상일이 테레비처럼 돌아가는 게 아니라는 것쯤은 다 알고 있었어.

예를 들어, 그 인간이 거기 떨어져서 비명을 질러 댄다고 한번 생각해 봐. 그때 이 섬은 지금 같지 않아서 이스트 소로를 따라 세 집이 있었어. 카론네, 랭길네, 졸랜더네였지. 그 사람들이 우리 집 뒤 나무딸기 밭에서 비명 소리가 나는 걸 못 들을 수도 있지만 혹시 듣는다면……. 특히 바람이 높고 방향도 맞아떨어진다면 들을 수 있을 거야. 그뿐이야? 이스트 소로는 마을하고 이스트헤드 사이로 뻗은 길이라 상당히 번잡했어. 트럭이며 자동차가 항상 우리 집 앞을 지나다녔으니까. 물론 지금만큼 차가 많지는 않았지만 나야 그런 생각을 하고 있었으니 걱정 안 할 도리가 없지.

아무래도 너무 위험할 것 같아서 그 우물을 이용하지 말자고 막 마음을 정하려는데 해결책이 나타났어. 이번에도 베라가 해결책을 알려 준 거야. 그 여편네가 알고 그런 것 같지는 않지만.

그 여편네는 일식에 온통 정신이 팔려 있었어. 그때는 여편네가 거의 1년 내내 섬에서 살고 있었는데, 늦겨울이 되니까 매주 부엌 게시판에 새로 오린 신문기사들이 나붙더라고. 봄이 오면서 길이 진창으로 변하고 바람이 세게 불어올 무렵(봄에는 원래 날씨가 그렇잖아.)에는 여편네가 섬에 있는 시간이 훨씬 더 많아졌어. 신문 기사도 이틀에 한 번 꼴로 게시판에 나붙었고. 지방 신문에서 오린 것도 있고,《보스턴 글로브》나《뉴욕 타임스》처럼 먼 데서 나오는 신문에서 오린 것도 있고,《사이언티픽 아메리칸》처럼 잡지에서 오린 것도 있었어.

그 여편네는 도널드하고 헬가가 일식을 보러 틀림없이 파인우드로 올 거라면서 잔뜩 들떠 있었어. 그 얘기를 나한테 몇 번이나 했으니까. 근데 그것 말고도 여편네가 들뜬 이유가 또 있었지. 5월 중순에 날씨가 따뜻해지기 시작했을 때 그 여편네는 완전히 이 섬 사람이 다 돼 있었어. 볼티모어 얘기를 입에도 담지 않을 정도였으니까. 항상 그 망할 놈의 일식 얘기만 하는 거야. 그 여편네 집 벽장에는 카메라가 넉 대 있었는데, 그중 석 대를 벌써 삼각대 위에 얹어 놨더라고. 게다가 특수 선글라스 여덟 개인가 아홉 개하고 그 여편네 말로는 '일식 안경'이라는 특수 상자, 특별한 색을 입힌 거울이 안에 든 잠망경도 있었어. 그 밖에 또 뭐가 있었는지는 나도 몰라.

어쨌든 5월 말에 내가 그 집에 가 보니까 우리 동네에서 나오는 《위클리 타이드》에서 오린 기사가 새로 게시판에 붙어 있었어. "주민들과 여름 방문객들에게 하버사이드가 '일식 센터'가 될 것"이라는 제목인데, 사진에는 지미 개그넌하고 할리 폭스가 호텔 지붕에서 무슨 목공 일 같은 걸 하고 있는 모습이 있었어. 호텔 지붕은 그때도 지금처럼 평평하고 넓었거든. 근데 말이야 그걸 보면서 내가 어땠는 줄 알아? 내 안에서 또 뭐가 요동치는 게 느껴지더란 말이야. 그 게시판에 처음으로 일식 기사가 꽂힌 걸 봤을 때처럼.

기사를 읽어 보니 하버사이드 호텔 측이 일식이 일어나는 날 지붕을 야외 전망대 같은 걸로 바꿀 계획이래······. 내가 보기에는 항상 하던 일에다가 그냥 그럴듯한 이름을 하나 갖다 붙인 것 같더구먼. 어쨌든 그래서 호텔 사람들이 일식에 대비해서 지붕을 '특별히 고치고 있다'는 거야.(가만히 생각해 보면, 지미 개그년하고 할리 폭스가 뭔가를 새롭게 고친다는 게 정말 웃기는 일이지.) 그리고 특별히 마련한 '일식 티켓'이 350장 정도 팔릴 것 같다는 얘기도 있었어. 여름 별장 사람들한테 먼저 표를 판매하고, 1년 내내 이곳에 사는 주민들이 그다음 차례래. 표 값은 사실 꽤 괜찮은 수준이었어. 한 장에 2달러였으니까. 하지만 호텔 측은 당연히 지붕에서 음식하고 술을 팔 예정이었지. 호텔들은 항상 그런 장사로 사람들한테서 돈을 우려내니까 말이야. 특히 술집이 중요해.
 내가 계속 그 기사를 읽고 있는데 베라가 안으로 들어왔어. 그 여편네가 들어오는 소리를 못 들었기 땜에 나한테 말을 걸었을 때 얼마나 놀랐는지 몰라.
 "자, 돌로레스, 어떤 게 더 좋을까? 하버사이드의 지붕하고 아일랜드 프린세스호 중에서 말이야." 그 여편네가 이랬어.
 "아일랜드 프린세스가 뭘 어쨌다고요?"
 "내가 일식이 일어나는 날 오후에 그 배를 전세 내기로 했거든."
 "설마!" 근데 이 말을 하는 순간 그 여편네가 정말로 배를 전세 냈다는 게 감이 딱 오는 거야. 베라는 쓸데없는 얘기를 하는 사람도 아니고 쓸데없이 자랑하는 사람도 아니니까. 그래도 아일랜드 프린세스처럼 큰 배를 전세 냈다니, 숨이 다 막힐 것 같더라고.
 "그러기로 했어. 아주 큰 돈이 들었다고, 돌로레스. 그날 프린세스호 대신 정기 운항을 할 배를 구하는 데 그 돈이 거의 다 들어갔지. 하지만 내가 그 배를 전세 낸 건 틀림없는 사실이야. 나랑 같이 가면 당신도 내 돈으로 음료를 마시면서 공짜로 배를 탈 수 있어."
그 여편네가 이 말을 하고 나서 눈치를 보는 것처럼 묘한 얼굴로
나를 보데. 그러면서 하는 말이, "이 마지막 부분은 당신 남편이 아
주 좋아할 것 같은데, 안 그래?"

"세상에, 그 빌어먹을 배를 왜 전세 낸 거예요, 베라?" 그 여편네
를 이름으로 부를 때마다 여전히 기분이 좀 이상했지만, 여편네는
나더러 꼭 그냥 이름으로 자기를 부르라고 했어. 내 기분이야 어떻
든 나한테서 다시 도너번 부인이라는 소리는 듣고 싶지 않다는 거
야. 사실 가끔 그 여편네를 다시 도너번 부인이라고 부르고 싶을
때가 있었는데. "내 말은, 베라가 일식 때문에 들떠 있는 건 알지
만, 비닐헤이븐에 가면 반값으로 비슷한 크기의 배를 구할 수 있었
을 거라는 얘기예요."

그 여편네는 어깨를 살짝 으쓱하면서 긴 머리를 뒤로 넘겼어. 남
이사 뭘 하든 네가 무슨 상관이냐, 이거지. "내가 그 배를 전세 낸
건 그 낡고 땅딸막한 배가 마음에 들기 때문이야. 리틀톨 섬은 내
가 세상에서 제일 좋아하는 곳이야, 돌로레스. 알아?"

실제로 그 여편네가 리틀톨을 좋아한다는 걸 알고 있었기 땜에
나는 고개를 끄덕였지.

"당연히 알고 있겠지. 그런데 거의 매번 날 이리로 데려다준 게
바로 프린세스호라고. 뚱뚱하고 웃기는 모습으로 어기적거리는 그
늙은 '공주님' 말이야. 그 배가 400명을 안전하고 편안하게 수용할
수 있다고 하더군. 호텔 지붕보다 쉰 명 더 많지. 그래서 나는 나랑
우리 아이들하고 같이 가고 싶어 하는 사람들을 전부 데리고 갈

생각이야." 이 말을 하고 나서 여편네가 씩 웃었어. 보기가 좋더라고. 그냥 살아 있는 것만으로도 좋아라 하는 어린 아가씨 같은 웃음이었으니까. "그럼 그것도 알아, 돌로레스?" 그 여편네가 물었어.
"그거라뇨. 무슨 말인지 당최 영문을 모르겠네요."
"당신은 어느 누구한테도 굽실거릴 필요가 없어. 만약 당신이……." 그 여편네가 갑자기 말을 멈추더니 아주 이상하기 짝이 없는 표정으로 나를 봤어. "돌로레스? 괜찮아?"
하지만 난 말을 할 수가 없었어. 너무나 끔찍하고 너무나 멋진 광경이 내 머릿속을 가득 채우고 있었으니까. 하버사이드 호텔의 넓고 평평한 지붕에 사람들이 가득 차서 목을 뒤로 길게 빼고 있고, 프린세스호는 육지하고 섬 중간에 꼼짝 않고 서 있는 광경. 배 갑판에는 사람들이 꽉 들어차서 하늘을 올려다보고 있었지. 낮인데도 별들이 가득 차 있는 하늘에는 불꽃에 둘러싸인 커다란 검은 원이 걸려 있고 말이야. 죽은 사람조차 머리털이 곤두설 만큼 으스스한 광경이었어. 하지만 내가 멍해진 건, 무서워서 그런 게 아냐. 그때 섬의 다른 지역이 어떨까 생각해서 그런 거지.
"돌로레스?" 그 여편네가 내 어깨에 한 손을 얹으면서 물었어. "쥐가 난 거야? 어지러워? 이리 와서 좀 앉아. 내가 물을 갖고 올게."
쥐가 난 건 아니었지만 갑자기 조금 어지러워져서 나는 그 여편네가 가리키는 대로 식탁에 가서 앉았어……. 무릎이 하도 후들거려서 의자에 쓰러지다시피 했지. 그렇게 앉아서 그 여편네가 나한테 물을 갖고 오는 걸 보고 있자니 여편네가 지난 11월에 했던 말이 생각나더라고. 자기처럼 수학에 젬병인 사람도 덧셈, 뺄셈 정도는 할 수 있다는 얘기. 뭐, 심지어 나 같은 사람도 호텔 지붕 위에 있는 350명하고 아일랜드 프린세스호에 있는 400명을 더하면 750명이라는 계산 정도는 할 수 있었지. 7월 중순에는 이 섬에 사람이 그보다 더 많지만, 나머지 사람들은 아주 느려 터진 인간들일 거야. 그나마 그 사람들도 밖에 나가서 짐승을 잡으려고 놔둔 덫을 끌어내거나, 아니면 지붕이나 선착장에서 일식을 구경하고 있겠지.

나는 베라가 갖다 준 물을 한 번에 다 마셔 버렸어. 그 여편네가 걱정스러운 얼굴로 내 맞은편에 앉더군. "괜찮은 거야, 돌로레스? 누워 있어야 되는 것 아냐?"

"아뇨. 잠깐 웃기는 생각을 좀 했어요."

그럴 수밖에 없었지. 언제 남편을 죽일 건지 갑자기 깨달아 버린 사람이라면 누구나 조금 웃기는 기분이 들 거야. 아마.

한 세 시간이 지나서 청소도 다 하고, 시장도 갔다 오고, 식료품도 다 정리하고, 카펫에 청소기도 돌리고, 그 여편네가 혼자 먹을 저녁 식사로 작은 냄비 요리를 만들어서 냉장고에 넣어 두고(여편네가 가끔 그 외국 놈하고 침대를 같이 쓰는지는 몰라도 저녁밥을 같이 먹는 건 한 번도 못 봤어.) 난 다음에 나는 집에 갈려고 내 물건을 정리하고 있었어. 베라는 부엌 식탁에 앉아서 신문에 있는 낱말 맞히기 게임을 하고 있었지.

"7월 20일에 우리랑 같이 배를 타고 갈 건지 생각해 봐, 돌로레스. 그 뜨거운 지붕보다 물 위에 나가 있는 게 훨씬 더 기분 좋을 거야, 틀림없어."

"고마워요, 베라. 하지만 그날 하루 휴가를 얻게 되더라도 아무

데도 안 갈 것 같아요. 아마 그냥 집에 있을 거예요."
"미안하지만 너무 재미없게 들리는데." 그 여편네가 나를 올려다 보면서 이러더라고.

미안한 거 좋아하시네. 당신이 나한테든 누구한테든 언제 그런 걸 걱정한 적 있어, 이 거만한 여편네야? 속으로는 이런 생각이 들었지만, 물론 말로 하지는 않았지. 게다가 아까 내가 기절할까 봐 수선을 피울 때 그 여편네가 정말로 걱정을 해 주는 것 같았거든. 어쩌면 내가 쓰러지면서 바닥에 코를 박아서 부엌 바닥이 피투성이가 될까 봐 그런 건지도 모르지만. 내가 바로 그 전날 부엌 바닥을 왁스로 닦아 놨으니까.

"미안해하실 것 없어요. 제가 원래 이런걸요, 베라. 식기 세척기만큼이나 재미없는 사람이에요."

내가 이랬더니 그 여편네가 이상한 표정으로 나를 보는 거야. "그래? 가끔은 그런 것 같기도 하고…… 가끔은 아닌 것 같기도 한데." 그렇게 대꾸하더군.

나는 작별 인사를 하고 집으로 가는 길에 아까 내 머릿속에 떠오른 생각을 곰곰이 되짚어 보면서 혹시 허점이 없는지 살펴봤어. 허점은 하나도 없었지. 혹시나 싶은 게 몇 개 있었을 뿐이야. 하지만 살다 보면 원래 혹시나 싶은 걸 만나게 마련이잖아, 안 그래? 재수 없는 일은 언제든 일어날 수 있지만, 사람이 그런 걸 너무 걱정하다 보면 아무것도 못 해. 게다가 일이 잘못된다 해도 언제든 손을 떼면 된다는 생각이 들었어. 일이 거의 막판까지 갔어도 그럴 수 있으니까.

5월이 지나고, 전몰장병 기념일도 지나고, 방학이 다가왔지. 나는 셀리나가 하버사이드에서 일하겠다고 졸라 댈까 봐 단단히 준비하고 있었어. 그런데 나랑 셀리나가 그 얘기를 해 보기도 전에 굉장한 일이 일어난 거야. 당시 감리교 목사였던 허프 목사가 나랑 조를 찾아와서는 윈스롭에서 열리는 감리교 캠프에 수영을 잘하는 여자 지도원 자리 두 개가 비어 있다고 하더라고. 뭐, 셀리나하고 타냐 카론은 둘 다 물고기 뺨치게 수영을 잘했으니까. 허프도 그걸 알고 온 거고. 얘기는 길지만 그냥 간단하게 말하면, 방학이 시작되고 일주일 후 나하고 멜리사 카론은 아이들을 배에 태워 보냈어. 아이들은 배에서 손을 흔들고, 우리는 부두에서 손을 흔들었는데, 네 명 다 바보들처럼 줄줄 울고 있었지 뭐야. 셀리나는 예쁜 분홍색 옷을 차려입고 있었는데, 나중에 그 애가 자라서 어떤 여자가 될지 그때 처음으로 분명히 알겠더라고. 얼마나 가슴이 아프던지. 지금도 그래. 혹시 누구 휴지 가진 사람 없어?

고마워, 낸시. 정말 고마워. 내가 어디까지 얘기했지?

아, 그래.

셀리나 문제가 해결되었으니 이제 남은 건 아들 녀석들이었어. 나는 조를 시켜서 뉴글로스터에 있는 시누이한테 전화를 걸어 7월 말하고 8월 초에 한 3주 동안 그 애들을 데리고 있겠느냐고 물어보라고 했지. 시누이네 애들이 어렸을 때, 그 부잡스러운 녀석들을 우리가 여름에 한 달 정도 데리고 있었던 적이 한두어 번 있으니까 말이야. 나는 조가 피트를 보내지 말자고 할 줄 알았는데 안 그러더라고. 애들 셋이 다 없어지면 집이 조용해질 것 같아서 좋았던 모양이야.

앨리셔 포버트, 그러니까 우리 시누이는 선뜻 우리 애들을 맡아 주겠다고 했어. 내 생각에 시누이 남편 잭 포버트는 시누이만큼 애들을 반기지 않았던 것 같아. 하지만 앨리셔가 남편 비위를 잘 맞춰 줬으니까 문제될 게 없었지. 적어도 그쪽에서는.

문제는 조 주니어도 막내 피트도 고모네 집에 가는 걸 싫어한다는 거였어. 무리도 아니지. 시누이네 아들들은 둘 다 10대였는데 우리 애들 같은 꼬마들하고는 도통 놀아 주려고 하질 않았으니까. 하지만 그렇다고 물러설 내가 아니지. 물러설 수도 없었고. 결국 나는 그 애들을 몰아내다시피 했어. 둘 중에 조 주니어가 더 애를 먹였지. 그래서 내가 그 애를 따로 불러서 이렇게 말했어. "그냥 네 아버지가 없는 곳에서 방학을 보낸다고 생각해." 무슨 말을 해도 소용없던 애가 이 말에 넘어갔어. 생각해 보면 슬픈 일이지, 안 그래?

아들 녀석들을 한여름에 다른 데로 보내 버리는 문제가 해결되고 나니 애들이 집을 떠날 때까지 기다리는 것밖에 달리 할 일이 없더라고. 나중에는 두 녀석도 집을 떠나는 게 좋았던 것 같아. 조가 독립기념일 이후로 술을 엄청나게 마셔 댔으니까. 아마 피트조차 지 아빠가 옆에 있는 걸 별로 안 좋아했던 것 같아.

나로서는 그 인간이 그렇게 술을 마셔 대는 게 놀랄 일도 아니었지. 내가 술을 마시라고 부추기고 있었으니까. 그 인간이 개수대 밑의 찬장을 열었다가 새로 산 위스키 병을 처음 봤을 때는 이상하다고 생각했던 것 같아. 나더러 어디다가 머리라도 부딪힌 거 아니냐고 물었던 기억이 나니까. 하지만 그다음부터는 나한테 아무 것도 안 묻더라고. 묻고 말고 할 이유가 없잖아. 7월 4일부터 죽는 날까지 조 세인트 조지는 대부분 반쯤 취해 있었고, 완전히 고주망태가 될 때도 있었어. 그렇게 술에 전 남자는 자기가 모처럼 맞이한 행운이 헌법에 보장된 권리라도 되는 것처럼 금방 생각해 버리곤 하지……. 조 같은 남자는 특히 더 그렇고.

나야 일이 바라던 대로 됐으니 좋을 수밖에. 하지만 7월 4일 이후, 그러니까 아들 녀석들이 떠나기 일주일 전부터 그 애들이 떠나고 한 일주일 후까지가 딱히 즐거웠던 건 아냐. 그냥 옛날하고 똑같았을 뿐이지. 내가 매일 아침 7시에 베라네 집으로 일하러 가면서 보면 그 인간은 상한 치즈 덩어리처럼 침대에 누워서 코를 골고 있었어. 머리카락은 사방으로 뻗쳐 있고. 내가 2~3시경에 돌아와 보면 그 인간은 현관 밖에 나와서 털썩 주저앉아 있었어.(그 인간이 망할 놈의 낡은 흔들의자를 밖으로 꺼내 놨거든.) 한 손에는 《아메리칸》을 들고, 또 다른 손에는 그날 벌써 두 잔째인지 세 잔째인지 모를 술잔을 들고. 그 인간이 다른 사람을 불러서 위스키를 같이 마신 적은 한 번도 없었어. 우리 조한테는 남들하고 뭘 같이 나눈다는 생각이 아예 없었으니까.

7월에는 거의 매일 《아메리칸》 1면에 일식 얘기가 났어. 하지만 조는 그렇게 신문을 읽으면서도 그 달 말에 뭔가 특별한 일이 일어난다는 걸 거의 모르고 있었을 거야. 그런 일에는 아예 관심도 없었으니까. 조가 관심을 갖는 건 빨갱이하고 인종차별 반대 운동 (그 인간이 인종차별 반대 운동가들을 '그레이하운드 검둥이'라고 불렀다는 게 문제지만), 그리고 백악관을 차지하고서 유대인 편을 드는 그 망할 놈의 천주교 신자밖에 없었어. 4개월 후에 케네디가 무슨 일을 당할지 그 인간이 알았다면 죽으면서도 행복해했을걸. 아주 그 정도로 고약한 인간이야.

하지만 나는 여전히 그 인간 옆에 앉아서 그 인간이 뭐가 됐든 그날 신문에서 본 얘기를 가지고 욕지거리를 해 대는 걸 들어 줬어. 내가 집에 와서 그 인간 옆에 붙어 있는 걸 당연한 일처럼 만들고 싶었거든. 하지만 그렇게 그 인간 옆에 앉아 있는 게 쉬운 일이었다고 말한다면 거짓말도 그런 거짓말이 없지. 그 인간이 술을 마시면서 기분이 좋아지기만 한다면 난 그 인간이 술을 마시든 말든 별로 신경 쓰지 않았을 거야. 실제로 남자들 중에는 기분이 좋아지는 사람도 있지. 근데 조는 아니었어. 술을 마시면 속에 숨어 있던 여자 같은 본성이 밖으로 나오는데, 그게 항상 월경이 터지기 이틀 전의 여자 같았다니까.

하지만 그날이 점점 다가오면서 베라네 집을 나설 때마다 점점 안심이 되기 시작했어. 집에 가 봤자 술에 취해서 냄새를 풀풀 풍기는 남편밖에 없는데도. 베라는 6월 내내 바쁘게 돌아다니면서 이러쿵저러쿵 잔소리를 해 대고, 일식 때 쓸 물건들을 확인하고 또 확인하고, 사람들한테 전화를 걸어 대고 그랬어. 아마 6월 마지막 주에는 배에서 음식 시중을 맡아 줄 회사에 하루에 적어도 두 번씩은 전화했을 거야. 거기 말고도 그 여편네가 매일 확인 전화를 하는 데가 더 있었어.

6월에는 내 밑에서 하녀 여섯 명이 일했는데 7월 4일이 지난 다음에는 여덟 명이 됐어. 남편이 죽기 전이든 그 후든 베라가 사람을 그렇게 많이 부른 적은 한 번도 없었어. 우리는 집을 지붕에서 지하실까지 반짝반짝 윤이 날 정도로 쓸고 닦았지. 침대도 전부 정리해 놓았고 말이야. 하여간, 일광욕실하고 2층 베란다에도 임시로 침대를 가져다 뒀을 정도니까. 그 여편네는 일식이 일어나는 주말에 집에서 자고 가는 손님들이 적어도 열 명 남짓은 될 거라고 했어. 어쩌면 스무 명이나 될 수도 있고. 하루 24시간으로도 모자라서 그 여편네는 오토바이를 탄 모세처럼 항상 종종걸음으로 돌아다녔는데, 그러면서도 얼마나 좋아하던지.

  그런데 내가 아들 녀석들을 막 고모네 집으로 보내려고 할 때, 그게 아마 7월 10일이나 11일쯤이었을 거야. 일식까지는 아직 일주일이 넘게 남은 때였지. 그때 그렇게 들떠 있던 여편네가 갑자기 풀이 죽어 버렸어.

  아냐, 풀이 죽은 게 아니지. 그거로는 모자라. 바늘에 찔린 풍선이 터지듯이 뻥 하고 터져 버렸다고 해야 할 거야. 하늘 높은 줄 모르고 기분이 올라가기만 하더니 어느 날 갑자기 입꼬리가 축 처져서는 이 섬에서 혼자 지내기 시작한 후로 자주 그랬던 것처럼 아주 비열하고 뭐에 홀린 것 같은 표정을 짓기 시작한 거야. 그리고 그날 하녀 두 명을 내쫓았지. 한 명은 거실 창문을 닦을 때 방석 위에 서 있었다는 이유로, 또 한 명은 출장 요리 회사 사람하고 부엌에서 같이 웃었다는 이유로. 두 번째 아이의 경우는 특히 고약했어. 그 애가 울음을 터뜨렸거든. 그 애는 베라한테 자기가 그 남자랑 고등학교 때부터 아는 사이였는데 고등학교 때 이후로 한 번도 만난 적이 없어서 옛날 얘기를 좀 하느라고 그랬다, 죄송하다, 제발 쫓아내지 말아 달라, 울면서 이렇게 애원을 했어. 여기서 쫓겨나면 자기 어머니한테 죽는다는 거야.

그래 봤자 베라한테는 아무 소용 없었지. "좋은 쪽으로 생각해. 네 어머니가 화를 낼지도 모르지만, 대신 옛날 존스포트 고등학교에 다닐 때 있었던 재미있는 일들을 얘기할 시간이 많아지잖니." 그때 그 여편네 목소리가 얼마나 고약하던지.

그 아이는 산드라 멀커히라는 애였는데, 금방 가슴이 찢어지는 일을 당한 사람처럼 울면서 고개를 푹 숙이고 집을 나갔어. 베라는 복도에 서서 허리를 약간 숙이고 정문 옆의 창으로 그 아이가 멀어져 가는 걸 지켜봤지. 그렇게 서 있는 걸 보니까 엉덩이를 한 대 차 주고 싶어서 발이 얼마나 근질거렸는지……. 하지만 그 여편네도 좀 안됐더라고. 여편네 기분이 왜 그렇게 바뀌었는지 금방 눈치챘거든. 내 생각이 맞다는 게 또 금방 확인이 됐고. 그 여편네 자식들이 일식을 보러 오지 않겠다고 한 거야. 배를 전세 냈든 안 냈든 상관없이. 어쩌면 그 녀석들이 뭔가 다른 계획을 세웠는지도 모르지. 자식 놈들이라는 게 부모 심정을 눈곱만큼도 생각 않고 그런 짓을 하니까. 하지만 내가 보기엔, 옛날에 뭣 때문에 그 여편네하고 자식들 사이가 틀어졌는지 몰라도 그게 아직 해결되지 않은 것 같았어.

그래도 16일하고 17일에 다른 손님들이 도착하기 시작하니까 베라 기분이 좀 나아졌지. 하지만 난 여전히 매일 그 집을 떠날 때마다 한시름 놓는 기분이었어. 목요일, 18일에는 여편네가 하녀 하나를 또 해고했지. 캐런 졸랜더를 말이야. 처음부터 금이 가 있던 접시를 깨뜨린 게 그 애 죄였어. 캐런은 집을 떠나면서 울지는 않았지만, 첫 번째 언덕을 넘어갈 때까지 애써 울음을 참는 눈치더라고.

근데 그걸 보고 내가 멍청한 짓을 했지. 그때는 나도 상당히 지쳐 있었기 땜에 어쩔 수 없었다는 걸 좀 생각해 줘. 어쨌든 나는 캐런이 안 보일 때까지 간신히 참고 기다리다가 베라를 찾아 나섰어. 그 여편네는 뒤뜰 정원에 가 있더라고. 그 여편네는 항상 모자 테가 귀에 닿을 정도로 밀짚모자를 깊이 눌러쓰는 편인데, 전지 가위를 하도 세게 찰칵거려서 거실이나 식당에 장식할 장미를 자르는 베라 도너번이 아니라 사람들 머리를 뎅겅뎅겅 자르는 뒤파르주 부인* 같았어.

나는 그 여편네한테 곧장 다가가서 이렇게 말했지. "그 아이를 그렇게 쫓아낸 건 잔인한 짓이었어요."

그 여편네는 허리를 펴고 장원의 여주인처럼 오만하기 그지없는 태도로 나를 봤어. "그렇게 생각해? 의견을 말해 줘서 정말 기쁘군, 돌로레스. 알다시피 난 당신 의견을 정말 듣고 싶으니까 말이야. 매일 밤 잠자리에 들 때마다 나는 어둠 속에 누워 그날 일어난 일을 되짚어 보면서 각각의 일들이 내 눈앞을 스쳐 지나갈 때마다 똑같은 질문을 던지지. '돌로레스 세인트 조지라면 어떻게 했을까?'"

어찌된 일인지 이 말을 들으니까 더 화가 나는 거야. "돌로레스

---

* 찰스 디킨스의 「두 도시 이야기」에 등장하는 악당.

클레이본이 절대 하지 않는 일이 뭔지 가르쳐 드리죠. 난 뭔가에 실망해서 화가 났을 때 다른 사람한테 화풀이를 하는 짓은 절대로 안 해요. 아마 내가 거만하고 못된 년이 아니라서 그런 것 같네요."
이 말을 듣더니 그 여편네가 입을 쩍 벌리더라고. 턱을 조이는 나사가 빠진 사람처럼. 그 여편네가 나 땜에 진짜로 놀란 게 틀림없이 그때가 처음이었을 거야. 나는 내가 속으로 얼마나 무서워하고 있는지 여편네가 눈치챌까 봐 잽싸게 거기서 나왔어. 부엌에 들어오고 나니까 다리가 하도 후들거려서 그냥 주저앉아 버렸지. 속으로 이런 생각이 들더라고. 너 미쳤구나, 돌로레스. 그 여편네 꼬리를 그렇게 잡아당기다니. 내가 간신히 몸을 일으켜서 개수대 위에 난 창문을 내다봤는데, 여편네는 나한테 등을 돌린 채로 열심히 가위질만 하고 있는 거야. 머리가 피투성이가 돼서 죽은 군인들처럼 장미가 바구니 속으로 떨어지고 있었어.
그날 오후에 내가 집에 갈 준비를 하고 있는데 그 여편네가 내 뒤로 다가와서는 잠깐 기다리라고 했어. 할 얘기가 있다면서. 가슴이 철렁 내려앉았지. 심장이 신발 속으로 떨어지는 게 아닌가 싶을 정도로. 이제 틀림없이 내 차례구나 싶었어. 그 여편네가 더 이상 내가 필요 없다면서 그 안하무인의 표정으로 날 바라보면 이번에야말로 영원히 이 집을 떠나야 할 거다, 그런 생각이 들었어. 사람들은 그 여편네를 더 이상 안 보게 되면 내가 좀 편해질 거라고 생각할 거야. 어떤 면에서는 실제로 그렇기도 했고. 그래도 가슴이 아파 오는데, 어쩔 수 없더라고. 열여섯 살 때부터 서른여섯이 된 그때까지 열심히 일하면서 한 번도 해고당한 적이 없었으니까. 그래도 사람이라면 잔인하고 말도 안 되는 짓에 맞서야 할 때가 있는 법이야. 나는 그렇게 맞서겠노라고 있는 힘껏 마음을 다지고 그 여편네한테 고개를 돌렸어.

그런데 여편네 얼굴을 보니까 날 쫓아내려고 온 게 아니야. 아침에 했던 화장을 다 지운 얼굴이며, 눈꺼풀이 부풀어 오른 걸 보니 그 여편네가 어디선가 낮잠을 잤거나, 아니면 자기 방에서 실컷 울다가 나온 것 같았어. 여편네는 갈색 식품점 봉투를 팔에 끼고 있다가 떠맡기듯 내 손에 쥐어 줬어.

"자."

"이게 뭐죠?"

"일식 안경 두 개하고 반사경 두 개야. 당신하고 조가 좋아할 것 같아서. 우연히 그게……." 그 여편네는 여기서 말을 멈추고 주먹 쥔 손에 대고 기침을 하다가 다시 내 눈을 똑바로 바라봤어. 내가 그 여편네한테 감탄하는 게 하나 있는데, 앤디, 그 여편네가 말을 할 때마다, 그게 아무리 힘든 얘기라 해도 항상 상대를 똑바로 보고 얘길 한다는 거야. "우연히 각각 두 개씩 남더라고."

"아. 안됐 일이네요."

그 여편네는 파리를 쫓는 것처럼 손을 저어 대더니 아직도 자기 일행하고 같이 배를 탈 생각이 없느냐고 물었어.

"아뇨. 아마 우리 집 현관에서 조하고 같이 보게 될 것 같아요. 혹시 그 인간이 무식하게 굴면 이스트헤드로 내려갈지도 모르고요."

"무식하게 군다는 말을 들으니까 생각나는데……." 그 여편네가 여전히 내 눈을 똑바로 바라보면서 말했어. "오늘 아침 일 사과할

게…… 당신이 메이블 졸랜더한테 전화해서 내 마음이 변했다고 말해 주면 안 될까?"

그 여편네가 그 말을 하려고 얼마나 용기를 냈을까. 앤디, 자네는 나만큼 그 여편네를 모르니까 그냥 내가 그렇다면 그런 줄 알아. 그건 정말 용기를 쥐어짜야 하는 일이었다고. 베라 도너번은 절대 사과를 하지 않는다는 주의였으니까.

"그렇게 전해 드리고말고요." 내가 조금 부드러운 목소리로 말했어. 하마터면 손을 뻗어서 여편네 손을 잡을 뻔했지만 실제로 그러지는 않았지. "근데 그 애 이름은 메이블이 아니라 캐런이에요. 메이블이 여기서 일한 건 육칠 년 전이죠. 그 애 어머니 말로는 메이블이 요즘 뉴햄프셔에 있대요. 전화 회사에 다니는데 아주 잘하고 있대요."

"그래, 캐런. 그 애더러 다시 와 달라고 해 줘. 그냥 내 마음이 바뀌었다고만 해, 돌로레스. 더 이상 한마디도 하면 안 돼. 알겠어?"

"예. 일식 때 쓸 물건을 줘서 고마워요. 아주 쓸모 있을 것 같아요."

"뭐, 신경 쓰지 마." 내가 밖으로 나가려고 문을 여는데 여편네가 나를 다시 불렀어. "돌로레스?"

내가 어깨 너머로 돌아보니까 그 여편네가 좀 이상하게 고개를 끄덕이는 거야. 마치 알아서는 안 되는 일을 알고 있는 사람처럼.

"가끔은 살아남기 위해서 거만하고 못된 년이 되어야 해. 가끔은 여자가 자기를 지탱하기 위해 못된 년이 되는 수밖에 없어." 그러고는 내 면전에서 문을 닫았어……. 부드럽게. 쾅 하고 닫아 버린 게 아냐.

자, 이제 일식 날이 다가왔어. 그날 일어난 일을 죄다 자네들한테 말해 주려면, 지금같이 목이 바싹 말라서는 안 되겠지? 내가 지금 내 시계로 거의 두 시간째 쉬지 않고 얘길 하고 있는데, 그 정도면 기계에 발린 기름도 다 타 버렸을걸. 게다가 내 얘기가 끝나려면 아직도 멀었다고. 그래서 말인데, 앤디, 자네가 서랍 속에 들어 있는 짐빔을 조금 나눠 주든지, 아니면 오늘 밤에는 얘기를 그만하는 게 어떨까? 어떻게 생각해?

그래, 고마워. 이런, 그게 정곡을 찔렀구먼. 아냐, 저리 치워. 펌프에 기름칠을 하는 데는 한 잔이면 충분해. 두 잔을 들이부었다가는 파이프가 막혀 버릴지도 몰라.

좋아, 다시 시작해 볼까.

19일 밤에 잠자리에 드는데 너무 걱정이 돼서 배가 다 아플 지경이었어. 라디오 방송에서 비가 올 공산이 크다고 했거든. 그날 일을 계획할 때는 실제로 그 일을 저지를 수 있게 마음을 다잡느라고 정신이 없었기 때문에 비가 올 거라는 생각은 한 번도 안 해 봤어. 자리에 누우면서 아이고 이거 밤새 뒤척이겠구나 싶었지. 하지만 금방, 아냐, 그럴 필요가 없잖아, 돌로레스, 이런 생각이 드는 거야. 이유가 뭔지 알아? 사람이 날씨를 어떻게 해 볼 수가 없는 데다가 어쨌든 날씨 같은 건 문제가 안 되니까. 하루 종일 비가 억수같이 쏟아져도 나는 그 인간한테 그 짓을 할 거였으니까. 돌아서기에는 이미 너무 멀리까지 와 버렸잖아. 그래서 나는 눈을 감고 불이 꺼지는 것처럼 스르르 잠들었어.

토요일, 그러니까 1963년 7월 20일은 아침부터 덥고, 후텁지근하고, 흐렸어. 라디오 방송에서는 저녁 때 혹시 천둥이 치면서 소나기가 몇 차례 내릴 수는 있지만 낮에는 비가 안 올 것 같다고 했지. 그래도 하루 종일 구름이 끼어 있을 거라고 했어. 그래서 해안가 사람들이 실제로 일식을 볼 확률은 반반이라고 하더라고.

그것만으로도 내 어깨에서 큰 짐을 던 것 같았어. 베라가 전부터 계획했던 대로 아침 겸 점심 뷔페 준비를 도우려고 베라네 집으로 갔을 때 나는 걱정을 뒤로 접어 두고 마음이 차분했어. 날씨가 흐린 건 문제가 아냐. 비가 오다 말다 해도 상관없었을 거야. 폭우만 아니면 호텔에 간 사람들이 지붕 위로 올라갈 거고 베라네 손님들도 물 위에 나가 있을 테니까. 다들 구름에 조금이라도 틈이 생겨서 살아 있는 동안 다시는 못 볼 광경을 보게 되기를 바라면서……. 어쨌든 메인주에서는 그 사람들이 살아 있는 동안 그런 일이 다시 일어나지는 않을 거라고 했으니까 말이야. 자네들도 알다시피 인간 본성 중에서도 희망이라는 게 얼마나 센지 몰라. 그걸 나만큼 잘 아는 사람도 없을걸.

내 기억에 금요일 밤에 베라네 집에 온 손님은 열여덟 명이었지만, 토요일 오전 뷔페에는 사람이 훨씬 많았어. 한 서른에서 마흔 명 됐나. 그 밖에 그 여편네하고 같이 배를 탈 사람들은(그 사람들은 대부분 외지 사람이 아니라 이 섬 사람들이었어.) 1시쯤에 부두에 모일 예정이었지. 낡은 프린세스호의 출발 시간은 2시였고. 4시 30분쯤에 일식이 실제로 시작될 무렵이면 아마 맥주통 두세 개가 이미 비어 있을 터였어.

나는 베라가 잔뜩 흥분해서 펄쩍펄쩍 뛰어다니고 있을 줄 알았어. 하지만 가끔은 그 여편네가 날 놀래는 걸 직업으로 삼은 게 아닌가, 그런 생각이 든다니까. 그 여편네는 빨간색과 하얀색이 섞인, 크게 부풀어 오른 모양의 옷을 입고 있었는데 드레스라기보다는 망토 같았어. 그게 카프탄*이라지, 아마. 게다가 그 여편네는 머리를 그냥 뒤로 질끈 동여매고 있었는데, 그 당시 여편네가 미장원에서 50달러나 주고 머리를 다듬던 걸 생각하면 좀 이상해.

장미 정원 근처 뒤뜰 잔디밭에 길게 뷔페 테이블을 차려 놨는데, 그 여편네는 거기를 계속 돌아다니면서 친구들하고 얘기를 하면서 웃었어. 말투며 차림새를 보아하니 친구들은 대부분 볼티모어에서 온 것 같데. 그 친구들 때문인지 그날 여편네 하는 짓이 다른 날하고 다르더라고. 여편네 기분이 손바닥 뒤집듯 홱홱 바뀐다고 했던 거 기억나? 일식이 있던 날, 그 여편네는 꽃이 가득한 꽃밭을 찾은 나비 같았어. 웃을 때도 날카로운 소리나 큰 소리를 안 냈고.

그 여편네는 내가 스크램블드에그 접시를 갖고 나오는 걸 보고 급히 다가와서 이런저런 지시를 내렸어. 그런데 그 걸음걸이가 그전 며칠하고 다른 거야. 징말 달리고 싶어 하는 사람처럼 걷더라고. 게다가 미소가 얼굴을 떠나지 않았지. 난 기분이 좋은가 보다 했어. 그래, 그런 거야. 그 여편네는 자식들이 오지 않는다는 사실을 받아들이고서, 그래도 자기가 기분 좋게 지낼 수 있다는 결론을 내린 거다, 그게 전부야……. 하지만 그 여편네를 잘 아는 사람이라면 얘기가 다르지. 베라 도너번이 기분 좋게 행복해하는 게 얼

---

* 터키 사람들이 입는 띠가 달린 긴 소매 옷.

마나 드문 일인지 아는 사람이라면 말이야. 내가 하나 가르쳐 줄까, 앤디? 내가 그 여편네를 안 지 거의 30년이 됐는데, 그 후로는 그 여편네가 정말로 행복해하는 모습을 다시는 못 본 것 같아. 그냥 만족하고 체념한 모습은 봤어도. 행복? 더운 여름날 오후에 꽃밭을 헤매는 나비처럼 행복감에 빛나는 모습? 그런 건 없었어.

"돌로레스! 돌로레스 클레이본!" 그 여편네가 말했어. 나는 나중에 한참 지난 다음에야, 그날 아침에 조가 아직 멀쩡히 살아 있었는데도 여편네가 나를 결혼 전 이름으로 불렀다는 걸 알았어. 전에는 날 그렇게 부른 적이 한 번도 없었는데. 그걸 깨닫고 나니까 온몸이 후들거리더라고. 언젠가 자기가 묻힐 묏자리 위로 거위가 지나가는 걸 본 사람처럼.

"안녕하세요, 베라. 날이 흐려서 안됐어요." 내가 말했지.

그 여편네는 후텁지근한 구름이 낮게 깔린 하늘을 흘끗 올려다보고는 미소를 지었어. "3시쯤에는 해가 나올 거야."

"꼭 해한테 명령을 내린 것 같은 말투네요."

물론 이건 그냥 농담이었어. 그런데 그 여편네가 진지한 얼굴로 짧게 고개를 끄덕하고는 이렇게 말하는 거야. "그래, 바로 맞혔어. 이제 부엌으로 달려가서 저 멍청한 출장 요리사가 왜 새로 끓인 커피 주전자를 갖고 나오지 않는지 좀 알아봐, 돌로레스."

나는 지시대로 움직이기 시작했어. 그런데 내가 네 걸음도 떼기 전에 그 여편네가 이틀 전에 그랬던 것처럼 나를 불러 세웠지. 여자가 살아남으려면 가끔 못된 년이 되어야 한다고 했던 그날 말이야. 난 여편네가 또 똑같은 소리를 하려나 보다, 그런 생각을 하면서 고개를 돌렸어. 그런데 그게 아냐. 그 여편네는 빨간색과 하얀색이 섞인 예쁜 텐트 같은 옷을 입고 엉덩이에 양손을 대고, 질끈 묶은 머리채를 한쪽 어깨 위에 올려놓은 모습으로 서 있었어. 하얀 아침 햇빛 속에서 보니까 스물한 살짜리 아가씨 같더라고.

"3시에 해가 나올 거야, 돌로레스! 내 말이 맞나 틀리나 한번 봐!"

뷔페는 11시에 끝나고, 정오쯤에는 나하고 다른 하녀들이 부엌을 독차지했지. 출장 요리사들이 두 번째 잔치를 준비하려고 아일랜드 프린세스호로 내려갔거든. 베라는 꽤 늦게 출발했어. 12시 15분쯤이었나. 마지막으로 남은 친구 서너 명을 낡은 포드 랜치 왜건에 태우고 자기가 직접 차를 몰아 부두로 갔어. 나는 1시경까지 설거지에 붙들려 있다가 그날 나 말고 하녀들 중 첫 번째라고 할 수 있는 게일 라베스크한테 이제 대충 치운 것 같으니까 나는 머리도 좀 아프고 속도 안 좋아서 집에 가 봐야겠다고 했어. 그러고 밖으로 나가려는데 캐런 졸랜더가 나를 끌어안으면서 고맙다고 하는 거야. 글쎄, 또 울고 있더라고. 내 맹세하는데, 처음 그 애를 만났을 때부터 그 애 눈에 눈물이 마르는 걸 본 적이 없다니까.

"누구한테 무슨 얘기를 들었는지 모르겠지만, 나한테 고마워할 것 없어, 캐런. 난 아무 짓도 안 했으니까." 내가 말했지.

"아무 얘기도 들은 거 없어요. 하지만 아줌마 덕분이라는 건 알아요, 세인트 조지 부인. 아줌마 말고 누가 저 늙은 아무기한테 감히 목소리를 높이겠어요?"

나는 그 애 뺨에 뽀뽀를 해 주고는 앞으로 접시만 떨어뜨리지 않는다면 전혀 걱정할 일이 없을 거라고 말해 줬어. 그리고 집으로 출발했지.

난 그날 있었던 일을 전부 기억해, 앤디. 전부. 근데 내가 베라네 집 앞 길을 벗어나서 중앙로로 접어든 다음부터는 내 평생에 제일 생생하고 생시 같은 꿈을 꾼 것 같아. 나는 속으로 계속 "지금 남편을 죽이러 집으로 간다. 지금 남편을 죽이러 간다." 이렇게 중얼거렸어. 티크나 마호가니처럼 두꺼운 나무에 망치로 못을 박듯이, 그 말을 계속 되뇌고 있으면 그 말이 내 머리에 못 박히기라도 하는 것처럼. 하지만 지금 생각해 보면 그 말은 항상 내 머릿속에 있었던 것 같아. 내 가슴이 그걸 몰랐을 뿐이지.

내가 마을에 도착했을 때는 겨우 1시 15분 정도였기 때문에 일식이 일어나려면 아직 세 시간이나 남았는데도 거리가 으스스할 정도로 텅 비어 있었어. 그걸 보니 사는 사람이 아무도 없다는 남쪽의 작은 마을이 생각났지. 그런데 하버사이드 호텔의 지붕을 올려다봤더니 그쪽은 훨씬 더 으스스한 거야. 벌써 100명도 넘는 사람들이 올라가서 이리저리 돌아다니며 씨 뿌리는 계절의 농사꾼들처럼 하늘을 쳐다보고 있더라고. 부두가 있는 아래쪽을 바라보니 프린세스호가 보여. 배하고 부두를 연결하는 다리가 내려져 있고, 원래 자동차를 싣는 곳에는 차 대신 사람들이 가득 차 있었어. 사람들은 손에 술잔을 들고 이리저리 돌아다니면서 커다란 야외 칵테일 파티를 열고 있었어. 부두에도 사람들이 미어터질 것처럼 들어차 있었어. 벌써 물에 나가서 닻을 내리고 기다리고 있는 작은 배들도 500척은 됐을 거야. 배들이 한꺼번에 그렇게 많이 나가 있는 건 내 평생 처음 봤다니까. 게다가 호텔 지붕이든, 부둣가든, 프린세스호든, 어디서나 사람들이 검은 안경을 쓰고 간유리로 된 일식 안경이나 반사경을 손에 들고 있었어. 이 섬에서 그 전에도 그 후로도 그날 같은 날은 없었어. 그날 내가 특별히 다른 생각을 하고 있지 않았어도 아마 꿈처럼 보였을 거야.

일식이 있든 없든 슈퍼 문은 열려 있데. 그 망할 인간은 세상이 멸망하는 날에도 평소 때처럼 장사를 할 인간이야. 나는 안으로 들어가서 조니워커 레드 한 명을 사서 집으로 향했지. 그리고 집에 가자마자 술병을 조한테 줬어. 특별히 티를 내지도 않고 그냥 무릎에 던져 줬을 뿐이야. 그러고는 집 안으로 들어가서 베라가 준 가방을 꺼냈지. 일식 안경하고 반사경이 든 가방 말이야. 뒤뜰 현관으로 다시 나왔더니 그 인간은 술병을 쳐들고 색깔을 보고 있더라고.

"안 마시고 계속 그렇게 감탄만 하고 있을 거야?"

내가 이랬더니 그 인간이 뭔가 수상쩍다는 표정으로 날 보는 거야.

"도대체 이게 뭐야, 돌로레스?"

"일식을 축하하는 선물이야. 마시기 싫으면 이리 줘. 개수대에 부어 버리게."

내가 손을 뻗는 시늉을 하니까 그 인간이 번개처럼 술병을 끌어당기데.

"요즘 나한테 선물을 너무 많이 주는 거 아냐? 일식이 있든 없든 우린 이런 걸 살 형편이 아니잖아." 그 인간은 이렇게 말하면서도 주머니칼을 꺼내서 봉인을 잘랐어. 조금 망설이는 기색도 없더라고.

"뭐, 솔직히 말해서, 일식 때문만은 아냐. 요즘 그냥 기분이 너무 좋고 마음이 놓여서 그 기분을 나누고 싶었을 뿐이야. 내가 보기에 당신은 술병을 봤을 때 제일 기뻐하는 것 같아서……."

나는 그 인간이 마개를 열고 목구멍에 술을 들이붓는 걸 가만히 지켜봤어. 그 인간 손이 조금 떨리고 있었지만 안됐다는 생각 같은 건 눈곱만큼도 없었어. 그 인간이 엉망진창이 될수록 내가 성공할 가능성이 높아지니까.

"뭣 때문에 기분이 그렇게 좋은데? 누가 못생긴 얼굴을 바꿔 주는 약이라도 만들었나?" 그 인간이 물었어.

"그게 금방 최고급 스카치를 사다 준 사람한테 할 소리야? 아무래도 그걸 도로 뺏어야겠네." 내가 다시 손을 뻗었더니 그 인간이 술병을 다시 끌어당겼어.

"꿈도 꾸지 마." 이러면서.

"그럼 나한테 잘해 봐. AA모임에서 감사하는 법을 배운다더니 그건 다 어디로 갔어?"

그 인간은 내 말에는 신경도 안 쓰고, 방금 손님이 내놓은 돈이 가짜가 아닌가 의심하는 점원처럼 나를 뚫어지게 보기만 했어. "도대체 왜 그렇게 기분이 좋은데? 우리 개구쟁이 녀석들 때문이구먼, 그렇지? 그 녀석들이 집에 없으니까."

"천만에. 벌써 걔들이 보고 싶은걸." 내가 말했어. 정말로 그랬으니까.

"그래, 그렇겠지." 그 인간이 술을 한 모금 마시고서 다시 물었어. "그럼 도대체 뭐야?"

"나중에 말해 줄게." 나는 이렇게 말하면서 자리에서 일어나려고 했어.

그런데 그 인간이 내 팔을 잡으면서 이러는 거야. "지금 말해, 돌로레스. 네가 그렇게 기분 좋아 보이는 걸 내가 싫어한다는 거 알잖아."

나는 그 인간을 내려다보면서 말했어. "나한테서 손을 떼는 게 좋을걸. 안 그러면 그 비싼 술병이 당신 머리 위에서 깨져 버릴지도 모르니까. 난 당신하고 싸우고 싶지 않아, 조. 특히 오늘은 더. 내가 좋은 살라미하고 스위스 치즈하고 비스킷을 좀 사 왔어."

"비스킷이라고! 나 원 참, 이 여자야!"

"됐어. 난 이제부터 베라네 손님들이 배에서 먹는 음식만큼이나 좋은 오르되브르를 만들 거니까."

"그렇게 근사한 음식을 보면 난 속이 뒤틀려. 오르되브른지 뭔지 다 집어치우고 그냥 샌드위치나 만들어 와."

"그래? 알았어."

그 인간은 벌써 바다를 바라보고 있었어. 아마 내가 배 얘기를 하는 바람에 생각이 난 거겠지. 아랫입술을 아주 보기 싫게 삐쭉 내밀고 있더라고. 바다에 배가 그렇게 많이 나가 있는 건 처음 봤어. 하늘을 보니 구름이 아주 조금 걷힌 것 같았어.

"저걸 좀 보라지!" 그 인간이 이죽거렸어. 항상 그러는 인간이니까. 우리 막내아들이 그 말투를 흉내 내려고 그렇게 애를 쓰고 있는데. "고작해야 해 앞으로 소나기 구름이 휙 지나가는 거나 마찬가지일 텐데. 그런데 금방이라도 바지에다 오줌을 쌀 것 같은 꼴들이라니. 에라, 비나 와 버려라! 네년이 일해 주는 그 건방진 씹할

년하고 다른 사람들이 전부 물에 빠져 허우적거리게 억수같이 쏟아져 버려라!"

"잘했어. 당신은 항상 유쾌하고 항상 자비심이 많다니까." 그 인간이 고개를 돌려 나를 바라보더군. 벌집을 한 움큼 뜯어낸 곰처럼 여전히 술병을 꼭 끌어안은 채로 말이야. "도대체 무슨 꿍꿍이야, 이 여자야?"

"꿍꿍이라니. 이제 안으로 들어가서 음식이나 만들어야겠네. 당신 줄 샌드위치하고 내가 먹을 오르되브르. 우리 둘이 여기 앉아서 술을 한잔하면서 일식을 구경하는 거야. 베라가 우리 두 사람 몫으로 일식 안경하고 반사경인지 뭔지를 줬다고. 일식이 끝나면 내가 왜 이렇게 기분이 좋은지 얘기해 줄게. 깜짝 선물로."

"깜짝 선물 따위 하나도 안 반가워."

"나도 알아. 하지만 이번 건 아주 스릴 있을 거야, 조. 아무리 생각해도 뭔지 짐작조차 못 할 테니." 그리고 나는 부엌으로 들어갔어. 그 인간이 내가 사 온 술을 아예 작정하고 마실 수 있게 말이야. 그 인간이 즐거운 마음으로 그 술을 마셨으면 좋겠다고 생각했어. 정말이야. 어쨌든, 그게 그 인간이 이 세상에서 마지막으로 마시는 술이니까. 이제 술을 안 마시려고 AA에 갈 필요도 없겠지. 그 인간이 가게 될 곳에서는 그런 게 필요 없잖아.

내 인생에서 그렇게 길고 그렇게 이상한 오후는 한 번도 없었어. 그 인간은 신문하고 술병을 양손에 들고 현관에서 흔들의자에 앉아 있었지. 민주당이 오거스타에서 무슨 짓을 꾸미고 있다는 얘기를 부엌 창문 너머로 나한테 주절거리면서 말이야. 그 인간은 내 기분이 왜 그렇게 좋은지 알아내야겠다는 생각을 까맣게 잊어버리고 있었어. 물론 일식도 잊어버렸지. 난 부엌에서 그 인간한테 줄 샌드위치를 만들면서 콧노래를 불렀어. 그러면서 속으로 이런 생각을 했지. '잘 만들어야 돼, 돌로레스. 저 인간이 좋아하는 빨간 양파도 좀 넣고, 톡 쏘는 맛이 나게 머스타드도 충분히 넣고. 잘 만들어야 돼. 저 인간이 이 세상에서 먹는 마지막 음식이니까.'

내가 서 있는 곳에서 헛간 가장자리 선을 따라 밖을 내다보면 하얀 바위하고 나무딸기 덤불 가장자리가 보였어. 내가 덤불 꼭대기에 매어 놓은 손수건도 여전히 그 자리에 있었지. 부엌에서도 그게 보였어. 손수건이 바람에 나풀거리고 있더라고. 그게 나풀거릴 때마다 나는 바로 그 밑에 있는 파삭파삭한 우물 뚜껑을 생각했어.

그날 오후에 새들이 지저귀던 소리까지 생생하게 기억나. 바다에 나가 있는 사람들이 서로 고함을 지르며 얘기를 주고받던 소리도. 목소리들이 멀리서 작게 들려왔는데, 꼭 라디오를 듣는 것 같았어. 심지어 내가 그때 콧노래로 부르던 노래도 기억나. 「나 같은 죄인 살리신 주 은혜 놀라워」라는 노래였지. 나는 비스킷 위에 치즈를 얹으면서 계속 그 노래를 콧노래로 불렀어.(난 그 음식을 먹고 싶은 생각이 눈곱만큼도 없었어. 하지만 내가 음식을 먹지 않는 걸 보고 조가 이상하다고 생각하는 것도 싫었지.)

내가 여급처럼 음식이 담긴 쟁반을 한 손 위에 얹고 다른 손에는 베라가 준 가방을 들고 현관으로 다시 나간 게 틀림없이 2시 15분쯤이었을 거야. 하늘에는 여전히 구름이 끼어 있었지만 그래도 날이 좀 밝아진 걸 확실히 알겠더라고.

음식도 먹어 보니 아주 훌륭했어. 조는 원래 칭찬 같은 걸 하는 사람이 아니지만, 그 인간이 샌드위치를 먹다가 신문을 내려놓고 그걸 바라보는 걸로 봐서 맛이 마음에 든 모양이야. 그때 책에서 읽은 건지 영화에서 본 건지 모르겠지만 이런 말이 생각나데. '사형수가 맛있게 식사를 했다.' 그 말을 한번 떠올리고 나니까 아무리 해도 머릿속에서 털어 버릴 수가 없더라고.

그래도 나는 음식을 계속 먹었어. 치즈를 얹은 크래커가 전부 다 없어질 때까지 계속. 그리고 콜라도 한 병을 다 마셨어. 사형 집행인들도 일이 있는 날 식욕이 왕성해지는지 모르겠다는 생각이 한두 번 머리를 스치고 지나가는데, 사람이 뭔가 힘든 일을 하려고 마음을 다잡고 있을 때 머리가 그렇게 돌아가는 걸 보면 참 우스워, 안 그래?

우리가 막 식사를 마쳤을 때 태양이 구름을 비집고 나왔어. 나는 그날 아침에 베라가 했던 말이 생각나서 시계를 내려다보고는 살짝 웃었어. 정확히 3시였거든. 바로 그때쯤 데이브 펠레티에가(데이브는 그때 이 섬에서 집배원으로 일하고 있었어.) 차를 몰고 마을로 돌아왔어. 차 뒤로 먼지 구름이 수탉 꼬리처럼 길게 피어올랐지. 데이브는 그때 선거에 온통 정신을 빼앗기고 있었어. 날이 어두워지고 한참 시간이 지날 때까지 그날 이스트 소로에 들어온 자동차는 그것뿐이야.

내가 접시하고 빈 콜라병을 쟁반에 담으려고 허리를 굽혔는데, 그때 조가 몇 년 동안 한 번도 안 하던 짓을 했어. 내 목덜미를 손으로 잡고 나한테 입을 맞춘 거야. 뭐, 최고의 입맞춤은 아니었지.

입에서는 온통 술 냄새, 양파 냄새, 살라미 냄새가 났고, 그 인간은 면도도 하지 않은 상태였으니까. 그래도 그건 틀림없는 입맞춤이 었어. 못되게 장난을 치는 것 같지도 않고, 엉터리도 아니고, 성급하지도 않은 입맞춤. 그 인간이 나한테 그렇게 괜찮은 입맞춤을 해 준 게 언제 적 일인지 기억도 안 나. 나는 눈을 감고 그 인간이 입을 맞추게 내버려뒀어. 지금도 기억나. 눈을 감고 있는데 내 입술에 그 인간의 입술이 닿고 이마에는 햇빛이 내리쪼이던 느낌. 둘 다 따스하고 기분 좋았어.

"별로 나쁘지 않았어, 돌로레스." 그 인간이 말했어. 자기 딴에는 꽤 칭찬을 해 준 거야.

그때 잠깐 내 마음이 흔들렸지. 지금 이 자리에 앉아 있다고 해서 그때 일을 다르게 말할 생각은 없어. 아주 잠깐 동안 셀리나의 몸을 주물럭거리는 조의 모습이 아니라 1945년에 자습실에서 봤던 이마가 생각난 거야. 내가 그 이마를 보면서 지금처럼 그 인간이 입맞춤해 줬으면 좋겠다고 생각했던 거, '저 사람이 입맞춤을 해 주면 입 맞추는 동안에 손을 뻗어 저 이마를 만져 봐야겠다……. 눈에 보이는 것처럼 정말로 그렇게 매끈한지 봐야지.' 그런 생각을 했던 거.

그래서 나는 손을 뻗어서 이마를 만져 봤어. 내가 세상물정 모르는 아가씨였던 그 오랜 옛날에 꿈꿨던 것처럼. 그런데 그 이마를 만지는 순간 내 안의 눈이 그 어느 때보다 활짝 떠졌어. 그리고 내가 가만히 있으면 그 인간이 무슨 짓을 할지 그 눈에 훤히 보이는 거야. 셀리나한테 마음대로 집적거리고 아이들 통장에서 훔친 돈을 써 버릴 뿐만 아니라 아이들을 모두 망쳐 버릴 거라는 생각, 조 주니어가 성적을 잘 받아 오고 역사 과목을 좋아한다고 애를 하찮게 취급하는 거, 피트가 어떤 사람을 유대인 새끼라고 부르거나 학교 친구들보고 깜둥이처럼 게으르다고 할 때마다 등을 두드려 주는 거. 그 인간은 그렇게 애들을 망가뜨리고 있었어. 항상. 내가 가만히 있으면 그 인간 때문에 애들이 아주 개차반이 될 거야. 그리고 나중에 그 인간이 죽은 다음에는 온갖 청구서하고 그 인간을 묻을 구멍밖에 안 남겠지.

뭐, 나한테는 이미 그 인간을 묻을 구멍이 있었지. 깊이가 2미터가 아니라 10미터나 되고 흙 대신에 돌덩이로 쌓아 놓은 구멍 말이야. 그럼, 구멍이 있고말고. 그 인간이 3년인지 5년인지, 하여튼 오랜만에 나한테 입맞춤 한 번 해 줬다고 해서 달라질 건 하나도 없었어. 그 인간 이마를 만진 것도 마찬가지지. 사실 그 인간의 그 보잘것없는 고추보다 그게 더 내 속을 썩였지, 뭐……. 그래도 나는 그 이마를 다시 만져 봤어. 손가락으로 이마를 만지면서 그 새 모셋 주점에서 악단이 「달빛 칵테일」을 연주할 때 그 인간이 호텔 뜰에서 나한테 입 맞췄던 생각도 하고, 그때 그 인간 뺨에서 그 인간 아버지가 쓰던 향수 냄새가 났다는 생각도 했어.

그러다가 정신을 차리고 마음을 다잡았지.

"기분 좋은데." 나는 이렇게 말하면서 쟁반을 다시 집어 들었어. "내가 설거지하는 동안 그 일식 안경하고 반사경을 좀 시험해 보지그래?"

"그 부자 년이 준 건 좆도 아냐. 그 망할 놈의 일식도 좆 같고. 세상이 어두워지는 것쯤이야 이미 겪은 일이잖아. 매일 밤마다 어두워지니까."

"그래, 좋을 대로 해." 내가 겨우 문 있는 데까지 갔을 때 그 인간이 말했어.

"우리 이따가 방에 올라가서 오랜만에 그거나 한번 할까? 어때, 여보?"

"그래, 어쩌면." 조금 있으면 좆될 인간이 그 짓은 무슨. 나는 대답을 하면서도 계속 이런 생각을 하고 있었어. 일식이 끝나고 다시 밤이 되기 전에 조 세인트 조지는 아주 황당한 일을 당할 테니까. 꿈에서도 생각해 본 적이 없는 일을.

나는 개수대에서 설거지를 하면서 계속 조심스럽게 그 인간을 지켜봤어. 그 인간이 침대에서 그냥 코 골고 방귀나 뀌면서 잠만 잔 게 벌써 몇 년이야. 내 못생긴 얼굴뿐만 아니라 술도 문제라는 걸 아마 그 인간도 나만큼 잘 알고 있었을 거야……. 십중팔구 술이 더 컸을걸. 나는 그 인간이 그게 안 설까 봐 술병을 닫아 버리지 않을까 걱정했는데 그런 재수 없는 일은 일어나지 않았어. 침대에서 나랑 그 짓을 하는 게 조한테는 그냥 변덕일 뿐이었으니까. 나한테 입 맞춘 게 그랬던 것처럼. 그런 것보다는 술이 훨씬 더 실감나는 현실이었지. 바로 손이 닿는 곳에 술병이 있었으니까 말이야. 그 인간은 가방에서 일식 안경을 꺼내서 위로 치켜들고는 이리저리 돌리면서 눈을 가늘게 뜨고 그 안경을 통해 해를 바라보고 있었어. 그걸 보고 있으니 언젠가 테레비에서 침팬지가 라디오 주파수를 맞추려고 애쓰는 모습을 본 게 생각나데. 그 인간은 일식 안경을 다시 내려놓고 술을 또 마셨어.

내가 바느질 바구니를 들고 다시 현관으로 나와 보니 그 인간은 약간 기분이 좋은 상태에서 폭음 단계로 넘어갈 때 항상 그러는 것처럼 벌써 눈가가 벌게져 올빼미 같은 얼굴을 하고 있었어. 그 인간도 나만큼이나 신경이 곤두선 눈으로 나를 봤지. 틀림없이, 저 여자가 또 잔소리를 할 건가, 뭐 그런 생각을 하고 있었을 거야.

"난 신경 쓰지 마." 내가 설탕 파이처럼 달콤한 목소리로 말했어. "난 그냥 여기 앉아서 바느질이나 하면서 일식을 기다릴 거니까. 해가 다시 나와서 잘됐어, 안 그래?"

"젠장, 돌로레스, 혹시 오늘이 내 생일인 줄 아는 거 아냐?" 그 인간이 탁하고 분명치 않은 목소리로 말했어.

"뭐, 비슷한 날일 수도 있지, 어쩌면." 나는 이렇게 말하면서 피트의 찢어진 바지를 꿰매기 시작했어.

그러고서 한 시간 반 동안 시간이 얼마나 느리게 가던지. 어렸을 때 클로리스 이모가 엘스워스로 영화를 보러 가면서 생전 처음으로 나를 데려가 주겠다고 약속했을 때 이후로 그런 적은 처음이었어. 나는 피트 바지를 다 꿰매고, 군복 천으로 만든 조 주니어 바지도 꿰맸어.(그때도 그 애는 청바지를 절대로 안 입었어. 그때 벌써 나중에 커서 정치가가 되겠다는 생각을 조금 하고 있었던 모양이야.) 그리고 셀리나의 치마도 두 벌 가져다가 단을 꿰맸지. 내가 마지막으로 한 건 조의 바지 두세 벌을 가져다가 새로 지퍼를 단 거였어. 바지가 낡기는 했지만 완전히 해어지지는 않아서 쓸 만했거든. 이걸로 저 인간을 싸서 묻으면 되겠다, 그런 생각을 했던 기억이 나.

그러고 나서, 일식 따위 아예 일어나지 않을 셈인가, 그런 생각이 막 들려는 순간에 내 손에 닿는 햇빛이 조금 흐릿해진 것 같은 거야.

"돌로레스? 네년하고 저 바보들이 기다리던 일이 일어나는 모양인데." 조가 말했어.

"응, 그런 것 같아." 문간에 비치는 빛은 아까까지만 해도 7월 오후에 흔히 볼 수 있는 강렬한 노란색이었는데 이제는 빛바랜 장미색이었어. 집 앞 진입로에 가로누워 있는 집 그림자도 이상하게 가늘어져 있었지. 그림자가 그렇게 변한 건 그 전에도, 그 후로도 한 번도 못 봤어.

나는 가방에서 반사경 하나를 꺼내 베라가 지난 일주일 동안 백 번도 넘게 가르쳐 준 대로 들었어. 그때 정말 말도 안 되는 생각이 들었지. 저 어린 여자애도 이렇게 하고 있구나. 아버지 무릎에 앉아 있는 여자아이, 그 애도 나랑 똑같은 행동을 하고 있어.

그때는 이게 무슨 뜻인지 몰랐어, 앤디. 사실 지금도 잘 모르지만, 그래도 일단 자네한테 얘길 해 줄게. 자네들한테 모든 얘기를 다 해야겠다고 이미 마음을 먹었고, 그 여자아이가 나중에도 또 생각난 적이 있으니까. 한 일이 초 동안, 난 그 애를 그냥 생각하기만 한 게 아니라 눈으로 보고 있었어. 꿈속에서 사람들을 보는 것처럼 말이야. 구약성서의 예언자들이 환상을 봤을 때도 아마 비슷했을걸. 어쨌든, 열 살쯤 돼 보이는 여자아이였는데 반사경을 손에 들고 있었어. 빨간색하고 노란색 줄무늬가 있는 짧은 원피스를 입었고(소매 대신 끈이 있는 여름용 원피스였지.) 립스틱은 페퍼민트 사탕

같은 색깔이었어. 머리는 금발이었는데 실제보다 더 성숙하게 보이고 싶었는지 뒤로 넘겨 빗었더라고. 그런데 내 눈에 보인 건 그것만이 아냐. 조를 생각나게 하는 광경도 같이 보인 거야. 그 애 아빠의 손이 그 애 다리 위 한참 높은 곳에 있었거든. 아마 있어서는 안 될 곳에 있었던 거겠지. 그러고는 그 모습이 사라져 버렸어.
"돌로레스? 무슨 일이야?" 조가 물었어.
"무슨 소리야? 일은 무슨 일이 있다고."
"잠시 네년이 이상한 얼굴을 했잖아."
"일식 때문이야." 난 정말 그랬다고 생각해, 앤디. 하지만 내가 그때하고 나중에 또다시 본 그 여자아이는 정말로 존재하는 아이이고, 내가 조하고 같이 뒤뜰 현관에 앉아 있던 바로 그 순간에 일식이 지나가는 길목 어디에선가 그 여자애도 아버지하고 같이 앉아 있었던 것 같아.
반사경을 내려다보니 거기 하얀 해가 아주 쪼그맣게 떠 있었지. 해가 하도 밝아서 불 위에 얹어 놓은 50센트짜리 동전 같았어. 그리고 검은 곡선이 그 동전의 한쪽 가장자리를 먹어 들어가고 있었어. 나는 잠시 그걸 바라보다가 조한테 시선을 돌렸어. 그 인간은 일식 안경 하나를 들고 그 안을 들여다보고 있었지.
"젠장, 정말로 사라지고 있잖아." 그 인간이 말했어.
바로 그때 풀밭에서 귀뚜라미들이 울기 시작했어. 오늘은 왠지 해가 빨리 진다면서 이제 활동을 시작할 때가 되었다고 생각했겠지. 나는 물에 나가 있는 배들을 바라봤어. 배 밑의 물 색깔이 더 어둡게 변해 있었어. 왠지 소름이 끼치면서도 굉장하다는 느낌이 드는 광경이었어. 나는 속으로 저 이상하게 어두운 여름 하늘 아래 앉아 있는 배들은 그냥 환상일 뿐이다, 그렇게 계속 중얼거렸어.

시계를 흘끗 봤더니 4시 50분이었어. 그러니까 앞으로 한 한 시간 동안 이 섬에 있는 모든 사람들이 일식만 생각하고 일식만 볼 거라는 얘기야. 이스트 소로는 텅 비어 있었고, 이웃 사람들은 아일랜드 프린세스호가 아니면 호텔 지붕에 올라가 있었어. 내가 정말로 그 인간을 끝장낼 생각이라면, 슬슬 시작해야 할 때가 온 거야. 창자가 꼬일 대로 꼬여서 커다란 스프링이 되어 버린 것 같더군. 그리고 내가 본 광경, 어린 여자아이가 아빠의 무릎 위에 앉아 있는 그 광경을 머리에서 지울 수가 없었어. 하지만 그렇다고 해서 잠시라도 할 일을 그만두거나 딴 데 정신을 쏟을 수는 없었지. 지금 이 일을 제대로 해내지 않으면 절대 못 할 테니까.

나는 반사경을 바느질 바구니 옆에 내려놓고 말했어.

"조."

"뭐?" 그 인간이 물었어. 전에는 일식 얘기가 나오면 코웃음을 치던 사람이 실제로 일식이 시작되니까 눈을 떼질 못하는 거야. 그 인간은 머리를 뒤로 젖히고 있었는데, 눈에 대고 있는 일식 안경 때문에 얼굴에 빛이 바랜 것 같은 웃기는 그림자가 져 있었어.

"이제 깜짝 선물을 받을 시간이야."

"무슨 깜짝 선물?" 그 인간이 이렇게 물으면서 일식 안경을 아래로 내리고 나를 봤어. 일식 안경은 특수하게 깎은 유리 두 장을 틀 안에 끼워 놓은 것일 뿐이야. 나는 그 인간이 일식에 홀려서 그렇게 안경을 들여다보고 있었던 게 아니라는 걸 알 수 있었어. 적어도 완전히 일식에 홀린 건 아냐. 얼굴 표정이 이상해진 데다 그 인간이 하도 심하게 비틀거리고 있어서 조금 겁이 났어. 그 인간이 내 말을 알아듣지 못한다면, 내 계획은 제대로 시작되기도 전에 삐걱거릴 테니까 말이야. 그러면 정말 어떻게 해야 할지. 그리고 내가 유일하게 알고 있는 단 한 가지 사실, 그러니까 내가 여기서 뒤돌아설 생각이 전혀 없다는 사실 때문에 죽을 만큼 무서웠어. 일이 아무리 잘못되더라도, 나중에 무슨 일이 일어나더라도 나는 거기서 돌아설 생각이 없었어.

그때 그 인간이 한 손으로 내 어깨를 잡고는 나를 흔들어 댔어.

"도대체 무슨 소리를 하는 거야, 이 여자야?"

"아이들 통장에 있던 돈 알지?"

그 인간 눈이 조금 가늘어졌어. 그 인간은 절대 내가 처음 생각했던 것만큼 취한 게 아냐. 그것 말고도 내가 깨달은 게 또 있었는데, 그 한 번의 입맞춤으로 바뀐 건 하나도 없다는 거, 그거였지. 뭐, 누구나 입 맞출 수 있는 법이니까. 가룟 유다도 로마인들한테 예수가 누군지 가르쳐 줄 때 예수한테 입을 맞췄잖아.

"그게 뭐?" 그 인간이 말했어.

"당신이 가져갔지."

"웃기지 마!"

"가져갔잖아. 당신이 셀리나한테 못된 짓을 하고 있다는 걸 알고 나서 은행에 갔어. 돈을 찾아서 아이들을 데리고 당신한테서 도망치려고."

그 인간이 입을 쩍 벌리고는 잠깐 동안 날 그렇게 바라보기만 했어. 그러다가 웃기 시작하는데, 흔들의자에 앉은 채 몸을 뒤로 젖히고는 정신없이 웃어 대는 거야. 그 인간 주위로 날은 점점 어두워지고 있었고. "그래, 네년이 속았지, 그치?" 그 인간은 이렇게 말하고 나서 술을 조금 따르고는 다시 일식 안경으로 하늘을 쳐다봤어. 이번에는 그 인간의 얼굴에 그림자가 거의 안 졌어. "절반이 없어졌어, 돌로레스! 이미 절반이 없어졌다고. 어쩌면 더 없어졌는지도 몰라!"

나는 내 반사경 속을 내려다봤어. 그 인간 말이 사실이야. 50센트짜리 동전 같은 해가 절반밖에 안 남았더라고. 그나마 나머지 절반도 계속 작아지고 있었어.

"응. 절반이 사라졌네. 그 돈은 말야, 조……."

"그런 건 잊어버려. 그 작은 머리로 골치 아프게 생각하지 말라고. 그 돈은 아주 잘 있으니까."

"아, 난 돈을 걱정하는 게 아냐. 전혀. 하지만 당신이 날 그런 식으로 속였다는 게, 그게 마음에 걸려."

그 인간은 생각에 잠긴 것처럼 엄숙한 표정으로 고개를 끄덕였어. 마치 다 이해한다는 듯이, 심지어 연민까지 느껴진다는 듯이. 하지만 그 표정은 오래가지 못했지. 그 인간이 금방 다시 웃음을 터뜨렸거든. 하나도 무섭지 않은 선생님한테 야단을 맞은 아이처럼. 그 인간이 하도 정신없이 웃는 바람에 입에서 침방울이 튀어나와 작은 은색 구름처럼 사방에 흩어졌어.

"미안해, 돌로레스." 그 인간이 간신히 웃음을 그치고 말했어. "웃을 생각은 아니었는데, 그래도 어쨌든 내가 네년한테 한 방 먹인 거야, 그렇지?"

"그럼." 내가 대답했어. 어쨌든 그게 진실이었으니까.

"네년을 아주 제대로 속여 넘겼단 말씀이야."

그 인간은 무슨 기막힌 우스갯소리를 들은 사람처럼 고개를 흔들며 웃어 댔어.

"그래. 하지만 사람들이 뭐라고 하는지 알아?"

"아니." 그 인간이 일식 안경을 무릎에 털썩 내려놓고 고개를 돌려 나를 쳐다봤어. 얼마나 웃었는지 핏발이 선 돼지 같은 눈에 눈물이 고여 있더군. "무슨 일이 생기든 항상 할 말이 있는 건 네년이잖아, 돌로레스. 간섭하기 좋아하는 중뿔난 마누라한테 마침내 한 방 먹인 남편을 두고 사람들이 뭐라고 하는데?"

"'한 번 속는 건 속인 사람 잘못이지만 두 번 속으면 속은 내가 잘못이다.' 당신은 셀리나 일로 나를 속였어. 그리고 그 돈을 가져가면서 나를 속였지. 하지만 이제 나도 마침내 당신을 따라잡은 것 같아."

"뭐, 그럴 수도 있고 아닐 수도 있겠지. 하지만 내가 그 돈을 써 버릴까 봐 걱정할 필요 없어. 왜냐하면……."

이때 내가 끼어들었어. "걱정 안 해. 아까 벌써 말했잖아. 전혀 걱정 안 한다고."

그 인간이 그때 무서운 눈으로 나를 봤어, 앤디. 웃음 띤 표정이 조금씩, 조금씩 사라지고 있었어. "또 그 똑똑한 척하는 얼굴이군. 난 그 얼굴 별로 안 좋아해."

"만만치 않은 년이지."

그 인간은 한참 동안 나를 쳐다봤어. 내가 무슨 생각을 하고 있는 건지 알아내고 싶었겠지. 하지만 아마 그 어느 때보다 더 내 생각을 알 수 없었을 거야. 그 인간이 또 아랫입술을 쑥 내밀면서 한숨을 쉬었어. 이마로 흘러내렸던 머리카락이 뒤로 넘어갈 정도로 세게.

"여자들은 대개 돈에 대해 아무것도 몰라, 돌로레스. 네년도 마찬가지야. 내가 그 돈을 전부 한 통장에 넣었어. 그게 다야……. 그러면 이자가 더 붙는다고. 내가 네년한테 말하지 않은 건 네년의 그 무식한 잔소리를 듣기 싫어서 그런 거야. 뭐, 어떨 때는 할 수 없이 그런 잔소리를 들을 때도 있지. 사실이 항상 그렇고. 그래도 질린 건 질린 거야." 이 말을 하고 나서 그 인간은 다시 일식 안경을 들어 올렸어. 이 얘기는 이걸로 끝이다, 이거지.

"당신 이름으로 된 통장이겠지." 내가 말했어.

"그래서 뭐?" 그 인간이 물었어. 마치 황혼이 절정에 이르렀을 때처럼 사방이 어둡고, 지평선에 보이는 나무들도 점점 희미해지고 있었지. 집 뒤에서 미국 쏙독새 우는 소리가 들리고, 어딘가에서 유럽 쏙독새도 울고 있었어. 기온도 떨어진 것 같았어. 기분이 얼마나 이상하던지……. 이유는 모르겠지만 현실로 변해 버린 꿈속에 있는 것 같았어. "그 통장을 내 이름으로 해서 안 될 게 뭐 있어? 난 걔들 아빠잖아, 안 그래?"

"그래, 그 애들 몸속에 당신 피가 흐르고 있는 건 사실이지. 그런 게 아빠라면, 당신도 아빠일 거야."

그 인간이 이 말을 갖고 꼬투리를 잡아 물고 늘어져 볼까 생각해 보는 눈치야. 근데 별로 그럴 만한 건덕지가 없다고 생각한 것 같아.
"그 얘긴 이제 그만해, 돌로레스. 더 하면 가만 안 둬."
"뭐, 조금만 더 하면 안 될까? 당신, 깜짝 선물을 까맣게 잊어버렸잖아." 내가 살짝 웃으면서 말했어.
그 인간이 다시 수상쩍은 얼굴로 나를 쳐다봤지. "도대체 무슨 얘기를 나불대는 거야, 돌로레스?"
"내가 존스포트의 코스털 노던 은행에서 저축을 담당하고 있는 사람을 만나러 갔었어. 피즈 씨라고, 좋은 사람이야. 내가 일이 어떻게 된 건지 설명했더니 아주 당황하더라고. 특히 내가 원래 통장을 보여 주면서 당신이 말한 것처럼 잃어버린 게 아니라고 하니까 얼마나 당황하던지."
이 말을 듣는 순간 조는 일식을 까맣게 잊어버렸어. 뭐, 원래 일식에 별로 관심이 있었던 것도 아니지만. 어쨌든 그 망할 놈의 낡은 흔들의자에 가만히 앉아서 눈을 커다랗게 뜨고 나를 노려보는 거야. 이마를 보니 금방이라도 벼락을 칠 것 같고, 입술은 무슨 흉터처럼 하얗고 가늘게 변해 있었어. 그런 얼굴로 일식 안경을 무릎에 내려놓고 손을 쥐었다 폈다 하고 있더라고. 아주 천천히.
"알고 보니 당신이 그런 짓을 하면 안 되는 거였어. 피즈 씨가 돈이 아직 은행에 있는지 확인해 줬는데, 돈이 아직 있다는 걸 알고는 우리 둘 다 얼마나 안심했는지 몰라. 피즈 씨가 나더러 경찰서에 신고를 하겠느냐고 하는데, 그 사람 얼굴을 보니까 내가 싫다고 하기를 간절히 바라는 표정이야. 그래서 내가 피즈 씨한테 그 돈을 나한테 내줄 수 있느냐고 물었어. 피즈 씨가 어떤 책을 들여다보더니 할 수 있대. 그래서 내가 그랬지. '그럼 그렇게 합시다.' 그래서 피즈 씨가 그렇게 해 줬어. 내가 그래서 애들 돈 걱정을 안 하는 거야, 조. 지금 그 돈을 갖고 있는 건 당신이 아니라 나거든. 정말 깜짝 놀랐지?"

"거짓말!" 조가 나한테 소리를 지르면서 벌떡 일어섰어. 흔들의자가 하마터면 넘어질 뻔했으니까. 일식 안경이 무릎에서 떨어져 현관 바닥에 부딪히면서 산산조각 났지. 그때 그 인간 얼굴을 사진으로 찍어 뒀어야 하는 건데. 그리고 칼처럼 그걸로 그 인간을 찌르는 거야. 손잡이까지 쑥 들어가도록. 그 더러운 개자식이 그런 얼굴을 한 것만으로도 셀리나하고 같이 배를 타고 오면서 얘기를 들은 날 이후로 내가 겪은 온갖 일들이 거의 다 보상되는 것 같더라고. "은행은 그런 짓 못 해!" 그 인간이 고함을 질렀지. "네년은 그 돈에 한 푼도 손댈 수 없어. 그 망할 놈의 통장조차 구경도 못할……."

"그래? 그럼 당신이 벌써 300달러를 썼다는 걸 내가 어떻게 알고 있을까? 당신이 더 써 버리지 않은 게 고맙지만, 그래도 그 돈을 생각할 때마다 속에서 열불이 나. 당신은 도둑놈이야, 조 세인트 조지. 그것도 자식들 돈까지 훔치는 비열한 도둑놈이라고!"

어둠 속에서 그 인간의 얼굴이 시체처럼 창백해졌어. 오직 눈만 살아 있었는데, 그 눈이 증오로 이글거리고 있었지. 그 인간은 양손을 앞으로 내밀고 주먹을 쥐었다 폈다 했어. 잠깐 바닥을 내려다보았더니 이제 절반도 남지 않아서 뚱뚱한 초승달처럼 변해 버린 해가 그 인간 발 옆에 흩어져 있는 깨진 유리 조각 하나하나에 죄다 비치고 있었어. 나는 다시 그 인간을 쳐다봤어. 그 인간이 그렇게 화를 내고 있는데 딴 데를 오래 볼 수는 없는 노릇이니까.

"그 300달러 어디다 썼어, 조? 창녀? 포커? 아니면 둘 다? 털털이 자동차를 또 산 게 아닌 건 분명해. 뒤뜰에 새로 나타난 자동차가 없으니까."

그 인간은 아무 말도 안 했어. 그저 주먹을 쥐었다 폈다 하면서 가만히 서 있을 뿐이야. 그 인간 등 뒤로 번개가 바늘땀처럼 마당에 떨어지기 시작하는 게 보였어. 물에 나가 있는 배들은 마치 유령처럼 변해 있었지. 베라가 생각났어. 만약 그 여편네가 벌써 하늘나라에 가 있는 게 아니라면 아마 집으로 돌아와 있을 거다, 그런 생각. 뭐, 그때 꼭 베라를 생각해야 되는 이유 같은 건 없었어. 내가 반드시 생각해야 되는 건 바로 조였지. 난 그 인간이 움직이게 만들고 싶었어. 한 번만 더 그 인간을 찔러 대면 될 것 같다 싶었어.

"뭐, 당신이 그 돈을 어디다 썼든 별로 상관없어. 나머지는 내가 갖고 있으니까. 나한테는 그걸로 충분하거든. 당신은 그냥 가서 혼자 그 짓이나 하며 놀아……. 흐물흐물 늘어진 게 국수 가락 같은 그 물건을 일으켜 세울 수 있다면 말이지만."

그 인간이 비틀비틀 다가와서 내 팔을 움켜쥐었어. 깨진 일식 안경 조각들이 그 인간 발에 밟혀서 바스라졌지. 하려고만 했으면 아마 그 인간을 뿌리치고 도망칠 수 있었겠지만 그럴 생각이 없었어. 그때는.

"입 조심해. 그러지 않으면 내가 네년의 입을 조심하게 만들어

버릴 것 같으니까." 그 인간이 내 얼굴에 술 냄새를 훅훅 불어 대면서 낮게 말했어.

"피즈 씨는 내가 은행에 다시 돈을 집어넣었으면 했지만 난 그러기 싫었어. 당신이 아이들 통장에 있던 돈도 가져갔으니 내 통장에 있는 돈도 가져갈 수 있을 것 같아서 말이야. 그랬더니 피즈 씨는 나한테 수표를 끊어 주겠다고 했어. 하지만 내가 한 짓을 당신이 너무 일찍 알아 버리면 당신이 더 이상 돈을 안 내놓을 것 같더라고. 그래서 피즈 씨한테 현금으로 달라고 했는데, 피즈 씨는 별로 내키지 않는 기색인데도 결국 그렇게 해 줬어. 그래서 지금 내가 그 돈을 갖고 있는 거야. 한 푼도 빠짐없이. 그 돈을 안전한 곳에 넣어 뒀지."

이 말을 듣더니 그 인간이 내 목을 움켜쥐었어. 난 그 인간이 그럴 줄 알고 있었고 겁도 났지만 그래도 오히려 그 인간이 그러기를 바라고 있었어. 그래야 내가 준비한 마지막 대사를 그 인간이 완전히 믿을 테니까. 하지만 가장 중요한 건 그게 아니야. 그 인간이 내 목을 그렇게 움켜쥐게 만듦으로써 내 행동이 정당방위처럼 보이게 하는 거, 그게 제일 중요하지. 사실 법에 뭐라고 돼 있는지는 몰라도 그건 진짜 정당방위였어. 틀림없이 정당방위야. 내가 알아. 그 자리에 있었던 건 나지, 법이 아니니까. 어쨌든 나는 나 자신을 지키고, 내 아이들을 지키고 있었던 거잖아.

그 인간이 고함을 지르면서 내 목을 졸랐다가 놓았다가 하는 바람에 숨이 막혔어. 그때 일이 전부 기억나지는 않아. 아마 그 인간이 내 머리를 현관 기둥에 한두 번 찧었을 거야. 나더러 망할 년이라면서 자기한테 돈을 돌려주지 않으면 날 죽여 버리겠대. 그 돈이 자기 것이라나. 그런 멍청한 소릴 하다니. 어쨌든 이러다가 내가 그 인간한테 꼭 해야 하는 말을 하기도 전에 정말로 날 죽여 버릴까 봐 슬슬 겁이 나더라고. 마당이 훨씬 더 어두워져 있었는데, 꼭 작은 바늘땀 같은 빛이 마당을 가득 채우고 있는 것 같았어. 아까 봤을 때는 개똥벌레들이 한 일이백 마리밖에 안 되는 것 같았는데 이제 수만 마리로 늘어난 모양이야. 게다가 그 인간 목소리가 너무 멀게 들려서 이제 다 틀렸나 보다 싶었지. 그 인간이 아니라 내가 우물로 떨어진 줄 알았거든.

한참 만에 그 인간이 날 놔줬어. 난 어떻게든 안 쓰러지려고 했는데 다리가 말을 안 듣는 거야. 그래서 그럼 쓰러지더라도 아까 앉았던 의자로 쓰러지자, 그랬는데 그 인간이 날 잡아당기는 통에 의자에서 너무 떨어져 버렸기 때문에 내 엉덩이가 의자 가장자리를 스치면서 그냥 바닥에 쓰러져 버렸어. 깨진 일식 안경 조각들이 흩어져 있는 바닥에 쓰러진 거야. 그 깨진 조각 중에 큰 조각이 하나 있었는데 거기 비친 초승달 모양의 햇빛이 보석 같았어. 나는 손으로 그 조각을 집으려다가 그만뒀어. 그 인간이 나한테 그럴 기회를 준다 해도 그 인간을 벨 생각은 없었으니까. 그 인간을 베면 안 되지. 유리에 베인 상처가 생기면 나중에 이상하게 보일지도 모르니까. 그러니까 그때 내가 어떤 생각을 하고 있었는지 알겠지? ……1급 살인하고 2급 살인은 아주 분명하게 구분되잖아. 그치, 앤디? 나는 유리 대신 내 반사경을 붙잡았어. 반사경은 뭔지 종류를 알 수 없는 무거운 나무로 되어 있었어. 내가 필요하다면 그걸로 그 인간을 후려치려고 그런 것 같지? 아냐, 그럴 생각은 없었어. 사실 그때 내가 별로 생각 같은 걸 할 수 있는 상태도 아니었고.

기침이 나왔어. 기침이 하도 심해서 목에서 피를 토하지 않는 게 이상할 정도더라고. 목구멍이 불에 덴 것처럼 얼마나 아프던지.

그 인간이 내 속치마 어깨 끈이 끊어질 정도로 우악스럽게 나를 일으켜 세우더니 내 목을 한쪽 팔로 끌어안고는 입을 맞춰도 좋을 정도로 나를 가까이 끌어당겼어. 뭐, 그 인간은 이제 나랑 입 맞출 만한 기분이 아니었지만 말이야.

"나한테 그렇게 건방지게 굴면 어떻게 될지 이미 말했지." 그 인간이 말했어. 꼭 울고 있던 사람처럼 눈이 젖어서 그 얼굴이 진짜 웃겼어. 하지만 마치 내가 그 자리에 없는 것처럼 그 눈이 내 몸을 그냥 통과해 내 뒤를 보고 있는 것 같아서 무섭더라고. "백만 번도 더 말했을 거다. 이제 내가 그냥 농담을 한 게 아니라는 걸 알겠어, 돌로레스?"

"그래." 그 인간이 아까 내 목을 하도 심하게 졸랐기 땜에 목구멍 가득 진흙이 들어찬 것 같았어. "그래, 알아."

"다시 말해!" 그 인간은 여전히 내 목을 팔로 끌어안고 있었는데, 팔에다 세게 힘을 주는 바람에 신경이 꼬집힌 것처럼 아파서 비명을 질렀어. 너무 아파서 어쩔 수가 없더라고. 그랬더니 그 인간이 씨익 웃는 거야. "다시 제대로 말해!"

"알아! 안다고!" 나는 비명을 지르는 것처럼 소리쳤어. 난 원래 겁먹은 척 연기를 할 생각이었는데, 조 덕분에 억지로 연기를 할 필요가 없어졌지 뭐야. 결국 그날 하루 종일 난 전혀 연기를 안 했어.

"좋아. 듣기 좋군. 이제 돈이 어디 있는지 말해. 한 푼이라도 모자라면 죽을 줄 알아."

"저기 헛간 뒤에 있어." 이젠 목구멍에 진흙이 가득 찬 것 같은 느낌이 없었어. 내 말투는 오히려 조금 이죽거리는 것처럼 변해 있었지. 그게 그때 상황하고도 그럭저럭 맞아떨어졌어. 내 말이 무슨 뜻인지 알겠어? 나는 돈을 항아리에 넣어서 나무딸기 덤불 속에 숨겨 놨다고 그 인간한테 말했어.

"여자들 하는 짓이란!" 그 인간이 이렇게 이죽거리더니 현관 계단 쪽으로 나를 툭 밀면서 말했어. "좋아, 이리 와. 그걸 가지러 가야지."

내가 현관 계단을 내려가서 집 옆으로 돌아갈 때까지 조가 내 뒤를 바짝 따라왔어. 이미 거의 한밤중처럼 날이 어두웠지. 그렇게 헛간에 도착했는데, 갑자기 뭔가 너무 이상한 게 보여서 잠시 동안 다른 걸 모두 잊어버렸어. 나는 그 자리에 서서 잔뜩 엉켜 있는 나무딸기 덤불 위의 하늘을 가리켰어. "저기 좀 봐, 조! 별이야!"

그래, 별들이 나와 있었던 거야. 큰곰자리가 겨울밤처럼 뚜렷하게 보였다고. 그걸 보니까 나는 온몸에 소름이 돋았지만 조는 그게 뭐 어쨌다는 거냐, 그런 식이었어. 그러면서 나를 얼마나 세게 밀었는지 하마터면 넘어질 뻔했어. "별? 시간을 끌어 보려고 별 짓거리를 다하네. 빨리 가. 그러면 별 따위 얼마든지 보게 될 테니까."

나는 다시 걷기 시작했어. 우리 그림자는 이미 완전히 없어져서 안 보이고, 1년 전 그날 밤에 내가 셀리나하고 같이 앉았던 하얀 바위는 무슨 무대 조명처럼 하얗게 두드러져 보였지. 보름달이 뜬

날 밤에 그랬던 것처럼. 그날 그 빛은 달빛하고 달랐어, 앤디. 뭐라고 설명해야 할지. 아주 우울하고 괴상한 빛이었는데. 그래도 그 빛으로 만족하는 수밖에. 달빛이 비칠 때처럼 물건들 사이의 거리를 가늠하기가 어려웠어. 춤추는 개똥벌레들 뒤로 그냥 모든 게 커다란 얼룩 같았지.

베라는 일식을 직접 바라보는 게 위험하다고 나한테 누누이 말했어. 그랬다간 망막이 타 버릴 수도 있고, 아예 눈이 멀 수도 있다고. 그런데도 나는 고개를 돌려서 어깨 너머로 하늘을 한 번만 살짝 바라보고 싶다는 생각을 떨칠 수가 없었어. 롯의 아내가 소돔을 마지막으로 한 번만 돌아보고 싶다는 유혹을 이기지 못한 것처럼. 나는 그때 내가 본 광경을 지금까지 잊은 적이 없어. 조 생각을 한 번도 안 하고 몇 주나 몇 달을 보내는 경우는 있어도 그날 오후에 어깨 너머로 하늘을 올려다봤을 때 내가 본 광경을 생각하지 않는 날은 하루도 없어. 롯의 아내는 계속 앞만 봐야 한다는 명령을 어긴 죄로 소금 기둥이 됐잖아. 가끔은 나도 같은 대가를 치르지 않은 게 신기하다 싶어.

일식은 아직 다 진행된 게 아닌데도 해가 거의 다 가려져 있었어. 하늘은 짙푸른 자줏빛이었는데, 바다 위에 떠 있는 해가 마치 커다란 검은색 눈동자 같았어. 얇은 베일 같은 불꽃에 둘러싸인 눈동자. 한쪽 편에 얇은 초승달 모양으로 해가 아직 남아 있었는데 그건 용광로 속에서 금이 녹아 방울로 맺혀 있는 것 같았어. 그 모습을 보는 게 나하고 전혀 상관없는 일이라는 걸 알면서도, 한 번 보고 나니까 도저히 눈을 뗄 수가 없는 거야. 그건 마치…… 음, 자네가 웃을지도 모르지만, 그건 마치 내 안의 눈이 내 몸에서 나와서 하늘에 둥둥 떠서 내가 일을 어떻게 해내는지 바라보고 있는 것 같았어. 하지만 그게 그렇게 클 줄은 정말 꿈에도 몰랐어! 그렇게 새까말 줄도!

조가 나를 또 밀어서 헛간 벽에 처박아 버리지 않았다면 아마 완전히 눈이 멀 때까지 그걸 보고 있었을 거야. 나는 그 인간 덕분에 정신을 차리고 다시 걷기 시작했지. 내 눈앞에 커다란 파란색 점 같은 게 매달려 있는 듯했어. 사진을 찍을 때 플래시를 터뜨리면 그렇잖아, 왜. 속으로 이런 생각이 들었어. 망막이 다 타 버려서 앞으로 평생 동안 그걸 바라보며 살아야 한다 해도 억울할 것 하나도 없다, 돌로레스. 카인이 짊어졌던 죄의 표식보다 더하지는 않을 테니까.

우리는 하얀 바위를 지나갔어. 조는 내 옷 목덜미를 쥔 채 내 바로 뒤에서 따라오고 있었지. 속치마가 어깨 끈이 끊어진 쪽으로 흘러내리는 게 느껴졌어. 날이 어두운 데다 세상 만물 한가운데에 그 커다란 파란색 점이 떠 있어서 모든 게 궤도를 벗어나 이상해진 것 같았어. 헛간 끝부분은 그냥 시커먼 덩어리였어. 꼭 누가 가위를 갖고 와서 하늘을 지붕 모양으로 오려 놓은 것처럼.

그 인간이 나를 나무딸기 덤불 가장자리로 밀었지. 종아리가 가시에 찔리는 순간 청바지를 입고 오는 걸 잊어버렸다는 걸 알았어. 그러다 보니 또 잊어버린 게 있는지 모르겠다는 생각이 들긴 하는데, 그런 게 있더라도 이제 와서 어떻게 해 볼 수도 없잖아. 마지막 남은 빛 속에서 내가 묶어 놓은 천 조각이 펄럭이는 게 보였어. 그때서야 그 밑에 우물 뚜껑이 있다는 게 기억났지. 나는 그 인간의 주먹을 뿌리치고 덤불 속으로 무작정 뛰어들었어.

"어디 가, 이 나쁜 년아!" 그 인간이 나한테 고함을 지르면서 뒤를 쫓아오는데 그 바람에 가지들이 뚝뚝 부러지는 소리가 들렸어. 그 인간이 손으로 내 옷의 목덜미를 다시 잡으려다가 아슬아슬하게 놓치는 게 느껴졌지. 나는 홱 몸을 비틀어서 그 인간의 손을 피하고는 계속 달렸어. 속치마가 흘러내리면서 계속 덤불에 걸렸기 때문에 달리기가 힘들었어. 결국 속치마가 가지에 걸려 길게 찢어지면서 내 다리의 살점도 한 움큼 떨어져 나갔어. 무릎에서부터 발목까지 피투성이가 됐는데도 나는 한참 나중에 집으로 돌아올 때까지 그걸 몰랐어.

"이리 와!" 그 인간이 고함을 질렀어. 이번에는 그 인간 팔이 내 팔에 닿는 게 느껴지는 거야. 내가 팔을 홱 잡아당기는 바람에 그 인간은 대신 속치마를 붙들었지. 그때 속치마가 신부의 면사포 자락처럼 내 뒤에서 휘날리고 있었거든. 만약 속치마가 계속 버텨 줬다면 아마 그 인간이 큰 물고기를 잡으려고 낚싯대를 감는 것처럼 나를 잡아들였을 거야. 하지만 속치마는 이미 이삼백 번쯤 빨래통에 들어갔다 나왔기 땜에 낡을 대로 낡아 있었어. 천 조각이 찢어져 버리니까 그 인간이 욕설을 퍼붓는 소리가 들려. 조금 숨이 찬 목소리로. 덤불이 공중에서 뚝뚝 부러지면서 채찍처럼 휘날리는 소리가 들렸지만 내 눈에는 아무것도 안 보였어. 일단 나무딸기 덤불 속으로 들어오고 나니까 사방이 짐승 똥구멍보다 더 어둡더라고. 그래서 내가 묶어 둔 손수건도 별로 소용이 없었어. 대신 우물 뚜껑 가장자리가 눈에 들어왔어. 내 앞의 어둠 속에서 뭔가 하얀 것이 희미하게 잠깐 보인 거야. 나는 있는 힘을 다해서 그걸 뛰어 넘었어. 그래서 거길 벗어났는데, 그 인간한테 등을 보이고 있었기 땜에 그 인간이 그 위에 발을 디디는 걸 실제로 보지는 못했어. 그냥 우두둑 하는 소리가 크게 나더니 그 인간이 고함을 질러 대는 거야.

아냐, 그게 아냐.

그 인간이 그냥 고함을 지른 게 아냐. 자네도 다 알지? 그 인간은 덫에 발이 걸린 토끼처럼 비명을 질러 댔어. 뒤로 돌아서서 보니까 뚜껑 한가운데에 커다란 구멍이 뚫려 있어. 그 구멍으로 조의 머리가 나와 있었는데, 그 인간은 부서진 판자 조각에 죽을힘을 다해 매달려 있었어. 손에서 피가 흐르고, 입가에도 턱을 따라 핏줄기가 보이고, 눈은 문고리만큼이나 크게 뜨고.

"제발, 돌로레스. 이거 그 옛날 우물이잖아. 나 좀 꺼내 줘, 빨리. 밑으로 완전히 빠져 버리기 전에."

나는 그냥 가만히 서 있었지. 그리고 조금 있다가 그 인간 눈빛이 변했어. 지금까지 내가 뭣 때문에 그런 행동을 했는지 깨달은 거야. 내 평생 그때만큼 겁났던 적이 없어. 서쪽 하늘에는 새까만 해가 떠 있고, 나는 우물 뚜껑 반대편에 서서 그 인간을 뚫어지게 바라보고 있던 그때만큼. 나는 청바지를 입고 오는 걸 잊어버렸고, 그 인간은 내가 생각했던 것처럼 곧장 우물 속으로 떨어지지 않았어. 모든 일이 다 잘못될 것만 같았어.

"이, 이 나쁜 년." 그 인간이 이렇게 말하고는 손톱이 파묻히도록 판자를 붙들고 몸부림을 치며 위로 올라오려고 했어.

나는 도망쳐야 한다고 속으로 중얼거렸지만 다리가 꼼짝을 않는 거야. 사실 뭐 그 인간이 무사히 빠져나온다면 어디 도망칠 데도 없었지. 일식이 있던 그날 내가 깨달은 게 하나 있는데, 섬에 사는 사람이 누군가를 죽이려면 솜씨가 아주 좋아야 한다는 거야. 서투르게 했다가는 도망칠 데도, 숨을 데도 없는 신세가 될 테니까.

그 인간이 손을 차례로 움직이면서 우물 밖으로 빠져나오려고 애쓰는 동안 낡은 판자에 손톱이 닿아서 긁히는 소리가 들렸어. 그 소리를 듣고 있으려니 까맣게 먹혀 버린 해를 바라봤을 때하고 똑같은 기분이야. 그 느낌이 지금도 떠나질 않아. 가끔 꿈속에서 그 소리가 들리지. 그런데 꿈속에서는 그 인간이 우물을 빠져나와서 다시 나를 쫓아오기 시작하는 거야. 사실은 그게 아니었는데. 그 인간이 붙들고 있던 판자가 그 인간 몸무게 땜에 갑자기 뚝 부러지면서 그 인간이 아래로 떨어져 버렸거든. 하도 순식간에 일어난 일이라서 그 인간이 처음부터 거기 없었던 것 같더라고. 눈 깜짝할 사이에 한가운데에 울퉁불퉁하게 새까만 구멍이 난 낡은 회색 판자만 남았으니까. 그 위에서 개똥벌레들이 붕붕거리면서 날아다녔어.

그 인간은 아래로 떨어지면서 또 비명을 질렀어. 그 소리가 우물 벽에 메아리쳤지. 나는 그 인간이 떨어지면서 비명을 지를 거라고는 미처 생각하지 못했어. 그렇게 비명 소리가 들리다가 털썩 하는 소리가 나더니 조용해졌어. 비명 소리가 뚝 그쳐 버린 거야. 벽에서 플러그를 뽑으면 램프가 순식간에 꺼져 버리는 것처럼.

나는 땅바닥에 무릎을 꿇고 앉아 내 허리를 끌어안고 이제 일이 다 끝난 건지 확인하려고 잠시 그대로 있었어. 그렇게 얼마나 시간이 흘렀는지 마지막 남아 있던 빛이 완전히 꺼져 버렸어. 해가 완전히 가려져서 주위가 밤처럼 어두워진 거야. 그래도 우물에서는 아무 소리도 안 나. 그냥 우물이 있는 쪽에서 산들바람만 약하게 불어 왔어. 그때 그 냄새를 알아챘어. 얕은 우물에서 나온 물속에 몸을 담갔을 때 나는 냄새 알아? 구리 같은 냄새가 난다고. 축축하고 조금 기분 나쁜 냄새. 그때 그 냄새가 났어. 그 냄새를 알아채는 순간 몸이 부르르 떨렸어.

내 속치마가 거의 왼쪽 신발 위까지 내려와 있는 게 보였어. 아주 갈기갈기 찢어져서 걸레가 돼 있더군. 나는 오른쪽 목덜미를 통해 옷 속으로 손을 집어넣어서 그쪽 끈도 끊어 버리고 속치마를 내려서 벗었어. 그걸 공처럼 둘둘 말아 들고 우물 뚜껑을 돌아가려면 어떤 길이 좋은지 살펴보고 있는데 갑자기 그 어린 여자아이가 생각났어. 내가 아까 얘기한 애 있잖아. 갑자기 그 애가 대낮에 보는 것처럼 분명하게 보이는 거야. 그 애도 나처럼 무릎을 꿇고 앉아서 침대 밑을 살펴보고 있었어. 속으로 이런 생각이 들었지. '저 애도 너무 안됐어. 나랑 똑같은 냄새를 맡고 있구나. 동전이나 굴 냄새 비슷한 냄새. 하지만 저 애의 냄새는 우물에서 나는 게 아냐. 뭔가 저 애 아버지 때문이야.'

그때 갑자기 그 애가 고개를 돌려서 나를 본 듯했어, 앤디······. 그 애가 날 정말로 본 것 같았다고. 그 애가 그렇게 고개를 돌렸을 때, 나는 그 애가 왜 그렇게 불행한지 알았어. 자세히는 몰라도 그 애 아버지가 그 애한테 손을 댔고, 그 애는 그 사실을 감추려고 애쓰고 있었던 거야. 게다가 갑자기 누군가가 자기를 보고 있다는 사실까지 깨달았으니. 도대체 거리가 얼마나 되는지는 몰라도 일식이 지나가는 길목에 있는 어떤 여자가, 방금 남편을 죽인 여자가 자기를 보고 있다는 걸.

그 애의 목소리를 직접 들을 수는 없었지만, 그 애가 나한테 말을 걸고 있다는 걸 알 수 있었어. 내 머릿속 깊은 곳에서 소리가 들려오는 것 같았어.

"누구예요?" 그 애가 물었어.

내가 정말로 그 애한테 대답을 했는지 어땠는지 지금도 모르겠어. 내가 대답을 하기도 전에 우물 속에서 가늘게 떨리는 비명 소리가 길게 올라왔으니까. 덜로오오오리스으으으…….

몸속의 피가 전부 얼어붙는 것 같았어. 아주 잠깐 동안 심장이 정말로 멈춰 버렸으니까. 확실해. 심장이 다시 뛰기 시작하면서 그 멈췄던 시간을 벌충하려고 한꺼번에 서너 번씩 뛰었거든. 나는 속치마를 집어 들고 있었지만 비명 때문에 손가락에 힘이 빠져서 속치마가 스르르 떨어지며 덤불에 걸렸어.

"너무 일을 많이 해서 헛것을 본 거야, 돌로레스. 침대 밑에서 자기 옷을 찾고 있던 여자아이도, 조가 비명을 질러 댄 것도…… 전부 네가 상상한 거야. 여자아이는 잘은 몰라도 우물에서 나는 곰팡내 땜에 생긴 환상이고, 조의 비명은 네가 죄책감 때문에 상상한 것뿐이야. 조는 머리가 깨져서 저 우물 바닥에 누워 있다고. 그 인간은 죽었어. 이제 다시는 너도 애들도 괴롭히지 못할 거야." 나는 혼자 이렇게 중얼거렸지.

말은 이렇게 했지만 처음에는 나도 내 말이 맞는다고는 생각하지 않았어. 하지만 시간이 더 흘러도 저 멀리 들판에서 올빼미 우는 소리밖에 아무 소리도 안 들리는 거야. 올빼미 녀석이 오늘은 왜 일하는 시간이 이렇게 빨리 온 거냐며 울고 있는 것 같다는 생각을 했던 게 기억나. 약한 산들바람이 덤불 속을 통과하면서 덤불에서 덜걱덜걱 소리가 났어. 나는 낮인데도 하늘에서 빛나는 별들을 올려다보다가 다시 우물 뚜껑을 내려다봤어. 우물 뚜껑이 꼭 어둠 속에 둥둥 떠 있는 것 같더라고. 그 인간이 밑으로 떨어지면서 생긴 한가운데의 구멍은 꼭 눈 같았고. 1963년 7월 20일, 그날은 어디를 봐도 눈들이 나를 바라보고 있는 것 같았어.

그때 우물에서 그 인간의 목소리가 또 올라왔어. "살려 줘, 덜로 오오오리스으으으······."

나는 신음하면서 손으로 얼굴을 가렸지. 저건 진짜 조의 목소리가 아니라 내가 상상한 거다, 내 죄책감 때문에 상상한 거다, 이렇게 아무리 중얼거려 봐도 소용이 없었어. 내 귀에는 그 인간이 꼭 울고 있는 것처럼 들렸어.

"도와줘어어어, 제바아아알······ 제바아아아아아알······." 신음 같은 소리.

나는 비틀비틀 우물 뚜껑 옆을 돌아서 아까 그 인간하고 같이 뛰어온 덤불 사이의 길을 따라 뛰었어. 겁에 질려서 당황했던 게 아냐. 그걸 어떻게 아냐면, 처음에 우리가 덤불을 향해 뛰기 시작했을 때 내가 손에 쥐고 있던 반사경을 집으려고 잠시 멈추기까지

했거든. 아까 달릴 때는 떨어뜨린 줄 몰랐는데, 가지에 그게 걸려 있는 걸 보고 잡은 거야. 아주 잘한 일이었지. 나중에 그 망할 놈의 매콜리프 씨가 어떻게 굴었는지 생각하면……. 하지만 그건 시간이 좀 더 지난 다음의 일이니까. 내가 달리기를 멈추고 그걸 집었다, 그게 중요한 거야. 내 머리가 여전히 멀쩡했다는 얘기니까. 하지만 무서운 마음이 자꾸 위로 올라오는 게 느껴졌어. 배고픈 고양이가 상자 안에 들어 있는 음식 냄새를 맡고 상자 뚜껑 밑으로 앞발을 집어넣으려고 애쓰는 것처럼.

셀리나를 생각하니까 무서운 게 조금 가라앉더라고. 그 애가 윈스롭 호숫가에서 캠핑에 참가한 애들 사오십 명하고 타냐하고 같이 서 있는 모습이 어떨지 생각해 봤어. 애들은 각자 공예 시간에 만든 반사경을 들고 있고, 셀리나하고 타냐는 그걸로 일식을 보는 법을 애들한테 가르치는 모습. 내가 우물가에서 봤던 환상만큼, 그러니까 침대 밑에서 속옷을 찾고 있던 여자아이의 모습만큼 선명하진 않았지만, 셀리나가 특유의 느리고 상냥한 목소리로 애들한테 말을 건네면서 무서워하는 애들을 달래는 소리가 들리는 것 같았어. 그걸 생각하면서 나는 그 애하고 아들 녀석들이 집에 돌아왔을 때 내가 여기 있어야 된다……. 그런데 내가 지금 무섬증에 지면 여기 못 있을 거다, 그랬어. 그런데 내가 이미 돌이킬 수 없는 일을 저질렀으니 나 자신 말고는 아무도 의지할 사람이 없었지.

나는 헛간으로 들어가서 조가 쓰던 작업대에서 건전지 여섯 개가 들어가는 커다란 손전등을 찾았어. 그런데 스위치를 켜도 불이 안 들어오는 거야. 그 인간이 건전지가 방전될 때까지 그냥 내버려

둔 거지. 그 인간 하는 짓이 다 그렇지 뭐. 하지만 내가 맨 아래 서랍에 항상 새 건전지를 가득 채워 놨었어. 겨울에는 정전이 잦으니까. 내가 거기서 여섯 개를 꺼내 손전등에 넣으려고 하는데, 처음에는 손이 너무 떨려서 바닥에 건전지를 떨어뜨리는 바람에 바닥을 더듬거려서 겨우 찾았어. 그러고는 건전지를 어찌어찌 다 넣기는 했는데, 너무 서두르느라고 거꾸로 넣었는지 또 불이 안 들어와. 그냥 그만둬 버릴까, 어쨌든 조금 있으면 해가 다시 나올 텐데. 하지만 해가 나와도 우물 밑바닥은 여전히 어둡겠지. 게다가 내 마음 깊은 곳에서 어떤 목소리가 나더러 여기서 오래 있고 싶은 만큼 있으라고 속삭이는 거야. 시간을 오래 끌다가 다시 밖으로 나가 보면 그 인간이 완전히 죽어 있을 거라고.

마침내 손전등에 불이 들어왔어. 빛이 꽤 밝아서 아까만큼 심하게 다리를 긁히지 않고도 다시 우물 뚜껑을 찾아갈 수 있더라고. 시간이 얼마나 지났는지는 전혀 몰랐지만, 날이 아직 어두워서 하늘에 별이 보였으니까 아마 6시가 안 됐을 거야. 해도 여전히 거의 다 가려져 있는 상태였으니까.

우물 뚜껑까지 아직 절반도 안 갔는데 나는 그 인간이 아직 안 죽었다는 걸 알았어. 그 인간이 신음하면서 자길 좀 꺼내 달라고 내 이름을 부르며 애원하는 소리가 들렸거든. 졸랜더나 랭길이나 카론네 식구들이 집에 있었다면 그 소리를 들었을지 어땠을지 모르겠어. 그런 건 생각하지 않는 게 제일 좋을 것 같더라고. 그것 말고도 문제가 아주 많았으니까. 우선 제일 큰 문제는 그 인간을 어떻게 처리할 건가, 그거였어. 하지만 오래 생각할 수가 없었어. 방법을 생각하려고 할 때마다 내 안의 목소리가 아우성치기 시작했으니까. '이건 말도 안 돼. 이건 원래 계획에 없던 일이라고. 저 인간은 이미 죽었어야 하는데, 젠장, 왜 안 죽는 거야!' 그 목소리는 이렇게 고함을 질러 댔어. "살려 줘, 덜로오오오리스으으!" 그 인간의 목소리가 우물 속에서 올라왔지. 누가 동굴 속에서 소리를 지르는 것처럼 단조로운 메아리 같은 소리. 불을 켜고 우물 속을 좀 보려고 했는데 잘 안 보이는 거야. 뚜껑에 난 구멍이 너무 한가운데에 있어서 불빛이 닿는 게 우물 윗부분밖에 없었으니까. 우물 벽을 쌓을 때 쓴 커다란 대리석 바위가 온통 이끼투성인데, 불빛 속에서 보니까 이끼가 검은 독초 같았어.

그때 조가 불빛을 본 모양이야. "돌로레스? 제발 날 좀 살려 줘! 뼈가 전부 부러졌어!" 그 인간이 소리쳤지.

이제는 그 인간 목구멍에 진흙이 가득 찬 것 같았어. 난 대답하기 싫었어. 그 인간하고 얘기를 했다가는 확실히 미쳐 버릴 것 같았으니까. 그래서 대답하는 대신에 손전등을 옆으로 치우고 있는 힘껏 손을 뻗어 그 인간이 떨어지면서 부러뜨린 판자 조각 하나를 간신히 붙잡았어. 그걸 잡아당겼더니 썩은 이가 빠지듯이 그냥 쉽게 부러져 버리더라고.

"돌로레스!" 그 인간이 그 소리를 듣고 고함을 질렀어. "오, 하느님! 하느님, 감사합니다!"

나는 아무 말도 않고 그냥 판자를 차례로 부러뜨렸어. 이제 날이 다시 밝아지기 시작해서 새들은 여름날 아침에 해가 떠오를 때처럼 노래를 부르고 있었지. 하지만 하늘은 여전히 시간에 안 맞게 어두웠어. 별들은 사라지고 없었지만, 벌레들은 여전히 나풀거리면서 원을 그렸지. 어쨌든 나는 계속 판자를 부러뜨리면서 무릎을 꿇은 채 우물 한쪽 가장자리로 다가갔어.

"돌로레스! 그 돈 네가 가져도 돼! 다 가져! 그리고 다시는 셀리나한테 손 안 댈게! 전능하신 하느님과 모든 천사들을 두고 맹세해! 다신 안 그럴게! 제발, 여보, 날 좀 꺼내 줘!" 조의 목소리가 들려왔어.

나는 마지막 판자를 집어서 뒤로 던져 버렸어. 판자가 덤불에 걸려 있어서 세게 잡아당기니까 간신히 떨어졌어. 그러고는 우물 속에 손전등을 비췄어.

불빛을 비추자마자 위를 쳐다보고 있는 그 인간의 얼굴이 보이는데, 그걸 보고 난 그냥 냅다 비명을 질렀어. 얼굴이 아니라 커다란 검은색 구멍 두 개가 있는 하얀 원 같았거든. 이유는 모르겠지만 저 인간이 돌을 자기 눈에 집어넣었나 보다, 잠시 그런 생각이 들 정도였으니까. 그런데 그 인간이 눈을 한 번 깜박거리니까 그게 다시 나를 올려다보는 눈으로 변하더라고. 저 인간이 저 눈으로 지금 뭘 보고 있을까. 밝은 빛 뒤로 어떤 여자 머리가 시커멓게 나와 있는 것밖에 안 보이겠지.

그 인간은 무릎을 꿇고 있었는데 턱이며 목이며 셔츠 앞자락이 온통 피투성이야. 그 인간이 입을 열어서 비명처럼 내 이름을 불러 대니까 입에서도 피가 쏟아져 나오더라고. 떨어지면서 갈비뼈가 거의 다 부러졌기 땜에 그게 가시처럼 양쪽 폐를 찔러 대서 그런 거야.

정말 어떻게 해야 할지를 모르겠더라고. 그래서 그냥 쪼그리듯이 앉아서 그 인간한테 손전등을 비추기만 했어. 해가 나오면서 날이 따뜻해졌는지 목하고 팔하고 다리가 따뜻해지는데, 그때 그 인간이 양팔을 들어서 흔드는 것 같아. 물에 빠진 사람처럼. 난 도저히 참을 수가 없어서 불을 탁 꺼 버리고 뒤로 물러났지. 그리고 피투성이 무릎을 안고 몸을 웅크린 채 벌벌 떨면서 그냥 우물 가장자리에 앉아 있었어.

"제발! 제발!" 처음에는 이런 소리가 들리더니 그게 "제바아알!"이 됐다가 끝내 "제바아아아알, 덜로오오오리스으으으!"로 변했어. 휴, 얼마나 끔찍하던지. 아무도 모를 거야. 그게 얼마나 끔찍했는지. 근데 그 소리가 아주 한참 동안 계속 들려오는 거야. 나중엔 진짜 미칠 것 같더라고. 일식은 이미 끝났고, 새들도 아침 노래를 멈췄고, 원을 그리며 도는 벌레들도 없고.(어쩌면 내가 그 벌레들을 보지 못했던 것뿐인지도 모르지만.) 바다에 나가 있는 배들은 가끔 그러는 것처럼 서로를 향해 고동을 불어 대고 사람들은 와자지껄 떠들어 대는데, 그런데도 그 인간은 그만둘 생각을 안 하는 거야. 날 다정하게 부르면서 애원하기도 하고, 욕설을 퍼붓기도 하고. 애원할 때는 내가 자기를 꺼내 주면 이런저런 일을 하겠다, 앞으로 정말 새사람이 되겠다, 우리한테 새집을 지어 주고 나한테 뷰익 자동차를 사 주겠다고(그 인간은 내가 항상 그 자동차를 갖고 싶어 하는 줄 알았어.) 하다가, 욕설을 퍼부을 때는 날 벽에 묶어 놓고 내 거기를 뜨거운 부지깽이로 찔러서 내가 몸부림치는 걸 보다가 죽이겠다는 거야.

그러더니 한번은 나더러 그 위스키를 버렸느냐고 물어, 세상에.

그런 상황에서 그 망할 놈의 술을 가져다 달라니. 근데 내가 술을 줄 것 같지 않으니까 나한테 더럽고 늙은 썹할 년이래.

결국 날이 어두워질 때까지(일식이 아니라 진짜 밤이 됐다는 얘기야.) 계속 그런 식이었는데 그때가 적어도 8시 30분이나 9시는 됐을 거야. 이스트 소로에 다시 차가 오가는 소리가 들리기 시작하더라고. 다행히 그때까지는 아무 일도 없었지만, 그런 행운이 언제까지나 계속될 거라고 기대할 수는 없는 노릇이지.

조금 지난 후에 나는 깜짝 놀란 사람처럼 가슴에 파묻고 있던 머리를 번쩍 들었어. 내가 깜박 존 거야, 글쎄. 해는 졌지만 하늘에 아직 빛이 조금 남아 있었으니까 그렇게 오래 졸았던 건 아닐 거야. 하지만 개똥벌레들이 다시 나타나서 평소 때처럼 부지런히 움직이고 있고, 올빼미들도 다시 부엉거리는데 올빼미 우는 소리가 아까보다는 조금 더 편안했어.

나는 자리를 살짝 옮겼어. 근데 몸을 움직이자마자 누가 온몸을 바늘로 찔러 대는 것 같아서 그냥 얼마나 이를 악물었는지 몰라. 하도 오랫동안 무릎을 꿇고 있어서 무릎 아래가 굳어 버린 거야. 하지만 우물에서는 아무 소리도 안 나길래 그 인간이 이제 정말로 죽었나 보다, 슬슬 그런 생각이 들었지. 내가 졸고 있는 동안 그 인간이 죽은 거다. 근데 그때 발을 질질 끄는 소리랑 신음 소리랑 그 인간이 우는 소리가 희미하게 들리는 거야. 그 인간이 몸을 움직일 때마다 너무 아파 우는 소리를 듣는 게 제일 끔찍했어.

나는 왼손을 땅에 짚고 손전등으로 우물 속을 다시 비춰 봤어. 날이 거의 다 어두워져서 손전등으로도 우물 속이 거의 안 보여.

근데 그 인간이 무슨 수를 썼는지 일어서 있더라고. 그 인간이 신고 있는 작업용 장화가 서너 군데 젖어 있었는데, 손전등 불빛이 거기 부딪혀서 반짝거렸어. 그걸 보니까 아까 그 인간이 내 목을 조르다가 그만둔 다음에 내가 현관 바닥에 쓰러져서 깨진 유리 조각에 비친 일식을 봤을 때가 생각나데.

그렇게 아래를 내려다보면서 나는 겨우 일이 어떻게 된 건지 알아차렸어. 그 인간이 10미터인가, 11미터인가를 떨어지고서도 즉사하지 않고 그냥 다치기만 한 이유가 뭔지 알아낸 거야. 우물이 완전히 말라 있지 않았기 땜에, 그래서 그런 거지. 우물에 물이 가득 찬 건 아니었지만(만약 그랬다면 그 인간은 비 오는 날 장화 속에 빠진 쥐새끼처럼 물에 빠져 죽었겠지.) 바닥은 완전히 젖어서 질퍽질퍽했어. 그게 쿠션 역할을 한 데다가, 그 인간이 술에 취한 것도 아마 한몫했을 거야.

그 인간은 다시 쓰러지지 않으려고 바위벽에 양손을 대고 고개를 숙인 채 흔들흔들 서 있었어. 그러다가 고개를 들어 나를 보고는 씨익 웃는데, 내가 얼마나 소름이 끼쳤는지 몰라, 앤디. 죽은 사람이 웃는 것 같아서. 얼굴이랑 셔츠는 피투성이고, 눈에는 돌 같은 게 박힌 채 죽은 사람.

그때 그 인간이 벽을 올라오기 시작했어.

눈으로 보면서도 믿을 수가 없었지. 그 인간은 벽에 튀어나온 커다란 바위틈에 손가락을 집어넣고 몸을 끌어올리더니 또 다른 바위 두 개 사이에 발을 쐐기처럼 박아 넣었어. 거기서 잠깐 쉬다가 한 손으로 다시 머리 위를 더듬기 시작하는데, 꼭 살찐 하얀 벌레

같더라고. 그 인간은 바위를 찾아 꽉 움켜쥐고는 다른 손을 마저 올려서 그 바위를 붙들었어. 그리고 다시 몸을 끌어올렸지. 그러고는 또 그 자리에서 잠시 쉬며 피투성이 얼굴로 손전등 불빛을 쳐다봤어. 그 인간이 잡고 있는 바위에서 이끼 조각들이 그 인간의 뺨이며 어깨로 부스스 떨어져 내리고 있었지.

그 인간은 여전히 씨익 미소를 짓고 있었어.

뭘 좀 한 잔 더 마셔도 될까, 앤디? 아니, 짐빔 말고. 오늘 밤에는 됐어. 지금부터는 그냥 물이면 돼.

고마워. 정말 고마워.

어쨌든 그 인간이 또 잡을 만한 바위를 찾으려고 손으로 벽을 더듬고 있을 때 발이 미끄러지면서 아래로 떨어졌어. 철퍼덕 소리를 내면서 진흙탕에 엉덩방아를 찧더니 비명을 지르면서 가슴을 움켜쥐는 거야. 테레비에서 배우들이 심장 발작을 흉내 낼 때처럼. 그러더니 그 인간 머리가 가슴 쪽으로 푹 꺾였어.

난 도저히 더 이상 견딜 수가 없어서 비틀거리면서 나무딸기 덤불을 벗어나 집으로 달려가서는 화장실로 가서 속에 든 것을 전부 토했어. 그리고 침대로 가서 누웠지. 온몸이 부들부들 떨리는데 머릿속에서는 그 인간이 아직도 안 죽었으면 어떡하지? 그 인간이 밤새 살아 있으면 어떡하지? 그 인간이 바위틈하고 진흙 사이로 배어 나오는 물을 마시면서 며칠 동안이나 목숨을 부지하면 어떡하지? 그 인간이 계속 살려 달라고 비명을 질러서 카론이나 랭길이나 졸랜더네 사람들이 그 소리를 듣고 개럿 티보도를 부르면 어떡하지? 그 인간 술친구나 누가 내일 집으로 오면? 아니 누가 같이 배를 타고 나가자고 그 인간을 찾으러 오거나 엔진을 고쳐 달라고 하면? 그래서 우리 집을 찾아왔다가 덤불에서 나는 비명 소리를 들으면? 그러면 어떡하지, 돌로레스? 이런 생각들이 꼬리를 물고 떠오르는 거야.

그런데 내가 아닌 다른 목소리가 이 질문들에 죄다 대답을 하고 있더라고. 아마 그 내면의 눈이 내는 목소리였겠지. 하지만 그때 생각에는 그게 돌로레스 클레이본의 목소리가 아니라 베라 도너번의 목소리 같았어. 그 목소리가 밝고 감정이 없고 안하무인격이라. 그 목소리가 뭐라고 했냐면, "그 인간은 당연히 죽었지. 설사 아직 죽지 않았다 해도 곧 죽을 거야. 이미 쇼크 상태에 빠진 데다 밤공기에 노출될 거고, 허파에도 구멍이 나서 죽을 거야. 사람들은 멀쩡한 남자가 7월에 밖에서 밤을 보낸 것만으로 죽을 수 있다는 걸 잘 믿지 못하겠지만, 그 사람들은 지하 10미터에서 축축한 섬처럼 떠 있는 바위 위에 몇 시간 동안 앉아 있어 본 적이 없어서 그래. 그런 걸 생각하는 게 결코 유쾌한 일이 아니라는 거 알아, 돌로레스. 하지만 그건 적어도 당신이 더 이상 걱정할 필요가 없다는 뜻이야. 조금 잠을 자도록 해. 그리고 다시 밖에 나가 보면 내 말이 맞는다는 걸 알게 될 테니."

나야 그 말이 맞는지 틀린지 알 수가 없었지만, 그래도 일리가 있는 것 같아서 정말로 잠을 좀 자려고 했어. 근데 잠이 안 오는 거야. 설핏 잠이 들 때마다 조가 비틀비틀 헛간 옆을 지나 뒷문으로 다가오는 소리가 들리는 것 같은 게, 집에서 삐걱거리는 소리가 날 때마다 깜짝깜짝 경기가 나는 거야.

결국은 도저히 더 이상 견딜 수가 없어서 원피스를 벗고 청바지랑 스웨터로 갈아입은 다음에(사람들은 이걸 보고 소 잃고 외양간 고치는 격이라고 하겠지?) 화장실 벽장 옆 바닥에서 손전등을 집어 들었어. 내가 토하려고 무릎을 꿇었을 때 그걸 거기다 떨어뜨렸거든. 그러고는 다시 밖으로 나갔어.

밖에 나가 보니 아주 칠흑같이 어두워. 그날 밤에 달이 떴는지 어떤지는 모르겠지만, 달이 떴어도 소용없었을 거야. 구름이 또 잔뜩 끼어 있었으니까. 어쨌든 덤불이 점점 가까워질수록 내 발이 점점 무거워지더니, 손전등 불빛에 우물 뚜껑이 보이는 지점에 와서는 발이 땅에서 떨어지질 않더라고.

그래도 어찌어찌 발을 움직여서 우물 뚜껑까지 가서는 가만히 서서 한 5분 동안 무슨 소리가 들리는지 들어 봤는데 귀뚜라미 소리랑 덤불을 뒤흔드는 바람 소리랑 어디선가 부엉거리는 올빼미 소리밖에 없어……. 아마 아까 내가 들었던 소리도 이런 거였겠지. 저 멀리 동쪽에서 파도가 갑에 부딪히는 소리가 들렸어. 원래 평소 때는 하도 익숙해서 그런 소리가 들리는지도 모르는데. 나는 조의 손전등으로 우물 뚜껑에 난 구멍을 비춰 보면서 더러운 기분으로 그렇게 서 있었어. 끈적끈적한 땀이 온몸으로 흘러내리는 바람에 가시에 찔린 자리가 따끔거렸지. 무릎을 꿇고 우물 속을 들여다봐야 된다, 그러려고 여기까지 온 거 아니냐, 속으로는 이런 생각이 드는데, 일단 그 자리에 나오고 보니까 도저히 우물 속을 들여다볼 수가 없는 거야. 난 그냥 벌벌 떨면서 끙끙거리기만 했어. 심장은 뛰는 게 아니라 아예 벌새 날개처럼 정신없이 퍼덕거리고.

그때 흙하고 피하고 이끼가 범벅이 된 하얀 손이 뱀처럼 우물 속에서 기어 나오더니 내 발목을 확 붙잡는 거야.

손전등이 내 손에서 떨어졌지. 그게 우물 가장자리 바로 옆의 덤불에 떨어진 게 나한테는 다행이야. 만약 우물 속으로 떨어졌다면, 난 정말이지 똥물을 뒤집어쓴 꼴이 됐을 테니까. 하지만 그때는 손전등 같은 건 안중에도 없었고, 내가 운이 좋다는 생각도 못 했어. 그때 이미 똥물을 엄청나게 뒤집어쓴 꼴이었으니. 생각나는 거라고는 내 발목을 잡은 손밖에 없는데, 그 손이 나를 자꾸 구멍으로 잡아당기는 거야. 성경 구절이 생각나더만. 적을 빠뜨리려고 구덩이를 팠는데 그만 내가 빠져 버렸다는 구절 말이야. 그 구절이 커다란 종소리처럼 내 머릿속에서 뎅뎅 울렸어.

내가 비명을 지르면서 어떻게든 빠져나오려고 몸부림을 치는데, 그 손이 얼마나 시멘트처럼 단단한지 날 놔주질 않아. 이제 눈이 어둠에 익숙해져서 그런지 손전등 불빛이 엉뚱한 방향을 향하고 있는데도 그 인간의 모습이 보이더라고. 그 인간은 우물에서 거의 빠져나온 상태였어. 그동안 그 인간이 우물 속으로 몇 번이나 떨어졌는지는 아무도 모르겠지만, 결국 꼭대기까지 올라온 거야. 만약 내가 그때 거기 나가 보지 않았다면 그 인간은 우물을 완전히 빠져나왔겠지.

그 인간 머리가 일부만 남아 있는 우물 뚜껑에서 겨우 반 미터 아래에 있었어. 아직도 아까처럼 씨익 웃고 있는데, 아래 이빨이 입 밖으로 조금 튀어나와 있어서(지금도 그때 그 모습이 생생해. 내 바로 앞에 앉아 있는 자네 모습만큼이나 생생하다고) 그렇게 씨익 미소를 지으니까 꼭 말 이빨같이 보이데. 이빨 중에 몇 개는 피가 묻어서 검은색으로 보였어.

"델로오오리이이스." 그 인간이 숨을 몰아쉬면서 나를 계속 잡아 당겼어. 나는 계속 비명을 지르다가 뒤로 콰당 넘어지면서 그 망할 놈의 구멍 쪽으로 미끄러졌어. 내 청바지가 나무딸기 가시를 스치면서 탁탁거리는 소리가 났지. "델로오오리이이스, 이 나아아쁜 년." 그 인간이 이렇게 말하는데, 하도 들어서 그런지 이미 무슨 노래 같더라고. '저 인간이 이제 금방 「달빛 칵테일」을 부를 모양이다.' 이런 생각을 했던 기억이 나.

나는 끌려가지 않으려고 덤불을 움켜쥐었어. 그 바람에 손이 가시투성이가 돼서 새로 피가 흘러나왔지. 나는 그 인간한테 잡히지 않은 발로 그 인간 머리를 차려고 했지만 발이 너무 낮아서 머리를 맞히지는 못했어. 운동화 뒤꿈치로 머리카락을 두어 번 건드린 게 다야.

"이리 와, 델로오오리이이스." 마치 아이스크림소다를 먹으러 나가자거나, 퍼지스에서 컨트리 음악이나 웨스턴 음악에 맞춰 춤을 추러 가자고 말하는 것 같은 목소리였지.

내 엉덩이가 우물 옆에 남아 있던 판자 조각에 닿았어. 당장 어떻게든 하지 않으면 저 인간하고 같이 아래로 우당탕 떨어져서 다시는 나올 수 없을 거다, 어쩌면 거기서 서로를 끌어안은 채 죽게 될지도 모른다, 우리 시체가 발견되면 사람들은(특히 이베트 앤더슨 같은 얼간이들 말이야.) 우리가 서로를 얼마나 사랑했는지 알겠다고 지껄이겠지, 이런 생각이 드는데, 그게 결정적이었어. 그래서 죗

먹던 힘까지 끌어올려서 마지막으로 뒤를 향해 몸을 잡아챘어. 그 인간은 내 발을 안 놓치려고 했지만 손이 주르륵 미끄러져 버렸지. 틀림없이 내 운동화가 그 인간 얼굴을 때린 모양이야. 그 인간이 비명을 지르면서 손으로 내 발바닥을 두어 번 건드렸지만, 순식간에 모든 게 없어져 버렸어. 나는 그 인간이 아래로 우당탕 떨어지는 소리가 날 것 같아서 열심히 들어 봤는데 아무 소리도 안 나. 그 개자식이 아직 포기를 안 한 거야. 그 인간이 살았을 때도 그렇게 악착같았다면, 우리 집에 아무런 문제가 없었을 텐데.

내가 무릎으로 일어서서 보니까 그 인간이 흔들흔들하면서 다시 구멍을 향해 다가오고 있더라고……. 그 인간이 그렇게 잘 버티고 있다니, 이게 어찌된 일인지. 그 인간이 나를 쳐다보면서 고개를 둘레둘레 흔들어서 눈을 덮고 있던 피투성이 머리카락을 치워 버리고는 또 씨익 웃었어. 그러고는 다시 손을 우물 밖으로 내밀어 땅을 움켜쥐었지.

"덜로오오러스." 꼭 신음하는 것 같은 소리야. "덜로오오러스, 덜오오러스, 덜오오오오러스!" 그러고는 다시 기어 올라오기 시작했어.

그때 베라 도너번의 목소리가 들렸어. "골통을 부숴, 이 멍청아." 아까 여자아이의 목소리를 들었을 때처럼 머릿속에서 들려온 게 아냐. 무슨 소린지 알겠어? 지금 자네들 세 사람이 내 목소리를 듣는 것처럼 내 귀에 그 목소리가 들렸다고. 만약 그때 낸시 배니스터의 저 녹음기가 그 자리에 있었다면, 나중에 그 테이프를 몇 번이고 돌려서 그 목소리를 들을 수 있었을 거야. 내 이름이 돌로레스인 것처럼 확실해.

어쨌든, 나는 우물 가장자리 땅에 박혀 있던 돌을 움켜쥐었어. 그 인간이 내 손목에 매달리려고 했지만, 내가 먼저 돌을 바닥에서 빼냈지. 온통 마른 이끼로 뒤덮인 커다란 돌이었어. 내가 그걸 머리 위로 치켜들었더니 그 인간이 날 올려다보더군. 그 인간 머리는 이미 구멍 밖으로 나와 있었어. 눈이 꼭 나무줄기 끝에 매달려 있는 것처럼 보였지. 나는 있는 힘껏 돌을 내리쳤어. 아래턱이 부서지는 소리가 들리는데, 벽돌로 된 벽난로에 도자기 접시를 떨어뜨렸을 때 나는 소리 같았어. 그리고 그 인간의 모습이 사라졌지. 다시 우물 속으로 우당탕 떨어진 거야. 돌하고 같이.

나는 그러고서 정신을 잃었어. 내가 기절한 순간은 기억이 안 나. 정신을 차리고 보니 똑바로 누워서 하늘을 바라보고 있었다는 것밖에는. 구름 때문에 볼만한 것이 하나도 없어서 나는 그냥 눈을 감았어……. 그리고 다시 눈을 떴을 때는 하늘에 또 별들이 가득했지. 나는 조금 시간이 지난 다음에야 금방 무슨 일이 있었던 건지 알아차렸어. 내가 정신을 잃었고, 그동안 구름이 바람에 날려 사라졌다는 걸 그제야 알겠더란 말이야.

손전등은 여전히 우물 옆 덤불 속에 있었는데, 아직도 불이 켜져 있데. 나는 그걸 주워 들고 우물 속을 들여다봤지. 조는 바닥에 누워 있었어. 머리가 한쪽 어깨 위로 꺾여 있고, 손은 무릎에 닿아 있고, 다리는 활짝 벌어져 있고, 내가 그 인간 골통을 부숴 버린 돌이 그 다리 사이에 있었어.

나는 5분 동안 그 인간한테 불을 비추면서 그 인간이 혹시 움직이지 않는지 살펴봤어. 근데 전혀 안 움직여. 그래서 집으로 돌아갔지. 세상에 온통 안개가 낀 것 같아서 가는 도중 두 번이나 걸음을 멈추기는 했지만 어찌어찌 집까지 가서는 침실로 들어가면서 옷을 벗어 아무 데나 팽개쳤어. 그리고 샤워기를 틀고 물을 아주 뜨겁게 해서 한 10분 동안 그 속에 그냥 서 있었어. 비누칠도 안 하고, 머리도 안 감고, 아무것도 안 하고, 얼굴을 쳐든 채 그냥 물을 맞은 거야. 물이 차가워지지만 않았다면 그러다가 그 안에서 그냥 잠이 들었을지도 몰라. 나는 물이 얼음장처럼 차가워지기 전에 빨리 머리를 감고 밖으로 나왔어. 팔다리에는 온통 긁힌 자국투성이고 목구멍도 지독하게 아팠지만 그것 땜에 죽을 것 같지는 않았어. 조가 우물에서 발견된 다음에 누가 그 긁힌 자국들을 본다면, 목에 난 멍 자국은 둘째치고 그 긁힌 자국들을 어떻게 생각할까, 그런 생각은 한 번도 안 했어. 적어도 그때는.

  나는 잠옷을 입고 침대에 쓰러져서 불도 안 끄고 곤하게 잠이 들었어. 하지만 한 시간도 안 돼서 조가 손으로 내 발목을 잡고 있는 광경에 비명을 지르며 깼지. 그게 꿈이었다는 걸 알고 한순간 안심이 됐지만, 그 인간이 또 우물 벽을 기어오르면 어떡하나 싶었어. 물론 그 인간이 올라올 수 없다는 건 알지. 내가 돌로 그 인간을 내리쳐서 완전히 끝장을 내 버렸고, 그 인간은 다시 우물 속으로 떨어졌으니까. 근데 마음속 한구석에서는 지금도 틀림없이 그 인간이 다시 올라오고 있을 거라는 생각이 드는 거야. 그 인간이 금방 우물을 빠져나올 거다, 일단 우물을 빠져나오면, 당장 날 잡으려고 달려오겠지.

나는 침대에 누워서 정말 그 인간이 오는지 기다려 보자고 했는데, 그럴 수가 없었어. 그 인간이 우물 벽을 기어오르는 모습이 점점 선명해지고 심장이 하도 벌렁거려서 그냥 터질 것 같은 거야. 결국 나는 운동화를 신고 다시 손전등을 들고는 잠옷 차림으로 뛰쳐나갔어. 이번에는 우물 가장자리까지 기어서 다가갔지. 도저히 걸을 수가 없어서. 그럴 만도 하지. 그 인간의 하얀 손이 어둠 속에서 뱀처럼 기어 나와 나를 잡을까 봐 얼마나 겁이 나던지.

그렇게 기어서 다가가다가 겨우 손전등으로 아래를 비춰 볼 수 있었어. 그 인간은 아까하고 똑같은 모습으로 누워 있었지. 손을 무릎에 대고 머리가 한쪽으로 꺾인 모습으로 말이야. 돌멩이도 아까하고 똑같이 벌어진 다리 사이에 있었어. 나는 한참 동안 그걸 보다가 다시 집으로 갔어. 이번에는 그 인간이 정말로 죽었구나, 슬슬 그런 실감이 나더라고.

나는 침대로 기어 들어가서 불을 끄고는 금방 잠들어 버렸어. 마지막으로 '이제 다 괜찮을 거다.' 이런 생각을 했던 게 기억나. 근데 그게 아닌 거야. 두어 시간 후에 잠에서 깨 가지고 틀림없이 부엌에서 사람 소리가 들릴 거다, 그러고 있었으니까. 조가 부엌에 있을 줄 알았거든. 그래서 침대에서 뛰쳐나오려고 하다가 담요에 발이 엉키는 바람에 바닥에 쓰러져 버렸어. 그래도 정신없이 일어서서 전등 스위치를 찾으려고 사방을 더듬는데, 내가 스위치를 찾기 전에 그 인간이 내 목을 스르 잡을 것만 같더라고.

물론 그런 일은 없었지. 내가 간신히 불을 켜고 온 집 안을 다 뒤져도 집에는 아무도 없었어. 나는 다시 운동화를 신고 손전등을 집어 들고는 우물로 뛰어갔어.

조는 여전히 머리가 꺾인 채 손을 무릎에 대고 우물 바닥에 누워 있었어. 하지만 그 인간 머리가 꺾인 방향이 아까랑 똑같다는 걸 확인하려고 한참 동안이나 보고 있었어. 한번은 그 인간 발이 움직이는 것 같았는데, 십중팔구 그림자 땜에 그렇게 보인 거겠지. 손전등을 들고 있는 내 손이 벌벌 떨리는 바람에 그림자가 굉장히 많이 생겼으니까.

근데 머리를 뒤로 질끈 묶고 그렇게 웅크리고 있다 보니 말도 안 되는 생각이 드는 거야. 무릎을 꿇은 채 앞으로 몸을 기울여서 그냥 우물 속으로 떨어져 버리고 싶다. 그러면 나랑 그 인간이 같이 발견되겠지. 나야 그런 게 좋을 리 없지만 적어도 그 인간의 품에 안긴 모습으로 발견되지는 않을 거야……. 그리고 그 인간이 방에 들어와 있을까 봐 계속 잠에서 깰 일도 없고, 손전등을 들고 달려 나와서 그 인간이 정말로 죽었는지 확인할 일도 없겠지.

그때 베라의 목소리가 또 들렸어. 이번에는 머릿속에서 들린 거야. 확실해. 처음에 그 목소리가 내 귀에 직접 들렸던 것처럼 이번에도 확실하다고. "당신이 쓰러질 곳은 당신 침대뿐이야. 잠을 좀 자도록 해. 잠에서 깨고 나면 일식이 정말로 끝나 있을 거야. 해가 나왔을 때 세상이 얼마나 좋아 보이는지 깜짝 놀랄걸."

좋은 생각인 것 같아서 나는 그렇게 하기로 했지. 하지만 밖으로 통하는 문 두 개를 다 잠근 다음에, 침대에 눕기 전에 문손잡이 밑에도 의자를 받쳐 놨어. 그 전이든 그 후든 그런 적이 한 번도 없는데. 근데 부끄러운 얘기지만(뺨이 뜨끈뜨끈한 걸 보니 얼굴이 빨개진 것 같은데) 그 덕분에 안심이 됐나 봐. 머리가 베개에 닿자마자 곧장 잠이 들었으니까. 그리고 눈을 떠 보니 대낮이 돼 있더라고. 베라는 나더러 하루 쉬라고 했더랬지. 게일 라베스크하고 다른 하녀들 몇 명만 있어도 20일 밤에 큰 파티를 열고 나서 집 안을 정리할 수 있다면서. 하루를 쉴 수 있어 다행이다 싶었어.

나는 침대에서 일어나서 샤워를 한 번 더 하고 옷을 입었어. 근데 얼마나 기운이 없었는지 그게 30분이나 걸렸어. 등이 아픈 게 제일 문제야. 조가 장작개비로 내 콩팥 있는 데를 후려친 뒤로 항상 거기가 약점이었거든. 그 인간을 때리려고 돌을 땅에서 뽑을 때하고 그 돌을 위로 쳐들었을 때 허리에 무리가 갔던 모양이야. 이유야 어쨌든, 하여간 못된 년한테도 아픈 건 아픈 거니까.

간신히 옷을 다 입고 나서 나는 밝은 햇빛 속에서 부엌 식탁에 앉아 블랙커피를 한 잔 마시면서 내가 이제 뭘 해야 하는지 생각해 봤어. 내 생각대로 된 일은 하나도 없는데도 할 일이 그렇게 많지는 않더라고. 그래도 어쨌든 내 계획하고 달라진 일들을 제대로 돌려놔야지. 하나라도 잊어버리거나 무심히 지나쳤다가는 감옥에 갈 거 아냐. 조 세인트 조지는 리틀톨에서 그리 인기 있는 사람이 아니었기 땜에 내가 그런 짓을 했다고 해서 뭐라고 할 사람도 별로 없었어. 하지만 아무리 쓸모없는 똥 같은 인간이라도 그런 인간을 죽인 게 상 받을 일은 아니지.

나는 커피 한 잔을 새로 따라서 뒤쪽 현관으로 갔어. 거기서 커피를 마시면서⋯⋯ 주위를 좀 살펴보려고 말이야. 반사경 두 개하고 일식 안경 하나는 베라가 나한테 준 식품점 봉투에 다시 들어가 있었지. 나머지 일식 안경 하나는 조가 화들짝 놀라서 일어설 때 무릎에서 떨어진 그 자리에 그대로 산산조각이 나 있었어. 나는 그 유리 조각들을 어떻게 할까 한참 생각하다가 안으로 들어가서 빗자루하고 쓰레받기를 가져다가 쓸어 담았어. 원래 내가 어떤 사람인지 이 섬 사람들이 잘 알고 있기 때문에 그 조각들을 그냥 내버려두는 편이 훨씬 더 수상쩍을 것 같더라고.

처음에는 오후 내내 조를 한 번도 못 봤다고 할 생각이었어. 내가 베라네 집에서 돌아와 보니 그 인간이 벌써 집에 없었는데 어디로 갔는지 메모 한 장 없더라, 그래서 너무 화가 나서 그 비싼 스카치위스키를 바닥에 쏟아 버렸다, 그렇게. 그 인간이 우물에 떨어질 때 취한 상태였던 걸로 밝혀지더라도 나는 전혀 신경 쓸 필요가 없었지. 조가 술을 구하는 데가 한두 군데가 아닌데, 우리 집 부엌 개수대 밑도 그중 하나거든.

그런데 거울을 한번 들여다보고 나니까 그 얘기가 절대 안 통할 것 같은 거야. 만약 조가 집에 없었다면, 내 목에 멍 자국을 만든 사람은 도대체 누구냐고 할 텐데 할 말이 없잖아. 산타클로스가 했다고 할까? 다행히 나한테는 빠져나갈 구멍이 있었어. 만약 조가 못되게 굴기 시작하면 그 인간이 혼자 발광을 하든 말든 내버려두고 이스트헤드에서 혼자 일식을 구경할 거라고 베라한테 말을 했잖아. 그 말을 할 때는 아무 계획도 없었지만, 다시 생각하니 그 말을 한 게 얼마나 다행이었던지.

근데 이스트헤드만 갖고는 안 돼. 거기도 사람들이 있었으니까 내가 거기 없었다는 걸 그 사람들이 알 거 아냐. 하지만 이스트헤드로 가는 길에 있는 러시안 메도도 서쪽으로 전망이 좋지. 그리고 거기에는 사람이 하나도 없었어. 현관에 앉아 있을 때 내가 직접 확인했거든. 나중에 설거지할 때도 확인했고. 유일한 문제는……

뭐, 프랭크?

아니, 그 인간 트럭이 집에 있는 것에 대해서는 전혀 걱정하지 않았어. 1959년에 음주 운전으로 세 번인가 네 번인가 연달아 걸리는 바람에 한 달 동안 면허가 정지됐거든. 그때 이 동네 담당 형사였던 에드거 셰릭이 와서 원한다면 평생 술을 마셔도 좋지만, 다음에 한 번만 더 음주 운전으로 걸리면 그 인간을 법원으로 보내서 1년간 면허 정지를 때려 버리겠다고 했어. 에드거는 1948년인가 1949년에 음주 운전 차에 딸을 잃은 사람이라 다른 일에는 느슨해도 음주 운전을 하는 사람들한테는 아주 사신 같았거든. 조도 그걸 아니까 에드거가 우리 집에 와서 얘기를 한 직후에는 술을 두 잔 이상 마셨을 때는 운전을 안 했어. 그래서 내가 러시안 메도에서 돌아와 보니 조가 집에 없어서 아마 친구가 와서 일식을 축하하자며 그 인간을 데려간 줄 알았다, 그렇게 말하기로 한 거야.

그러면 아까 하다 만 얘기로 돌아가서, 유일한 문제는 위스키 병을 어떻게 처리해야 하나 하는 거였어. 내가 얼마 전부터 그 인간을 술독에 빠뜨리고 있다는 건 동네 사람들이 다 알고 있었지만, 그건 상관없어. 다들 내가 그 인간한테 안 맞으려고 그러는 줄 알았으니까. 하지만 내가 꾸며 낸 얘기가 사실이라면 그 술병이 어디에 가 있어야 맞을까? 그게 상관없는 문제일 수도 있지만, 중요한 게 될 수도 있었어. 살인을 저지른 사람들은 원래 나중에 상상조

차 못 한 문제 땜에 골머리를 앓게 마련이야. 나도 살인을 하지 말아야 할 이유들을 여러 개 알고 있지만 이게 제일 중요해. 나는 조의 입장이 돼서 생각해 봤어.(그게 뭐 자네들 생각만큼 힘들지는 않았어.) 그랬더니 조는 병에 술이 그렇게 많이 남아 있는데 누구랑 어디 갈 사람이 절대 아니라는 걸 금방 알겠더라고. 그 술병은 그 인간하고 같이 우물 속으로 떨어져 있어야 하는 거야. 그래서 내가 술병을 거기 던졌지……. 뚜껑만 빼고. 뚜껑은 깨진 유리 조각 더미 위에 음식 찌꺼기를 버리고 그 속에 던져 버렸어.

　술이 출렁거리는 병을 버리러 우물로 걸어가면서 나는 속으로 이런 생각을 했어. '그 인간이 술을 벌컥벌컥 마셔 댔지만 그건 상관없었다. 그럴 줄 알았으니까. 하지만 그 인간이 내 목을 펌프 손잡이로 알고 잡아당겼을 때는 가만히 있을 수가 없어서 반사경을 꺼내 들고 혼자서 러시안 메도로 올라갔다. 내가 무슨 정신으로 그 인간한테 조니워커를 사다 줬는지 모르겠다고 혼자 화를 내면서. 나중에 집에 와 봤더니 그 인간이 없더라. 누구랑 어딜 갔는지 알 수 없었지만 난 신경도 안 썼다. 그냥 그 인간이 어질러 놓은 걸 치우고 그 인간이 아까보다 좀 나은 기분으로 집에 오기만을 바랐다.' 이렇게 생각을 해 보니 이 정도면 사람들을 속일 수 있겠다 싶었어.

　그 망할 놈의 술병을 처리하면서 제일 싫었던 건 아마 다시 우물로 가서 조를 봐야 한다는 거였을 거야. 하지만 그때는 내가 그걸 좋아하건 싫어하건 이미 달라질 게 별로 없는 상황이었으니까.

　나는 사실 나무딸기 덤불이 어떤 꼴일지 걱정했는데, 가 보니 생각만큼 그렇게 심하게 짓밟히지 않았더라고. 벌써 다시 일어서는 놈들도 있었고 말이야. 조가 실종됐다고 경찰에 신고할 때쯤이면 덤불이 평소 때랑 거의 비슷한 모습일 것 같아.

밝은 대낮에 우물을 보면 좀 덜 무서울까 싶었는데 아이고, 그게 아냐. 뚜껑 한가운데에 난 구멍도 훨씬 더 으스스한 게. 판자 몇 개가 뒤로 떨어져 나간 뒤라서 이젠 눈같이 보이지도 않는데, 그래도 소용없었어. 이번에는 눈이 아니라 눈동자가 완전히 썩어서 떨어져 나간 눈구멍처럼 보였으니까. 게다가 그 축축한 구리 냄새. 그 냄새 땜에 머릿속에서 잠깐 보았던 여자아이가 생각났지. 그 애가 지금 뭘 하고 있을지 궁금하다는 생각이 들었어.

난 그냥 그대로 돌아서서 집으로 가고 싶었지만 걷던 속도 그래도 곧장 우물로 다가갔어. 가능한 한 빨리 일을 끝내고…… 다시는 뒤돌아보고 싶지 않았으니까. 이제는 우리 애들을 위해서 무슨 일이 있더라도 똑바로 앞만 봐야 하는 거야, 앤디.

나는 허리를 숙이고 안을 들여다봤어. 조는 여전히 손을 무릎에 대고 머리가 한쪽 어깨 위로 꺾인 채 누워 있었지. 얼굴 주위로 벌레들이 돌아다니고 있는데, 그걸 보니까 그 인간이 정말로 죽었다는 실감이 나더라고. 나는 술병 목을 손수건으로 감아 들고(지문이 남을까 봐 그런 게 아냐. 그냥 그 병을 만지기가 싫어서 그런 거야.) 병을 떨어뜨렸어. 병은 그 인간 옆의 진흙 속에 떨어졌지만 깨지지는 않았지. 하지만 벌레들이 흩어지면서 그 인간 목을 따라 내려가 셔츠 깃 속으로 들어가는데, 내 평생 그 모습을 절대 못 잊을 거야.

어쨌든 막 일어나려고 하는데(벌레들이 옷 속으로 들어가 숨는 걸 보니 또 토할 것 같더라고) 처음 우물에 왔을 때 내가 그 인간을 잘 보려고 뜯어낸 판자가 보이는 거야. 그 판자들을 그냥 내버려둬서 좋을 게 없었지. 사람들이 그걸 보면서 오만가지 생각들을 할 테니.

나는 잠깐 생각을 해 보다가 정오가 다 돼 가는 시간이라 누가 일식이나 베라의 파티에 대해 얘길 좀 하자면서 날 찾아올지도 모른다 싶어서 에라 모르겠다, 판자를 그냥 전부 우물 속에 던져 버렸어. 그러고는 집으로 돌아갔지. 아니, 집으로 가는 길에 계속 일을 했다고 해야겠네. 내 옷하고 속치마 조각들이 가지 여기저기에 걸려 있어서 눈에 띄는 대로 그걸 다 떼어 냈거든. 나는 그날 늦게 다시 덤불로 가서 처음에 못 보고 지나친 옷 조각 서너 개를 더 떼어 냈어. 조의 셔츠에서 나온 보풀도 조금 덤불에 걸려 있었지만 그건 그냥 내버려뒀지. '개럿 티보도가 이걸 보고 맘대로 생각하라지. 누구든 맘대로 생각하라 이거야. 사람들이 무슨 생각을 하든 그 인간이 술에 취해 우물에 빠진 걸로 보일 테니까. 게다가 조는 이 동네에서 술꾼으로 유명하니까 사람들이 무슨 생각을 하든 전부 나한테 해로울 건 없을 거야.'

하지만 난 찢어진 천 조각을 깨진 유리나 조니워커 병뚜껑처럼 음식 씨꺼기 속에 버리시 않았어. 그날 늦게 바닷속에 던져 버렸지. 그런데 마당을 건너와서 현관 계단을 오르려는 참에 갑자기 생각나는 게, 조가 내 등 뒤에서 펄럭이던 속치마 자락을 붙잡았는데, 속치마 조각이 아직도 그 인간 손에 있다면? 우물 바닥에서 그 인간이 무릎에 대고 있는 그 주먹 속에 그 천 조각이 있다면?

찬물을 뒤집어쓴 것 같았지……. 정말로 찬물을 뒤집어쓴 것 같았어. 내가 고등학교 때 읽었던 어떤 시처럼 7월의 뜨거운 햇빛을 받으며 마당에 그렇게 서 있는데, 등이 온통 따끔거리고 뼈가 완전히 없어져 버린 것 같았어. 근데 그때 내 머릿속에서 또 베라가 말했어. "그건 이제 어쩔 수 없는 일이니까 그만 생각하는 게 좋겠어, 돌로레스." 아주 좋은 생각인 것 같아서 나는 그냥 집으로 들어갔지.

그러고는 오전 내내 뭘 찾는 사람처럼 집 안이며 현관을 서성거렸어······. 글쎄, 모르겠어. 정확하게 내가 뭘 찾고 있었는지. 어쩌면 내 안의 눈이 꼭 처리해야 할 일을 또 찾아낼 것 같아서 기다리고 있었는지도 모르지. 우물에서 뜯겨 나간 판자 더미를 봤을 때처럼 말이야. 하지만 그 눈에 보이는 건 아무것도 없었어.

11시쯤에 나는 계획의 다음 단계를 실행했어. 파인우드의 게일 라베스크한테 전화를 건 거야. 나는 일식이 어땠느냐, 마나님은 잘 계시느냐고 물었지.

"글쎄, 뭐라고 불평할 만한 것도 없어요. 대머리에 콧수염이 칫솔처럼 뻣뻣한 그 늙은이 말고는 아무도 못 봤으니까요. 내가 누구를 말하는 건지 알아요?"

나는 안다고 했어.

"그 늙은이가 9시 30분쯤에 아래층으로 내려와서 정원으로 나가더니 머리에 이상하게 힘을 주고 천천히 걷더라고요. 최소한 고개를 숙이지는 않았는데, 어쨌든 그게 다른 사람들하고는 다른 점이죠. 캐런 졸랜더가 가서 금방 짠 오렌지 주스를 먹겠느냐고 했더니 그 늙은이가 현관 가장자리로 뛰어가서 페튜니아 꽃밭에 대고 구역질을 하는 거예요, 글쎄. 돌로레스 아줌마도 그 소리를 들었어야 하는 건데. 웩웩거리는 꼴이라니!"

나는 눈물이 찔끔거릴 정도로 웃었어. 내 평생 웃으면서 그렇게 기분이 좋았던 적이 없어.

"배에서 내린 다음에 아주 굉장한 파티를 한 모양이에요. 그 사람들이 피워 댄 담배꽁초 하나당 5센트씩만 받았어도(다시 말하지만 분명히 5센트야.) 오늘 아침에 일 따위 그만두고 최신식 자동차를 한 대 뽑을 수 있었을걸요. 하지만 도너번 마님이 술이 덜 깬 모습으로 발을 질질 끌면서 계단을 내려올 때쯤이면 집이 아주 깨끗해져 있을 테니까 걱정 마세요. 날 믿으시라고요."

"그럼, 믿고말고. 혹시 도와줄 사람이 필요하면 누구한테 연락하면 되는지 알지?"

게일은 이 말을 듣고 웃음을 터뜨렸어. "신경 쓰지 마세요. 아줌마는 지난주에 뼈 빠지게 일했잖아요. 도너번 마님도 다 알아요. 내일 아침 전에 아줌마가 나타나면 마님이 오히려 싫어할걸요. 나도 그렇고요."

"그래." 나는 거기서 말을 멈췄어. 게일은 내가 잘 있으라면서 전화를 놓을 줄 알았을 거야. 그러니까 내가 다른 얘기를 하면 그 얘기에 더 신경을 쓰겠지……. 내가 바란 게 바로 그거였어.

"혹시 거기서 조 못 봤어?" 내가 물었지.

"조? 아줌마네 아저씨요?"

"응."

"아뇨. 아저씨가 여기 올라온 건 한 번도 못 봤어요. 왜 그러시는

데요?"

"어젯밤에 집에 안 들어왔거든."

"아, 돌로레스!" 게일은 조가 외박한 걸 끔찍한 일로 생각하면서도 한편으로는 재미있어하는 것 같아. "술을 마셨을까요?"

"당연하지. 뭐, 사실 나도 별로 걱정 안 해. 그 인간이 웃기는 짓을 하면서 밤새 집에 안 들어온 게 한두 번인가. 금방 들어오겠지. 싫은 인간들은 항상 잊어버리지도 않고 꼬박꼬박 나타나니까." 그러고는 전화를 끊었어. 내가 꾸며 낸 이야기의 첫 단추를 꽤 잘 끼웠다, 싶었어.

점심때 치즈 샌드위치를 만들었는데 도저히 먹을 수가 없었어. 치즈하고 튀긴 빵 냄새를 맡으니까 속에서 열이 나면서 진땀이 흐르는 거야. 그래서 샌드위치 대신 아스피린 두 알을 먹고 누웠어. 잠이 들 줄은 몰랐는데, 그대로 잠이 들었다가 깨어 보니 거의 4시가 다 되었어. 단추를 몇 개 더 끼울 시간이 된 거지. 나는 조의 친구들한테 전화를 걸었어. 그래 봤자 전화를 갖고 있는 사람이 몇 명 되지도 않았지만. 어쨌든, 그 사람들한테 조를 봤냐고 물었어. 그 인간이 어젯밤에 집에 안 들어왔는데 아직까지 나타나질 않아서 슬슬 걱정이 된다고 했더니 그 사람들은 조를 못 봤대. 당연하지. 다들 어찌된 일인지 시시콜콜한 얘기를 듣고 싶어 하는 눈치였지만, 내가 한마디라도 얘기를 해 준 사람은 토미 앤더슨뿐이었어. 아마 조가 전에 여자를 얌전하게 길들이는 법에 대해 토미한테 자랑한 걸 알고 있어서 그랬을 거야. 한심하고 단순한 토미가 조의 허풍을 홀라당 믿어 버렸거든. 하지만 토미한테 얘기할 때도 괜히 긁어 부스럼을 안 만들려고 조심했어. 그냥 조하고 조금 다퉜는데 아무래도 조가 화가 난 것 같다고만 했지. 그리고 그날 저녁에 몇 군데 전화를 더 걸었어. 이미 전화를 했던 사람들한테도 다시 전화를 걸었고. 내 얘기가 이미 소문으로 번져 가고 있다는 걸 알고 나니 기분이 좋더라고.

그날 밤에는 잠을 잘 못 잤어. 끔찍한 꿈을 꿨거든. 하나는 조에 대한 꿈이었는데, 그 인간이 우물 바닥에 서서 나를 올려다보고 있었어. 얼굴이 하얗고 코 위에 검은 자국이 있어서 꼭 그 인간이 눈에다가 석탄 덩어리를 밀어 넣은 것 같았지. 그 인간이 외롭다면서 나더러 자기처럼 우물에 뛰어들어 말동무를 해 달라는 거야.

다른 꿈은 더 끔찍했어. 셀리나가 나오는 꿈이라서. 그 애가 네 살쯤 된 것 같은데, 할머니가 죽기 전에 사 준 분홍색 옷을 입고 있더라고. 근데 그 애가 마당에서 나 있는 쪽으로 오는 걸 보니 손에 바느질할 때 쓰는 가위를 들고 있는 거야. 내가 가위를 잡으려고 했더니 애가 고개를 저으면서 한다는 말이, "이건 내 잘못이니까 내가 대가를 치러야 해요." 이러면서 가위로 제 코를 싹둑 잘라 버리는 거야. 에나멜 가죽 구두를 신은 그 애 발 사이 땅바닥에 코가 떨어지는 순간 나는 비명을 지르면서 깨어났지. 시간을 보니 겨우 4시였는데 더 이상 잠을 못 잘 것 같았어. 그런 것도 모를 정도로 바보는 아니니까.

7시에 나는 다시 베라네 집에 전화를 걸었어. 이번에는 케노펜스키가 전화를 받았지. 나는 베라가 날 기다리고 있는 줄은 알지만 적어도 남편이 어디 있는지 알 때까지는 갈 수 없을 것 같다고 했어. 그 인간이 이틀 동안이나 집에 안 들어왔는데, 지금까지는 술을 마시고 밖에서 밤을 새우더라도 하루를 넘긴 적이 없다고 했지.

우리가 전화를 끊으려고 할 때, 베라가 같이 연결된 수화기를 들고 나더러 무슨 일이냐고 해.

"남편을 잃어버린 것 같아요." 내가 말했지.

베라는 잠시 아무 말이 없었어. 정말 그 여편네가 도대체 무슨 생각을 하고 있는지 누구한테 뇌물을 주고서라도 알아낼 수만 있다면 그러고 싶은 심정이야. 근데 여편네 한다는 말이, 만약 자기가 내 입장이라면 조 세인트 조지를 잃어버린 것쯤 전혀 아무렇지도 않을 거라는 거야.

"하지만 우린 애가 셋이에요. 게다가 전 그 인간한테 어느 정도 익숙해졌고요. 나중에 그 인간이 나타나면 갈게요."

"그래, 그렇게 해." 그 여편네가 이렇게 말하고서는 다시 말을 이었지. "아직 전화기 들고 있어, 테드?"

"예, 베라." 그 외국 놈이 말했지.

"그럼 뭐든지 좋으니까 가서 일이나 해. 뭘 때려 부수든, 밀어서 넘어뜨리든, 아무 일이나."

"예, 베라." 그 외국 놈이 수화기를 내려놓으면서 작게 찰칵 소리가 났지.

베라는 아까처럼 잠깐 가만히 있다가 입을 열었어. "어쩌면 그 인간이 사고를 당했는지도 모르겠군, 돌로레스."

"예. 뭐, 무리도 아니죠. 지난 몇 주 동안 술을 엄청 퍼마셨거든요. 일식이 있던 날 제가 애들 돈 얘기를 하려고 했더니 그 인간이

제 목을 조르는데, 하마터면 죽을 뻔했어요."
"아, 그래?" 다시 몇 초쯤 시간이 지난 다음에 그 여편네가 말했어. "행운을 빌어 줄게, 돌로레스."
"고마워요. 어쩌면 행운이 필요할지도 모르겠네요."
"뭐 내가 도와줄 일이 있으면 말해."
"고마워요."
"그런 말 하지 마. 난 그저 당신을 잃는 게 끔찍이 싫을 뿐이야. 요즘은 청소를 한답시고 그냥 카펫 밑으로 먼지를 쓸어 넣지 않는 사람을 찾기가 정말 어려워."
현관 깔개 방향을 안 잊어버리고 제대로 맞춰 놓는 사람을 구하는 건 말할 것도 없겠지. 하지만 속으로만 이런 생각을 하고 말은 안 했어. 그냥 고맙다고만 하고 전화를 끊었지. 그리고 30분쯤 더 있다가 개럿 티보도한테 전화를 걸었어. 그때만 해도 리틀톨에는 경찰서장이니 뭐니 그렇게 화려하고 현대적인 건 없었어. 개럿은 그냥 동네 형사였지. 에드거 셰릭이 1960년에 심장 발작을 일으킨 다음에 우리 동네 형사가 된 사람이야.
나는 개럿한테 조가 이틀 동안 집에 들어오지 않아서 걱정이라고 했어. 개럿은 아주 멍한 녹소리였지만(아마 늦게 일어나서 아침에 마시는 커피 한 잔도 다 못 마셨을 거야.) 뭍에 있는 경찰서에 연락해 보고 이 섬 사람들한테도 물어보겠다고 했어. 나는 개럿이 확인하겠다는 사람들이 이미 내가 전화를 건 사람들(그중에는 내가 두 번씩이나 전화를 건 사람도 있었지.)이라는 걸 알면서도 아무 말 안 했어. 개럿은 전화를 끊으면서 점심때쯤에는 분명히 조가 나타날 거라고 했지만 나는 잘도 그러겠다, 이 멍청아. 그 인간이 나타나면 내가 손에 장을 지진다, 속으로 이러면서 전화를 끊었어. 개럿 그 친구, 머리가 똥을 싸면서 「양키 두들」을 부를 정도는 되는지 몰라도, 아마 가사는 잘 몰랐을걸.

조가 발견된 건 꼬박 일주일이 지난 다음이었어. 나는 이미 반쯤 정신이 나가 있는 상태였지. 셀리나는 수요일에 집에 왔는데, 화요일 오후 늦게 그 애한테 전화를 해서 아버지가 사라졌는데 아무래도 심상치가 않다고 미리 말해 줬어. 그리고 그 애한테 일찍 집에 오겠냐고 했더니 그러겠다고 하대. 멜리사 카론(타냐 엄마 말이야, 알지?)이 가서 그 애를 데려왔어. 아들 녀석들은 그냥 내버려뒀어. 처음에는 셀리나를 대하는 것만으로도 큰일이었으니까. 목요일 날, 그러니까 조가 발견되기 이틀 전에 내가 우리 집 텃밭에 나가 있는데 셀리나가 와서 이러는 거야. "엄마, 물어볼 게 있어요."

"그래, 말해 봐." 겉으로는 꽤나 차분한 목소리를 낸 것 같은데, 속으로는 그 애가 무슨 얘기를 할지 이미 짐작하고 있었지. 그럼, 짐작하고말고.

"엄마가 아빠를 어떻게 한 거예요?" 그 애가 물었어.

갑자기 꿈에서 본 게 생각났어. 네 살짜리 셀리나가 예쁜 분홍색 옷을 입고 가위를 들어서 제 코를 잘라 내던 거. 나는 속으로 생각, 아니, 기도했어. '하느님, 제발 저 애한테 거짓말을 할 수 있게 도와주세요. 부탁입니다, 하느님. 저 애가 제 말을 믿고 다시는 의심을 품지 않게 해 주시면 다시는 하느님께 아무것도 바라지 않겠습니다.'

"아니." 내가 말했어. 나는 그때 밭에서 일할 때 쓰는 장갑을 끼고 있었는데, 그 장갑을 벗고 맨손으로 그 애 어깨를 잡고는 그 애 눈을 똑바로 들여다보면서 말했어. "안 했어, 셀리나. 네 아빠가 술에 취해서 아주 꼴사납게 굴면서 내 목을 조르는 바람에 목에 멍이 생길 정도였지만, 난 아무 짓도 안 했어. 그냥 그 자리를 피했을 뿐이야. 무서워서 거기 그냥 있을 수가 없었거든. 너도 그런 기분 알지? 그러니까 나한테 뭐라고 하지 않을 거지? 그게 어떤 기분인지 너도 알잖아. 네 아빠가 무서워졌을 때 말이야. 알지?"

그 애는 고개를 끄덕이면서도 줄곧 내 눈만 봤어. 그 어느 때보다 진한 파란색 눈동자로. 폭풍이 밀려오기 직전의 바다 색 같았어. 내 머릿속에서는 가위가 번쩍이고, 작은 단추 같은 그 애 코가 흙바닥으로 털썩 떨어지는 모습이 보였어. 내가 지금 무슨 생각을 하는지 알아? 그날 하느님이 내 기도의 절반을 허락해 줬다, 그게 내 생각이야. 하느님은 대개 그런 식으로 기도에 답하신다는 걸 내가 알지. 내가 나중에 조에 대해서 많은 거짓말을 했지만 그 더운 7월 오후에 콩이며 오이가 자라던 밭에서 셀리나한테 했던 얘기만 한 건 없어······. 그래서 그 애가 내 말을 믿었냐고? 절대 의심하지 않을 만큼? 그랬으면 얼마나 좋을까. 그 애 눈이 그때부터 계속 그렇게 어두워진 게 바로 내 말을 못 믿어서 그런 거니.

"내가 제일 잘못한 건 그 인간한테 술을 사다 준 거야. 살살 달래서 좀 얌전하게 만들려고 했는데, 잘못 생각한 거지."

그 애는 1분쯤 더 나를 보다가 몸을 숙여서 내가 오이를 따서 담아 놓은 가방을 잡았어. "알았어요. 이 오이, 내가 집으로 가져갈게요."

그게 다야. 그 애나 나나 다시는 그 얘기를 안 했어. 그 인간이 발견되기 전에도, 발견된 후에도. 섬에서나 학교에서나 사람들이 나에 대해 뭐라고 떠드는지 그 애가 많이 들었을 텐데, 그래도 우리는 다시는 그 얘기를 입에 담지 않았어. 하지만 그때부터 냉랭함이 감돌기 시작했지. 그날 오후에 그 밭에서부터. 가족과 가족이 아닌 사람을 구분해 주는 벽에 처음으로 틈이 벌어지기 시작한 것도 그때야. 그리고 그 후로 그 틈은 넓어져만 갔지. 그 애는 시계처럼 정확하게 나한테 전화도 하고 편지도 써. 그 애는 그런 걸 아주 잘하니까. 하지만 우리 사이는 지금도 멀어. 아주 많이. 내가 그런 짓을 저지른 건 셀리나를 위해서야. 아들 녀석들이나 그 애 아빠가 훔치려고 했던 돈 때문이 아냐. 내가 그 인간을 죽인 이유 중에 제일 큰 게 바로 셀리나라고. 근데 그 애를 그 인간한테서 지키려고 하다가 그 애의 마음을 잃어버린 거야. 그 애는 옛날에 나를 정말 깊이 사랑했는데. 언젠가 우리 아버지가, 하느님이 세상을 만들던 날 못된 년 하나를 던져 버렸다는 얘기를 해 준 적이 있어. 근데 이 나이까지 살아 보니 이제 그 말이 무슨 뜻인지 알겠어. 제일 견디기 힘든 게 뭔지 알아? 가끔 그게 너무 웃긴다는 거야. 나한테서 모든 게 떨어져 나가는 데도 도저히 웃음을 그칠 수 없을 만큼 웃겨.

어쨌든, 그동안 개럿 티보도는 이발소에서 사귄 친구들하고 계속 바삐 돌아다녔지만 조를 못 찾았어. 내가 그 인간을 우연히 발견한 것처럼 연극이라도 해야 하나, 그런 생각이 들 정도였으니까. 그러긴 정말 싫었지만. 돈 문제만 아니면, 마지막 심판의 날 나팔이 울릴 때까지 그 인간을 우물 속에 내버려둬도 무슨 상관이겠어. 하지만 존스포트 은행에 있는 돈, 그 인간 이름으로 된 통장에 들어 있는 돈이 문제지. 그 인간이 법적으로 죽은 사람이 될 때까지 7년이나 기다릴 생각은 전혀 없었어. 2년쯤 후면 셀리나가 대학에 가게 될 텐데, 그 돈이 있어야 그 애가 앞으로 나아갈 수 있을 거 아냐.

조가 술병을 들고 집 뒤 숲으로 들어갔다가 덫을 밟았거나, 어둠 속에서 취한 채 집으로 걸어오다가 어디 빠졌을지도 모른다는 얘기가 마침내 동네에 번지기 시작했어. 개럿은 그런 생각을 해낸 게 자기라고 우겼지만, 그건 절대 믿을 수 없는 얘기지. 난 개럿하고 같이 학교를 다녔기 땜에 잘 알아. 하지만 그게 무슨 대수야. 개럿은 목요일 오후부터 읍사무소 문 앞에 종이를 갖다놓고 자원자들을 모으기 시작하더니 토요일 아침(그러니까 일식이 있고 일주일 후야.)에 남자들 사오십 명으로 된 수색대를 풀었어.

수색대는 하이게이트 숲 끝의 이스트헤드 옆에서 한 줄로 늘어서더니 우리 집 쪽으로 다가오면서 수색을 하기 시작했지. 숲을 지나고 러시안 메도를 가로지르면서. 그 사람들이 길게 늘어서서 웃기도 하고 농담도 해 가며 초원을 가로지르는 걸 본 게 1시쯤이야. 근데 그 사람들이 우리 집 울타리 안으로 들어와서 나무딸기 덤불 속으로 들어가더니 갑자기 농담을 그만두고 욕설을 해 대기 시작하는 거야.

나는 집 입구에 서서 그 사람들이 다가오는 걸 보고 있었는데, 심장이 얼마나 벌렁거리던지 금방 목구멍으로 튀어나올 것 같아. 적어도 셀리나가 집에 없어서 다행이라는 생각을 했던 기억이 나.(그 애는 로리 랭길을 만나러 가 있었어.) 그러다가 저 덤불이 너무 엉켜 있어서 저 사람들이 낡은 우물 근처에 가기도 전에 에라 모르겠다, 수색을 그만두는 게 아닐까, 그런 생각이 드는 거야. 하지만 수색대는 계속 앞으로 나아갔어. 그러다 갑자기 소니 브누아가 비명을 지르는 소리가 들렸어. "이봐, 개럿! 여기야! 이리 좀 와 봐!" 그 순간 잘된 일인지 안 된 일인지는 모르겠지만 어쨌든 조가 발견됐구나 싶었지.

당연히 부검이 있었어. 그 인간이 발견된 바로 그날 부검을 했는데, 잭하고 앨리샤 부부가 해 질 녘에 우리 아들 녀석들을 데리고 왔을 때도 아마 부검이 계속되고 있었을 거야. 피트 녀석이 울더라고. 굉장히 혼란스러운 표정이었는데, 아빠가 무슨 일을 당한 건지 제대로 알지는 못했을 거야, 아마. 하지만 조 주니어는 알고 있었지. 그 애가 날 한쪽으로 부르기에 나는 저 애도 셀리나하고 똑같은 걸 물어보려나 보다 했어. 그래서 셀리나한테 했던 것처럼 똑같은 거짓말을 해야겠다고 마음을 굳게 먹었는데 그 애가 엉뚱한 걸 묻는 거야. "엄마, 아빠가 죽어서 기쁘다고 하면, 하느님이 나를 지옥으로 보낼까요?"

"조, 감정은 마음대로 안 되는 거야. 하느님도 알고 계실걸."

그랬더니 그 애가 울음을 터뜨리면서 뭐라고 하는데, 그게 얼마나 가슴 아픈 소린지. "난 아빠를 사랑하려고 노력했어. 항상 노력했다고요. 그런데 아빠가 날 가만 내버려두질 않았어요."

난 그 애를 품에 끌어안고 세게 안아 주었어. 처음 그 일을 시작했을 때부터 끝까지 난 한 번도 안 울었는데, 만약 울었다면 그때 울었을 거야⋯⋯. 하지만 난 그때 계속 잠을 잘 못 자고 있었고, 앞으로 일이 어떻게 될지 전혀 짐작도 못 하고 있었으니까.

화요일에 심문이 있을 거라고 했어. 당시 리틀톨 유일의 시체 안치소를 운영하던 루시엔 머시어가 나더러 수요일에 조를 묻어도 된다고 하더라고. 그런데 월요일에, 그러니까 심문이 있기 하루 전에 개럿이 나한테 전화를 걸어서 잠깐 자기 사무실로 와 달라는 거야. 난 이미 그런 전화가 올 줄 알고 계속 무서워하면서 기다리고 있었지. 아무리 무서워도 개럿의 사무실로 갈 수밖에 없으니까 셀리나한테 동생들 점심을 챙겨 주라고 하고는 집을 나섰어. 가 보니 개럿 혼자만 있는 게 아니야. 존 매콜리프 박사가 같이 있더라고. 그것도 어느 정도는 예상했던 일이지만, 그래도 가슴이 조금 철렁했지.

매콜리프는 그때 이 지역을 담당한 검시관이었어. 매콜리프는 조 사건이 있고 3년 후에 폭스바겐 비틀을 몰고 가다가 제설기하고 충돌해서 죽었지. 그다음에는 헨리 브라이어튼이 그 일을 물려받았는데, 만약 1963년에도 브라이어튼이 검시관이었다면, 그날 개럿의 사무실로 이야기를 하러 갈 때 내 마음이 훨씬 더 편했을 거야. 브라이어튼은 우리 개럿 티보도보다는 똑똑했지만, 그래 봤자 오십보백보였으니까. 하지만 존 매콜리프는…… 그 사람은 꼭 바티스칸 등대 같았어. 그냥 모든 게 훤히 드러날 것 같았으니까.

그 사람은 2차 대전이 끝난 직후에 이 마을에 나타났는데, 정말 깐깐한 스코틀랜드인이었지. 의사로 일하면서 이 동네 공무원으로 일한 걸 보면 아무래도 미국 시민권이 있었던 모양이야. 하지만 그 사람 말투는 이 동네 사람들하고 완전히 달랐어. 뭐, 그렇다고 그게 나랑 무슨 상관이 있는 건 아니지만. 그 사람이 미국인이든 스코틀랜드인이든 야만적인 중국 놈이든 내가 그 사람 앞에서 끝까지 버텨야 하는 건 똑같잖아.

매콜리프는 아무리 봐도 마흔다섯 살을 넘지 않은 것 같은데, 어찌된 일인지 머리는 눈처럼 하얀 백발이야. 게다가 그 파란 눈동자는 어찌나 밝고 날카로운지 꼭 송곳 같았지. 그 사람이 나를 볼 때면 꼭 내 머릿속을 훤하게 꿰뚫어 보면서 그 속에서 찾아낸 생각들을 알파벳 순서로 정리하고 있는 것 같은 기분이었어. 그래서 개럿의 책상에 그 사람이 앉아 있는 걸 보자마자, 내 뒤에서 찰칵 하고 문이 닫히면서 그 방이 완전히 닫히자마자, 다음 날 뭍에서 하기로 돼 있는 심문이 아무것도 아니라는 걸 알겠더라고. 우리 동네 형사의 이 작은 사무실에서 지금 당장 심문이 벌어지는 거야. 한쪽 벽에는 웨버 석유 회사 달력이 걸려 있고, 또 다른 벽에는 개럿의 어머니 사진이 걸려 있는 이 방에서.

"아직 슬픔에 잠겨 있을 텐데 귀찮게 해서 미안해요, 돌로레스."
개럿이 말했지. 조금 불안한 모양인지 양손을 비비고 있었어. 그 모양을 보니까 은행에서 만났던 피즈 씨가 생각나데. 근데 개럿의 손에는 피즈 씨보다 굳은살이 더 박여 있었던 모양이야. 손바닥을 비빌 때 나는 소리가 바싹 마른 판자에 사포를 문지르는 소리 같았으니까.

"근데, 여기 매콜리프 박사님이 물어보고 싶은 게 있다고 하셔서요." 개럿이 영문을 알 수 없다는 얼굴로 의사를 쳐다보는 걸로 봐서 의사가 뭘 물어볼 생각인지 모르는 것 같았어. 그런데 그걸 보니까 나는 더 겁이 나는 거야. 저 빈틈없는 스코틀랜드인이 저 한심한 개럿 티보도가 일을 망치든 말든 그냥 내버려두지 않고 자기가 직접 나설 정도로 이 문제를 심각하게 생각하고 있다는 게 영 마음에 걸렸어.

"정말 힘든 일을 겪으셨습니다, 세인트 조지 부인." 매콜리프가 강한 스코틀랜드 발음으로 말했지. 몸집은 작았지만 대신 단단하고 다부진 몸매였어. 얼굴에는 머리카락만큼이나 하얀 콧수염이 깔끔하게 손질되어 있었고, 몸에는 조끼까지 달린 모직 양복을 입고 있었어. 발음이 이상한 것처럼 그 모양새도 이 동네 사람 같지가 않았어. 그 파란 눈이 내 머릿속을 송곳처럼 파고드는 걸 보면서 나는 그 사람이 말은 그렇게 하지만 속으로는 날 눈곱만큼도 동정하지 않는다는 걸 알았어. 아마 나 말고 다른 사람들한테도 동정 같은 건 해 본 적이 없을 거야……. 자기 자신한테까지도. "그렇게 슬프고 불행한 일을 당하시다니 정말 유감입니다."

어련하시겠어. 내가 맞장구를 치면 당신은 또 비슷한 말을 지껄이겠지. 당신이 정말로 유감이라고 생각하는 건, 유료 화장실을 쓸 수밖에 없는데 동전을 묶어 둔 줄이 끊어졌을 때뿐일걸, 박사. 하지만 나는 바로 그 순간, 내가 무서워하는 걸 절대 내색하지 말아야겠다고 작정했어. 그 사람이 날 잡을 증거를 정말로 갖고 있는지 아닌지 모르는 일이잖아. 혹시 증거가 있다고 해 봤자, 사람들이 카운티 병원 지하실에 있는 대 위에 조를 눕히고 손을 펴 봤더니 하얀 나일론 조각이 거기서 떨어지더라, 그건 여자들 속치마에 쓰이는 면직물이었다, 그것밖에 없잖아. 뭐 정말로 그런 게 그 인간 손에서 나왔을 수도 있지. 하지만 그래도 나는 매콜리프 눈 밑에서 벌레처럼 꿈틀거리면서 그 사람을 기쁘게 해 줄 생각이 전혀 없었어. 그 사람은 자기 눈 밑에서 사람들이 벌레처럼 꿈틀거리는 데 익숙해져 있었어. 자기가 그런 걸 누리는 게 당연한 일이라면서 즐기고 있었다고.
"고맙습니다."
"앉으시겠습니까, 부인?" 이건 아예 뭐가 뭔지 몰라 혼란에 빠져 있는 개럿의 사무실이 아니라 자기 사무실에 앉아 있는 사람 같아.
내가 의자에 앉았더니, 나더러 자기가 담배를 피워도 괜찮겠느냐고 해. 나는 상관없으니까 마음대로 하라고 했어. 그 사람은 무슨 웃긴 얘기를 들은 사람처럼 쿡쿡 웃었어……. 근데 그 눈은 안 웃는 거야. 그 사람이 윗옷 주머니에서 낡고 커다란 검은색 파이프를 꺼내서 불을 붙였는데, 그동안 나한테서 한 번도 눈을 안 떼더라고. 심지어 파이프를 이빨로 단단히 물고 연기를 피워 올리면서도 나한테서 절대 눈을 안 뗐어. 연기 사이로 그 눈이 나를 그렇게 쏘아보는 걸 보니 몸이 오싹하데. 바티스칸 등대 생각도 다시 나고. 사람들 말로는 손으로 안개를 푹 파내도 될 것처럼 안개가 짙은 날 밤에도 바티스칸 등대가 거의 3킬로미터까지 빛을 비춘다고 하지, 아마.
나는 아까 그렇게 마음을 다졌건만 결국 그 눈 밑에서 벌레처럼 꿈틀거리기 시작했어. 근데 그러다가 베라 도너번이 "말도 안 돼. 남편들은 매일 죽어, 돌로레스." 이렇게 말하던 게 생각났어. 매콜리프가 눈알이 빠질 정도로 베라를 노려봐도 베라는 손끝 하나 움직이지 않을 거다, 그런 생각이 들었지. 그걸 생각하니까 마음이 좀 편안해지면서 다시 점점 차분해졌어. 그래서 그냥 핸드백 위에 양손을 포개고 그 사람이 지칠 때까지 기다렸지.

결국 내가 바닥으로 구르듯이 내려가서 남편을 죽였다고 고백하지 않으리라는(그 사람은 아마 내가 비 오듯 눈물을 쏟으면서 그렇게 하기를 바랐겠지.) 걸 깨달았는지 그 사람이 입에서 파이프를 떼고 말했어. "목에 그 멍 자국을 만든 게 남편이라고 저 형사에게 말했다면서요, 세인트 조지 부인."

"예."

"부인과 남편께서 일식을 보려고 현관에 앉아 있다가 말다툼이 시작됐단 말이죠?"

"예."

"그렇다면, 무엇 때문에 말다툼을 하셨는지 물어봐도 되겠습니까?"

"제일 큰 건 돈 문제였지만, 원래 술 문제가 있었어요."

"하지만 부인께서 술을 사다 주셨기 때문에 그날 남편이 취한 것 아닙니까, 세인트 조지 부인! 그렇죠?"

"예." 나는 뭐라고 더 말을 하면서 변명을 하고 싶었지만 참았어. 변명을 하려면 얼마든지 할 수 있었는데도 말이야. 매콜리프가 원하는 게 바로 그런 거였으니까. 내가 정신없이 혼자 지껄이는 거. 변명을 한답시고 나불대다가 제 손으로 무덤을 파서 감옥에 가는 거.

결국 그 사람은 기다리는 걸 포기했어. 기분이 상했는지 자기 손가락을 만지작거리다가 그 등대 같은 눈으로 다시 날 쏘아봤지.

"목을 졸린 후에 부인은 남편의 곁을 떠났습니다. 혼자서 일식을 보려고 이스트헤드로 가는 길에 러시안 메도로 올라갔죠?"

"예."

매콜리프가 작은 손을 작은 무릎에 얹고 갑자기 앞으로 쓱 몸을 기울이면서 말했어. "세인트 조지 부인, 그날 바람이 어느 방향에서 불었는지 아십니까?"

마치 1962년 11월의 그날 같았어. 내가 하마터면 우물에 빠질 뻔한 덕분에 그 낡은 우물을 찾아낸 날 말이야. 그날 판자가 부러질 때처럼 우두둑 하는 소리가 들리는 것 같더라고. '조심해라, 돌로레스 클레이본. 아주, 아주 조심해. 오늘은 사방에 우물이 있어. 그리고 이 사람은 그 우물들이 어디 있는지 죄다 알고 있어.'

"아뇨. 몰라요. 그리고 내가 바람의 방향을 모른다는 건 대개 그날 날씨가 조용했다는 뜻이죠."

"사실 그냥 산들바람이 조금 불었을 뿐……." 개럿이 입을 여는데 매콜리프가 손을 들어 올려서는 그 말을 아주 칼처럼 잘라 버렸어.

"서쪽에서 불어왔습니다. 서풍이죠. 원하신다면, 서쪽 산들바람이라고 할 수도 있겠죠. 풍속은 시속 11에서 14킬로미터였고, 강하게 불 때는 최고 24킬로미터였습니다. 그런데 부인이 집에서 1킬로미터도 안 떨어진 러시안 메도에 서 있을 때 남편의 비명 소리가 그 바람에 실려 오지 않았다는 게 내가 보기에는 이상하군요, 세인트 조지 부인."

나는 적어도 3초 동안 아무 말도 안 했어. 그 사람이 무슨 질문을 하든 대답하기 전에 반드시 머릿속으로 셋을 세겠다고 이미 마음을 정해 뒀거든. 그렇게 하면 너무 대답을 서두르다가 그 사람이 파 놓은 함정에 빠지는 걸 피할 수도 있으니까. 하지만 매콜리프가 의자에서 앞으로 몸을 기울인 걸 보면, 내가 처음부터 자기 때문에 혼란에 빠졌다고 생각한 모양이야. 그때 한순간 그 사람 눈동자가 파란 불꽃에서 하얀 불꽃으로 변했어. 틀림없어. 분명해.

"제가 보기에는 놀랄 일이 아닌데요. 우선, 시속 11킬로미터라면 후텁지근한 날 바람이 한번 휙 부는 정도예요. 그리고 그날 물 위에 나가 있는 배가 천 척쯤 됐는데, 그 배들이 전부 고동을 불어 대고 있었어요. 그건 그렇고, 남편이 비명을 질렀는지 안 질렀는지 어떻게 아시는 거죠? 박사님이 그날 우리 남편이 지르는 소리를 들으셨을 리가 없는데."

그 사람은 조금 실망한 표정으로 다시 뒤로 등을 기댔어. "그건 합리적인 추리입니다. 우린 남편께서 우물에 빠져 즉사하시지 않았다는 걸 알고 있어요. 법의학적 증거들은 남편이 적어도 한 번 오랫동안 의식이 있었다는 걸 강력하게 시사하고 있죠. 세인트 조지 부인, 만약 부인께서 안 쓰는 우물에 빠져 정강이와 발목과 갈비뼈 네 개가 부러지고 손목을 삔다면, 살려 달라고 고함을 지르지 않겠습니까?"

나는 다시 속으로 망아지 한 마리, 망아지 두 마리를 세면서 3초를 쉰 다음 입을 열었어. "우물에 떨어진 건 제가 아니에요, 매콜리프 박사님. 떨어진 사람은 조였다고요. 그 사람은 그때 술을 마신 상태였어요."

"그렇죠. 부인께서 남편에게 스카치 위스키를 사 주셨죠. 그런데 제가 동네 사람들한테 물어봤더니 다들 부인께서는 남편이 술 마시는 걸 극도로 싫어한다고 하더군요. 남편께서 술에 취하면 기분 나쁘게 굴면서 시비를 걸어 대는데도 부인께서는 남편에게 술을 사다 주셨습니다. 게다가 남편께서는 그냥 술을 마신 상태가 아니라 취한 상태였어요. 만취한 상태였단 말입니다. 남편의 입속에는 피가 가득 차 있었고, 셔츠에도 허리띠 부근까지 온통 피가 얼룩져 있었죠. 이 핏자국과 갈비뼈가 부러진 점, 그리고 갈비뼈 부상에 동반하는 폐의 상처를 모두 종합해 보면 어떤 결론이 나오는지 아십니까?"

1초, 망아지 한 마리…… 2초, 망아지 두 마리…… 3초, 망아지 세 마리. "아뇨."

"부러진 갈비뼈 중 여러 개가 허파를 찔렀습니다. 이런 부상을 입으면 항상 출혈이 생기지만, 이렇게 출혈이 심한 경우는 드물죠. 이렇게 피가 흐른 것은, 제 생각에는, 아마도 고인께서 도움을 얻으려고 계속 소리를 지른 탓인 것 같습니다."

이건 질문이 아니었지만, 그래도 나는 3초를 세었어. "그 사람이 그 아래에서 살려 달라고 소리를 쳤다고 생각하시는 거군요. 그런 얘기예요, 그렇죠?"

"아뇨, 부인. 그냥 생각하는 게 아니라, 확신하고 있습니다."

나는 이번에는 3초를 세지 않았어. "매콜리프 박사님, 제가 남편을 그 우물 속으로 밀었다고 생각하시는 거예요?"

이 말에 그 사람이 조금 놀라는 눈치였어. 그 등대 같은 눈이 조금 깜박이는 정도가 아니라 몇 초 동안 흐릿해질 정도였으니까. 박사는 파이프를 만지작거리면서 가만히 있다가 다시 파이프를 입에 집어넣고 연기를 빨았어. 그동안 내내 어떻게 나를 다뤄야 할지 생각했겠지.

근데 박사가 마음을 정하기도 전에 개럿이 얼굴이 시뻘게져서는, "돌로레스, 아무도 그런 생각은…… 그러니까 아무도 그런 건 생각도 안 해……."

"아니." 매콜리프가 끼어들었지. 박사가 나 때문에 잠시 갈피를 잡지 못하다가, 별문제 없이 다시 제 길로 돌아온 거야. "나는 그 생각을 해 봤습니다. 이해하실 수 있겠지요, 세인트 조지 부인? 내 일이 원래……."

"아, 이젠 저를 세인트 조지 부인이라고 부르지 마세요. 만약 제가 남편을 우물 속으로 밀어 버린 다음에 살려 달라고 비명을 지르는 사람을 내려다보면서 그냥 서 있었다고 다그칠 작정이라면, 그냥 돌로레스라고 부르시라고요."

그때는 사실 그 사람한테 한 방 먹일 생각이 없었어, 앤디. 그냥 결과가 그렇게 돼 버린 거야. 박사가 몇 분 되지도 않는 사이에 두 번이나 당한 거지. 아마 의대 시절 이후 그렇게 곤란한 일은 처음이었을걸.

"부인을 비난하는 사람은 아무도 없습니다, 세인트 조지 부인." 박사가 딱딱하게 말했어. 눈을 보니 '어쨌든 아직은 없습니다.' 이거야.

"그거 다행이네요. 왜냐하면, 제가 조를 우물로 밀었다고 생각하는 것 자체가 정말 말도 안 되는 거니까요. 그 사람은 저보다 몸무게가 적어도 20킬로그램은 더 나가요. 실제로는 그보다 훨씬 더 나갈걸요. 몇 년 동안 상당히 살이 쪘으니까. 게다가 그 사람은 누가 자기 일을 방해하면 주먹질을 마다하지 않는 사람이에요. 제가 16년간 그 사람이랑 같이 살았으니 틀림없어요. 동네 사람들도 똑같은 얘기를 할걸요."

물론 조가 나를 때리지 않은 지는 한참 됐지만, 나는 그 인간이 거의 상습적으로 날 때린다고 동네 사람들이 생각하는 걸 굳이 바로잡으려고 한 적이 없어. 그런데 그때, 매콜리프가 그 파란 눈으로 내 이마를 뚫어 버릴 듯이 바라보는 걸 보면서 아, 그걸 바로잡지 않길 정말 잘했다 싶더라고.

"부인께서 남편을 우물 속으로 밀었다고 말하는 사람은 하나도 없습니다." 박사가 말했어. 그 사람은 이제 재빨리 뒤로 물러서고 있었지. 표정을 보니 자기도 그걸 알고 있는 눈치였지만, 어떻게 일이 이렇게 되었는지 도저히 영문을 모르겠는 모양이야. 지금 뒷걸음쳐야 하는 사람은 바로 나라고 생각하는 게 얼굴에 훤히 씌어 있더라고. "하지만 남편께서는 분명히 소리를 질렀을 겁니다. 틀림없이 한동안 그랬을 거예요. 어쩌면 몇 시간 동안이나 그랬는지도 모르죠. 그것도 아주 큰 소리로."

1초, 망아지 한 마리…… 2초, 망아지 두 마리…… 3초. "이제 무슨 소린지 좀 알 것 같군요. 남편이 우연히 우물에 빠졌는데 내가 그 사람 소리를 듣고도 못 들은 척했는지도 모른다? 지금 그런 얘기를 하시는 건가요?"

얼굴을 보니 그 사람 생각이 바로 그거였다는 걸 알겠어. 자기 생각대로, 그러니까 전에 이런 면담을 할 때처럼 일이 풀리질 않아서 엄청 화가 나 있다는 것도 알겠고. 양 뺨에 밝은 빨간색 공 같은 게 쪼끄맣게 나타났어. 그걸 보니 기분이 좋데. 내가 바라던 게 그 사람이 화를 내는 거였으니까. 매콜리프 같은 사람은 화를 낼 때 다루기가 더 쉽거든. 그런 남자들은 다른 사람들이 허둥거릴 때 혼자 침착하게 있는 것에 익숙하니까.

"세인트 조지 부인, 내가 질문을 할 때마다 부인께서 계속 질문으로 대답하신다면, 여기서 뭔가 소득을 얻기가 아주 어렵습니다."

"이런, 박사님이 질문을 안 하셨잖아요." 내가 순진한 척 눈을 휘둥그레 뜨면서 말했어. "조가 틀림없이 고함을 쳤을 거라고, 아니 박사님은 '소리를 질렀다.'고 하셨죠. 어쨌든 그래서 저는 그냥……."

"알았어요, 알았어요." 박사는 개럿의 놋쇠 재떨이에 챙 소리가 날 정도로 세게 파이프를 내려놓았어. 이제는 눈이 아주 이글거리는 게, 이마에도 뺨하고 똑같이 빨간 줄이 그어져 있더라고. "남편께서 살려 달라고 외치는 소리를 들으셨습니까, 세인트 조지 부인?"

1초, 망아지 한 마리…… 2초, 망아지 두 마리……. "손, 부인을 이렇게 다그칠 이유가 없는 것 같은데요."

개럿이 굉장히 불편한 목소리로 끼어들었어. 그게 그 말쑥한 스코틀랜드인의 정신을 또다시 흩어 놨지. 하마터면 거기서 큰 소리로 웃음을 터뜨릴 뻔했어. 그랬다면 틀림없이 나한테 불리했을 거야. 하지만 그냥 그럴 뻔한 거였으니까.

매콜리프가 휙 돌아서서는 개럿한테 말했어. "나더러 내가 이 일을 처리해도 좋다고 했잖소?"

불쌍한 개럿은 화들짝 놀래서 하마터면 의자에 앉은 채로 넘어질 뻔했지. 아마 속으로 자기 자신을 엄청 욕했을 거야.

"그래, 그래, 당황할 필요 없어." 개럿이 혼자 중얼거리더라고.

매콜리프는 다시 나를 보면서 똑같은 질문을 다시 하려고 했지만 내가 가만히 있지 않았지. 그때까지 벌써 10초나 세었으니까.

"아뇨. 물에 나가 있는 사람들 소리하고 배들이 고동을 울려 대는 소리하고 사람들이 일식이 시작된 걸 보고 머리가 터져라고 고함을 질러 대는 소리밖에 못 들었어요."

박사는 나더러 말을 더 하라는 듯이 가만히 있었어. 그 사람이 쓰는 낡은 수법이지. 그 사람이 가만히 있으면 사람들이 당황해서 횡설수설 정신없이 말을 늘어놓거든. 하지만 그때는 그냥 조용했어. 내가 핸드백 위에 양손을 포개고 가만히 있었으니까. 박사가 나를 보기에 나도 마주 봤지. 그 사람 눈동자를 보니 나한테 이런 말을 하는 것 같아. '결국 나한테 얘기를 하게 될 거다, 이 여자야. 내가 듣고 싶어 하는 얘기를 전부 다 하게 될 거야······. 내가 같은 얘기를 두 번 하라고 해도 군말 없이 하게 될 거라고.'

나도 눈으로 얘기했지. '아니, 난 안 해, 친구. 지옥이 꽁꽁 얼어붙을 때까지 그 다이아몬드 조각 같은 파란 눈으로 나를 쏘아봐도 당신이 입을 열어서 나한테 직접 묻지 않는 이상 난 한마디도 안 할 거야.'

우리가 그러고 있었던 게 거의 1분은 됐을 거야. 거의 눈이 침침해질 정도였으니까. 그런데 1분이 다 되어 갈 무렵, 내 마음이 자꾸 약해져서 뭐든 말을 하고 싶어지는 거야. 하다못해 '당신 어머니는 사람을 그렇게 노려보는 게 무례하다는 것도 안 가르쳐 줬나?' 이런 말이라도. 그때 개럿이 끼어들었어. 아니, 개럿의 위장이 그랬다고 해야지. 뱃속에서 아주 기이이이인 소리가 났거든.

매콜리프는 역겹기 그지없다는 얼굴로 개럿을 쳐다봤어. 개럿은 주머니칼을 꺼내서 손톱 밑을 청소하기 시작했고. 매콜리프가 모직으로 된 윗옷 안주머니(모직이라니! 7월에!)에서 수첩을 꺼내 뭘 들여다보더니 다시 집어넣었어.

"남편께서는 위로 올라오려고 하셨습니다." 마침내 그 사람이 말했지. '오늘 점심 약속이 있다.' 그러는 것처럼 태평스럽게.

누가 내 등허리에 포크를 찔러 넣은 것 같았어. 조가 그 장작개비로 나를 때렸을 때처럼 말이야. 하지만 난 내색하지 않으려고 애썼어. "아, 그래요?"

"그래요. 우물 벽은 커다란 돌을 쌓아 만든 겁니다. 그런데 그 돌 여러 개에서 피 묻은 손바닥 자국이 발견됐어요. 남편께서 일어선 후 천천히 손을 움직여서 위로 올라온 것 같습니다. 엄청나게 힘든 일이었겠죠. 나로선 상상도 할 수 없을 만큼 고통이 심했을 테니까."

"그 사람이 그렇게 고생을 했다니 안됐군요." 내 목소리는 그 어느 때보다 차분했어.(적어도 나는 그랬다고 생각해.) 하지만 겨드랑이에서 땀이 배어 나오기 시작하는 게 느껴지는데, 이마나 관자놀이에도 땀이 배어 나온다면, 그래서 저 사람이 그걸 본다면 어떻게 하나 싶어서 겁이 났던 게 기억나.

"불쌍하기도 하지." 내가 말했어.

"정말 그렇지요." 매콜리프가 등대 같은 눈으로 나를 뚫어 버릴 것처럼 바라보면서 눈을 번쩍였어.

"불쌍……하기도…… 하지. 어쩌면 남편께서 혼자 힘으로 밖으로 나오셨을지도 모릅니다. 설사 그랬다 해도 금방 숨을 거뒀겠지만, 그래도 나는 남편께서 어쩌면 밖으로 나오셨을지도 모른다고 생각합니다. 그런데 뭔가가 그걸 막았죠."

"그게 뭔데요?"

"남편분의 두개골이 부서져 있습니다." 매콜리프가 말했어. 그 눈은 그 어느 때보다 밝았지만, 목소리는 고양이가 가르릉거리는 소리처럼 부드럽게 변해 있었어. "남편분의 다리 사이에서 커다란 돌이 발견되었습니다. 남편의 피로 뒤덮인 돌이었습니다, 세인트 조지 부인. 그런데 그 핏속에서 도자기 조각이 몇 개 발견되었습니다. 내가 그걸 보고 어떤 추리를 했는지 아십니까?"

1초…… 2초…… 3초. "그 돌이 그 사람 머리뿐만 아니라 틀니까지 부숴 버렸겠군요. 그런 일이…… 조는 틀니를 아주 아꼈는데. 틀니도 없는데 루시엔 머시어가 그 사람 모습을 어떻게 제대로 다 듬어 줄 수 있을지 모르겠네요." 내가 이 말을 하니까 매콜리프가 입술을 뒤로 길게 늘이더라고. 그 덕분에 그 사람 이빨을 아주 잘 볼 수 있었지. 틀니는 아니었어. 아마 그 사람은 살짝 웃는 것처럼 보이려고 한 모양인데 전혀 그렇게 안 보였어. 조금도.

"그래요." 매콜리프가 위아래로 깔끔하게 나 있는 이빨뿐만 아니라 잇몸까지 보이도록 입을 크게 벌리면서 말을 이었어. "그래요,

나도 그런 결론을 내렸습니다. 그 도자기 조각이 남편분의 아래턱에서 나온 거라고요. 자, 세인트 조지 부인, 남편분께서 막 우물을 빠져나오려는 찰나에 그 돌이 어떻게 남편을 강타할 수 있었는지, 혹시 무슨 생각이라도 있습니까?"

1초…… 2초…… 3초. "아뇨. 박사님은요?"

"난 있습니다. 누군가가 그 돌을 땅에서 빼서 위를 바라보며 애원하는 남편분의 얼굴을 향해 잔인하고 사악하게 계획적으로 내리쳤을 거라고 생각합니다." 매콜리프가 이 말을 한 후로는 아무도 입을 열지 않았어. 난 말을 하고 싶었어, 정말이야. 재빨리 끼어들어서 '내가 그런 게 아니에요. 누구 다른 사람이 그랬는지 몰라도 나는 아니에요.' 이러고 싶었다니까. 하지만 그러면 안 되지. 나는 다시 나무딸기 덤불 속에 들어가 있는 것 같은 기분이었는데, 이번에는 그 망할 놈의 우물이 사방에 있는 거야.

그래서 말을 하는 대신에 그냥 가만히 앉아서 매콜리프를 쳐다보기만 했어. 하지만 몸에서 진땀이 나기 시작하면서 안 그래도 세게 깍지를 끼고 있는 손에 더 힘을 주고 싶어지는 거야. 그랬다면 손톱이 하얗게 변했겠지……. 매콜리프가 그걸 알아차렸을 거고. 그는 선천적으로 그런 걸 알아차리게 태어난 사람이니까. 그 바스티칸 등대 같은 눈이 이거다 싶어서 그 틈새로 비집고 들어왔겠지. 난 베라를 생각하려고 애썼어. 그 여편네라면 저 사람을 어떤 눈으로 봤을까. 자기 신발에 묻은 개똥 자국을 보듯이 했겠지. 하지만 그 사람이 나를 그렇게 뚫어져라 바라보고 있는 상황에서는 베라를 생각하는 것도 별로 소용이 없는 것 같았어. 전에는 그 여편네가 나랑 같이 그 방에 있는 것 같았는데, 이젠 그게 아닌 거야. 나하고 그 깔끔한 스코틀랜드인 의사밖에 없는 것 같더라고. 그 의사는 아마 자기가 잡지책 소설에 나오는 아마추어 탐정이라도 된 것 같은 기분이었겠지.(나중에 알았지만, 박사의 증언 때문에 감옥에 간 사람이 해안 지방에서 벌써 열 명이 넘더라고.) 나는 정말이지 무슨 말이든 불쑥 해 버리고 싶은 기분이었어. 그런데 정말 견딜 수 없는 건, 앤디, 설사 내가 입을 연다 해도 무슨 말을 하게 될지 나도 전혀 모르겠는 거야. 개럿의 책상에 있는 시계에서 재깍거리는 소리가 나는데, 텅 빈 방 안에서 시계 소리만 크게 울리는 것 같아.

어쨌든, 내가 더 이상 못 견디겠어서 막 무슨 말을 하려고 하는데 내가 까맣게 잊고 있던 개럿 티보도가 입을 열었어. 걱정스러운 목소리로 빠르게 말을 하는 걸 보면 개럿도 그 침묵을 더 이상 견딜 수가 없었던 모양이야. 누군가가 비명이라도 질러서 이 긴장을 깨 버리지 않으면 영원히 침묵이 계속될 것 같다는 생각이 들었겠지. "저기 존, 우리가 이미 의견의 일치를 본 것 아닌가요. 조가 그 돌을 잡을 때 잘못해서 돌이 저절로 땅에서 빠져나와……."

"젠장, 입 좀 다물어!" 매콜리프가 일이 뜻대로 안 돼서 화가 난 목소리로 개럿한테 고함을 질렀어. 나는 긴장을 풀었지. 모든 게 다 끝난 거야. 분명해. 그 스코틀랜드인 의사도 알았을걸. 마치 지금까지 우리 둘이 새까만 방에 같이 있었던 것 같았어. 그 사람이 무슨 면도날 같은 걸로 내 얼굴을 간질이고 있는데…… 저 서투른 티보도 형사가 뭔가에 발이 걸려서 쓰러지면서 창문에 부딪히는 바람에 쾅 소리가 나면서 블라인드가 올라가 대낮의 햇빛이 방으로 들어온 거야. 그래서 나는 그 사람이 내 얼굴을 간질이던 게 면도날이 아니라 겨우 깃털이었다는 걸 알게 된 거고.

개럿이 매콜리프더러 어떻게 자기한테 그런 식으로 말을 할 수 있느냐면서 뭐라고 투덜거렸어. 하지만 박사는 그러거나 말거나 신경도 안 쓰고 그냥 다시 나를 보면서 "무슨 생각 없습니까, 세인트 조지 부인?" 이렇게 물었어. 아주 혹독한 목소리로, 마치 나를 궁지에 몬 것처럼. 하지만 그때는 이미 우리 둘 다 그게 아니라는 걸 알고 있었지. 그 사람이 할 수 있는 거라고는 그저 내가 실수하기를 바라는 것밖에……. 하지만 나한테는 아이가 셋이나 있어. 아이가 있으면 사람이 신중해진다고. "내가 아는 걸 다 말했어요. 나랑 같이 일식을 기다리다가 남편이 술에 취했고, 나는 그 사람이 술을 좀 깨지 않을까 싶어서 샌드위치를 만들어 줬는데 소용없었어요. 남편이 고함을 질러 대다가 내 목을 조르고 날 좀 두들겨 팼어요. 그래서 난 러시안 메도로 올라갔고요. 나중에 집에 와 보니까 그 사람이 없더라고요. 친구하고 어디 갔나 보다 했죠. 사실 그 시간에 그 사람은 우물 속에 있었던 거지만. 아마 길에서 집까지 지름길로 질러 오려고 했겠죠. 어쩌면 날 찾고 있었던 건지도 모르고. 사과를 하려고 말이에요. 정말 그랬는지 어쨌는지는 이세 질대로 알 수 없지만…… 어쩌면 차라리 모르는 게 나을지도 몰라요." 나는 눈에 힘을 주고 박사를 노려보면서 계속 말했어. "의사시니까 무슨 약 같은 걸 한번 직접 써 보시지 그러세요, 매콜리프 박사님."

"그런 충고는 필요 없습니다, 부인." 매콜리프가 말했어. 뺨에 나타났던 붉은 자국이 아주 뜨겁게 활활 불타오르고 있더라고. "남편이 죽어서 기쁩니까? 그거나 말하세요!"
"그게 그 사람이 죽은 거하고 도대체 무슨 상관이 있는데요? 나 참, 도대체 왜 이래요?"
박사는 아무 말 안 했어. 그냥 아주 조금 떨리는 손으로 파이프를 집어 들더니 다시 불을 붙이려고 했지. 그러고는 더 이상 나한테 아무것도 안 물어봤어. 그날 나한테 마지막으로 뭘 물어본 사람은 개릿 티보도야. 매콜리프는 그게 별로 중요하지 않다고 생각했기 땜에 나한테 안 물어봤지만, 개릿한테는 중요한 얘기였거든. 나한테는 훨씬 더 중요했고. 그날 내가 읍사무소 건물에서 나오는 걸로 일이 끝나는 게 아니었으니까. 어떤 의미에서는 내가 밖으로 나온 게 그냥 시작일 뿐이었어. 개릿이 마지막으로 물어본 질문하고 내 대답이 그렇게 중요했던 건, 법정에서는 별로 중요하지 않은 얘기지만 여자들이 빨래를 널거나 가재잡이 배에 타고 있을 때, 남자들이 조타실에 등을 기대고 앉아서 점심을 먹을 때 자기들끼리 쑥덕거리는 이야기가 바로 그거였기 땜에 그런 거야. 그런 얘기 땜에 사람이 감옥에 가지는 않아도 마을 사람들 눈에는 목매달아 마땅한 사람으로 보일 수도 있어.
"도대체 왜 애당초 조한테 술을 사다 준 거예요? 무슨 생각으로 그랬어요, 돌로레스?" 개릿이 푸념하는 것처럼 물었어.
"술을 사다 주면 날 가만히 내버려둘 줄 알았어요. 우리 둘이 조용히 앉아서 일식을 구경하고, 그 인간이 나한테 손을 대지 않을 줄 알았다고요." 난 울지 않았어. 하지만 눈물 한 방울이 뺨을 타고 흘러내리는 게 느껴지더라고. 내가 그 후로 30년 동안 리틀톨에서 살 수 있었던 건 바로 그 눈물 때문이라는 생각이 가끔 들어. 그 눈물 한 방울. 그게 없었다면 사람들이 자기들끼리 쑥덕거리면서 등 뒤에서 손가락질을 해 대는 바람에 결국 내가 쫓겨나다시피 여길 떠났을지도 몰라. 그래, 결국은 그렇게 됐을지도 몰라. 나도 만만 치 않은 사람이지만, '살인을 저지르고도 벌을 받지 않았다'는 쪽지가 불쑥불쑥 날아오거나 동네 사람들이 쑥덕거리는 걸 30년 동안이나 이겨 낼 만큼 강단이 있는 사람은 아마 없을걸. 뭐, 그런 쪽지가 몇 개 날아오긴 했지. 누가 그걸 보냈는지도 대충 짐작하고 있어. 지금 와서는 별로 대단할 것도 없는 일이지만. 하지만 그 쪽지도 가을에 아이들 방학이 끝날 무렵부터는 뚝 그쳤어. 그러니까 내가 지금까지 살아온 것, 그리고 지금 여기서 이렇게 얘기를 하고 있는 것도 모두 그 눈물 한 방울 덕분이라고 해도 될 거야……. 그리고 내가 조를 위해 울어 주지도 않을 만큼 돌 같은 여자는 아니었다는 얘기를 퍼뜨려 준 개릿 덕분이기도 하고. 하지만 내가 미리 계산을 하고 눈물을 흘린 건 아니야. 그런 생각은 하지도 말라고. 난 그 말쑥한 스코틀랜드인 의사 말처럼 조가 그렇게 고생한게 안됐다는 생각을 하고 있었어. 그 인간이 그런 짓을 했는데도, 그리고 그 인간이 셀리나한테 무슨 짓을 하고 있는지 알아낸 후로 내가 그 인간을 그렇게 미워했는데도, 난 단 한 번도 그 인간을 괴롭히겠다는 생각을 한 적이 없어. 난 그 인간이 우물에 빠지자마자 죽을 줄 알았어, 앤디. 하느님의 이름을 걸고 맹세해. 그 인간이 우물에 빠지자마자 죽을 줄 알았다고.

우리 개릿 티보도는 신호등 빨간 불처럼 얼굴을 붉히면서 책상에 있던 휴지 상자에서 더듬더듬 휴지를 뽑더니 날 제대로 보지도 못하고 그걸 나한테 줬어. 그 눈물 한 방울을 보고 내가 목 놓아 울 줄 알았나 봐. 나더러 '그렇게 스트레스가 심한 심문'을 받게 해서 미안하다고 사과했지. 그게 아마 개럿이 아는 말 중에 제일 어려운 단어였을 거야.

매콜리프는 그 말을 듣고 흥! 코웃음을 쳤지. 그리고 정식 심문 때 내 진술을 들으러 참석하겠다고 말하고는 나가 버렸어. 휑하니 나가서는 유리잔이 덜걱거릴 정도로 세게 쾅 하고 문을 닫아 버리더라고. 개럿은 매콜리프가 멀리 갈 때까지 기다렸다가 내 팔을 잡고 문까지 바래다줬어. 하지만 여전히 내 얼굴을 제대로 못 보고 (사실 조금 웃겼어.) 계속 뭐라고 중얼거리는 거야. 개럿이 뭐라고 중얼거린 건지는 모르지만, 그게 무슨 말이었든 개럿 나름대로 나한테 미안하다고 사과한 걸 거야. 개럿은 마음씨가 착해서 다른 사람들이 불행해지는 걸 참고 보지를 못했거든. 정말이야……. 그리고 리틀톨로 말할 것 같으면, 개럿 같은 사람이 어디서 거의 20년 동안 형사 노릇을 할 수 있었겠어? 그뿐이야? 개럿은 은퇴식에서 기립박수까지 받았다고. 내 생각을 말해 줄까? 마음씨가 착한 사람이 형사로 성공할 수 있는 곳이라면 인생을 보내기에 그리 나쁜 곳이 아냐. 그렇고말고. 그래도 그날 개럿이 날 내보내고서 찰칵 문을 닫는 소리가 들렸을 때만큼 기쁜 적이 없었어.

어쨌든 그날 일이 제일 힘들었어. 다음 날의 심문은 비교도 안 됐지. 매콜리프는 그날도 나한테 똑같은 걸 물었는데, 모두 어려운 질문이었지만 나한테는 이미 아무 소용 없었어. 우리 둘 다 그걸 알고 있었지. 내 눈물 한 방울이 대단했던 건 사실이지만, 그날 매콜리프가 나한테 던진 질문에다가 그 사람이 나한테 곰처럼 화를 내고 있다는 게 누구의 눈에도 분명히 보였기 때문에 결국 나에 관한 이런저런 소문이 생겨나서 그 후로 내내 이 섬을 돌아다니기 시작했어. 하지만 뭐, 그런 일이 없었어도 어쨌든 소문이 났을 거야. 안 그래?

조는 재수 없는 사고로 죽은 걸로 결론이 났어. 매콜리프는 그게 마음에 안 들어서 결국 아주 딱딱한 목소리로 자기가 조사한 걸 읽어 내려갔지. 보고서를 읽는 동안 한 번도 고개를 들지 않았으니까. 하지만 그 보고서 내용은 공식적인 결론하고 똑같았어. 조가 술에 취해서 우물에 빠진 다음 한동안 살려 달라고 소리를 질렀을 가능성이 크지만 아무도 도와주지 않았다. 그래서 혼자 힘으로 올라오려고 했다. 거의 꼭대기까지 다 올라왔을 때 바위를 잡았는데 그 바위가 그만 땅에서 뽑히면서 머리를 치는 바람에 두개골이 부서지고(틀니는 말할 것도 없지.) 다시 우물로 떨어져서 죽었다는 내용이었지.

아마 제일 큰 문제는 나를 범인으로 몰 만한 동기가 없었다는 점이었을 거야.(난 나중에야 이걸 깨달았어.) 물론 마을 사람들은 내가 그 인간한테 더 이상 얻어맞지 않으려고 그런 짓을 저질렀을지도 모른다고 생각했지만(매콜리프 박사도 틀림없이 그런 생각을 했겠지.) 그것 자체만으로는 충분한 동기가 되지 못했어. 나한테 얼마나 훌륭한 동기가 있었는지 아는 사람은 셀리나하고 피즈 씨밖에 없었는데, 저 똑똑한 매콜리프 박사도 피즈 씨를 심문할 생각은 못 했지. 물론 피즈 씨가 자청해서 나서지도 않았고 말이야. 만약 피즈 씨가 나섰다면, 우리가 채티 부이에서 나눈 이야기가 밝혀졌을 거고 피즈 씨도 은행에서 곤란한 입장이 됐을 거야. 그 사람이 내 말에 넘어가서 규칙을 어긴 셈이니까.

그리고 셀리나는……. 글쎄, 내 생각에 셀리나는 지 나름대로 날 재판한 것 같아. 가끔 그 애가 어둡고 험악한 눈으로 나를 볼 때마다 나한테 '엄마가 아빠를 어떻게 한 거예요? 그래요, 엄마? 나 때문인가요? 내가 대가를 치러야 하는 거예요?' 이렇게 묻는 것 같았어.

그리고 실제로 그 애가 대가를 치른 것 같아. 그게 제일 견디기 힘든 일이지. 열여덟 살 때 수영대회에 참가하려고 보스턴에 갈 때까지 메인주를 떠나 본 적이 없는 섬 아가씨가 지금은 뉴욕에서 성공을 거둔 똑똑한 커리어우먼이 됐어. 2년 전에 《뉴욕 타임스》에 그 애에 대한 기사가 실린 거 알아? 그 애는 온갖 잡지에 글을 쓰면서도 어떻게든 짬을 내서 나한테 일주일에 한 번씩 편지를 쓰지……. 하지만 꼭 의무감 때문에 쓰는 편지 같아. 한 달에 두 번씩 전화를 거는 것도 의무감 때문인 것 같아. 그 애는 여길 한 번도 와 보지 않은 거며 나랑 관계를 끊어 버린 게 부담스러워서 그렇게 전화를 하고 편지를 쓰면서 마음의 빚을 갚고 있는 거겠지. 그래, 그 애가 대가를 치른 것 같아. 제일 죄가 없는 사람이 제일 커다란 대가를 치른 거야. 지금도 그 대가를 치르고 있고.

그 애는 지금 마흔넷인데 결혼을 안 했어. 몸도 너무 말랐고.(가끔 사진을 보내 주거든.) 술도 마시는 것 같아. 그 애가 전화했을 때 술 취한 목소리를 들은 게 한두 번이 아냐. 어쩌면 그 애가 집에 오지 않는 게 그 때문인지도 몰라. 자기가 지 아버지처럼 술 마시는 모습을 나한테 보여 주기 싫은 거겠지. 어쩌면 나랑 같이 있으면서 자기가 무슨 말을 하게 될지 무서운 건지도 모르고. 자기가 나한테 뭘 묻게 될지.

아, 하지만 신경 쓰지 마. 이젠 다 엎질러진 물이니까. 내가 들키지 않았다는 거, 그게 중요한 거야. 만약 우리가 보험 같은 걸 들었거나 피즈 씨가 입을 다물고 있지 않았더라면 분명히 들켰을 거야. 둘 중에서 욕심쟁이 보험 회사가 더 심했겠지. 보험 회사의 똑똑한 조사관이 이미 무식한 섬 여자한테 당해서 미친 듯이 화를 내고 있는 그 똑똑한 스코틀랜드인 의사하고 의기투합하는 건 세상에서 제일 반갑지 않은 일이었으니까. 그래, 보험 회사하고 피즈 씨가 나섰다면 아마 내가 잡혀 들어갔을 거야.

그래서 일이 어떻게 됐냐고? 글쎄, 살인 사건이 일어났는데 범인이 밝혀지지 않았을 때 항상 그렇듯이 된 거지, 뭐. 그냥 옛날처럼 계속 살았어. 그뿐이야. 영화에서처럼 누가 마지막 순간에 불쑥 나타나서 중요한 증거를 내놓지도 않았고, 내가 다른 사람을 죽이려고 한 적도 없고, 하느님이 벼락을 때려 날 죽이지도 않았어. 소 세인트 조지 같은 인간 때문에 나한테 벼락을 때리는 건 전기를 낭비하는 짓이라고 생각하셨는지도 모르지.

우린 그냥 옛날처럼 계속 살았어. 난 베라네 집 파인우드에서 계속 일했고, 셀리나는 그해 가을에 학기가 다시 시작됐을 때 옛날처럼 친구들과 어울렸지. 가끔 그 애가 전화하면서 웃음을 터뜨리기도 했으니까. 막내 피트는 아버지가 죽었다는 걸 마침내 깨닫고 아주 힘들어했어……. 조 주니어도 마찬가지였고. 그 애는 사실 내가 생각했던 것보다 더 힘들어했어. 살이 빠지고 악몽도 꾸고. 하지만 다음 해 여름에는 거의 그전으로 돌아간 것 같았어. 1963년에 그 일이 있고 나서 완전히 변한 거라고는 우물뿐이야. 내가 세스 리드를 불러다가 우물에 시멘트 뚜껑을 만들어 덮어 달라고 했거든.

조가 죽고 6개월이 지나서 유언 검증소에서 조의 재산 문제가 해결됐어. 난 거기 가지도 않았지. 일주일인가 지난 다음에 무슨 서류가 왔는데, 모든 게 다 내 것이라고 돼 있더라고. 그걸 팔든지, 다른 거랑 바꾸든지, 바닷속에 던져 버리든지 내 맘대로 해도 된다고 말이야. 그 인간이 남겨 놓은 걸 다 살펴보고 나니 바닷속에 던져 버리는 게 제일 좋은 방법이 아닌가 싶데. 근데 조금 놀랄 일이 하나 있었어. 남편이 갑자기 죽었을 때, 남편 친구들이 조의 친구들처럼 멍청이들뿐이라면 편리한 점이 많다는 거. 난 조가 10년 동안이나 주물럭거리던 낡은 단파 라디오를 25달러에 노리스 피 네트한테 팔았어. 뒤뜰에 있던 고물 트럭 세 대는 토미 앤더슨한테 팔았고. 그 멍청이가 트럭을 사고 얼마나 좋아하던지. 난 그 돈으로 1959년식 쉐보레 자동차를 샀지. 밸브에서 횡횡 소리가 나기는 했지만, 그것 말고는 아무 문제 없었어. 난 조의 통장도 내 이름으로 바꾸고, 아이들 대학 자금을 모아 뒀던 계좌를 다시 열었지.

아, 그것 말고 하나 더 있어. 내가 1964년 1월부터 결혼 전 이름을 쓰기 시작했거든. 뭐 특별히 동네방네 떠들고 다닌 건 아니지만, 평생 동안 세인트 조지라는 이름을 개꼬리에 매달린 깡통처럼 매달고 다니는 게 너무 싫었어. 그러니까 내가 깡통에 달린 끈을 잘라 버렸다고 보면 될 거야……. 하지만 그 인간을 지우는 건 이름을 떼어 내는 것만큼 쉽지 않았어. 정말로.

뭐, 원래 쉬울 거라고 생각하지도 않았지. 내 나이 지금 예순다섯인데, 그중 적어도 50년 동안은 줄 돈은 딱딱 줘 가면서 자기 의지로 선택하며 사는 게 인간다운 거라고 생각하면서 살았어. 내가 선택한 것 중에는 정말 고약한 것도 있었지만, 그렇다고 해서 그냥 중간에 그만두고 나갈 수는 없는 노릇이지. 특히 부양가족이 딸려 있어서 그 애들이 스스로 하지 못하는 걸 대신 해 줘야 하는 입장이라면 더 그래. 그럴 때는 가능한 한 최선의 선택을 하고 그 대가를 치르는 수밖에. 내가 치른 대가라면, 밤에 잠을 자다가 악몽 때문에 식은땀을 흘리면서 깨어난 게 한두 번이 아니라는 거지. 아예 잠을 못 잔 날은 더 많고. 게다가 돌이 그 인간 얼굴에 부딪히면서 머리뼈가 부서지고 틀니가 부서질 때 난 소리, 벽돌로 만든 벽난로에 접시가 떨어진 것 같은 그 소리도 내가 치른 대가였어. 그 소리를 30년 동안 듣고 살았으니까. 그 소리 때문에 잠에서 깰 때도 있고, 그 소리 때문에 아예 잠을 못 잘 때도 있고, 그 소리 때문에 대낮인데도 소스라치게 놀라기도 해. 집에서 현관을 청소할 때나 베라네 집에서 은식기를 닦을 때나 테레비로 오프라 윈프리 쇼를 보면서 점심을 먹을 때 갑자기 그 소리가 들리는 거야. 그 소리. 아니면 그 인간이 우물 바닥에 떨어질 때 그 쿵 소리. 그것도 아니면 우물에서 그 인간이 나를 부르던 소리. 덜로오오리이이스…….

베라가 방구석에 전선이 있다거나 침대 밑에 먼지 덩어리가 있다면서 비명을 지를 때 실제로 뭘 보고 그러는지는 몰라도, 아마 내가 듣는 그런 소리하고 별로 다를 게 없을 거야. 가끔, 특히 그 여편네가 쇠약해지기 시작한 후부터, 내가 그 여편네 침대로 기어 들어가 여편네를 안고 그 돌멩이 소리를 생각하다가 눈을 감으면 접시가 벽돌로 된 벽난로에 떨어져 산산조각 나는 게 보였어. 그런 게 보이면 나는 그 여편네가 언니라도 되는 것처럼, 아니 나 자신이기라도 한 것처럼 여편네를 끌어안았지. 우리는 각자 그렇게 겁에 질려서 침대에 누워 있다가 함께 깜박 잠이 들곤 했어. 나는 그 여편네가 먼지 덩어리를 보지 않게 해 주고, 그 여편네는 내가 그 접시 깨지는 소리를 듣지 않게 해 주면서. 가끔 잠들기 전에 이런 생각이 들 때도 있었지. '그래 이런 거다. 나쁜 년이 된 대가가 이런 거야. 나쁜 년이 되지 않았다면 이런 대가를 안 치러도 됐을 거라고 말해 봤자 아무 소용 없어. 가끔은 세상이 여자를 나쁜 년으로 만드니까. 바깥이 온통 어두운데 안에서 불을 켜서 그걸 지킬 사람이 나밖에 없다면 내가 나쁜 년이 되는 수밖에. 하지만 그 대가라니. 너무 끔찍해.'

앤디, 자네 그 술을 한 모금만 더 마셔도 될까? 아무한테도 말 안 할게.

고마워. 그리고 낸시 배니스터 아가씨도 고맙수. 나 같은 할망구가 구구절절이 풀어놓는 얘기를 참고 들어 주고 있으니. 손가락 괜찮수?

괜찮다고? 다행이네. 자, 조금만 더 힘을 내요. 내 얘기 순서가 거꾸로라는 건 나도 안다우. 하지만 그래도 결국 다들 듣고 싶어

하는 얘기를 할 차례가 된 것 같아 다행이야. 시간도 늦었고 난 지쳤으니까. 난 평생 동안 일했지만, 지금처럼 피곤했던 적이 없는 것 같아.

어제 아침에 내가 빨래를 널고 있을 때(한 6년은 된 일 같은데 겨우 어제 일이라니) 베라는 모처럼 정신이 맑았어. 그래서 그런 일이 있을 줄은 정말 몰랐어. 내가 그렇게 당황한 것도 그래서야. 정신이 맑을 때 그 여편네가 가끔 못되게 굴기는 하지만, 그렇게 정신 나간 짓을 한 건 그때가 처음이자 마지막이었어.

나는 옆 뜰에 있었고, 그 여편네는 위층에서 휠체어에 앉아 감시를 하고 있었어. 원래 그런 걸 좋아하는 사람이니까. 그러면서 잊어 먹을 만하면 한 번씩 소리를 질러 대는 거야. "빨래집게 여섯 개야, 돌로레스! 이불보 하나마다 여섯 개라고! 네 개만 꼽아 놓고 도망갈 생각은 하지도 마! 내가 다 보고 있어!"

"알았어요. 알았다고요. 기온이 한 40도는 더 낮고, 20노트짜리 폭풍만 불어 준다면 아주 좋겠죠?"

"뭐? 뭐라고 했어, 돌로레스 클레이본?" 그 여편네가 까마귀 같은 소리로 소리를 지르더라고.

"누가 정원에 거름을 주고 있나 보다, 그랬어요. 딴 때보다 똥 냄새가 더 심하니까."

"잔꾀를 부리는 거야, 돌로레스?" 여편네가 갈라지고 떨리는 목소리로 되받아쳤어.

목소리를 들어 보니 머리가 평소 때보다 더 맑은 것 같아. 그 여편네가 나중에 못된 짓을 할지도 모른다는 건 알았지만, 별로 신경 안 썼어. 그때는 그냥 그 여편네가 제대로 얘기를 하는 게 좋기만 했거든. 사실 말이지, 옛날로 돌아간 것 같았어. 그 여편네가 석 달인가 넉 달 동안 정신을 못 차리고 해롱거리다가 다시 돌아온 걸 보니 기분이 좋더라고……. 그러니까, 베라가 그런대로 옛날 모습으로 돌아가 있었다, 이 말이야.

"아뇨, 베라. 내가 잔꾀를 부렸다면, 벌써 오래전에 여기 일을 그만뒀을걸요." 내가 여편네한테 큰 소리로 말했지.

난 그 여편네가 또 뭐라고 소리를 지를 줄 알았는데 안 그러는 거야. 그래서 그냥 이불보며, 여편네 기저귀며, 옷이며, 빨래를 계속 널었지. 그런데 빨래가 반쯤 남았을 때 왠지 기분 나쁜 예감이 들었어. 왜 그런 기분이 들었는지, 그게 어디서부터 시작된 건지는 몰라. 그냥 갑자기 그런 예감이 든 거야. 그리고 한순간 말도 안 되는 생각이 들었어. '그 아이가 곤란해졌다……. 일식 날 봤던 아이. 그 아이도 나를 봤지. 그 애도 이제는 다 자랐구나. 셀리나하고 거의 비슷하게. 하지만 그 애한테 엄청난 문제가 생겼어.' 나는 고개를 돌려 위를 쳐다봤어. 다 자란 그 애가 밝은색 줄무늬 옷을 입고 분홍색 립스틱을 칠한 걸 금방이라도 보게 될 것 같더라고. 그런데 아무도 안 보이는 거야. 그러면 안 되는데. 베라가 그 자리에 있어야 되는데. 지붕에 매달리기라도 것처럼 몸을 쑥 내밀고 내가 빨래집게를 여섯 개씩 꼽는지 감시하고 있어야 되는데. 근데 그 여편네가 없는 거야. 난 그게 도대체 이해가 안 되더라고. 내가 그 여편네를 휠체어에 앉힌 다음에 그 여편네가 해 달라는 대로 창가로 밀어 놓고 브레이크를 걸어 놨거든.

그때 그 여편네 비명 소리가 들렸어. "덜로오오리이이이스!"
 그 소리를 듣는 순간 얼마나 소름이 끼쳤는지 몰라, 앤디! 꼭 조가 다시 살아 돌아온 것 같았어. 순간적으로 그 자리에서 꼼짝도 못 하고 있는데 여편네가 다시 비명을 질렀어. 이번에는 그게 그 여편네 목소리라는 걸 알았지. "덜로오오리이이이스! 먼지 덩어리야! 사방이 그것들투성이야! 오, 하느님! 오, 하느님! 덜로오오리이이이스, 살려 줘! 살려 줘!"
 나는 집으로 뛰어가려다가 그 망할 놈의 빨래 바구니에 발이 걸리는 바람에 그냥 바구니 위에 큰 대자로 쓰러지면서 방금 빨랫줄에 넌 이불보까지 같이 붙들고 넘어졌어. 그래 가지고 이불보 속에 그냥 엉켜 버리는 바람에 한참 몸부림을 친 후에야 빠져나올 수 있었어. 꼭 이불보에 손이 달려서 내 목을 조르려고, 아니 날 그냥 못 가게 하려는 것 같더라니까. 내가 그렇게 몸부림을 치는 동안 베라는 계속 비명을 질러 댔어. 그걸 들으니까 옛날에 꿨던 꿈이 생각나. 먼지 덩어리가 머리로 변하고 거기 긴 이빨들이 뾰족하게 달려 있던 꿈 말이야. 다른 점이라고는, 그 먼지 얼굴이 내 눈에는 조의 얼굴처럼 보였다는 것뿐. 누가 그 먼지구름 속에 석탄 덩어리 두 개를 박아 놓은 것처럼 눈이 새까맣게 텅 비어 보였는데, 그 눈이 공중에 둥둥 떠 있었어.
 "돌로레스, 제발 빨리 좀 와! 제발 빨리 좀 오라고! 먼지 덩어리야! 사방이 그놈들투성이야!" 그러고는 끔찍한 비명 소리가 들렸어. 베라 도너번처럼 뚱뚱한 할망구가 그렇게 큰 소리로 비명을 지를 수 있을 거라고는 아무도 상상 못 했을 거야. 큰불에다가 홍수에다가 세상의 멸망까지 한 덩어리가 돼서 덮친 것 같았어.

내가 어찌어찌 이불보에서 벗어나 몸을 일으켰는데, 속치마 끈 하나가 툭 끊어지는 거야. 일식이 있던 날, 조가 나를 죽일 뻔하고 내가 그 인간하고 인연을 끊어 버린 그날 그랬던 것처럼. 옛날에도 같은 일을 겪은 적이 있다는 느낌이 들 때, 그래서 사람들이 말을 하기도 전에 무슨 말을 할지 전부 알 것 같을 때, 그 기분 자네들도 알지? 그때 그 느낌이 얼마나 강했는지 유령들이 나를 전부 둘러싸고 내 눈에는 안 보이는 손가락으로 나를 간질이는 것 같았어.

그런데 그게 다가 아냐. 그 유령들이 꼭 먼지 유령 같은 거야.

나는 부엌으로 달려 들어가서 죽을힘을 다해 뒷계단을 올라갔어. 그동안 그 여편네는 계속 비명을 지르고 있었지. 내 속치마는 흘러내리기 시작했고. 나는 층계참에서 주위를 둘러봤는데, 금방이라도 조가 비틀거리면서 내 뒤로 바짝 다가와서 속치마 단을 잡아챌 것 같았어.

그러다가 반대 방향을 보게 됐는데 거기 베라가 있더라고. 베라는 앞계단까지 이어진 복도를 4분의 3쯤 내려와 있었는데, 나한테 등을 돌린 채 비명을 지르면서 비틀거리고 있는 거야. 옷에다 볼일을 봤는지 잠옷 엉덩이에 커다란 갈색 얼룩이 묻어 있는데, 이번에는 그 여편네가 일부러 고약하게 굴려고 옷을 망친 게 아냐. 너무 무서워서 그런 거야.

휠체어는 그 여편네 침실 문에 옆으로 걸려 있었어. 여편네가 뭣 땜에 그렇게 겁에 질렸는지 몰라도, 하여튼 그게 보이자마자 직접 브레이크를 푼 모양이야. 전에는 여편네가 그렇게 겁에 질렸을 때 앉거나 누운 자세 그대로 그냥 살려 달라고 고함을 지르기만 했지. 사람들한테 물어봐도, 그 여편네가 혼자서는 움직일 수 없었다고 하는 사람이 많을 거야. 하지만 어제는 그 여편네가 혼자 움직였어. 정말로 혼자 움직였다고. 혼자서 휠체어 브레이크를 풀고, 방향을 돌려서 방을 가로질렀는데, 휠체어가 문간에 걸리니까 어찌어찌 휠체어에서 내려서 비틀비틀 복도를 걸어온 거야.

난 그냥 서 있었어. 한 일이 초 정도 얼어붙은 것처럼 그 자리에 서서 여편네가 비틀거리는 걸 보면서 도대체 얼마나 무서운 걸 봤기에 저렇게까지 할 수 있나, 더 이상 걷지 못할 줄 알았는데 저렇게 걷다니, 저 여편네가 먼지 덩어리라고 하는 그게 뭔가, 그런 생각을 하고 있었어.

그러다가 그 여편네가 어디를 향하고 있는지 깨달았지. 여편네는 곧장 계단을 향하고 있었어.

"베라! 베라, 멍청한 짓 그만둬요! 그러다 떨어진다고요! 거기 서요!" 내가 소리쳤어.

그리고 있는 힘을 다해 뛰었지. 전에도 이런 일을 겪은 적이 있다는 느낌이 다시 날 덮쳤어. 다만 이번에는 내가 조가 된 것처럼 상대방을 따라잡아서 붙잡으려고 한다는 게 다를 뿐이었지.

그 여편네가 내 말을 못 들었는지, 아니면 들었는데도 머리가 썩어서 내가 자기 뒤가 아니라 앞에 있다고 생각했는지 나로서는 알 길이 없어. 내가 아는 거라고는 그 여편네가 계속 비명을 지르면서 ("돌로레스, 살려 줘! 살려 줘, 돌로레스!") 더 빨리 움직이기 시작했다는 거야.

여편네가 벌써 복도 끝까지 가 있어서 나는 정신없이 여편네 방문 앞을 뛰어가다가 휠체어 발판에 발목이 아주 제대로 걸려 버렸어. 자 봐, 여기 멍든 거 보이지? 그래도 나는 있는 힘껏 달리면서 계속 소리쳤어. "거기 서요, 베라! 거기 서!" 나중에는 목이 다 아프더라고.

베라는 층계참을 지나서 허공으로 발 하나를 내밀었어. 내가 어떻게 해서든 그때 그 여편네를 구할 수도 있었겠지.(내가 할 수 있는 거라고는 내 몸을 던져서 그 여편네를 잡아당기는 것밖에 없었지만.) 하지만 그런 상황에서는 생각을 하거나 득실을 따질 시간이 없는 법이야. 내가 막 여편네를 향해서 몸을 날리려는데 여편네 발이 허공을 치면서 몸이 앞으로 기울어지기 시작했어. 그때 마지막으로 그 여편네 얼굴을 언뜻 봤는데, 여편네는 아래로 떨어지고 있다는 걸 모르는 것 같았어. 그냥 공포에 질려서 눈만 똥그랗게 뜨고 있는 거야. 그때만큼 심하지는 않았지만 전에도 그런 표정을 본 적이 있기 땜에 그 여편네가 아래로 떨어지는 게 무서워서 그런 표정을 한 게 아니라는 것쯤은 금방 알았어. 여편네는 자기 앞에 있는 계단이 아니라 뒤에서 자기를 쫓아오는 뭔가가 무서웠던 거야.

내가 손을 내밀었지만 그 여편네 잠옷 자락이 잠깐 내 손가락을 스치고 지나갔을 뿐, 손에 잡히는 게 하나도 없었지. 잠옷 자락 스치는 소리가 꼭 속삭이는 소리 같았어.

"덜로오오……." 여편네가 비명을 질렀지만 곧 쿵 하고 고깃덩어리 떨어지는 소리가 났어. 지금도 그 소리를 생각하면 소름이 끼쳐. 조가 우물 바닥에 떨어졌을 때랑 똑같은 소리라서. 그 여편네가 데굴데굴 계단을 구르는 모습이 보였나 했는데, 금방 뭐가 뚝 부러지는 소리가 났어. 불쏘시개를 무릎에 대고 부러뜨릴 때처럼 아주 똑똑하고 무서운 소리야. 그 여편네 머리 한쪽에서 피가 뿜어져 나오는데, 도저히 더 이상 볼 수가 없더라고. 그래서 급히 몸을 돌리다가 발이 꼬이는 바람에 털퍼덕 무릎을 꿇고 말았지. 그 자세로 복도 아래쪽에 그 여편네 방이 있는 쪽을 봤는데, 정말이지 비명을 지를 수밖에 없었어. 거기 조가 있었어. 지금 내가 자네를 보고 있는 것처럼 조의 모습이 잠깐 동안 아주 똑똑히 보였다고, 앤디. 그 여편네 휠체어 밑에서 그 인간이 먼지투성이 얼굴로 히죽 웃으면서 문간에 걸린 바큇살 사이로 나를 바라보고 있었어.

그러다가 그 얼굴이 사라지고 베라가 울면서 신음하는 소리가 들렸지.

그 여편네가 그렇게 떨어지고도 살아 있다니 믿을 수가 없었어. 그건 지금도 마찬가지야. 물론 조도 우물에 빠지자마자 죽지는 않았지만, 그 인간은 한창때의 남자였잖아. 그런데 베라는 벌써 대여섯 번 소소한 심장 발작을 겪고, 심한 심장 발작도 적어도 세 번이나 겪은 약해 빠진 할망구란 말이야. 게다가 우물 바닥하고 달리 층계참에는 진흙도 없으니까 쿠션 역할을 해 주는 게 하나도 없었다고.

난 그 여편네한테 가 보고 싶지 않았어. 온몸이 부러져서 피를 흘리는 모습을 보고 싶지 않았어. 하지만 그건 생각할 수도 없는 일이었지. 그때 집에 있는 사람은 나밖에 없었으니까, 결국 내가 가 보는 수밖에. 나는 일어서다가(무릎이 하도 후들거려서 계단 난간을 붙들고 간신히 일어섰지.) 내 속치마 자락을 밟았어. 그 바람에 나머지 끈 하나도 툭 끊어져 버렸지. 나는 옷자락을 조금 올리고 속치마를 끌어내렸어……. 그것도 옛날하고 똑같아. 나무딸기 덤불에서 가시에 긁혀 피 나는 곳이 없나 내 다리를 살펴봤던 게 지금도 기억나. 이번에는 물론 긁힌 자국 같은 건 없었지.

몸이 열에 들뜬 것 같았어. 정말로 몸이 아파서 열이 아주 높게 올라가 본 적이 있다면 내 말이 무슨 소린지 알 거야. 딱히 이승을 떠난 것 같은 느낌은 아니지만, 그렇다고 살아 있는 것 같지도 않은 그런 느낌. 그럴 때는 모든 게 다 유리로 변해 버린 것 같고, 단단하게 붙들 수 있는 건 하나도 없는 것 같지. 모든 게 다 미끄럽게만 보인다고. 층계참에 서서 난간을 죽어라 붙들고 그 여편네가 떨어진 곳을 바라보고 있을 때 내 기분이 바로 그랬어.

그 여편네는 계단을 반 이상 내려간 곳에 쓰러져 있었는데, 두 다리가 심하게 뒤틀려서 몸 아래에 끼어 있었기 때문에 눈에 안 보일 정도야. 늙어 빠진 얼굴 한쪽으로는 피가 흐르고 있었고. 내가 죽어라 난간을 움켜쥔 채로 비틀비틀 내려가니까 여편네가 한쪽 눈을 움직여서 나를 봤어. 덫에 걸린 짐승 같은 표정으로.

"돌로레스, 그 개자식이 그동안 내내 내 뒤를 쫓아다녔어." 그 여편네가 속삭였지.

"쉬, 말하지 마요."

"그래, 날 쫓아다녔어." 마치 내가 그 여편네 말에 아니라고 대들기라도 한 것처럼 여편네가 다시 말했어. "나쁜 자식 같으니. 여자나 밝히는 나쁜 자식."

"내가 아래층으로 내려가서 의사를 부를게요."

"안 돼." 그 여편네가 한 손을 들어 내 손목을 잡으면서 계속 말했어. "의사는 안 돼. 병원도 싫어. 먼지 덩어리가…… 거기도 있어. 없는 데가 없어."

"다 괜찮아질 거예요, 베라. 가만히 누워서 움직이지만 않으면 금방 괜찮아질 거예요." 내가 그 여편네한테서 손을 빼내면서 말했어.

"돌로레스 클레이본 님께서 내가 괜찮아질 거라고 하네!" 심장발작 때문에 머리가 혼란해지기 전에 그 여편네한테서 듣던 메마르고 사나운 목소리였어. "전문가께서 그렇게 말씀하시니 얼마나 안심이 되는지 몰라!"

그렇게 오랜만에 그 목소리를 다시 들으니까 뺨을 한 대 맞은 것 같아. 그래서 화들짝 제정신을 차리고 생전 처음으로 그 여편네 얼굴을 제대로 들여다봤어. 사람들이 무슨 말을 하는지 다 아는 사람을 바라볼 때처럼. 무슨 말을 하든 항상 진심인 사람을 바라볼 때처럼.

"난 이미 죽은 거나 마찬가지야. 자네도 잘 알잖아. 등이 부러진 것 같아." 그 여편네가 말했어.

"그건 모르는 일이에요, 베라." 말은 이렇게 했지만, 나는 아까처럼 전화를 걸어야 된다고 안달하지 않았어. 여편네가 어떻게 될지 나도 알고 있었던 것 같아. 그리고 그 여편네가 내 짐작대로 나한테 부탁을 한다면, 도저히 거절할 수 없을 것 같았어. 내가 그 여편네 침대에 주저앉아서 얼굴을 앞치마로 가리고 눈알이 빠지도록 울어 댔던 1962년 가을의 비 오는 날 이후로 난 그 여편네한테 빚을

진 심정이었어. 클레이본가 사람들은 절대 빚을 떼먹는 법이 없지.

그 여편네가 다시 입을 열었는데, 30년 전처럼 맑고 또렷한 목소리였어. 조가 아직 살아 있고, 우리 아이들도 집에서 살고 있을 때처럼. "이제 내가 결정해야 하는 일은 하나밖에 없어. 내가 죽고 싶을 때 죽느냐, 아니면 병원에서 죽느냐. 병원에서는 너무 오래 걸릴 거야. 난 지금 죽고 싶어, 돌로레스. 기운이 없어서 혼란스러울 때 방구석에서 남편 얼굴을 보는 것도 이젠 지쳤어. 사람들이 달빛 속에서 코베트 자동차를 끌어내던 모습도 더 이상 보고 싶지 않아. 조수석의 열린 창문으로 물이 쏟아져 나오고……."

"베라, 무슨 얘길 하는 거예요." 내가 말했어.

그 여편네는 한 손을 들어서 옛날처럼 짜증스러운 표정으로 손을 흔들었지. 하지만 그 손은 금방 계단 위로 툭 떨어져 버렸어.

"다리 사이로 오줌이 흘러내리는 것도 싫고, 누가 왔다 간 다음에 30분도 안 돼서 그게 누구였는지 잊어버리는 것도 지겨워. 이제 끝내고 싶어. 도와주겠어?"

나는 그 여편네 옆에 무릎을 꿇고 계단 위에 떨어진 손을 들어 내 가슴에 댔어. 그리고 돌로 조의 얼굴을 때렸을 때 그 소리를 생각해 봤어. 벽돌로 된 벽난로에 접시가 부딪혀 산산조각 나는 소리. 내가 그 소리를 또 듣고도 미치지 않을 수 있을지. 나는 그 여편네를 때릴 때도 같은 소리가 날 거라는 걸 알고 있었어. 그 여편네가 내 이름을 부를 때도 그 인간이랑 똑같은 소리가 났고, 계단에서 굴러떨어져서 온몸이 부러질 때도 그 인간이랑 똑같은 소리가 났으니까. 여편네는 거실에 있는 섬세한 유리그릇들을 하녀들이 깨 먹을까 봐 항상 걱정했는데 자기가 그 꼴이 됐으니. 게다가 내 속치마는 양쪽 끈이 전부 끊어져서 하얀 나일론 공처럼 위층 층계참에 있었어. 그것도 옛날하고 똑같아. 만약 내가 그 여편네를 끝장낸다면, 그 인간을 끝장낼 때랑 똑같은 소리가 날 거야. 분명해. 그래, 난 이스트 소로가 이스트헤드에서 옆으로 내려가는 그 낡아 빠진 계단에서 끝난다는 걸 분명히 아는 것처럼 그것도 분명히 알 수 있었어.

난 그 여편네 손을 잡고 세상이 어떻게 돌아가는지 생각해 봤어. 가끔 못된 남자들이 사고를 당하고 좋은 여자들이 나쁜 년이 되는 것 말이야. 그 여편네가 내 얼굴을 보려고 눈알을 굴릴 때 그 모습이 얼마나 끔찍하고 무기력해 보이던지. 머리가 찢어지는 바람에 뺨에 깊숙이 팬 주름을 따라 피가 흘러내리는 모습은 봄비가 고랑을 이루며 언덕을 흘러 내려가는 것 같았어.

내가 말했지. "베라, 당신이 원한다면 도와주겠어요."

이 말을 듣더니 그 여편네가 울기 시작했어. 그 여편네가 정신이 멀쩡한데도 그렇게 우는 건 처음 봤어.

"그래, 그래, 그렇게 해 줘. 하느님이 당신을 축복하실 거야, 돌로레스."

"너무 안달하지 마세요." 나는 여편네의 쭈글쭈글한 손을 들어 입술에 대고 입을 맞췄어.

"서둘러, 돌로레스. 정말로 날 돕고 싶다면 제발 서둘러 줘." 그 여편네 눈을 보니 '우리 둘 다 용기를 잃기 전에.'라고 말하고 있는 것 같았어.

나는 여편네 손에 다시 입을 맞추고, 배 위에 손을 내려놓은 다음 일어섰어. 그때는 일어서는 게 전혀 힘들지 않았어. 다리에 다시 힘이 돌아와 있더라고. 나는 계단을 내려가서 부엌으로 들어갔지. 원래 빨래를 널러 가기 전에 빵을 구우려고 준비를 해 둔 게 있었어. 빵 만들기에 좋은 날 같았거든. 그 여편네 집에는 밀대가 있었는데, 검은 줄무늬가 들어간 회색 대리석으로 된 무거운 물건이야. 그게 부엌 조리대 위에 노란색 플라스틱으로 된 밀가루 통 옆에 있었어. 나는 마치 꿈을 꾸는 것 같은 기분으로, 아니 열에 들뜬 것 같은 기분으로 그걸 집어 들고 거실을 지나 현관 앞 복도로 걸어갔어. 여편네가 옛날부터 갖고 있던 온갖 좋은 물건들이 놓여 있는 거실을 지날 때는 옛날 생각이 나데. 내가 여편네의 못된 짓을 막으려고 진공청소기를 틀어 놓고 술수를 부렸던 것이며, 그 여편네가 한동안 나한테 복수를 했던 것이며. 그 여편네는 항상 내 술수를 알아채고 복수를 했지……. 그래서 지금 내가 여기 와 있는 게 아니겠어?

나는 밀대의 나무 손잡이를 손으로 쥐고 거실에서 복도로 나와서 여편네가 있는 계단으로 올라갔어. 그 여편네가 머리는 아래로 늘어지고 다리는 뒤틀려서 몸 밑에 깔린 채 누워 있는 곳에 이르렀을 때, 난 조금도 머뭇거릴 생각이 없었어. 조금이라도 머뭇거린다면 그 일을 절대 해내지 못할 테니까. 여편네랑 더 이상 얘기를 할 필요도 없었지. 여편네가 있는 곳에 이르렀을 때, 나는 한쪽 무릎을 꿇고 그 대리석 밀대로 있는 힘껏 머리를 후려칠 생각이었어. 나중에 다른 사람들이 봤을 때 그 여편네가 계단에서 굴러떨어지면서 머리가 부서진 것처럼 보일 수도 있고 그렇지 않을 수도 있겠지. 하지만 어쨌든 난 그 일을 해치울 작정이었어.

그런데 그 여편네 옆에 무릎을 꿇고 보니 그럴 필요가 없는 거야. 여편네가 이미 혼자서 일을 다 끝내 버렸더라고. 평생 동안 대부분의 일들을 혼자 처리했던 것처럼 말이야. 내가 부엌에서 밀대를 가져오는 동안에 그런 건지, 아니면 거실을 지나오는 동안에 그런 건지, 하여간 그 여편네가 그냥 눈을 감고 혼자 죽어 버린 거야.

나는 여편네 옆에 앉아 계단 위에 밀대를 내려놓고 손을 잡아 내 무릎으로 가져왔어. 사람이 살다 보면 시간이 얼마나 지났는지 도저히 알 수 없을 때가 있지. 내가 아는 거라고는 거기 앉아서 그 여편네랑 한동안 같이 있었다는 것뿐이야. 내가 뭐라고 얘기를 했는지 어쨌는지도 모르겠어. 아마 뭐라고 얘기를 했던 것 같아. 놔줘서, 날 놔줘서 고맙다고, 내가 그런 일을 또다시 겪지 않게 해 줘서 고맙다고 했던 것 같아. 아니면 그냥 머릿속으로 생각만 했던 건지도 모르고. 내가 그 여편네 손을 뺨에 댔다가 손을 뒤집어서 손바닥에 입을 맞췄던 건 기억나. 그 손을 보면서 참 깨끗한 분홍색이라고 생각했던 것도 기억나고. 손금이 거의 사라지고 없어서 꼭 애기 손 같았어. 난 자리에서 일어나 누구한테든 전화를 걸어서 이일을 알려야 한다는 걸 알고 있었지만, 너무 지쳐서 그럴 힘이 없었어. 그냥 거기 앉아서 여편네 손을 잡고 있는 편이 더 편할 것 같더라고.

그때 초인종이 울렸어. 그 소리가 나지 않았더라면, 아마 그 자리에 한참을 더 그냥 앉아 있었을 거야. 하지만 사람이라는 게 초인종이 울리면 무슨 일이 있어도 반드시 대답을 해야 할 것 같은 기분이 들잖아. 난 자리에서 일어나 난간을 꼭 붙들고 한 번에 하나씩 계단을 내려갔어. 내 나이보다 열 살은 더 먹은 여자처럼 말이야.(사실 말이지 정말로 열 살을 더 먹은 것 같았어.) 세상이 여전히 유리 같다는 생각을 했던 게 기억나. 그래서 난간을 놓고 현관을 가로질러 문으로 갈 때는 혹시라도 미끄러져서 유리에 베일까 봐 엄청 조심했어.

초인종을 누른 건 새미 마천트였어. 우체부 모자를 여느 때처럼 머리 뒤로 비스듬하게 바보처럼 밀어서 쓰고 있더군. 모자를 그렇게 쓰면 자기가 유명한 록스타처럼 보이는 줄 아는 모양이야. 마천트는 한 손에 정기 우편물을 들고, 다른 손에는 매주 뉴욕에서 등기우편으로 오는 두툼한 봉투를 들고 있었어. 그건 물론 여편네의 재산 관리 상황을 알려 주는 문서였지. 그린부시라는 친구가 그 여편네 돈을 관리하고 있었다는 얘기 벌써 했던가?

했다고? 그래, 고마워. 이러쿵저러쿵 떠돌아다니는 얘기들이 하도 많아서 내가 무슨 얘기를 했는지도 기억을 못 하겠네.

그 등기우편 중에 가끔 베라가 서명해야 하는 서류가 있을 때도 있었어. 대개 베라는 내가 팔이 떨리지 않도록 잡아 주면 직접 서명할 수 있었지만, 여편네가 완전히 정신이 나가서 내가 그 여편네 이름으로 서명을 한 적도 몇 번 있었지. 그건 별일도 아니었어. 나중에 그것 때문에 누가 나한테 뭘 물어본 적도 없고 말이야. 게다가 그 여편네가 서명을 해 봤자, 마지막 삼사 년 동안에는 어차피 개발새발 갈겨쓴 낙서로밖에는 안 보였어. 하지만 어쨌든 자네들이 날 정말로 잡아넣고 싶다면 이걸로 잡아넣을 수도 있겠네. 문서 위조범으로."

새미는 문이 열리자마자 그 두툼한 봉투를 내밀었어. 등기우편이 올 때마다 항상 그랬던 것처럼 나더러 편지를 받았다는 서명을 해 달라고 말이야. 그런데 내 얼굴을 보고는 눈이 휘둥그레지더니 뒤로 한 발 뒷걸음질을 치더라고. 사실 뒷걸음질이라기보다는 화들짝 놀라서 펄쩍 뛴 거지. 것도 그 짓을 한 당사자가 새미 마천트니까, 당연히 펄쩍 뛰었다고 해야 할 거야.

"돌로레스! 괜찮아요? 몸에 피가 묻었어요!"

"내 피가 아냐." 내 목소리는 마치 테레비에서 뭘 보고 있었느냐는 질문에 대답할 때처럼 아주 차분했어. "베라의 피야. 그 여편네가 계단에서 떨어졌거든. 죽었어."

"이런, 세상에." 새미는 한쪽 엉덩이에 걸친 우편 가방을 펄럭이면서 나를 제치고 집 안으로 뛰어 들어갔어. 새미를 막아야 한다는 생각은 전혀 안 들데. 자네들도 한번 생각해 봐. 그래 봤자 무슨 소용이 있었겠어?

난 천천히 새미의 뒤를 따라갔어. 세상이 유리 같다는 느낌은 희미해지고 있었지만, 이번에는 내 신발에 납덩이가 달린 것 같아. 내가 계단 발치에 이르렀을 때 새미는 벌써 계단을 반쯤 올라가서 베라 옆에 무릎을 꿇고 있었어. 새미는 무릎을 꿇기 전에 우편 가방을 벗었는데, 그게 계단을 따라 굴러 내려오면서 안에 있던 편지들이 흘러나왔지. 뱅고어 수력 전기에서 보낸 전기 요금 청구서며, L.L.빈의 카탈로그며, 안에 있던 게 죄다 쏟아져 나왔어.

나는 떨어지지 않는 발을 억지로 떼면서 새미가 있는 곳으로 올라갔어. 내 평생 그렇게 피곤했던 적이 없어. 조를 죽였을 때도 어제 아침만큼 피곤하지는 않았어.

"정말 죽었네요." 새미가 사방을 둘러보면서 말했어.

"응. 내가 말했잖아."

"걸음을 못 걷는 줄 알았는데. 나더러 항상 베라가 못 걷는다고 했잖아요, 돌로레스."

"그게, 내가 잘못 생각했던 것 같아." 그 여편네가 그렇게 누워 있는데 그런 얘기를 한다는 게 바보 같았어. 하지만 그것 말고는 할 말이 없잖아? 어떤 의미에서는 멍청한 새미 마천트보다 존 매콜리프하고 얘기할 때가 더 편했어. 그때는 사실 내가 매콜리프가 의심하던 짓을 거의 그대로 저지른 다음이었으니까. 죄가 없는 사람들은 대개 진실에 매달려야 한다는 게 문제지.

"이건 뭐예요?" 새미가 밀대를 가리키면서 물었어. 초인종이 울렸을 때 내가 그걸 계단에 그냥 내버려뒀거든.

"그게 뭐 같은데? 새장?" 내가 곧장 쏘아붙였지.

"밀대 같은데요."

"잘 아네." 내가 말했지. 내 목소리가 아주 멀리서 들려오는 것 같았어. 목소리하고 내가 영 다른 곳에 있는 것처럼 말이야. "지금 그 얘기를 들으면 사람들이 깜짝 놀라겠다. 대학에 가도 되겠어, 새미."

"그런데요, 밀대가 왜 계단에 나와 있는 거죠?" 새미가 물었어. 새미가 나를 어떤 눈으로 보고 있는지 순간적으로 알겠더군. 새미는 이제 갓 스물다섯이지만 그 애 아버지가 조를 찾아냈던 수색대에 참가했었지. 그래서 듀크 마천트가 별로 똑똑하지 않은 새미를 기르면서 돌로레스 클레이본 세인트 조지가 남편을 처치해 버렸다고 가르쳤다는 걸 순간적으로 깨달았어. 아까 내가 죄가 없는 사람들은 진실에 매달려야 한다고 했지? 새미의 표정을 보는 순간 진실에 덜 매달리는 게 더 안전할지도 모르겠다는 생각이 들었어.

"내가 부엌에서 빵을 만들 준비를 하고 있는데 저 여편네가 계단에서 떨어진 거야." 내가 말했지. 죄가 없는 사람들한테 특징이 또 하나 있다면, 그 사람들이 거짓말을 하더라도 대개 엉겁결에 하게 된다는 거야. 죄가 없는 사람들은 옛날에 내가 일식을 보러 러시안 메도에 올라간 후에 장례식 때까지 남편을 한 번도 못 봤다고 거짓말을 꾸며 낼 때처럼 몇 시간씩 얘기를 다듬지 않아. 빵을 만들고 있었다는 거짓말을 한 순간, 나는 그게 결국 내 발등을 찍게 될 거라는 걸 알았지. 하지만 자네가 그때 새미의 눈을 들여다봤다면, 앤디, 겁에 질린 어두운 눈으로 날 수상쩍게 바라보는 그 얼굴을 봤다면, 아마 자네라도 거짓말을 했을 거야.

새미가 일어나서 몸을 돌리다가 그대로 멈춰 서더니 위를 올려다봤어. 나도 같이 올려다봤지. 층계참에 공처럼 구겨져 있는 내 속치마가 보이데.

"베라가 떨어지기 전에 속치마를 벗었나 보죠?" 새미가 다시 나를 보면서 계속 말했어. "아니면 계단으로 뛰어내린 건가? 뭘 했는지는 모르지만 어쨌든 속치마를 벗었나 봐요. 돌로레스 생각도 그래요?"

"아니. 저건 내 거야."
"부엌에서 빵을 만들고 있었다면서요?" 새미가 머리 나쁜 애들이 칠판에 있는 수학 문제를 풀 수 없을 때 그러는 것처럼 아주 천천히 말했어. "그런데 왜 아줌마 속옷이 저기 층계참에 있는 거예요?" 난 아무 말도 할 수 없었어. 새미가 난간을 잡고 자기가 말하는 속도만큼 아주 느리게 뒷걸음질로 계단을 하나씩 내려가기 시작했어. 그동안 계속 나를 바라보면서 말이야. 그런데 새미가 왜 그렇게 뒷걸음치는지 순간적으로 알겠는 거야. 나하고 거리를 두려는 거지. 내가 그 여편네를 밀어 버렸다고 생각하고는 자기까지 밀어 버릴까 봐 겁나서. 내가 곧 이 자리에 앉아서 이런 이야기를 하고 있겠구나, 그걸 깨달은 게 바로 그때야. 새미의 눈을 보니 '한번은 그냥 넘어갔어요, 돌로레스 클레이본, 그리고 조 세인트 조지에 대해 우리 아버지한테 들은 얘기를 생각하면, 오히려 그게 잘된 일인지도 모르죠. 하지만 이 여자는 당신을 먹여 주고 재워 주고 그럭저럭 살 만큼 월급도 줬잖아요.' 이렇게 큰 소리로 외치고 있는 것 같더라고. 하지만 그 눈을 보면서 가장 분명하게 알 수 있었던 건, 새미가 한 번 사람을 밀어 버리고서 그냥 넘어간 적이 있는 여자라면 또 사람을 밀 수도 있다, 또 그런 상황이 된다면 분명히 또 사람을 밀 거다, 그리고 미는 것만으로 해결이 안 되면 상대를 끝장내 버릴 다른 방법을 금방 생각해 낼 거다, 예를 들면 대리석 밀대 같은 걸로, 그런 생각을 하고 있다는 거였지.
"이건 너랑 상관없어, 새미 마천트. 그냥 가서 네 일이나 봐. 난 구급차를 불러야 하니까. 가기 전에 우편물이나 잘 챙겨. 안 그러면 온갖 신용카드 회사들이 널 씹어 먹으려고 들 테니까."

"도너번 부인한테 구급차는 필요 없어요." 새미가 여전히 나한테서 눈을 떼지 않은 채 두 계단을 더 내려가면서 말했어. "그리고 나도 아무 데도 안 갈 거예요. 구급차 대신 앤디 비셋한테 먼저 전화를 거는 게 좋을걸요."

그래서 자네도 알다시피 내가 자네한테 전화를 했지. 새미 마천트는 바로 그 자리에서 내가 전화하는 걸 지켜보고 있었어. 내가 전화를 끊으니까 자기가 흘린 우편물을 집어 들고는(그동안 내가 밀대를 들고 몰래 등 뒤로 다가오지나 않는지 확인하려고 가끔 어깨 너머로 나를 흘깃흘깃 뒤돌아봤지.) 강도를 궁지로 몬 경비견처럼 계단 발치에 그냥 서 있었어. 새미도 아무 말 안 했고 나도 안 했지. 식당하고 부엌을 통해 뒷계단으로 올라가서 속치마를 가져올까 하는 생각을 잠깐 하기는 했지만 그래 봤자 무슨 소용이 있겠어. 이미 새미가 봐 버렸는데, 안 그래? 게다가 밀대도 여전히 계단 위에 있는데 말이야, 안 그래?

그리고 금방 자네가 왔지, 앤디. 프랭크랑 같이. 그리고 조금 뒤에 내가 새로 지은 이 멋진 경찰서로 와서 진술을 했고. 그게 겨우 어제 일이야. 그러니 또 시끄럽게 굴 필요 없어, 그치? 자네는 내가 속치마에 대해 아무 말도 안 했다는 걸 알고 있고, 자네가 나한테 밀대에 대해 물었을 때 내가 도대체 그게 왜 거기 있었는지 모르겠다고 말한 것도 알고 있어. 그때 내가 생각해 낼 수 있는 말이라고는 그것뿐이었어. 적어도 누가 와서 내 머리에서 '고장 수리 중'이라는 팻말을 떼어 줄 때까지는 말이야.

난 진술서에 서명을 하고 나서 내 차를 몰고 집으로 갔지. 모든 게 하도 빨리 조용하게 끝나서(진술서니 뭐니 그런 걸 쓴 것치고는 그랬다는 얘기야.), 걱정 같은 거 안 해도 되는 거 아닌가, 그런 생각이 들 정도였어. 어쨌든, 난 그 여편네를 안 죽였고, 그 여편네가 계단에서 떨어진 것도 사실이니까. 속으로 계속 그런 생각을 하다 보니까, 우리 집 진입로에 들어설 때쯤에는 모든 일이 다 잘 해결될 거라고 아주 자신 있게 생각하는 지경이 돼 버렸지.

하지만 그런 자신감은 차에서 내려 우리 집 뒷문으로 갔을 때 사라져 버렸어. 뒷문에 누가 압핀으로 종이를 꽂아 놨더라고. 그냥 수첩에서 찢어 낸 종이였는데, 누가 엉덩이 주머니에 넣고 다니던 수첩에서 찢은 건지 종이에 기름이 묻어 있었지. '이번에는 그냥 넘어가지 않을 거다.' 종이에는 이렇게 씌어 있었어. 그게 다야. 망할, 그거면 충분하지. 안 그래?

난 안으로 들어가서 퀴퀴한 냄새를 빼내려고 부엌 창문을 조금 열었어. 그 퀴퀴한 냄새가 정말 싫은데 요즘은 환기를 시키든 안 시키든 집에서 항상 그런 냄새가 나는 것 같아. 내가 거의 베라네 집에서 살다시피 해서(적어도 얼마 전까지는 그랬지.) 그런 것만은 아냐. 뭐, 그것도 이유가 되기는 하겠지만, 제일 큰 이유는 집이 죽어 버렸다는 거야……. 조하고 피트처럼.

집에도 나름대로 생명이 있어. 그 안에 사는 사람들한테서 받은 생명. 정말이야. 작은 1층짜리 우리 집은 조가 죽고, 위의 두 아이가 대학에 들어가서 집을 떠나는 걸 겪었어. 셸리나는 학비 전액을 장학금으로 받아 바사 대학에 갔고(내가 그렇게 걱정했던 그 애 대학 자금은 옷하고 책을 사는 데 썼어.), 조 주니어는 바로 위에 있는 오로노의 메인 대학에 갔지. 우리 집은 피트가 사이공에서 막사 폭발 사고로 죽었다는 소식이 왔을 때도 살아남았어. 그 애는 거기 도착하자마자 사고를 당했는데, 그러고 두 달도 안 돼서 그 난장판 같은 전쟁이 완전히 끝나 버렸어. 난 베라네 집 거실에서 마지막 헬리콥터가 대사관 지붕을 떠나는 장면을 테레비로 보면서 울고 또 울었어. 그때 베라는 보스턴에 가서 닥치는 대로 쇼핑을 하고 있었기 때문에 그 여편네가 뭐라고 할까 신경 쓸 필요 없이 마음껏 울 수 있었거든.

우리 집이 생명을 잃어버린 건 피트의 장례식이 끝난 다음이야. 마지막 손님이 떠나고 나, 셀리나, 조 주니어, 이렇게 우리 셋만 남았을 때. 조 주니어는 정치에 대해 얘기하고 있었어. 바로 얼마 전에 마치아스 시청에서 과장이 된 참이라. 아직 대학 졸업장에 잉크도 안 마른 애치고 그만하면 괜찮은 거지. 그 애는 일이 년 후에 주 의회에 출마할 생각을 하고 있었어.

셀리나는 올버니 중학교에서 애들 가르치는 얘기를 잠깐 하더니 (이게 그러니까 그 애가 뉴욕으로 가서 완전히 자유 기고가로 활동하기 전이야.) 이내 입을 다물어 버렸어. 그때 나는 그 애랑 같이 설거지를 하고 있었는데 갑자기 뭔가가 느껴져서 재빨리 그 애 얼굴을 봤더니, 그 애가 그 어두운 눈으로 나를 보고 있더라고. 난 그 애 마음을 읽을 수 있었어.(원래 부모들은 가끔 애들 마음을 읽을 수 있는 법이야.) 아니, 사실은 마음을 읽을 필요도 없었어. 그 애가 무슨 생각을 하는지 이미 알고 있었으니까. 그 애가 그 일을 완전히 잊어버린 적이 한 번도 없다는 걸. 그 애는 눈으로 12년 전하고 똑같은 걸 묻고 있었어. 옛날에 콩하고 오이가 자라는 우리 집 밭에서 나한테 물었던 바로 그거. "엄마가 아빠를 어떻게 한 거예요?" "내 잘못 때문인가요?" "내가 얼마나 오랫동안 그 대가를 치러야 하죠?"

난 그 애한테 다가가서 껴안아 줬어, 앤디. 그 애도 나를 같이 안았지만, 몸이 딱딱하게 굳어 있더라고. 부지깽이처럼. 우리 집에서 생명이 빠져나가고 있다는 걸 느낀 게 바로 그때야. 죽어 가는 사람이 마지막 숨을 내쉴 때처럼 생명이 빠져나가 버린 거야. 셀리나도 그걸 느낀 모양이야. 조 주니어는 아니지만. 그 애는 선거 때 우리 집 사진을 맨 앞에 실은 전단지를 뿌리곤 했어. 그게 그 애를 고향 친구처럼 보이게 해서 유권자들이 아주 좋아했거든. 하지만 그 애는 애당초 이 집을 별로 사랑하지 않았기 때문에 집이 죽어 버렸다는 걸 못 느꼈어. 사실, 뭐 걔가 그 집을 사랑할 이유가 없잖아? 그 애한테 그 집은 그냥 학교 수업이 끝난 다음에 돌아오는 곳, 아버지가 저를 들볶으면서 계집애처럼 책이나 읽는다고 야단치던 곳이었을 뿐이야. 그 애한테는 이스트 소로의 집보다 대학 때까지 살았던 기숙사 컴벌랜드 홀이 더 집 같았지.

하지만 나한테는 그 집이 바로 집이었어. 셀리나한테도 마찬가지고. 우리 착한 딸은 리틀톨의 촌티를 다 벗어 버린 후에도 계속 여기서 사는 거나 마찬가지였어. 기억 속에서…… 가슴속에서…… 꿈속에서 그 애는 이 집에 살고 있었던 거야. 아니, 꿈이 아니라 악몽이라고 해야겠지.

그 퀴퀴한 냄새, 한번 그 냄새가 자리를 잡으면 절대 없앨 수가 없어.

나는 열어 놓은 창문 옆에 앉아서 바다에서 불어오는 신선한 산들바람을 한동안 들이마셨어. 그러다가 이상한 기분이 들어서 문을 잠그기로 했지. 앞문은 쉽게 잠글 수 있었는데, 뒷문은 빗장이 하도 뻑뻑해서 꼼짝도 안 하더라고. 기름을 바른 후에야 빗장이 움직였는데, 나는 그때서야 그게 왜 그렇게 뻑뻑한지 알았어. 녹이 슬었던 거야. 가끔 베라네 집에서 대엿새씩 내리닫이로 있으면서도 내가 집을 잠가야겠다고 마지막으로 생각했던 게 언젠지 기억도 안 날 정도였으니.

그런 생각을 하다 보니 갑자기 무서워졌어. 나는 침실로 들어가서 침대에 누워 머리 위에 베개를 얹었지. 어렸을 때 잘못을 저질러서 엄마아빠가 날 일찍 침실로 보내 버리면 그렇게 누워 있곤 했거든. 난 울고 또 울었어. 내 몸속에 눈물이 그렇게 많을 줄이야. 나는 베라랑, 셀리나랑, 피트를 생각하며 울었어. 심지어 조를 위해서 울었던 것 같기도 해. 하지만 내가 제일 슬펐던 건 바로 나 자신이야. 나는 코가 꽉 막히고 배가 아파 올 때까지 울다가 잠이 들었어.

그리고 잠에서 깨 보니 날은 아직 어두운데 전화벨이 울리고 있더군. 나는 전화를 받으려고 더듬더듬 거실로 나갔어. 내가 "여보세요." 하고 말을 하자마자 누가, 아니 어떤 여자가 대뜸 이러는 거야. "당신은 그 여자를 못 죽여. 그걸 알아 둬. 만약 법이 당신을 못 잡으면 우리가 잡을 거야. 당신은 당신 생각만큼 똑똑하지 않아. 우린 살인자랑 같이 살기 싫어, 돌로레스 클레이본. 이 섬에는 아직 점잖은 기독교인들이 남아 있으니까 절대 그런 일은 없을 거야.”
 난 그때 머리가 멍했기 땜에 처음에는 꿈을 꾸는 줄 알았어. 그러다가 이게 꿈이 아니라는 걸 알게 되기는 했는데, 그때 그 여자가 전화를 끊어 버렸지. 나는 커피를 끓여 먹든지 아니면 냉장고에서 맥주라도 꺼낼 요량으로 부엌으로 향했는데, 또 전화벨이 울리는 거야. 이번에도 여자였는데 아까 그 여자는 아니었어. 그 여자가 온갖 더러운 욕설을 퍼붓기 시작하기에 난 그냥 전화를 끊어 버렸지. 그냥 소리 내서 울고 싶은 생각이 또 간절해졌지만, 절대 그럴 수는 없었어. 그래서 대신 전화선을 뽑아 버렸지. 그리고 부엌으로 가서 맥주를 꺼냈는데 맛이 별로여서 결국 얼마 마시지도 않고 개수대에 그냥 쏟아 버렸어. 그때 내가 정말로 마시고 싶었던 건 위스키였던 것 같아. 하지만 조가 죽은 후로 집 안에 독한 술은 한 방울도 없었어.
 그래서 물을 한 잔 받았는데 그 냄새를 참을 수가 없더라고. 누가 하루 종일 땀투성이 손으로 꼭 쥐고 다닌 동전 같은 냄새가 나서. 그 냄새 때문에 나무딸기 덤불 속의 그날 밤이 생각났어. 산들바람이 살짝 불어오면서 같은 냄새가 났다는 생각. 그러다 보니 줄무늬 원피스를 입고 분홍색 립스틱을 바른 여자애가 생각났지. 그 애가 이제 다 자라서 곤란한 일을 당했다는 생각이 들었던 것도. 그 애가 어떻게 지내고 있는지, 지금 어디 있는지 궁금했지만 그 애가 정말로 존재하지 않는다고는 한 번도 생각해 본 적이 없었어. 무슨 소린지 알겠어? 난 그 애가 정말 존재한다는 걸 분명히 알고 있었다고. 정말로 존재한다는 걸. 지금까지 그걸 의심해 본 적은 한 번도 없어.

하지만 그건 중요한 게 아니고, 내 생각이 다시 이리저리 떠돌기 시작하는데 나는 그냥 생각나는 대로 계속 중얼거렸어. 그래 봤자 우리 집 부엌에서 나오는 물을 마셔도 제일 좋은 버드와이저 맥주보다 별 소용도 없다는 얘기였지만. 얼음을 두 덩어리 넣었는데도 그 냄새가 도통 사라지질 않더라고. 결국 나는 말도 안 되는 코미디 프로를 보면서 조 주니어네 쌍둥이 녀석들한테 주려고 냉장고 뒤쪽에 넣어 둔 하와이안 펀치를 마셨어. 그리고 저녁을 먹으려고 냉동 식품을 녹였지만 도통 입맛이 없어서 그냥 음식 찌꺼기랑 같이 버렸지. 대신 하와이안 펀치를 하나 더 꺼내서 거실로 들어와 테레비 앞에 앉았어. 테레비에서는 아까 보던 코미디가 끝나고 새 코미디를 하고 있었지만 내가 보기에는 눈곱만큼도 다른 게 없더라고. 아마 내가 제대로 안 보고 있었기 때문에 그런 거겠지.

난 앞으로 뭘 할 건지 생각하지 않았어. 가능하면 밤에 생각하지 않는 게 좋은 일들이 있는 법이니까. 밤에는 자꾸 생각이 나쁜 쪽으로만 가기 십상이잖아. 해가 진 다음에는 무슨 생각을 하든, 십중팔구 아침에 다시 생각해 봐야 하거든. 그래서 나는 그냥 앉아 있었어. 그리고 지역 뉴스가 끝나고 「부나잇쇼」가 시작된 다음에 다시 스르르 잠이 들었어.

꿈을 꿨는데, 나하고 베라가 나오는 꿈이었어. 베라는 나랑 처음 만났을 때 모습이었지. 조가 아직 살아 있고, 우리 애들은 물론이고 베라네 애들까지 우리랑 함께 살던 그때 말이야. 그때는 애들이 어려서 우리가 일일이 보살펴 줘야 했는데. 꿈속에서 우리는 설거지를 하고 있었어. 베라가 그릇을 닦고, 나는 물기를 닦고. 그런데 그게 부엌이 아닌 거야. 우리 집 거실에 있는 작은 난로 앞에서 설거지를 하고 있더라고. 웃기는 일이지. 베라는 평생 동안 우리 집에 한 번도 온 적이 없는데.

하지만 꿈에서는 그 여편네가 우리 집에 와 있었어. 난로 위에는 설거지 거리가 담긴 플라스틱 대야가 있었고. 내가 쓰던 낡은 그릇이 아니라 여편네 집에 있는 좋은 사기그릇 말이야. 그런데 그 여편네가 그릇을 씻어서 나한테 줄 때마다 그릇이 미끄러져서 벽돌로 된 난로 받침대에 떨어져 깨져 버리는 거야. 베라가 말했지. "조심 좀 해, 돌로레스. 무슨 일이 났을 때 조심하지 않으면 항상 일이 아주 복잡해진다고."

나는 조심하겠다고 했어. 실제로 조심하려고 애도 썼고. 하지만 접시가 계속 내 손가락 사이로 미끄러져 떨어지는 거야.

"정말 어쩔 수가 없군. 당신이 어질러 놓은 것 좀 봐!" 결국 베라가 참다 못해 이렇게 말했어.

그런데 내가 바닥을 봤더니 벽돌 받침대에 깨진 접시 조각들이 흩어져 있는 게 아니라, 조의 틀니 조각하고 깨진 돌조각이 흩어져 있는 거야.

"이제 나한테 그릇을 주지 마요, 베라. 지금은 설거지를 할 수 없을 것 같아요. 내가 너무 늙은 건지, 모르겠어요. 하지만 이러다간 전부 다 깨 버리겠어. 틀림없이 그럴 거예요." 내가 울음을 터뜨리면서 말했어.

그런데도 베라는 나한테 계속 그릇을 넘겨줬고, 난 계속 그릇을 떨어뜨렸어. 그리고 접시가 벽돌에 부딪힐 때마다 소리가 점점 커지고 깊어졌지. 나중에는 사기그릇이 깨지는 소리가 아니라 쿵쿵 울리는 것 같은 소리가 났어. 그 순간 나는 이게 꿈이라는 걸 깨달았어. 그 쿵쿵거리는 소리가 꿈속에서 나는 게 아니라는 것도. 그래 가지고 얼마나 깜짝 놀라서 잠을 깼는지 하마터면 의자에서 떨어질 뻔했다니까. 그러고도 쿵쿵 소리가 또 났는데, 이번에는 그게 뭔지 나도 분명히 알겠더라고. 바로 총소린 거야.

난 자리에서 일어나 창가로 갔어. 픽업트럭 두 대가 도로를 지나가고 있데. 트럭 뒷자리에 사람들이 타고 있었는데, 앞 트럭에는 한 사람이, 뒤 트럭에는 두 사람이 타고 있었던 것 같아. 그런데 그 사람들이 전부 엽총을 가져왔는지 일 초마다 한 사람이 한 번씩 하늘을 향해 총을 쏴 대는 거야. 총구가 밝게 빛나는가 싶으면 금방 큰 소리가 났지. 그 남자들(잘은 몰라도 남자들이었던 것 같아.)이 앞뒤로 흔들거리는 걸로 봐서 다들 곤드레만드레 취한 것 같았어. 게다가 그 트럭 중 한 대는 내가 아는 차였어.

뭐?

아니, 말 안 할 거야. 내가 이렇게 골치 아픈 일에 휘말린 것만으로도 충분해. 밤에 술에 취해서 총 좀 쐈다고 다른 사람들까지 진창으로 끌어들일 생각은 없어. 어쩌면 내가 그 트럭을 잘못 본 건지도 모르고.

어쨌든, 나는 그 사람들이 그냥 구름에 대고 총질을 하는 걸 보고 창문을 열었어. 그 사람들이 근처 언덕 기슭의 공터에서 차를 돌릴 거라고 생각했는데, 정말로 그렇게 하더라고. 트럭 한 대가

오도 가도 못 하게 될 뻔했는데, 그게 얼마나 웃기던지.

그 사람들이 목이 터져라고 고함을 지르고, 야유를 하고, 나발을 불어 대면서 다시 우리 집 쪽으로 왔어. 나는 손을 오므려서 입에 대고 있는 힘껏 소리를 질렀지. "썩 꺼져! 잠 좀 자자!"

트럭 한 대가 좀 널찍하게 커브를 틀다가 도랑에 빠질 뻔했는데, 아마 내가 소리를 지르는 바람에 놀라서 그런 것 같아. 어쨌든 그 바람에 트럭 짐칸에 서 있던 녀석들(조금 전까지만 해도 내가 아는 차라고 생각했던 트럭 말이야)이 냅다 나동그라지고 말았지. 이래 봬도 내가 목청이 꽤 좋아서 마음만 내키면 아주 큰 소리를 지를 수 있거든.

"리틀톨에서 꺼져, 이 살인마 썹할 년아!" 트럭에서 누군가가 맞고함을 지르더니 하늘을 향해 총을 몇 번 더 쐈어. 하지만 그냥 자기들이 얼마나 용감한지 나한테 보여 주려고 그랬던 것 같아. 그렇게 지나간 다음에 다시 돌아오지는 않았거든. 그 녀석들이 부르릉거리면서 마을 쪽으로 달려가는 소리가 들렸어. 틀림없이 재작년에 생긴 망할 놈의 술집으로 가는 길이었겠지. 녀석들이 멋을 부리려고 기어를 바꿀 때마다 머플러하고 배기 파이프에서 아주 요란한 소리들이 나더라고. 술 취한 남자들이 픽업트럭을 몰 때 무슨 짓을 하는지 자네도 알지?

어쨌든, 그 덕분에 난 기분이 좀 나아졌어. 더 이상 무섭지도 않았고, 울고 싶지도 않더라고. 뭐, 화가 난 건 사실이지만 사람들이 왜 그런 짓을 하는지도 모를 만큼 이성을 잃지는 않았으니까. 사실 화가 나서 제정신을 잃으려는 순간에 나는 정신을 차리려고 새미 마천트를 생각했지. 새미가 계단에 무릎을 꿇고 앉아서 밀대를 보고 나를 올려다봤을 때 어떤 표정이었는지. 새미는 폭풍 직전의 바다처럼 어두운 눈으로 나를 봤어. 셀리나가 그날 밭에서 나를 바라볼 때처럼.

난 그때 이미 경찰서에 또 가야 하리라는 걸 알고 있었어, 앤디. 하지만 내가 숨길 건 숨기고 밝힐 건 밝히면서 얘기를 가려 가며 할 수 있을 거라고 생각했던 게 터무니없다는 걸 인정한 건 그 픽업트럭 남자들이 가 버린 후야. 모든 걸 깨끗이 밝히는 수밖에 없다는 걸 알게 된 거지. 난 다시 방으로 가서 아침 9시 15분까지 편안하게 잘 잤어. 결혼한 후로 그렇게 잘 잔 건 처음이야. 아마 밤새도록 얘기할 줄 알고 미리 그렇게 푹 쉰 건가 봐.

아침에 일어났을 때 난 당장 경찰서로 올 생각이었어. 매도 먼저 맞는 게 나으니까. 하지만 집에서 나오기 전에 발목이 잡혔지. 그 일만 아니었으면 지금 이 얘기를 훨씬 빨리 시작했을 거야.

나는 목욕을 하고 옷을 입기 전에 전화선을 다시 꽂았어. 이제 밤도 아니고 나도 비몽사몽이 아니었으니까. 누가 전화를 해서 욕을 하면 나도 '겁쟁이'라는 둥 '고자질쟁이'라는 둥 같이 욕을 해 줘야겠다 싶었지. 아니나 다를까, 스타킹 한 짝도 다 신기 전에 전화벨이 울리는 거야. 나는 상대가 누구든 실컷 혼을 내 줘야겠다고 단단히 벼르면서 전화를 받았는데 어떤 여자가 "여보세요? 돌로레스 클레이본 씨 계십니까?" 이러잖아.

그게 장거리 전화라는 건 금방 알았지. 장거리 전화를 받을 때 으레 그러는 것처럼 목소리가 울려서 그런 것만은 아니야. 이 섬에 사는 사람들은 여자한테 '씨'라는 호칭을 붙이는 법이 없거든. 아가씨 아니면 부인이지. '씨'라는 호칭은 잡화점에 진열된 월간 잡지에나 나오는 말이라고.

"전데요." 내가 말했지.

"앨런 그린부시입니다."

"웃기네. 앨런 그린부시 목소리가 아닌걸." 내가 아주 건방지게 말했지.

"여긴 그분 사무실이에요." 그 여자가 세상에 이런 바보는 처음 본다는 듯이 대답했어. "그린부시 씨를 바꿔 드리겠습니다. 잠깐 기다리세요."

난 그 여자 전화를 받고 너무 놀랐기 때문에 처음에는 그 이름을 듣고도 아무 생각이 없었어. 전에 들어 본 이름 같기는 했는데, 어디서 들었는지 알 수가 없더라고.

"무슨 일이에요?" 내가 물었지.

그 여자는 그 얘기를 하면 안 되는 사람처럼 잠깐 말이 없더니 이렇게 말했어. "베라 도너번 부인 일인 것 같습니다. 잠시만 기다려 주세요, 클레이본 씨."

그제야 머릿속에 찰칵 불이 들어왔어. 그린부시가 누군지. 두툼한 봉투로 등기우편을 보낸 사람인 거야.

"예." 내가 말했지.

"뭐라고요?"

"기다리겠다고요."

"감사합니다." 그리고 찰칵 소리가 났어. 나는 속옷만 입은 채로 서서 잠시 기다리고 있었어. 별로 길지 않은 시간인데 내 생각에는 굉장히 오래된 것 같았어. 그린부시가 전화를 받기 직전에 생각해 보니 아무래도 내가 베라 이름으로 서명한 것 땜에 전화를 한 것 같아. 아이고, 죄다 들통났구나. 그럴 만도 하지. 뭐든 하나가 잘못되면 곧바로 다른 일들도 다 잘못되는 법이니까.

마침내 그린부시의 목소리가 들려왔어. "클레이본 씨?"

"예, 돌로레스 클레이본이에요."

"어제 오후에 리틀톨 섬의 경찰관한테서 베라 도너번 씨가 사망했다는 전화를 받았습니다. 전화를 받은 시간이 꽤 늦어서 클레이본 씨에게는 오늘 아침에 전화를 해야겠다고 생각했죠."

난 이 섬 사람들은 상대가 몇 시에 전화를 하든 별로 신경 안 쓴다고 말하려다가 관뒀어.

그린부시가 헛기침을 하더니 이렇게 말했어. "5년 전에 도너번 부인께서 제게 편지를 하나 보내셨습니다. 그분이 사망한 후 24시간 이내에 클레이본 씨에게 그분의 재산에 관해 어떤 정보를 반드시 알려 줘야 한다는 내용이었습니다." 그린부시는 다시 헛기침을 하더니 계속 말했어. "그 후로 제가 그분과 전화로 자주 얘기를 나누기는 했지만, 그분에게서 실제로 편지를 받은 선 그때가 마지막입니다."

그린부시의 목소리는 감정이 없고 예민했어. 뭔가 중요한 얘기 같아서 반드시 열심히 들을 수밖에 없는 그런 목소리 말이야.

"무슨 소리를 하는 거예요? 쓸데없는 소리 다 집어치우고 빨리 말해 봐요!"

"뉴잉글랜드의 어린이집에 기부되는 소액을 제외하고는, 클레이본 씨가 도너번 부인의 유일한 상속자라는 점을 알려 드리게 되어 기쁩니다."

내 혀가 입안에 그냥 달라붙은 것 같았어. 생각나는 거라고는 그 여편네가 진공청소기 술수를 얼마쯤 지난 후에 알아차렸다는 것뿐이야.

"오늘 오후에 이 사실을 확인하는 전보를 받으실 겁니다. 하지만 전보가 도착하기 전에 클레이본 씨와 직접 이야기할 수 있어서 정말 다행입니다. 도너번 부인은 이 문제를 특별히 강조하셨거든요." 그린부시가 말했어.

"그래요, 그 여편네는 가끔 그렇게 고집을 부리곤 하죠."

"도너번 부인이 돌아가셔서 슬픔에 잠겨 계실 줄 압니다. 저희 모두 그러니까요. 하지만 클레이본 씨는 이제 아주 부자가 되실 겁니다. 앞으로 제가 도와 드릴 일이 있다면, 예전에 도너번 부인께 해 드린 것처럼 기쁘게 도와 드리겠습니다. 물론 유언장 검증 절차가 진행되는 동안 제가 전화로 계속 소식을 알려 드릴 겁니다. 하지만 무슨 문제가 생기거나, 일이 지연될 일은 없을 겁니다. 사실……"

"아이고, 붙임성도 좋으시구먼." 내가 말했어. 그런데 내 목소리가 갈라져 있더라고. 연못이 말라 버린 다음에 개구리 소리처럼. "도대체 돈이 얼마나 된다는 거예요?"

물론 그 여편네가 부자라는 건 나도 알고 있었어, 앤디. 지난 몇 년 동안 그 여편네가 면으로 된 잠옷만 입고 캠벨 수프랑 거버에서 나오는 애들 이유식만 먹었다고 해서 그 사실이 바뀌는 건 아니지. 집이며 차를 봐도 알 수 있는 일이고, 그 두툼한 봉투 속에 든 서류에 내가 서명할 때 살짝살짝 훔쳐본 내용도 있으니까. 그중에는 주식 거래 서류도 있었는데, 나도 업존의 주식 2000주를 팔고 미시시피 밸리 전력 회사의 주식 4000주를 사는 사람이 가난하지 않다는 것 정도는 알아.

그렇다고 내가 신용카드를 만들거나 백화점에서 물건이나 주문하려고 그걸 물어본 것도 아냐. 그런 생각은 하지도 말라고. 내가 그걸 물어본 건 다 그럴 만한 이유가 있어서 그런 거니까. 나는 그 여편네가 나한테 얼마를 남겼든 내가 여편네를 죽였다고 생각하는 사람들이 그 돈에 신경을 쓸 거라는 걸 알고 있었어. 그래서 내가 입을 피해가 얼마나 되는지 알고 싶었던 거야. 난 그 돈이 무려 육칠천 달러쯤 될지도 모른다고 생각했어……. 그 여편네가 고아원에 돈을 좀 기부했다고 그린부시가 말하기는 했지만 말이야. 어쨌든 그 덕분에 돈이 조금 줄었을 거라고 생각했지.

그것 말고도 마음에 걸리는 게 또 있었어. 6월 달에 파리 떼가 목덜미에 내려앉았을 때처럼 뭔가가 영 거슬리는 거야. 근데 이게 일이 잘못돼도 한참 잘못됐다는 생각이 들기는 했는데, 도대체 뭐가 잘못된 건지 콕 집어낼 수가 없는 거야. 비서한테서 처음 그린부시의 이름을 들었을 때 그게 누군지 몰랐던 것처럼.

그린부시가 뭐라고 얘기를 하긴 했는데 난 도통 알아들을 수가 없었어. '어쩌고저쩌고 3000만 달러'라는 말만 들었지.

"뭐라고요?" 내가 물었어.

"유언장 검증비, 법적 처리에 드는 비용, 그리고 그 밖에 소소한 비용을 제하고 나면 총액이 3000만 달러쯤 될 겁니다."

전화기를 잡고 있는 내 손이 저려 오기 시작했어. 밤새 손을 깔고 자다 일어나 보면 그러잖아 왜…… 손등에는 감각이 없고 손끝은 간질거리는 것처럼 저리고. 발도 저렸어. 그리고 순식간에 세상이 다시 유리로 변해 버린 것 같더라고.

"미안하지만, 잘 못 들었어요." 내가 말했어. 내가 내 입으로 뭐라고 하는지 아주 똑똑하게 들리는데도, 그 말이 나랑은 아무 상관이 없는 것 같아. 바람이 강하게 불 때 덧문이 덜컹거리는 것처럼 입술이 저 혼자 나불대는 것 같았어. "여기 전화 사정이 별로 안 좋거든요. 천만이 어쩌고 하는 소리를 들은 것 같은데."

그리고 나는 웃음을 터뜨렸어. 그게 정말 말도 안 되는 소리라는 걸 나도 알고 있다, 그걸 보여 주려고. 하지만 내 마음 한구석에서는 그게 그렇게 터무니없는 얘기가 아니라는 걸 알고 있었나 봐. 내가 그렇게 어색한 소리로 웃어 본 적이 없으니까 말이야. '하하하'가 아니라 '야야야' 이러고 웃는 것 같더라고.

"예, 천만이라는 얘기를 했습니다. 3000만이라고 했죠." 그린부시가 말했어.

그거 알아? 내가 그 돈을 받게 된 게 베라 도너번이 죽었기 때문이 아니라면 그린부시는 웃음을 터뜨렸을 거야. 그 사람은 흥분하고 있는 것 같았어. 감정 없고 예민한 목소리로 얘기하고 있었지만, 사실 그 사람은 미친 듯이 흥분하고 있었단 말이야. 어쩌면 옛날에 테레비에서 단번에 100만 달러를 남한테 줘 버리곤 하던 존

베어스포드 팁턴이 된 것 같은 기분이었는지도 모르지. 그 사람은 내 일을 맡고 싶어 했어. 그럼, 그렇고말고. 그런 사람들 보기에는 돈이 전차 같은지 그 사람은 그렇게 엄청난 돈을 뺏기고 싶지 않은 모양이야. 하지만 그 사람이 제일 재미있어 한 건 내가 놀라서 말을 더듬고 있다는 거, 바로 그거였을 거야.
"무슨 말인지 모르겠네요." 내가 말했어. 내 귀에도 잘 안 들릴 만큼 작은 목소리였지.
"클레이본 씨 기분이 어떤지 압니다. 엄청난 돈이죠. 그러니 그 돈에 익숙해지는 데는 당연히 시간이 좀 걸릴 겁니다."
"정말로 얼마냐니까요?" 내가 물었어. 이번에는 그린부시가 정말로 쿡쿡 웃어 댔지. 그 사람이 내 앞에 있었다면 엉덩이를 냅다 차 줬을 거야, 앤디.
그린부시가 다시 말했어. 3000만 달러라고. 나는 손이 저리는 게 조금만 더 심해지면 수화기를 놓칠 것 같다는 생각만 하고 있었지. 그러다가 걷잡을 수 없이 겁이 나기 시작했어. 누가 내 머릿속에 들어앉아서 강철로 된 줄을 계속 빙글빙글 돌리고 있는 것 같았어. 머릿속으로 3000만 달러라는 말을 생각해 봤지만, 도저히 실감이 나질 않았어. 그 말이 뭘 의미하는지 생각해 보려고 해도 생각나는 거라고는 피트가 네 살인가 다섯 살 때 조 주니어가 개한테 읽어 주던 스크루지 얘기밖에 없더라고. 근데 커다란 창고에 가득 쌓인 돈 속에서 스크루지가 작은 안경을 쓰고 손에다 물갈퀴 같은 걸 달고 돌아다니는 게 아니라, 바로 내가 침실에서 신는 슬리퍼를 신고 돌아다니는 거야. 그러다가 그 모습이 눈앞에서 슬그머니 사라지고, 나랑 밀대를 번갈아 바라보던 새미 마천트의 눈이 다시 생각났어. 그날 밭에서 날 바라보던 셀리나의 눈처럼 의심이 가득 찬 어두운 눈. 그리고 밤에 나한테 전화를 걸어서 이 섬에 아직 점잖은 기독교인들이 살고 있으니 나 같은 살인자는 쫓겨날 거라고 했던 여자도 생각났어. 베라가 죽었기 땜에 내가 3000만 달러를 받게 됐다는 걸 알면 그 여자 같은 사람들이 뭐라고 할지……. 그런 생각을 하다 보니 너무 겁이 나서 정신을 차릴 수 없을 지경이었어.

"안 돼, 그럴 수 없어요! 내 말 듣고 있어요? 당신이 뭐라고 해도 난 그 돈 안 받을 거야!" 내가 반쯤 정신이 나간 사람처럼 말했어.

그랬더니 이번에는 그 사람이 무슨 소린지 잘 못 들었다고 하더군. 전화 상태가 별로 안 좋다고 말이야. 별로 놀랄 일도 아니지. 그린부시 같은 사람은 누가 3000만 달러라는 돈을 받기 싫다고 말할 리가 없다고 생각하니까, 틀림없이 전화선이 잘못됐을 거라고 생각해 버린 거야. 난 그 돈을 받지 않을 거라고, 뉴잉글랜드의 그 고아원에 한 푼도 남김없이 다 줘도 된다고 다시 말하려고 했어. 그런데 그 순간 퍼뜩 생각이 나는 거야. 누가 벽돌로 내 머리를 한 대 친 것 같더라고.

"도널드하고 헬가!" 내가 말했어. 틀림없이 내 소리가 테레비 퀴즈 프로에서 마지막 순간에 정답을 알아낸 출연자처럼 들렸을 거야.

"뭐라고요?" 그린부시가 조금 조심스럽게 말했어.

"그 여편네 애들! 그 여편네 아들하고 딸! 그 돈은 그 애들 거예요. 내 것이 아냐! 그 애들은 가족이잖아! 난 그냥 어디서 갑자기 나타난 가정부일 뿐이라고!"

그런데 그린부시가 이 말을 듣더니 한참 동안 말이 없는 거야. 난 전화가 저절로 끊어졌나 보다 했지. 차라리 다행이다 싶었어. 사실 말이지, 금방이라도 기절할 것 같았거든. 내가 막 수화기를 내려놓으려고 하는데 그린부시가 얼빠진 사람처럼 좀 웃기는 목소리로 말했어. "그걸 모르셨군요."

"내가 뭘 모른다는 거예요? 그 여편네한테 도널드라는 아들하고 헬가라는 딸이 있는 거 맞잖아! 그 여편네가 항상 애들이 오면 지낼 곳을 마련해 두고 있었는데도 망할 놈의 자식들이 한 번도 어머니를 안 찾아왔다는 것도 알고 있다고요. 이제 그 여편네가 죽었으니 지금 당신이 말한 큰돈을 그 애들이 누구랑 나눠 갖고 싶어 할 리가 없어요!"

"그걸 모르셨군요." 그린부시가 똑같은 말을 되풀이했어. 그리고 내가 아니라 자기 자신한테 묻는 것처럼 이렇게 말했지. "그렇게 오랫동안 도너번 부인 집에서 일을 했는데 어떻게 모를 수가 있을까? 어떻게? 케노펜스키가 아무 말도 안 해 준 건가?" 그리고 내가 뭐라고 말을 하기도 전에 자기가 했던 질문에 혼자서 대답을 하기 시작했어. "물론 그럴 수도 있겠지. 그다음 날 지방 신문 안쪽 면에 짧은 기사가 실린 걸 빼고는 도너번 부인이 모든 걸 꽁꽁 숨겼으니까. 돈만 있으면 30년 전에도 그렇게 할 수 있었잖아. 그래, 아마 신문에 부음도 안 실렸을 거야." 그린부시는 여기서 잠시 말을 멈췄다가 평생 동안 알고 지낸 사람에 대해 뭔가 새로운 사실, 뭔가 엄청난 사실을 방금 발견한 사람처럼 말을 계속했어. "도너번 부인이 마치 그 애들이 살아 있는 것처럼 얘길 했단 말이지. 지금까지 내내!"

"뭘 혼자 중얼거리고 있는 거예요?" 내가 그 사람한테 소리를 질렀어. 내 뱃속에서 엘리베이터가 쑥 내려가고 있는 것 같았지. 그러더니 내 머릿속에서 모든 것이, 모든 사소한 일들이 순식간에 제자리를 찾아 들어가기 시작했어. 난 그런 거 알고 싶지 않았는데도, 그동안 무슨 일이 있었던 건지 그냥 저절로 알게 된 거야. "그 애들이 살아 있는 것처럼 얘기한 게 당연하잖아요! 그 애들은 살아 있으니까! 도널드는 애리조나에서 골든 웨스트 어소시에이츠라는 부동산 회사 사장이에요! 헬가는 샌프란시스코⋯⋯ 게이로드 패션이라는 회사에서 디자이너로 있고!"

그런데 그 여편네가 항상 읽던 역사 소설, 목이 깊게 팬 드레스를 입은 여자들이 셔츠를 입지 않은 남자들에게 입 맞추는 얘기가 나오는 그 소설의 시리즈 제목이 골든 웨스트였어. 소설이 나올 때마다 표지 꼭대기에 골든 웨스트라는 글자가 은박으로 조그맣게 새겨져 있었다고. 게다가 그 여편네가 미주리주 게이로드라는 작은 마을에서 태어났다는 사실이 갑자기 생각나는 거야. 그 마을 이름이 게이로드가 아니라 게일런이나 게일스버그였다면 얼마나 좋을까 싶었지만, 내가 분명히 아는 사실을 아니라고 할 순 없었어. 그래도 헬가가 어머니 고향의 이름을 따서 회사 이름을 지을 수도 있는 거잖아⋯⋯. 이런 생각을 하면서 나는 마음을 가라앉히려고 했어.

"클레이본 씨." 그린부시가 조금 걱정이 담긴 낮은 목소리로 말했어. "도너번 부인의 남편께서는 도널드가 열다섯이고 헬가가 열

세 살 때 불행한 사고로 돌아가셨습니다…….”

"그건 나도 알아요!" 내가 말했어. 내가 그걸 알고 있으니 다른 것도 모를 리가 없지 않느냐고 그 사람한테 강조하는 것처럼 말이야.

"……그래서 도너번 부인과 자제분들 사이가 아주 안 좋아졌죠."

난 그것도 알고 있었어. 1961년 전몰장병 기념일에 도널드하고 헬가가 평소 때처럼 여름을 보내러 섬에 왔을 때 너무 조용했다고 사람들이 쑤군거리던 게 기억나. 이제는 베라가 아이들하고 같이 있는 모습을 도통 볼 수 없다는 얘기를 한 사람이 한둘이 아니었다는 것도. 도너번 씨가 그 전해에 갑자기 죽은 걸 생각하면 아이들이 자주 찾아오지 않는 건 정말 이상한 일이었어. 대개 그런 일이 일어나면 가족들 사이가 더 가까워지게 마련인데…… 하지만 나는 도시 사람들은 우리랑 좀 다른가 보다 했지. 그런데 그것 말고도 기억나는 게 또 있었어. 그해 가을에 지미 다윗한테서 들은 얘기. 나는 그린부시한테 그 얘기를 했어. "1961년 독립기념일 직후에 식당에서 세 사람이 대판 싸웠어요. 아이들은 다음 날 여길 떠났죠. 그 외국 놈, 그러니까 케노펜스키가 그때 베라네 집에 있던 커다란 모터보트로 애들을 육지까지 실어다 준 게 기억나요."

"그렇습니다. 저는 세 분이 무엇 때문에 싸웠는지 테드 케노펜스키한테서 우연히 듣게 되었죠. 도널드가 그해 봄에 운전면허를 땄고, 도너번 부인이 생일선물로 차를 사 줬답니다. 그랬더니 헬가가 자기도 차를 갖고 싶다고 했대요. 베라, 아니 도너번 부인은 바보 같은 생각 하지 말라고 헬가를 타이르려고 했던 모양이에요. 운전면허가 없으니 차는 무용지물이라고 말이죠. 헬가가 열다섯 살이 되어야 운전면허를 딸 수 있으니까요. 헬가는 메릴랜드주에서는 그럴지 몰라도 메인주는 그렇지 않다고 했대요. 거기서는 열네 살에도 운전면허를 딸 수 있다고……. 그때 헬가가 열네 살이었거든요. 그 애 말이 맞는 건가요, 클레이본 씨? 아니면 그 애가 어린 마음에 그냥 지어낸 얘긴가요?"

"그때는 열네 살에도 딸 수 있었어요. 지금은 적어도 열다섯 살이 되어야 딸 수 있겠지만. 그린부시 씨, 베라가 아들한테 생일선물로 사 준 차 말인데…… 코베트였나요?"

"예. 그걸 어떻게 아셨습니까, 클레이본 씨?"

"언젠가 그 자동차 사진을 본 것 같아요." 내가 말했어. 하지만 내 귀에 들린 목소리는 내 목소리가 아니라 베라 목소리였어. '사람들이 달빛 속에서 코베트 자동차를 끌어내던 모습도 더 이상 보고 싶지 않아. 조수석의 열린 창문으로 물이 쏟아져 나오는 걸 보는 것도 지겨워.' 그 여편네가 계단에서 죽어 가면서 이렇게 말하는 모습이 눈에 보이는 것 같더라고.

"도너번 부인이 그 사진을 갖고 계셨다니 놀랍군요. 도널드와 헬가는 그 차를 타고 가다 사망했습니다. 1961년 10월, 두 사람의 아버지가 돌아가신 지 거의 1년이 다 됐을 때였죠. 헬가가 운전을 하고 있었던 것 같습니다." 그린부시는 뭐라고 계속 얘기했지만, 난 거의 듣지 않았어, 앤디. 그동안 모르고 있었던 사실들을 빈자리에 채워 넣느라고 정신이 없었으니까. 그런데 그게 시간이 얼마 걸리지 않은 걸로 봐서 내가 그 애들이 죽었다는 걸 이미 알고 있었던 것 같아……. 마음속 깊은 곳에서 옛날부터 그걸 알고 있었던 것 같아. 그린부시는 두 아이가 취한 상태에서 코베트를 몰고 시속 160킬로미터가 넘는 속도로 달리다가 헬가가 굽잇길을 미처 보지 못해서 물속으로 빠졌다고 말했어. 그 화려한 2인용 자동차가 바닥으로 가라앉기 전에 이미 두 아이는 숨이 끊어졌을 거라대.

그린부시는 그것도 사고라고 했지만, 난 사고라는 것에 대해서 그 사람이 모르는 걸 조금 알고 있었지.

아마 베라도 알고 있었을 거야. 그해 여름에 식당에서 말다툼을 벌였던 게 헬가가 메인주에서 운전면허를 따느냐 마느냐 하고는 아무 상관 없는 일이었다는 걸 처음부터 계속 알고 있었을 거야. 그건 그냥 제일 손쉽게 싸움을 벌일 수 있는 구실이었을 뿐이지. 매콜리프가 나더러 조한테 목이 졸리기 전에 뭘 갖고 말다툼을 벌였느냐고 물었을 때, 난 겉으로는 돈 때문이었지만 사실 진짜 이유는 술이라고 했어. 사람들이 싸움을 할 때 겉으로 드러나는 이유는 대개 진짜 이유하고 상당히 다르지. 그러니까 베라하고 아이들도 사실은 그해 여름에 1년 전 마이클 도너번이 당한 사고 때문에 싸웠던 건지도 몰라.

베라하고 그 외국 놈이 마이클 도너번을 죽였어, 앤디. 그 여편네가 나한테 자기가 그랬다고 정확하게 말만 안 했을 뿐이지 충분히 눈치챌 수 있을 만한 행동들을 했다고. 그 여편네가 한 짓도 나처럼 들통나지 않았지만, 가족 중에는 가끔 경찰이 보지 못하는 퍼즐 조각을 갖고 있는 사람이 있는 법이지. 예를 들면 셀리나 같은……. 어쩌면 도널드나 헬가도 그랬을지 몰라. 그 애들이 그해 여름에 하버사이드 식당에서 한바탕 싸움을 벌이고 리틀톨을 영

영 떠나 버리기 전에 그 여편네를 어떤 눈으로 바라봤을까. 난 그 애들이 어떤 눈으로 베라를 바라봤는지 기억해 보려고 무진 애를 썼어. 그 애들의 눈이 셀리나하고 똑같았는지 기억해 보려고 했는데 도무지 기억이 안 나는 거야. 시간이 흐르면 언젠가 기억날지도 모르지만, 기억이 나더라도 전혀 안 반가워. 무슨 뜻인지 알겠어?
 도널드 도너번같이 제멋대로인 애가 열여섯 살에 운전면허를 따는 게 너무 빠르다는 건 확실해. 진짜 징그럽게 빠르지. 게다가 최신식 차까지 있었으니 그런 사고가 날 수밖에. 베라는 똑똑하니까 그걸 알고 있었을 거야. 그래서 죽을 만큼 겁이 났겠지. 그 여편네가 남편은 미워했는지 몰라도 아들은 목숨처럼 사랑했거든. 그건 틀림없어. 그런데도 그 여편네는 차를 사 줬어. 그 지독한 여자가 아들 주머니에 폭탄을 넣어 주는 꼴인 줄 알면서도 차를 사 준 거야. 결국 딸한테까지 폭탄을 안겨 준 셈이 됐지만. 그때 도널드는 겨우 고등학교 2학년이었으니까, 이제 막 면도를 하기 시작한 참이었을걸. 베라가 차를 사 준 건 죄책감 때문이었을 거야, 앤디. 난 순전히 죄책감 때문에 그랬을 거라고 생각하고 싶어. 그 여편네가 아들이 무서워서 그랬다거나, 부잣집에서 자란 그 애들이 아버지의 죽음을 갖고 엄마를 협박해서 원하는 걸 얻어 냈다고는 생각하고 싶지 않아. 정말 그랬을 거라고는 생각하지 않는데……. 그런데 그게 불가능한 일이 아니란 말이야. 있을 수 있는 일이야. 아버지가 딸을 자기 침대로 끌어들이려고 몇 달 동안이나 노심초사하는 세상에서 불가능한 일이 어디 있겠어?
 "그 애들이 죽었다는 얘기군요. 지금 그 얘기를 하고 있는 거죠?"

내가 그린부시에게 말했어.

"예."

"그 애들이 30년도 더 전에 죽었다는 말이죠?"

"예."

"그러니까 그 여편네가 나한테 해 준 애들 얘기는 전부 거짓말이었군요."

그린부시가 다시 헛기침을 했어. 그 사람이 평소에도 그러는 거라면, 이 세상에 그 사람만큼 헛기침을 잘하는 사람은 아무도 없을 거야. 그 사람이 정말이지 너무나 인간적인 목소리로 나한테 말했어. "도너번 부인이 아이들에 대해 뭐라고 얘기하셨는데요, 클레이본 씨?"

그 말을 듣고 생각해 보니 그 여편네가 해 준 얘기가 엄청나게 많았어, 앤디. 그 여편네가 1962년 여름에 1년 전보다 10년은 더 늙어 보이고 몸무게가 10킬로그램은 빠진 것 같은 모습으로 나타났을 때부터 그런 얘기들을 해 줬으니까. 도널드하고 헬가가 8월달에 섬으로 올지도 모른다면서 나더러 그 애들이 아침에 먹는 시리얼이 충분한지 확인해 보라고 한 적도 있었지. 여편네가 10월에 섬으로 돌아와서(케네디하고 흐루시초프가 총 쏘기 시합을 그만둘까 말까 얘기하던 그때야.) 앞으로 자기를 훨씬 더 자주 보게 될 거라고 말하던 것도 기억났어. 그러면서 "아이들도 자주 보게 된다면 좋겠지."라고 했는데, 그 목소리가 좀 이상했어, 앤디……. 그리고 그 눈에는…….

내가 그때 수화기를 손에 들고 서서 제일 많이 생각한 게 바로 그 여편네의 눈이야. 여편네는 그동안 입으로 온갖 얘기들을 해 줬지. 애들이 어디서 학교에 다니고 있으며 지금 뭘 하고 있는지, 그리고 어떤 사람들이랑 사귀는지.(도널드는 결혼해서 애가 둘이고 헬가는 이혼했다고 했어.) 하지만 1962년 여름부터 여편네 눈이 나한테 해 준 얘기는 단 하나뿐이었어. 그 애들은 죽었다. 그래…… 어쩌면 그 애들이 완전히 죽은 건 아닌지도 모르지. 메인주에 있는 어떤 섬에서 몸은 비쩍 마르고 못생긴 가정부가 그 애들이 아직 살아 있다고 계속 믿어 주는 한은.

거기서 내 기억이 갑자기 1963년 여름으로 뛰었어. 내가 조를 죽인 그해, 일식이 있었던 여름 말이야. 베라는 일식에 홀린 듯이 빠져 있었지만, 단순히 그게 평생에 한 번 있는 일이라서 그런 것만은 아니었어. 아니고말고. 그 여편네가 일식에 홀딱 반해 버린 건 도널드하고 헬가가 일식을 보러 다시 파인우드에 올지도 모른다고 생각했기 때문이야. 나한테도 몇 번이나 그런 얘기를 했어. 그해 봄하고 초여름에는 그 여편네 눈 속에 들어 있던 얘기, 그 애들이 죽었다는 얘기가 잠시 어디로 가 버리고 없었어.

내가 무슨 생각을 했는지 알아? 1963년 3, 4월부터 7월 중순까지 베라 도너번은 미쳐 있었던 것 같아. 그 몇 달 동안 여편네는 그 애들이 정말로 살아 있다고 믿었던 것 같다고. 그 여편네는 사람들이 코베트 자동차를 물속에서 끌어올리던 모습을 기억 속에서 싹 지워 버리고 순전히 의지력만으로 그 애들이 다시 살아났다고 믿었던 거야. 다시 살아났다? 아니, 아니지. 그 여편네는 일식이 해를 가린 것처럼 기억을 가려 버리고 그 애들을 다시 살려낸 거야.

그 여편네는 그때 계속 그렇게 미쳐 있고 싶어 했던 것 같아. 애들을 다시 살려내고 싶어서 그랬을 수도 있고, 자기를 벌주려고 그랬을 수도 있지. 어쩌면 두 가지가 다 이유였는지도 모르고. 하지만 그러기에는 여편네 정신이 너무 멀쩡했어. 그래서 일식이 있기 일주일 전인가 열흘 전부터 모든 게 다 무너져 내리기 시작한 거야. 그때 그 여편네 집에서 일하던 다른 하녀들이랑 같이 사람들이 일식을 보러 배를 타고 나갈 때 먹을 음식이랑 그다음에 있을 파티에 쓸 음식을 준비하던 게 어제 일처럼 생생해. 그 여편네는 6월 초부터 7월 초까지 내내 기분이 좋았지만, 내가 우리 애들을 다른 데로 보낼 무렵부터 모든 게 지옥으로 변하기 시작했어. 베라가 『이상한 나라의 앨리스』에 나오는 여왕처럼 굴기 시작한 게 그때야. 사람들이 자기를 조금만 이상한 눈으로 봐도 소리를 질러 댔고, 하녀들을 아무렇게나 쫓아내곤 했지. 그 애들이 살아 돌아왔으면 좋겠다며 마지막으로 붙들고 있던 희망이 산산조각 나기 시작한 게 그때였던 것 같아. 여편네는 그때도 그 후에도 그 애들이 죽었다는 걸 알고 있었지만, 그래도 계획대로 파티를 열었어. 그러려면 얼마나 용기가 필요한지 알아? 아주 질기고 든든한 배짱이 있어야 그럴 수 있는 거라고.

그 여편네가 그때 나한테 한 얘기도 기억났어. 여편네가 졸랜더네 딸을 쫓아낸 걸 가지고 내가 대든 다음에 한 얘기야. 베라가 날 찾았을 때 난 틀림없이 쫓겨나는 줄 알았어. 그런데 그 대신 일식을 구경하는 데 필요한 물건들을 챙겨 주면서 사과를 했어.(적어도 베라 도너번한테는 그게 사과였어.) 그리고 가끔은 여자가 거만하고 못된 년이 되어야 한다고 말했지. "가끔은 여자가 자기를 지탱하기 위해 못된 년이 되는 수밖에 없다." 이러면서 말이야.

그래, 달리 남은 게 하나도 없어도 그 방법이 있지. 항상 그 방법이 있어.

"클레이본 씨?" 이 소리를 듣고서야 나는 그린부시가 아직 전화를 끊지 않았다는 걸 기억해 냈어. 그동안 그 사람을 완전히 잊어버리고 있었던 거야. "클레이본 씨, 제 말 들립니까?"

"듣고 있어요."

그린부시가 나더러 그 여편네가 애들에 대해 무슨 얘기를 했느냐고 묻는 바람에 내가 슬픈 옛날 일을 생각하게 된 거잖아……. 그런데 그 얘기를 그 사람한테 어떻게 해 줘야 할지 알 수가 없었어. 리틀톨에서 우리가 어떻게 살았는지, 아니 그 여편네가 리틀톨에서 어떻게 살았는지 하나도 모르는 뉴욕 남자한테 무슨 얘기를 어떻게 해. 그 사람은 업존이나 미시시피 전력 회사에 대해서는 엄청 잘 알지만, 방구석에서 전선이 튀어나온다는 얘기에 대해서는 아무것도 모르잖아.

먼지 덩어리에 대해서도.

그린부시가 먼저 말했어. "도너번 부인께서 무슨 얘기를 했는지……."

"베라는 나더러 애들 침대를 항상 정리해 놓고 시리얼도 항상 많이 준비해 놓으라고 했어요. 그 애들이 언제 올지 모르니까 항상 준비를 해 놓고 싶다고 했죠." 이건 사실과 아주 가까운 얘기였어, 앤디. 어쨌든 그린부시한테는 그랬다는 얘기야.

"세상에, 놀랍군요!" 그런 부시가 말했어. 무슨 아주 굉장한 박사한테서 뇌종양이라는 얘기를 들은 사람 같더구먼.

우리는 그러고도 뭐라고 얘기를 더 했지만 무슨 얘기를 했는지 잘 기억이 안 나. 내가 그 사람한테 그 돈을 한 푼도 안 받겠다고 다시 말했던 것 같은데, 그 사람이 나를 대하는 말투로 봐서(왠지 기분 좋게 날 놀리는 것 같은 말투였어.) 앤디 자네가 그 사람하고 얘기를 하면서 새미 마천트한테서 들은 얘기를 한마디도 안 해 줬다는 걸 알겠더군. 그건 그 사람하고 상관없는 얘기라고 생각했겠지. 적어도 아직은.

난 그 사람한테 그 돈을 전부 그 고아원에 주라고 했고, 그 사람은 그럴 수 없다고 했어. 그러면서 일단 유언장 검증 절차가 끝나고 나면 내가 고아원에 돈을 줄 수는 있어도(뭐, 내가 상황을 다 이해하고 나면 절대 그런 짓을 할 리가 없다고 생각하는 것 같았지만 말이야.) 자기는 절대 그 돈에 손댈 수가 없다는 거야.

결국 나는 그 사람 말대로 '머리가 더 맑아졌을 때' 다시 전화하겠다고 약속하고는 전화를 끊었지. 그리고 그 자리에 한참을 서 있었어. 아마 15분도 더 됐을 거야. 왠지…… 오싹하고 근질근질한 기분이었어. 그 돈이 내 몸을 뒤덮고 벌레처럼 달라붙어 있는 듯한 거야. 내가 어렸을 때 아버지가 여름마다 헛간에 끈끈이를 매달아 놓으면 거기 파리가 달라붙었는데 꼭 그런 것 같았어. 내가 조금이라도 움직이면 녀석들이 나한테 더 단단하게 달라붙을까 봐 얼마나 겁이 나던지. 돈이 내 몸을 완전히 덮어 버려서 죽어도 떼어 낼 수 없게 될까 봐.

결국 다시 몸을 움직이기는 했는데, 그때는 자네를 만나러 경찰서로 가야겠다는 생각을 아주 까맣게 잊어버리고 있었지. 사실 옷 입는 것조차 잊어버릴 뻔했으니까. 그래도 낡은 청바지하고 스웨터를 입기는 했어. 원래 내가 입으려던 옷이 침대 위에 단정하게 놓여 있었는데도 말이야.(누가 우리 집에 억지로 들어와서 마음대로 가져가지 않았다면 지금도 거기 있을 거야.) 어쨌든 거기에 비 올 때 신는 장화를 신고 나니 이만하면 됐다 싶었지.

나는 헛간하고 나무딸기 덤불 사이에 있는 하얀 바위 근처를 돌아다니다가 잠깐 멈춰 서서 덤불을 들여다보면서 가시투성이 가지에 바람이 부딪혀 와글거리는 소리를 가만히 듣고 있었어. 하얀 콘크리트로 만든 우물 뚜껑이 빠끔히 보이데. 그걸 보니까 몸이 떨리기 시작했어. 심한 독감에 걸린 사람처럼. 나는 지름길로 러시안 메도까지 가서 이스트헤드에서 길이 끝나는 지점까지 내려왔지. 그리고 거기서 바닷바람을 맞으면서 잠시 서 있었어. 바닷바람이 내 머리칼을 뒤로 날리면서 날 깨끗이 씻어 주도록 말이야. 바닷바람을 맞으면 항상 그렇거든. 그러고는 계단을 내려왔지.

아, 그렇게 걱정 안 해도 돼, 프랭크. 계단 꼭대기에 쳐 놓은 밧줄이랑 경고문은 지금도 그대로 있으니까. 내가 이미 엄청난 일들을 겪은 몸이라 계단이 금방 무너질 것 같아도 별로 걱정을 안 한 것뿐이야.

나는 휘청거리면서 맨 아래 바위가 있는 데까지 내려왔어. 옛날 선착장이 거기 있잖아, 왜. 옛날 사람들이 사이먼스 선착장이라고 부르던 거 말이야. 지금은 대리석에 박혀서 벌겋게 녹이 슬어 있는

철기둥 몇 개하고 커다란 강철 고리 두 개밖에 남은 게 없지만. 이 무기 해골에 난 눈구멍이 꼭 그렇게 생겼을 거야. 정말로 이무기라는 게 있다면 말이지만. 난 어렸을 때 그 선착장 근처에서 자주 낚시를 했어, 앤디. 그때는 그 선착장이 언제까지나 거기 있을 줄 알았는데 결국은 바닷물이 모든 걸 쓸어가 버렸지.

난 맨 아래 계단에 앉아서 장화를 덜렁거리면서 일곱 시간 동안이나 계속 앉아 있었어. 물이 싹 빠져나갔다가 다시 안쪽까지 거의 다 밀려 들어오는 걸 계속 지켜봤지.

처음에 나는 그 돈에 대해 생각해 보려고 했어. 그런데 도무지 마음을 잡을 수가 없는 거야. 원래 돈이 그렇게 많은 사람들은 꾸준히 돈만 생각할 수 있는지 몰라도 나는 그게 안 되더라고. 돈을 생각하려고 할 때마다 새미 마천트가 밀대를 처음 보고……. 나를 올려다보던 모습만 생각나니. 그때 그 돈은 나한테 그런 거였어, 앤디. 지금도 그래. 새미 마천트가 그 어두운 눈으로 나를 노려보면서 "걸음을 못 걷는 줄 알았는데. 나더러 항상 베라가 못 걷는다고 했잖아요, 돌로레스."라고 말하던 그 모습.

그다음으로 생각난 건 도널드하고 헬가였어.

"내가 한 번 속으면 속인 사람이 잘못이지." 나는 거기 그렇게 앉아서 누구에게랄 것도 없이 중얼거렸어. 내 발이 안으로 밀려오는 파도하고 아주 가까운 곳에서 덜렁거리고 있어서 가끔 물거품이 발까지 튀곤 했지. "두 번 속으면 속은 내가 잘못이고." 하지만 사실 그 여편네가 딱히 날 속인 건 아냐……. 그 여편네의 눈은 날 한 번도 속인 적이 없으니까.

1961년 7월, 그날 그 외국 놈이 두 아이를 육지로 데려다 준 후로 내가 그 애들을 한 번도 본 적이 없다는 사실을 갑자기 깨달았을 때가 생각났어. 그게 틀림없이 1960년대 말이었을 거야. 그게 너무나 고민스러워서 나는 베라가 먼저 얘기하기 전에는 애들 얘기를 꺼내지 않겠다고 오래전부터 혼자 정해 놓았던 규칙을 깨 버렸지.

"아이들은 어떻게 지내고 있어요, 베라?" 내가 미처 깨닫기도 전에 그냥 이 말이 튀어나온 거야. 정말이야. 하느님도 아실 거야. "아이들이 정말로 어떻게 지내고 있는 거예요?"

그 여편네는 그때 거실에서 활처럼 불룩한 창가의 의자에 앉아 뜨개질을 하고 있었는데, 내 말을 듣고는 뜨개질을 멈추고 나를 올려다봤어. 그날은 햇빛이 강해서 그 여편네 얼굴에 줄무늬가 밝고 또렷하게 새겨져 있었어. 여편네가 나를 바라보는 폼이 왠지 하도 무시무시해서 한순간 비명을 지를 뻔했지. 간신히 비명을 참은 다음에야 여편네 눈 땜에 그렇게 무서운 생각이 들었다는 걸 알았어. 눈이 얼마나 깊숙하게 들어가 있던지 햇빛 때문에 생긴 밝은 줄무늬 속에서 시커먼 동그라미처럼 보였거든. 그 인간이 우물 바닥에서 나를 올려다봤을 때 바로 그 눈 같았어······. 하얀 반죽에 시커먼 돌인지 석탄 덩어리인지를 박아 놓은 것 같은. 순간적으로 유령을 만난 줄 알았으니까. 그런데 여편네가 고개를 조금 움직이는 순간 그 모습이 다시 베라로 변했어. 여편네는 그냥 의자에 앉아서 전날 술을 너무 많이 마신 사람 같은 얼굴로 나를 보고 있더라고. 뭐, 그 여편네야 원래 술을 많이 마셨으니까.

"나도 잘 몰라, 돌로레스. 요즘 애들하고 좀 멀거든." 그 여편네가 한 말은 이것뿐이었어. 그것으로도 충분했지. 그 여편네가 아이들에 대해 나한테 해 준 온갖 얘기들(지금은 그게 거짓말이었다는 걸 알고 있지만)보다 '애들하고 좀 멀다.'는 말에서 더 많은 걸 알 수 있었으니까. 오늘 사이먼스 선착장에 앉아 있으면서 나는 그게 정말 지독한 말이라는 생각을 많이 했어. 좀 멀다. 생각만 해도 몸이 부르르 떨릴 정도야.

난 선착장에 앉아서 이 옛날얘기를 마지막으로 한 번 더 생각해 본 다음에 머릿속에서 치워 버리고 자리에서 일어났어. 나는 자네나 다른 사람들이 무슨 생각을 하든 상관이 없다고 마음을 굳혔지. 이미 다 끝난 일이니까. 조도, 베라도, 마이클 도너번도, 도널드하고 헬가도…… 그리고 돌로레스 클레이본도. 어쨌든 그때하고 지금을 이어 주던 다리가 전부 불에 타서 무너져 버린 거야. 시간에도 닿을 수 있는 범위라는 게 있어. 이 섬하고 육지 사이에 일정한 거리가 있는 것처럼. 그 사이를 오가는 배라고는 기억이라는 놈뿐인데, 그건 마치 유령선 같아. 우리가 사라져 버렸으면 좋겠다고 생각하는 기억들은 결국 사라져 버리거든.

하지만 그건 다 그렇다 쳐도, 일이 이렇게 된 건 정말 웃겨, 안 그래? 내가 자리에서 일어나 그 무너질 것 같은 계단으로 다시 가려고 할 때 무슨 생각이 들었는지 알아? 조의 팔이 뱀처럼 우물 밖으로 기어 나와서 나를 끌고 들어가려고 했을 때하고 똑같은 생각이었어. 적을 빠뜨리려고 함정을 팠는데 내가 빠지게 생겼구나. 낡아서 조각조각 갈라진 난간을 붙들고 그 계단을 올라갈 때(물론 나는 계단이 이번에도 날 지탱해 줄 거라고 생각했지.), 결국 내가 함정에 빠지게 된 것 같았다고. 그리고 옛날부터 언젠가 이렇게 될 줄 알고 있었던 것 같았어. 내가 조보다 조금 늦게 함정에 빠지게 된 것뿐이지.

베라도 함정에 빠진 거야. 내가 고마워해야 할 게 하나라도 있다면, 그건 그 여편네처럼 우리 애들이 살아 돌아오기를 바라지 않아도 된다는 것뿐……. 뭐, 가끔 셀리나하고 전화로 얘기하면서 그 애가 대충 빨리빨리 말하는 걸 듣다 보면 우리가 인생의 고통과 슬픔에서 도망칠 길이 없는 건가 싶기도 하지만 말이야. 난 그 애를 속일 수 없었어, 앤디. 내 잘못이지.

그래도 나는 내가 견딜 수 있는 걸 견디면서 이를 악물고 웃음을 지을 거야. 지금까지 계속 그래왔던 것처럼. 난 내 자식 셋 중 둘이 아직 살아 있다는 걸 항상 생각하려고 해. 그 애들이 리틀톨의 그 누구도 생각지 못한 성공을 거뒀다는 것도, 아무짝에도 쓸모없는 개들 아버지가 1963년 7월 20일 오후에 그런 사고를 당하지 않았다면 아마 그런 성공을 거두지 못했을 거라는 것도. 인생은 양자택일이 아냐. 베라네 애들은 죽었는데 내 딸하고 아들 하나는 아직 살아 있다는 사실에 잠시라도 고마운 마음을 잃어버린다면, 나중에 하느님 앞에 섰을 때 배은망덕의 죄를 지은 걸 변명해야 할 거야. 난 그러고 싶지 않아. 내 양심은 이미 짐이 많아서 너무 무거우니까. 아마 내 영혼도 마찬가지겠지. 하지만 말이야, 지금부터 내가 하는 말 잘 들어. 세 사람 다. 다른 건 다 안 들어도 좋으니까 이 말은 잘 들으라고. 내가 그런 짓을 저지른 건 전부 다 사랑 때문이야……. 자식들을 사랑하는 마음. 엄마라면 당연하지. 그 사랑은 이 세상에서 제일 강하고 제일 무서워. 아이들한테 무슨 일이 생길까 봐 겁에 질린 엄마만큼 지독한 여자는 이 세상에 없어.

다시 계단 꼭대기에 다다랐을 때 나는 내 꿈을 생각해 봤어. 베라가 나한테 계속 접시를 넘겨주고 나는 계속 그 접시를 떨어뜨리던 꿈 말이야. 나는 사람들 출입을 막으려고 쳐 놓은 줄 바로 안쪽에 서서 바다를 바라보면서 바위로 그 인간 얼굴을 쳤을 때 났던 소리도 생각해 봤어. 두 소리가 정말 똑같더군.

하지만 내가 제일 많이 생각한 건 베라하고 나야. 메인주 앞바다에 떠 있는 작은 바위섬에서 말년을 함께 보낸 두 나쁜 년들. 둘 중에 나이가 많은 쪽이 겁에 질렸을 때 둘이 함께 잠을 잤던 거며, 둘이 그 커다란 집에서 세월을 보내면서 결국 서로에게 심술을 부려 댔던 걸 생각했지. 그 여편네가 날 속였던 거, 내가 다시 그 여편네를 속여 곧장 복수했던 거, 그 싸움에서 이긴 사람이 얼마나 좋아했는지, 먼지 덩어리들이 떼거리로 나타났을 때 그 여편네가 어땠는지, 상대를 갈가리 찢어 버리려고 달려드는 큰 짐승한테 쫓겨 궁지에 몰린 짐승처럼 그 여편네가 비명을 지르고 몸을 떨던 거……. 내가 그 여편네랑 같이 침대로 기어 올라가서 여편네를 안았을 때 여편네가 몸을 떨고 있었던 게 기억났어. 누가 칼자루로 섬세한 유리그릇을 살짝 건드렸을 때처럼 떨고 있었지. 내 목에 여편네 눈물이 떨어지면 나는 몇 올 남지도 않은 뻣뻣한 머리카락을 쓸어 주면서 이렇게 말했어. "쉬, 베라…… 쉬. 그 귀찮은 먼지 덩어리들은 이제 다 가 버렸어요. 이제 괜찮아요. 내가 있으니까 괜찮아요."

하지만 그동안 내가 알아낸 게 하나라도 있다면, 그건 바로 그 먼지 덩어리들이 절대 사라지지 않았다는 거야, 앤디. 그놈들을 다 쫓아 버리고 방을 깨끗하게 정리해서 어디에도 먼지 덩어리가 없는 줄 알았는데 그놈들이 다시 나타나는 거야. 사람 얼굴 같은 모습을 하고서. 항상 사람 얼굴 같은 모습을 하고서. 그런데 그 얼굴이라는 게 절대 다시는 보고 싶지 않은 얼굴이야. 언제나 그래. 깨어 있을 때도, 꿈속에서도.

그 여편네가 계단에 누워 있던 모습도 생각났어. 여편네는 이제 피곤해서 모든 걸 끝내고 싶다고 했지. 젖은 장화를 신고 그 무너질 것 같은 계단 꼭대기에 서서 나는 개구쟁이들도 놀러 오지 않을 만큼 썩어 빠진 그 계단을 내가 왜 선택했는지 분명히 알고 있었어. 나도 지쳤던 거야. 나는 평생 동안 내 딴에는 정말 죽을힘을 다해서 살았어. 할 일을 피한 적도 없고, 우는소리를 하면서 내가 꼭 해야 하는 일을 안 한 적도 없어. 그 일이 아무리 끔찍한 거라도. 여자는 가끔 살아남기 위해서 나쁜 년이 돼야 한다는 베라 말이 맞아. 하지만 나쁜 년 노릇도 힘들어. 이건 세상 사람 누구한테도 자신 있게 말할 수 있어. 그래서 그렇게 지쳐 있었던 거야. 나도 모든 걸 끝내고 싶었어. 지금이라도 저 계단을 다시 내려가서 이번에는 저 밑에서 멈춰 서지 않는다면…… 내가 원한다면 그렇게 할 수 있다는 생각이 들었어.

그런데 그때 그 목소리가 또 들렸어. 베라 목소리. 그날 밤 우물가에서 들었을 때처럼 그냥 머릿속에서 목소리가 들린 게 아니라 귀로 분명히 들었어. 이번에는 정말 훨씬 더 오싹했지. 1963년에는 어쨌든 그 여편네가 살아 있었으니까.

"지금 도대체 무슨 생각을 하는 거야, 돌로레스?" 여편네가 그 거만한 목소리로 말했어. "난 당신보다 더 커다란 대가를 치렀어. 내가 얼마나 많은 대가를 치렀는지 아무도 모를 거야. 그래도 나는 그걸 견디며 살았어. 아니, 그뿐이 아니지. 나한테 남은 거라고는 그 먼지 덩어리하고 현실에서 이룰 수 없었던 꿈밖에 없었을 때도 나는 그 꿈을 받아들여 내 걸로 만들었어. 먼지 덩어리는 어떻게 했냐고? 글쎄, 결국은 내가 그 녀석들한테 잡혔을지도 모르지. 하지만 지금까지 내가 그 녀석들을 견디며 산 세월이 얼만데. 이제 당신도 당신만의 먼지 덩어리들을 처리해야겠지만, 졸랜더네 아이를 해고한 게 잔인한 짓이라고 말했던 날, 그때의 배짱을 잃어버렸다면 맘대로 해. 가서 뛰어내리라고. 그런 배짱이 없으면 당신도 그냥 멍청한 할망구일 뿐이니까, 돌로레스 클레이본."

난 뒤로 물러서서 주위를 둘러봤어. 하지만 바람이 부는 날 바람에 실려 오는 물보라 때문에 젖어서 검게 번들거리는 이스트헤드밖에 없었어. 사람은 하나도 없더라고. 난 그 자리에 조금 더 서서 하늘을 지나가는 구름을 바라봤어. 난 구름을 보는 걸 좋아해. 하늘 높이 자유롭게 떠서 소리 없이 움직이거든. 그렇게 구름을 보다가 몸을 돌려서 집으로 향했지. 축축한 곳에서 계단 밑에 오랫동안 앉아 있어서 그런지 허리가 너무 아파서 가는 길에 두세 번 쉬어야 했지만 그래도 집까지 갈 수 있었어. 난 집 안으로 들어가서 아스피린 세 알을 먹고 내 차에 올라탄 다음 곧장 이리로 온 거야.

이게 다야.

낸시, 아가씨가 쌓아 놓은 테이프가 거의 한 다스는 되겠구먼. 그 똑똑한 녹음기도 완전히 녹초가 됐겠어. 나도 그렇거든. 하지만 난 내가 하고 싶은 말을 하러 여기 온 거고 이미 할 말을 다 했으니까. 한마디도 안 빼고. 내가 한 얘기는 전부 다 사실이야. 이제 자네가 나한테 해야 하는 일을 하라고, 앤디. 나는 할 일을 다 해서 이제 마음이 편해. 나한테 중요한 건 그것뿐인 것 같아. 그리고 자네가 어떤 사람인지 확실하게 알고 있다는 것하고. 난 내가 어떤 사람인지 잘 알아. 돌로레스 클레이본, 두 달 후면 예순여섯 번째 생일이 돌아오지. 민주당 당원이고 평생 동안 리틀톨 섬에서 살았어.

아가씨가 그 기계 중지 버튼을 누르기 전에 내가 할 얘기가 두 가지 더 있는 것 같네, 낸시. 결국 오래오래 살아남은 건 이 세상의 나쁜 년들이라는 얘기랑…… 먼지 덩어리들한테 해 주고 싶은 말. 꺼져!

스크랩북

엘스워스 《아메리칸》, 1992년 11월 6일자 (1면)

용의자였던 섬 주민 무혐의 판정

리틀톨 섬의 주민이며 역시 리틀톨 주민인 베라 도너번 부인의 오랜 말동무였던 돌로레스 클레이본이 어제 마치아스에서 열린 특별 검시관 심문에서 도너번 부인의 죽음과 관련된 모든 혐의를 벗었다. 이 심문의 목적은 도너번 부인의 죽음이 '불법적인' 것인지, 즉 고의적인 방치나 범죄 행위에 의한 것인지를 가리는 것이었다. 고용주였던 도너번 부인의 죽음에 미스 클레이본이 관련되었을 것이라는 추측에 불을 붙인 것은 사망 당시 치매로 고생하고 있었다고 알려진 도너번 부인이 말동무이자 가정부인 미스 클레이본에게 상당한 재산을 물려주었다는 사실이었다. 일부 소식통은 그

재산의 가치가 1000만 달러를 넘을 것으로 추정하고 있다.

《보스턴 글러브》, 1992년 11월 20일자(1면)

소머빌의 행복한 추수감사절
익명의 독지가가 고아원에 3000만 달러 기부

뉴잉글랜드 어린이집의 대표들은 오늘 오후 급하게 마련된 기자 회견에서, 너무 놀라 정신을 차릴 수 없는 표정으로 150년의 역사를 자랑하는 이 고아원이 올해에는 어느 익명의 독지가가 기부한 3000만 달러 덕분에 크리스마스 같은 축제 분위기에 빠져 있다고 발표했다.

이 어린이집의 브랜던 재거 이사장은 혼란스러운 표정으로 "뉴욕의 명망 있는 변호사이며 공인회계사인 앨런 그린부시 씨가 이 놀라운 소식을 알려 주었다."면서 "기부를 하겠다는 의사는 확실한 것 같지만, 우리의 수호천사라고 불러야 할 기부자는 자신의 신분을 결코 드러내려 하지 않고 있다. 어린이집의 관계자들이 모두 기뻐 어쩔 줄 모르고 있다는 얘기는 할 필요도 없을 것."이라고 말했다.

고아원에 수천만 달러를 기부한 것이 사실로 밝혀진다면, 이는 1938년 이후 매사추세츠주 자선 기관이 받은 기부금 중 최대 규모가 될 것이다……

《위클리 타이드》, 1992년 12월 14일자(16면)

리틀톨에서 보낸 편지

'오지랖 넓은 네티' 기자

지난주 존스포트에서 열린 금요일 파티에서 로티 매캔들리스 부인이 크리스마스 비용을 모두 부담해 주는 경품 행사에 당첨되었답니다. 총 당첨금이 240달러니까 상당한 크리스마스 선물인 셈이죠! 오지랖 넓은 네티는 부러워 미칠 지경이에요! 정말 축하해요, 로티!

존 카론의 동생인 필로가 존을 도우러 데리에서 내려왔어요. 존의 배인 딥스타 호가 정박해 있는 동안 뱃널 사이의 틈을 메우는 작업을 도우러 온 것이죠. 지금 같은 축복받은 계절에는 이런 '형제애'만 한 게 없죠, 안 그래요, 여러분?

손녀 퍼트리샤와 함께 살고 있는 졸렌 오부천이 지난 목요일에 세인트헬렌스 산을 그린 2000피스짜리 그림 맞추기 퍼즐을 완성했답니다. 졸렌은 내년에 자신의 아흔 번째 생일을 축하하기 위해 시스틴 성당을 그린 5000피스짜리 퍼즐에 도전할 생각이라네요. 졸렌, 만세! 오지랖 넓은 네티와 《위클리 타이드》의 식구들 모두 당신이 굉장하다고 생각하고 있어요!

돌로레스 클레이본이 이번 주에 한 번 더 장을 볼 겁니다! 아들 조(미스터 민주당원이죠)가 '섬에서 보내는 크리스마스'를 위해 오거스타의 전쟁터를 떠나 가족들과 함께 온다는 건 전부터 알고 있었지만, 유명한 잡지 기자인 딸 셀리나 세인트 조지도 이십여 년 만에 처음으로 섬을 찾는다는군요! 돌로레스는 '아주아주 행복한' 기분이랍니다. 오지랖 넓은 네티가 최근 《애틀랜틱 먼슬리》에 실린 셀리나의 해설 기사에 대해 가족들이 얘기를 할 거냐고 물었더니 돌로레스는 그냥 미소만 지으면서 "우리는 많은 얘기를 하게 될 거예요, 틀림없이."라고 하더군요.

 오지랖 넓은 네티가 조기 회복실에서 들은 얘기에 의하면, 지난 10월에 풋볼을 하다가 팔이 부러진 빈센트 브래그가…….

1989년 10월~1992년 2월

옮긴이 | 김승욱

성균관대학교 영문학과를 졸업하고 뉴욕시립대학교 대학원에서 여성학을 공부했다. 동아일보 문화부 기자로 근무했으며, 현재는 전문 번역가로 활동하고 있다. 옮긴 책으로 『테이블 포 투』, 『우아한 연인』, 『우리 패거리』, 『킹덤』, 『푸줏간 소년』, 『카탈로니아 찬가』, 『스토너』, 『동물농장』, 『듄』, 『완벽한 스파이』, 『니클의 소년들』, 『기억한다는 착각』, 『스파이와 배신자』 등이 있다.

돌로레스 클레이본

1판 1쇄 펴냄 2003년 11월 21일
1판 6쇄 펴냄 2020년 6월 26일
2판 1쇄 찍음 2025년 9월 5일
2판 1쇄 펴냄 2025년 9월 12일

지은이 | 스티븐 킹
옮긴이 | 김승욱
발행인 | 박근섭
편집인 | 김준혁
펴낸곳 | 황금가지

출판등록 | 2009. 10. 8 (제2009-000273호)
주소 | 06027 서울 강남구 도산대로 1길 62 강남출판문화센터 5층
전화 | 영업부 515-2000 편집부 3446-8774 팩시밀리 515-2007
홈페이지 | www.goldenbough.co.kr

도서 파본 등의 이유로 반송이 필요할 경우에는 구매처에서 교환하시고 출판사 교환이 필요할 경우에는 아래 주소로 반송 사유를 적어 도서와 함께 보내주세요.
06027 서울 강남구 도산대로 1길 62 강남출판문화센터 6층 민음인 마케팅부

© ㈜민음인, 2025. Printed in Seoul, Korea
ISBN 979-11-7052-659-9 04840
ISBN 979-11-7052-658-2 04840(세트)

㈜민음인은 민음사 출판 그룹의 자회사입니다.
황금가지는 ㈜민음인의 픽션 전문 출간 브랜드입니다.